易晖 著

当代文学管窥

文化艺术出版社
Culture and Art Publishing House

国家社会科学基金重大项目
10&ZD099资助课题
《中国现代文学馆馆藏珍品的发掘、整理、研究与出版》成果
中国现代文学馆研究丛书

主　编　陈建功　吴义勤

"中国现代文学馆研究丛书"总序

陈建功　吴义勤

中国现代文学馆是在巴金先生倡议和一大批著名作家的响应下，经国家有关部门批准，于1985年正式成立的国家级文学馆，也是目前世界上规模最大的文学博物馆。中国现代文学馆的主要任务是收集、保管、整理、研究中国现当代文学书籍、期刊以及中国现当代作家的著作、手稿、译本、书信、日记、录音、录像、照片、文物等文学档案资料，为文化的薪传和文学史的建构与研究提供服务。建馆20多年以来，经过一代代文学馆人的共同努力，中国现代文学馆的事业不断发展壮大，现已成为集文学展览馆、文学图书馆、文学档案馆以及文学理论研究、文学交流功能于一身的综合性文学博物馆，并正朝着建成具有国际影响的中国现当代文学资料中心、展览中心、交流中心和研究中心的目标迈进。

但是，长期以来由于对文学博物馆功能的定位和认识的误区以及研究人员和研究经费的不足，对这些宝贵资料的发掘、整理、研究与出版工作还做得很不够，对这些资料背后潜藏的人文价值与精神价值还缺乏有效的总结与提炼，如何让这些宝贵的资料在当代社会人文建设中发挥更大的作用也缺乏深刻的思考与认识。其实，这些年来关于博物馆的功能学术界有过很多有益的探讨，文物如果只是保管在库房里，"藏在深闺人未识"，它对人类文明的贡献就不能够得到有效的体现，只有对它进行不断的研究、推广、介绍，文物才会不断地得到"增值"，文物的生命力才会延续下去。

正是出于强化文学馆研究功能与研究能力的考虑，近年来，中国现代文学馆在大量引进中国现当代文学专业的博士、硕士等高级专门研究人才的同时，还先后成立了研究部、学术委员会和中国当代文学年鉴中心等学术机构，并面向海内外聘请客座研究员进行合作研究，力求不断拓展和提升文学馆的学术内涵，不断推出有影响的学术成果。2010年，中国现代文学馆申请到了国家社科基金重大项目"中国现代文学馆馆藏珍品的挖掘、整理、研究与出版"，正组织全馆的研究力量并联合相关高校和研究专构的专家学者对馆藏文物进行专门的研究。在继续推出"中国现代文学馆馆藏珍品大系"、"中国现代文学馆钩沉丛书"、"中国现代文学馆展览丛书"的基础上，我们此次又正式推出"中国现代文学馆研究丛书"。我们希望通过这套丛书全面展示中国现代文学馆的研究力量与研究成果，以高水平的学术研究回报社会对中国现代文学馆的支持与厚爱。

是为序。

2012 年春于北京

目 录

第一辑 当代文学专论

革命的第二天
　　——十七年合作化小说中的乡村治理 / 3

神秘主义在当代文学的挫败与恢复 / 27

当代文学中的重大主题 / 40

悲情年代
　　——20世纪80年代小说的一种阅读视角 / 54

"市场"里的"波希米亚人"
　　——论20世纪90年代小说中知识分子形象的认同危机 / 67

20世纪90年代的小说"新状态" / 85

风景这边"堪好"
　　——2004年长篇小说观察 / 94

文化产业中的文学景观
　　——2006年长篇小说观察 / 110

通俗小说·文学经典·知识生产
　　——中国现当代文学视阈中的"金学"建构 / 125

千古平民英雄梦
　　——武侠小说热的文化透视 / 144

世纪末的精神画像
　　——论格非20世纪90年代小说创作 / 150

旷野漫游
　　——为王小波之殇而作 / 165

顾左右而言它的"死亡诊断"
　　——陈映真短篇小说《第一件差事》的叙事学解读 / 175

新北京·新"京味"·新"京派"
　　——跨世纪的北京文学一瞥 / 183

第二辑　新作速读

读几部获第七届茅盾文学奖的小说 / 191

文学的华丽外衣与文化的错位与误导
　　——《狼图腾》读后感 / 195

"最后的人"与小说的乌托邦
　　——评残雪长篇小说《最后的情人》 / 199

谁令我们泪水滂沱
　　——读苏童长篇小说《碧奴》 / 203

那个被称作"爱情"的奇情异想
　　——叶兆言长篇小说《别人的爱情》读解 / 207

神话与小说间的尴尬表达
　　——评叶兆言长篇神话小说《后羿》 / 211

世界的另一种秩序与魅力
　　——读王安忆长篇小说《遍地枭雄》 / 215

生命之"错"与"悔"的诗学勘探
　　——读东西长篇小说《后悔录》 / 218

命运之"戏"与反抗的"人"
　　——评方方长篇小说《水在时间之下》 / 221

"荒地"上的世道人心
　　——评董陆明长篇小说《荒地村》 / 224

乡村中国："变"与"不变"的诗学转换
　　——读长篇小说《黄河咒》有感 / 227

"现代"之外的世界
　　——读韩少功散文集《山南水北》 / 231

"天瓢"新雨洗旧雨
　　——读曹文轩长篇小说《天瓢》 / 234

个人记忆下的青春与"革命"
　　——读林白长篇小说《致一九七五》 / 237

当"革命"已成"往事"
　　——读费克申长篇小说《青春三部曲之激情》 / 240

第三辑　学术评论

拓展十七年文学研究的力作
　　——评杜国景《合作化小说中的乡村故事与
　　国家历史》 / 245

襁褓中的社会主义文学
　　——评董之林《热风时节——当代中国"十七年"
　　小说史论》 / 252

现代主义："进化"与"被殖民化"的双重书写
　　——评史书美《现代的诱惑：书写半殖民地中国的
　　现代主义（1917—1937）》／ 259

作为"现代性工程"的中国现代文学
　　——评罗岗《危机时刻的文化想像——文学·文学史·
　　文学教育》／ 267

新的问题　史的意识
　　——评刘进才《语言运动与中国现代文学》／ 273

谈论中国的方式
　　——评《我们的时代——社会、经济、文化三人谈》／ 277

在生命这块黑暗的陆地
　　——读倪湛舸《在黑暗中相逢》／ 280

第四辑　杂读杂写

长篇小说还是文学吗？　／ 285

莫言获奖，我们如何接受？　／ 289

立场的表达抑或象征资本的挪用？
　　——全球化涌流下的中国"左岸"／ 292

"杂交"是怎样形成的
　　——读《布波族:一个社会新阶层的崛起》 / 295

"身体作家"们的"脱衣舞文学"
　　——从木子美的《遗情书》说开去 / 299

弗吉尼亚·伍尔夫:通向女性解放之路的前驱者 / 302

唱尽新词欢不见,道是有情却无情
　　——张爱玲与胡兰成的欢与情 / 307

我只看电影 / 311

后记 / 314

第一辑

当代文学专论

革命的第二天

——十七年合作化小说中的乡村治理

> 真正的问题都出现在"革命的第二天"。那时,世俗世界将重新侵犯人的意识。人们将发现道德理想无法革除倔强的物质欲望和特权的遗传。人们将发现革命的社会本身日趋官僚化,或被不断革命的动乱搅得一塌糊涂。
>
> ——[美]丹尼尔·贝尔《资本主义文化矛盾》

在新中国建立的前夕,毛泽东曾以历史家的视野和艺术家的语言告诫党内:"夺取全国胜利,这只是万里长征走完了第一步。……在过了几十年之后来看中国人民民主革命的胜利,就会使人感觉那好像只是一出长剧的一个短小的序幕。剧是必须从序幕开始的,但序幕还不是高潮。中国革命是伟大的,但革命以后的路程更长,工作更伟大,更艰苦。……我们能够学会我们原来不懂的东西。我们不但善于破坏一个旧世界,我们还善于建设一个新世界。"① 对于尚处在解放战争的硝烟弥漫中、沉浸在即将迎来新中国的喜悦中的广大中共党员来说,这种告诫是很费解的,甚至是不无夸张的:那么波澜壮阔的革命、付出那么巨大牺牲换来的胜利,怎么可能只是一出戏的序幕、万里长征的第一步?也许在他们看来,今后的任务无非就像当时流行的说法,如何更好地"坐天下",不当李自成。

而在作为马克思主义者的毛泽东及其党内同僚那里,这场革命属于(新)民主主义革命范畴,真正的社会主义革命尚未开始,中国革命的胜利

---

① 《毛泽东选集》(第4卷),人民出版社1991年版,第1438—1439页。

只是"换朝代",而非"变天下"——它完成的只是中国现代民族国家的政权建设;另一方面,中国共产党领导的革命之所以不是旧时的"改朝换代",要走出王朝史观的历史循环论,正在于它要通过"改朝换代"来达到"改天换地"——通过变革国家的政治经济制度,建立新的生产关系和社会关系,达到社会生产力和整个社会的改变。这种围绕着生产关系的社会变革,才是真正意义上的社会主义革命。而新中国成立初的农业合作化运动,便是开端之一。

一、合作化:合理且必然的共同体

在改革开放进行了三十多年的今天,社会主义初级阶段理论的确立使我们不再把土地的"姓社姓资"作为判断社会制度的标准,但在新中国成立初期,革命的目标就是要建立有地大家种、有饭大家吃的公有制社会,因此,土改分田只是一种消灭剥削制度,实现"耕者有其田",满足贫苦农民现实愿望的过渡政策,一家一户的土地所有制和耕作方式,并非中国共产党人对未来社会的理解。用现在的理论看,土改只是建立起社会相对的"起点平等",但是由于个体各方面差异的存在,在一个各耕其田、各行其是的社会,并不能保证最后的"结果平等"。由于土改之后仍然保留了"四大自由",即买卖和出租土地的自由、雇工的自由、借贷资金的自由,以及在自由市场从事贸易的自由,中共担心这样发展下去会产生新的剥削关系和贫富分化,用列宁的话说:"小生产是经常地、每日每时地、自发地和大批地产生着资本主义和资产阶级的。"① 而毛泽东则在《关于农业合作化问题》这份文件中指出:"在最近几年中间,农村中的资本主义自发势力一天一天地在发展,新富农已经到处出现,许多富裕中农力求把自己变为富农。许多贫农,则因为生产资料不足,仍然处于贫困地位,有些人欠了债,有些人出卖土地,或者出租土地。这种情况如果让它发展下去,农村中向两极分化的现象必然一天

---

① 《列宁选集》(第4卷),人民出版社1972年版,第181页。

一天地严重起来。"①

随着土改的顺利完成,广大农民获得了可供自己支配的土地。但土改并没有结束贫困,也不能改变小农经济的生产方式,在传统的经营方式和有限的自然资源条件下,家庭之间的竞争关系仍然维持。人是社会关系的产物,当农民在本质上只是作为个体和自然的家庭成员关系而存在的时候,他们的所作所为也就围绕着这种自然关系而生活和劳作,所以我们可以理解,甚至连《创业史》的主人公梁生宝的原型,在合作化之初也曾动过买地发家的念头。②而合作化小说中出现的一大批新老中农形象——如《创业史》中的郭振山、郭世富,《三里湾》中的"翻得高"范登高、"糊涂涂"马多寿,《山乡巨变》中的陈先晋、"菊咬筋"——就是列宁、毛泽东所说的"小生产"、"自发势力"的代表。他们属于人民的范畴、团结的对象,甚至是基层领导者,土改不曾触动他们的利益,有些人甚至获得超过一般人的利益,而自身良好的条件也使得他们在"自由竞争"的环境中具有"先发优势",如果不是后来的合作化运动,他们会逐渐拉开与其他阶层农民的距离,上升为农村中的新富阶层——如同改革开放后"先富起来"的阶层。透过这些合作化小说,我们也能看到中农们在八仙过海,各显其能地实践各自的发家计划:像郭振山、范登高这类基层干部,他们在土改中获得了高于常人的利益,随着土改工作的结束,他们把心从集体那里收回来,一心一意经营自己的小家,搞起了乡村集市贸易或长途贩运;而郭世富、"菊咬筋"们则仗着殷实的家境和苦干,与互助组、合作社搞竞赛,发誓要把集体生产比下去……所以情形就像《创业史》所揭示的:

> 那些躲会的自发户庄稼人,有二三十亩地,一头大牛,两三个劳动

---

① 《毛泽东选集》(第5卷),人民出版社1977年版,第187页。
② 梁生宝的原型王家斌是陕西省渭水南岸皇甫村的村干部、党员,他带头创办互助组、合作社。小说中梁生宝自费给村里买稻种、带领村民进终南山砍竹子扎笤帚等情节,都出自王家斌的真实经历,他领导的胜利合作社曾经获得千亩水稻亩产710斤的高产。但在合作化之初,他也曾动过自己买地的念头。参见柳青《皇甫村的三年》,作家出版社1956年版,第17页。

人，就以为他们是自己过光景的主席，掌握了自己的命运！他们竟然有人轻淡地谈论：共产党的好处是讲理、不骂人、不打人、没苛捐杂税，不勒索百姓。笑话！他们希望历史永辈子停留在这里，他们希望新民主主义万岁！他们骇怕"斗争"这个字眼，不喜欢听"社会主义"这个饶舌的名词。①

但那些处于底层的贫苦农民呢？诚然，他们在政治上翻了身，在土改中分了地，但是并不能就此摆脱贫困，因为他们深陷于长期的贫困历史中，缺劳力，缺生产资料，或因天灾人祸，债务缠身，温饱难继，在"自由竞争"的个体化社会，他们总是处于劣势，处于底层，无法靠自身的力量恢复生产，更不用说发家致富了。"合作化小说"中同样塑造了大量这类形象，《创业史》里的高增福就是这样一家赤贫户。他小时候靠讨饭度日，长大后给人扛长工，土改时分得了地，靠政府的耕畜贷款买了小牛，开始创家立业，却因老婆难产而死，卖了耕牛，还欠下一屁股债，自己又当爹又当妈地拉扯着孩子。他种稻子，可从来都是卖了大米吃玉米糊糊；他面临着春荒缺口粮，缺耕牛，缺买肥料的钱，不知道接下来的日子如何过。而李准的小说《不能走那条路》则描写了另一种贫困：农民张栓不擅农活，总想着去跑买卖，结果经营不善，背了一身债，只好打算卖地还债，如果不是村里的党员干部帮助，他大概要落到往日贫雇农的境地。总而言之，不管是主观还是客观原因，在新中国成立初期的农村存在着大量生产、生活难以为继的贫困农民，他们无法依靠自身的力量来恢复生产，改善生活，如果社会维持着一种自由竞争的小生产状态，那么他们与一般中农的差距就会越拉越大，持久地处于社会的底层。据张乐天的《人民公社制度研究》对浙江海宁县一个村子106户农民的调查："在土改以后，由于劳动互助运动的发展，74.1%的贫农上升为中农，但因遭受天灾人祸而出卖土地的贫农也有12户，借债的16户（其中中农4户，贫农12户），卖工的30户（中农3户，贫农27户）。少数中农却上

---

① 柳青：《创业史》（第一部），中国青年出版社1960年版，第155页。

升为富裕中农,其中有 5 户放债,10 户开始雇工,买进土地的有 8 户。个别中农……放租经商,趋向新富农。"①

然而另一方面,贫苦农民又是中国共产党进行革命、夺取政权的依靠对象,如果革命胜利后,他们依然过着穷困的日子,感受着农村的阶层差距,那么革命就失去了它应有的目的,中国革命与中国共产党的合法性就会丧失。正如战争年代中国农民把他们翻身做主人的希望和途径寄托在党和领袖身上一样,新中国成立之初,他们依旧把过幸福日子的希望和途径寄托在党和领袖身上,所以我们看到在《创业史》里,尽管贫农高增福深陷穷困,却依然自告奋勇地去监视富农的破坏活动,依然对自己的未来充满信心:

> 现在坐在蛤蟆滩普小教室里的、这帮从前被压在底层的庄稼人,巴不得明天早晨实行社会主义才好呢。历史如果停留在这查田定产以后的局面,停留在一九五三年的话,那么他们将要很快倒回一九四九年前的悲惨命运里。共产党决不允许这样!毛主席英明:一边查田定产,一边整党,准备往前去哩。他们要坚决跟着共产党往前走!他们不能仅仅满足于几亩土地,满足于半饥半饱,满足于十年穿一件棉袄,满足于肩膀被扁担压肿!笑话!那岂不是傻瓜的想法吗?他们认为:他们过光景的主席也是毛泽东。②

这是漫长的中国革命形成的逻辑,是基于"贫困的存在"而产生的"必然性"和"第一位的政治力量",③ 它不同于 20 世纪 70 年代末 80 年代初农村改革时的社会现实,更不同于当今的中国现实。新中国成立之初,一穷二白的面貌使得国家不但不能像发达国家和当下中国那样采取以工补农的方式来扶助贫困农民恢复生产,反而需要从农业中抽取更多的剩余来支援工业和

---

① 张乐天:《人民公社制度研究》,上海人民出版社 2005 年版,第 49 页。
② 柳青:《创业史》(第一部),中国青年出版社 1960 年版,第 155 页。
③ [美]汉娜·阿伦特:《论革命》,陈周旺译,凤凰出版传媒集团译林出版社 2007 年版,第 48、50 页。

国防建设,因此,被寄托无限希望的党和领袖,只有号召党员和先进分子带领穷兄弟们致力于艰苦奋斗,走合作化,共同奔日子的道路。

当然,我们也可以从国家工业化的角度探讨农村合作化的必然性。经济学围绕这一课题形成了多种论点,诸如"赶超战略说"、"统购统销说"、"原始积累说"、"交易成本说"……这些说法站在不同角度对合作化的动因进行分析,无外乎把合作化运动理解为发展工业化的策略与外部条件,未免有因果倒置之嫌。① 合作化运动首先应对的是农村与农民(尤其是贫困农民),在当时,它既是消灭剥削、消灭两极分化,实现共同富裕的手段,也是实现社会主义的应有之义,它的目标是要改造小农经济,勿使陷入"循环的陷阱",这即是通过合作化、集体化的方式发展现代农业。在新中国成立初期的历史条件下,现代农业所需要的资金、技术和设备,政府对农业生产的扶持,都只能在集体生产的条件下才能实现。因此,在许多合作化小说中,我们都能读到互助组、合作社的集体生产通过变革劳动方式和技术带来生产力的发展,如《创业史》里信用社贷款、引进新稻种、集体进山搞副业、新法育秧、施用化学肥料;《三里湾》里修水渠、改进灌溉;《艳阳天》里种植果木,新法养牛……

因此,对合作化的理解首先应该在马克思主义经济学的经济基础领域,即通过变革个体生产为集体生产的生产关系来发展农村生产力。如果仅仅是城市工业化的外部条件与手段,那么这种手段和方法是不会有本质规定性的,就可以是多种多样的,比如说 20 世纪 80 年代实行包产到户的农村改革时,城市同样面临着改革和发展的任务,但国家可以通过诸如税收等手段来达到同样的目的。

---

① 叶扬兵在《中国农业合作化运动研究》一书中指出:"(在合作化时期)中共对于农业是非常重视的,并为此付出诸多的努力,特别是在 1956 年农业投入就有了较大增长,在 1957 年底又再次把人力和物力向农村倾斜,这就充分驳斥了中国农业合作化运动是为了从农业剩余中汲取工业化积累的说法。"《中国农业合作化运动研究》,知识产权出版社 2006 年版,第 782 页。

二、 革命的第二天——合作化的治理困境

合作化带给中国农民的变化并不亚于建国与土改,这是一场从根本上改变农村几千年的生产方式、社会结构、生活方式和人际关系的大变革,真正是毛泽东所说的"路程更长,工作更伟大,更艰苦"的道路。这场"改天换地"的革命在数年之间就告完成,虽然在前期有过一些波折和回潮,但其进程之快仍然超出了中共领导和毛泽东本人的预计。究其主要原因,当然是挟建国与土改之雄威的中国共产党在农民大众中卓越的号召力、组织力和实践力,而独特的制度安排和推进方式也起了关键的作用。中国的合作化走的是一条从互助组、初级社、高级社再到人民公社的渐进式的道路,而且在一定程度上也能贯彻自觉自愿和保护农民利益的政策,没有采取前苏联一步到位的突击方式和消灭富农的做法。其次,农村土地实行的是集体所有制,而不是全民性的国有制,虽然大跃进期间有过"一大二公"、"一平二调"的极端做法,但不久之后即得到纠正,并最终确立了"三级所有,队为基础"的集体所有制形式。作为独立核算、自负盈亏的生产队(它代替原来的家庭成为占有与分配的基本单位),是以村落为基础,从而在一定程度上保持了农民生产、生活和人际关系的稳定性,① 即便在 20 世纪 80 年代初进行农村改革,这一集体所有制也依然保留,并没有退回到土改时的土地个体所有制,而是以土地承包并许诺长期稳定的方式,使农民重新获得土地经营权,反映了改革设计者既尊重革命的历史遗产,又致力于革除制度痼疾的政治智慧。再次,在强调组织、领导推动的

---

① 张乐天在《人民公社制度研究》一书中提出并尝试解答了这样一个问题:"在公社时期,政府的超经济强制何以可能在分散的农业经营中起到维持秩序的作用?被部分地剥夺了行动自由而且又失去了发展希望的农民何以可能保持最起码的劳动热情?……农村经济何以可能在乌托邦式的人民公社中缓慢增长?"他认为"关键是农村基本核算的单位——生产队的规模","以村为队"的制度导入模式是一种"维持性模式",在价值取向、行为规范及劳动分工等方面的相对一致性维持着生产队的稳定。见该书绪论部分及第八章第六节。

同时，也注意发扬基层自下而上的主动性和创造性，从一开始的互助组，到最后实行的人民公社，都有来自传统的遗产和基层的经验创造①。而且在社会主义改造期间，整个农业生产确实得到了一定的发展，没有出现苏联那样的倒退。②

无论如何，以往被天经地义地看作是各家各户土里刨食养家糊口的种田营生，合作化之后成了事关他人乃至国家的公共行为；农民之间原本只是维系着邻里、村落、宗族的松散关系，在高级社之后则成为共有土地、共同劳作、按劳取酬、统一分配的利益共同体。分散的、家庭自治的生产方式的结束和合作社/人民公社的建立，相应地产生了对这一共同体实施计划、组织、管理的乡村治理问题，它以社（人民公社）—队（生产大队）—组（生产小队）为管理主体，以合作社/人民公社社员为对象，以农业生产为基础，又全方位地渗透到村落、邻里和家庭，渗透进农民的日常生活，成为塑造当代中国农民的生产生活方式与集体观念的基本力量。

于是，在激情澎湃或疾风暴雨式的合作化运动完成之后，革命进入了它日常、琐屑、漫长的"第二天"，面临如丹尼尔·贝尔所说的"世俗世界"对其肌体的"侵犯"，需要解决"道德理想"与"物质欲望和特权"之间的落差与矛盾，需要应对"革命的社会本身日趋官僚化"与"革命的动乱"带来的破坏。③ 当革命时，个体是作为群体（阶级、阶层、集团）的一员参与到事业中，革命目标、未来图景把个体询唤为一个向心的集体，革命所固有

---

① 这一遗产既有民间自发形成的换工、共作、合伙经营等形式，也有革命内部的，如从土地革命、抗日战争到解放战争时期，中共在根据地组织起诸如变工队、耕田队、劳动互助社等各种形式的合作组织。参见叶扬兵《中国农业合作化运动研究》第一章。

② 关于中苏合作化道路及其成败得失的比较，可参见麦克法夸尔、费正清主编《剑桥中华人民共和国史 1949—1965 年》第二章中的"社会主义建设和改造，1953—1956 年"一节，中国社会科学出版社 1990 年版。亦可参见莫里斯·迈斯纳著《毛泽东的中国及后毛泽东的中国》（上）第十章，杜蒲、李玉玲译，四川人民出版社 1989 年版。

③ ［美］丹尼尔·贝尔：《资本主义文化矛盾》，赵一凡、蒲隆、任晓晋译，生活·读书·新知三联书店 1989 年版，第 75 页。

的创新性与突破性激发人们的团结、热情、勇气和智慧；而革命后，社会重新走向一种常态化的秩序，要求用建设和发展（既包括共同体的发展，也包括个体的发展）来巩固革命成果，实现革命的承诺。革命后社会处在一种渐变乃至静滞状态，人际关系及精神状态也更为松散、自然，个体的自我关怀突显，共同体总会因利益的分化而出现各式各样的裂隙和冲突，难以用革命目标来维系，这一切都预示着治理的艰难。而新生的合作社（以及后来的人民公社），与催生它的共和国一样，都处在生产力水平低下的"一穷二白"的面貌中，它需要组织全社的农业生产，在政策频繁变动、政治氛围严苛的环境中完成上级下达的各项指标、任务，分配好辛苦劳作得来的收获物，协调国家—集体—个人之间的关系，处理社内群众与群众、干部与群众之间的矛盾。而我们在大量合作化小说中，也能读到对合作化、人民公社化后的集体劳动、农民生活和乡村事务的全方位的描写。一方面，它们尽情歌颂合作化所带来的新气象，歌颂成为社员的农民新的精神风貌和奋斗历程，但同时，也草灰蛇线地展现了"世俗世界"、"物质欲望"、"特权"、"官僚化"的"侵犯"，它们摇荡于真实与理想之间，试图以文学的、想象的方式，借由社会主义意识形态来"解决"这种"侵犯"，并且越到后面就越加倚仗这种意识形态。

  一大批在土改和合作化运动中脱颖而出的基层党员干部成为这一利益共同体的管理者。集体的建立赋予他们运作集体事务的职位与权力，同时也承担着对上要完成生产任务，对下要维持农民生活，治理一方"天下"的责任。合作化小说中所塑造的"社会主义新英雄、新人"形象，很大一部分就是他们。他们中的多数有热情、有干劲，有为人民服务的公心，也不乏像梁生宝和潘永福（赵树理小说《实干家潘永福》中的主人公）这样吃苦耐劳、开拓创新，肯动脑、会用人、能探索经营管理之道的实干家。但另一方面，"革命第二天"的乡村治理又是一个全新的课题，许多干部缺乏相应的管理集体生产和公共事务的知识、能力和经验，满足于做一个上令下达的传声筒，在对合作化道路的认识、工作方法等方面存在诸多的误区，甚至有一部分干部是怀着私利来干工作的。①

在当代作家中,对中国农民了解之深,对合作化运动关注之强的,莫过于赵树理。他热情歌颂合作化,最早写出反映这一运动的长篇小说《三里湾》;他长期深入农村,密切关注合作化的发展,探讨、研究合作化发展过程中出现的组织管理、工作方法、社员心态问题,或者加工成小说(他称之为"问题小说",视自己为合作化的"助业作家"),或直接写成政论、杂谈,或致信中央或地方领导。这一时期,赵树理最为关注的是农业社的管理、基层组织的权责划分、干部的管理经验和工作方法,在多篇文章里都呼吁要把生产计划、管理的权力下放到最基层的高级社或管理区,上级领导最多只是充当顾问、协助或建议者。

这种关注"现实问题",直面合作化的管理弊病的观察角度,自然也延伸到赵树理这一时期的小说创作当中。正如蔡翔指出,赵树理1961年写作的《实干家潘永福》是一篇"具有了相当重要的文学史也是思想史的意义"的短篇小说,因为它传达出赵树理在"民生的'现实主义'倾向日渐明显"的思想背景下对"经验"与"实干"的强调。作品所叙述的"经验","不仅仅是一个认知范畴,而是包含了作风、立场,甚至品质","包含了赵树理对'浮夸风'的深恶痛绝"②。从管理的角度看,主人公潘永福的"实干"则是建立在他的经验和能干基础上。小说描述了主人公年轻时迫于家贫,四处打短工,学到一身好本领的历程,也叙述了这位基层干部在办农场、搞经营、修水库、办铁厂时精于管理,勇于创新,提高效率,为集体谋"实利"的具体事例。赵树理所塑造的这个实干却不蛮干的基层管理者的形象,体现出他对合作化健康发展的思虑与洞见。

同样是出于对合作化发展过程中所出现的管理问题的隐忧,让另一位合

---

① 刘少奇在八大报告中指出:"多数合作社还缺少领导几十户、几百户农民进行集体生产的经验,党必须帮助合作社的干部尽可能迅速地取得这种经验。"见中共中央文献研究室编《建国以来重要文献选编》(第9册),中央文献出版社1993年版,第56页。

② 蔡翔:《革命/叙述:中国社会主义文学——文化想象(1949—1966)》,北京大学出版社2010年版,第254页。

作化小说大家柳青在 1958 年初放下《创业史》的创作，写了一部不太为人重视的中篇小说《狠透铁》。

表面上看，《狠透铁》是一部在当时很主流的小说。在新成立的农业社，隐藏很深的阶级异己分子利用一心为公的老社长"狠透铁"工作中的失误，通过民主改选篡夺了合作社的领导权。他以小恩小惠收买社员，利用权力侵吞集体粮食。故事的结尾，"狠透铁"在上级的引导帮助下，揭穿了敌对分子的不法行为，重新夺回了农业社的领导权。但在深层，小说触及了合作化中普遍存在的问题：农业社建立起来之后，应该如何对集体生产、公共事务进行管理。作品中，我们读到老队长"狠透铁"在管理集体时所遭遇的难题和困境，他年老体衰，没文化，记忆力衰退，缺乏相应的管理知识、经验和能力，但集体的生产和经营、公共财物的管理、上级下达的各项任务，乃至社员之间的矛盾纠纷……都压在这位力不从心的老队长身上。同时，我们也看到普通社员的对集体事务的漠然与盲从，他们分不清是非，对侵夺集体财产的行为也摆出一副事不关己高高挂起的态度。揪出坏分子后，老队长重回领导岗位，但是此前遗留的问题并没有给出圆满的回答，可以想见，重回岗位的"狠透铁"还是会遇到此前那些繁杂而矛盾重重的问题。

在笔者看来，正是出于对合作社建立后的新情况、新问题给出了敏感与思考，使得柳青写作了这样一篇"问题小说"。然而作者又以阶级叙事的方式对这样一系列新情况、新问题的想象性的解决。这种解决方式其实在合作化小说中是一种普遍现象，对此本文后面会进一步展开论述。

管理经验的缺乏、管理方法的僵化和管理思想的错位不仅出现在基层，同样出现在上层。放大到全国来看，1958 年大跃进及其失败结局，也正是从上到下对农村现状及其治理上的思想狂热、经验缺失、方法错位的体现。而此前在 1956、1957 年的"百花时代"集中出现的一批农村题材的"干预生活小说"，则甚为尖锐地反映了上级单位和领导的官僚主义。

白危的《被围困的农庄主席》展现了一个昔日作为标杆的农业社遭遇的困境，这困境更多来自上级：在农业社规模、种植计划、牲畜饲养、副业生产等一系列问题上,都能看到上级的瞎指挥、强迫命令。他们只知道要产量、指标,要宣传效果,并不关心基层的困难和实际运转。而农庄主席则疲于应付上级机关各种事务,无法专心抓生产。耿简的小说《爬在旗杆上的人》也描绘了一个脱离群众、官气十足的工作组组长形象。身为工作组组长,肩负着指导合作社的重任,却对具体的工作没热情,还压制别人的热情,漠视来自基层的人民群众的主动性、创造性,听不进批评。为了个人荣誉,甚至不惜弄虚作假。何又化(即秦兆阳)的小说《沉默》里的区长,也是一个欺上压下、简单粗暴的变色龙式的干部。

这种来自领导层的官僚主义、特权腐化,以及脱离实际、脱离群众、好大喜功的工作作风和管理方式,严重地扰乱了合作化运动的健康发展,也损害了革命建立起的良好的干群关系、上下级关系,以及党政部门的健康肌体,它在深层则"是一种更为重大更为普遍的现象的反映,即国家与社会的日益分离,是"不断扩大的庞大的官僚国家机构日益背离社会并日益凌驾于社会之上"的反映"。① 昙花一现的"干预生活小说"因为随后出现的反右运动而告终结,但它们却不约而同地提出一个警醒的命题:谁来管理管理者? 这一命题长久地保留在中共尤其是毛泽东等领导人的政治思维和治理方略中,成为"不断革命"的重要缘由,例如20世纪60年代的"社教"、"四清"以及"文革",都可以看到发动者意在整治干部队伍、肃清官僚主义的初衷。但革命的结果只是(暂时)打碎了官僚机构,却无法根除官僚主义,反而产生出新的官僚主义和打着革命旗号谋私利的野心家、伪革命者,这也许是毛泽东时常表现出对"文革"的"不自信"的隐忧之处吧。②

乡村治理的一大任务当然是人的管理。合作化后,农民的个体身份、人际关系和劳动性质都发生了根本的改变,从原来的个体所有者、小生

---

① [美]莫里斯·迈斯纳:《毛泽东的中国及后毛泽东的中国》(上),第215页。
② 早在"文革"发动的初期(1966年7月8日),毛泽东在一封给致江青的长信中就表达了对"文革"、对自己的思想以及中国未来的走向的"不自信"。对这封信的真伪以及毛泽东当时的心理状态,史学界多有研究。该信收入《建国以来毛泽东文稿》(12),中央文献出版社1998年版。

产者变成农业社、人民公社的社员。他们不再像原先那样掌控着土地，甚至也不再掌控自己的劳动，而是听命于组织者的调配、管理，土地上种什么、如何种成了集体事务，成了干部操心的事，来自上级的计划和指令；生产方式上也从原先各家各户的单干变成了协作式的集体劳动。而人的管理就是要在这种人与土地、人与集体、人与人的关系都发生根本变化的条件下把农民改造成能够积极投入集体生产、勇于为集体和国家利益奉献的劳动者，将农民的思想意识、行为规范纳入到社会主义意识形态的规范当中。

对于农村和农民而言，合作化的目的是为了建设公有制下的现代农业，防止两极分化，实现农民的共同富裕。但客观地说，这种所有制的改变与现实中农民的生产积极性、主动性是互相悖离的，因为土地不再属于自己，劳动性质发生了根本改变，而取消土地报酬也助推了平均主义的产生。"高级社（或后来的生产队）"类似于一个从事农业生产的公司，农民变成拿"工分"的"农业工人"，但农民与农业社的关系和现代企业制度中员工与公司的关系又存在根本的区别。在现代企业制度中，员工的责权利是相对明晰的，企业对员工的工作任务和绩效也有一个可操作的、规范化的评估标准。而农业生产（如对农作物的管理）则相对是非标准化、非规范化的，更多地受到自然因素的影响，而且社员一般都是生于斯长于斯的"土著"，他们被束缚在集体制和户籍制中，难以有离土离乡的选择性行为；社员之间既是"同事"，又是聚居一起的邻里乡亲，甚至保持着宗亲关系，社队也无法解雇社员，哪怕对他/她再不满意。再从管理者角度说，农业社或生产队与领导者的关系同样是不明确的，同样存在责权不明、激励机制缺乏的问题，这也弱化了他们对社员的管理。责权不明、激励机制的缺乏、集体与个人关系的僵化，都造成农业劳动积极性的下降，当时流传的社员干活"大呼隆"、"磨洋工"的现象，正是这种不能明晰化、标准化、规范化管理的结果。

劳动积极性、主动性的低下成为造成中国农业长期"密集化"和"内卷式"的"没有发展的增长"的一大原因①。但在五六十年代的合作化小说中,这个问题出现得并不多,或者说很难在小说中露脸(它的登堂入室是在新时期的"伤痕反思文学"中),大多数小说重在表现农村新气象、农民新风貌。但也有一些作品会隐晦地触及这一问题,比如赵树理的《锻炼锻炼》。

在五六十年代的合作化小说中,《锻炼锻炼》是一篇读来多少会让人感觉疑惑的作品,它当然有着明确的主题:通过表现新老农业社领导在实现生产任务、改造后进社员的思想立场和工作方法的对比,肯定了新领导,温和地批评了老领导——真正需要"锻炼锻炼"的是后者无原则的迁就、和稀泥的态度。然而在叙述过程中,又存在难以掩盖的矛盾:作品肯定了新主任的原则性,但客观上也揭示了他的简单、粗暴、过火;描述并批评后进社员的自私自利,却也展现了他们的弱势与无助。这种内在矛盾使得有论者把它解读为作者赵树理在"天聋地哑"的"大跃进"时期"利用当时惯用的歪曲生活真实的方法,曲折地反映出作家的民间立场"的小说。②

后进社员自私自利,逃避劳动,挑肥拣瘦,这显然影响到集体生产和大多数群众的利益,然而如果我们认可劳动是一个人的本质属性,那么作为"后进社员"的"小腿疼"和"吃不饱",就有权决定自己是否参加生产,付出自己的劳动力。在按劳分配、多劳多得的分配原则下,社员的劳动态度和贡献应该通过经济与制度的手段予以恰当的评估和处置。在这个问题上,西戎的一篇同样是改造"后进社员"主题的小说《赖大嫂》,则提供了一种与《锻炼锻炼》不同的解决模式。小说主人公赖大嫂损公肥私而又胡搅蛮缠

---

① "密集化"是指单位土地上劳动投入的增加,"内卷"指单位劳动的边际报酬递减,两个概念都是用来描述中国农村长期以来低效率发展的状况。黄宗智在《长江三角洲小农家庭与乡村发展》(中华书局1992年版)一书中对此做了充分阐述,参见其导论及第十、十一章。

② 见陈思和主编《中国当代文学史教程》第二章第三节,复旦大学出版社1999年。需要指出的是,该书似乎过于强化了作品所蕴涵的这种批判性的"民间立场"。这里的关键问题在于如何理解农业社副主任杨小四这一形象,笔者以为作品确实在客观上暴露了他在管理后进社员上的简单粗暴,但如果认为这是个"横行霸道地欺侮农民"的基层干部形象,与那些"描写农村'有些基层干部是混入了党内的坏分子'的艺术精神一脉相承",则是对作品及作者创作意图的曲解。

的做派不输于"小腿疼"、"吃不饱",她在承担队里养猪任务上一再违反规定,损害集体利益,但生产队对此采取的是一种暂且宽容的态度,当然也没有贴她的大字报、开她的批斗会,而是从经济利益角度,用事实向她证明为集体养猪并不是一项不划算的营生,她此前的行为是赚小便宜吃大亏,从而帮助她实现了转变。

从理论上说,如果农业社在劳动分工与收入分配的制度安排上是合理的话,是能够消除"后进社员"干活挑肥拣瘦、占集体和群众便宜的现象的,例如集体化时代一度产生过"包产到组、到户、到人"的劳动分配方式,就是一种奖勤罚懒、防止消极怠工的有效的经济手段。麻烦的是在当时的历史条件和政治语境下,农业社很难真正贯彻按劳分配的原则,并且如黄宗智所说,集体化时代的中国农村实际上进行的是一种"边际报酬递减"的"密集化甚至过密化劳动"——过密化抬高了劳动定额,并相应地压低工分收入来侵害农民利益,反过来又造成劳动力的匮乏,需要调动妇女乃至儿童参与劳动(无论是《锻炼锻炼》,还是《李双双小传》,乃至《赖大嫂》,我们都看到这种"过密化"态势下对妇女参加集体劳动的需求与动员)。其结果是很难调动起社员的积极性,只能用强制、超经济的政治手段来整治,表现在《锻炼锻炼》中,就是采用批判和恐吓的方式来解决这一困境,而《赖大嫂》这种经济刺激的解决方式在十七年文学中并不具有普遍性。被束缚在土地上,丧失了选择自由的农民只能选择出工不出力的消极怠工的方式。

三、"不断革命"——治理困境的解决模式及其文学表达

合作化运动在"革命的第二天"出现的种种治理困境,其根源还在于合作社、人民公社这一制度本身,但在当时的历史条件下,除了一些短暂的、局部性的修正,不可能形成类似 20 世纪 80 年代初那样全面的农村改革。相反,在集体化的大部分时间里,遵循的是一条试图通过政治和思想意识领域

的"不断革命"①来推进经济和社会快速发展的乡村治理路线。正如米歇尔·奥克森伯格所说,革命的观念体系是当代中国观念体系的主要内容之一,而改造人的思想是革命观念的中心问题。② 这种"不断革命"的理论与实践成为经过长期斗争取得胜利的革命逻辑在新中国成立后的延展。首先,(广义的)革命基于对新事物的渴望和创新信念,旨在激发群众的主观能动性来突破现实局限,实现超越式发展,这每每被视为在中国这样一个落后国家建设社会主义的"最优途径",在此意义上,50年代出现的反"反冒进"、"批小脚女人",尤其是"大跃进"都是这种革命思维的体现;其次,革命把生产力发展与上层建筑和意识形态建设结合在一起,或者说,革命试图通过追求共产主义远大目标、提高人民群众思想觉悟,惩罚、改造或真或假的阶级敌人,来达到发展生产力的目标,如"文革"期间的"抓革命,促生产",便是这样一种思路;再次,在社会生活和思想意识领域里的"不断革命"还被视为保持社会纯洁,防止国家变色、政党官僚化、干部蜕化变质、群众弱势和麻木,进而出现资本主义复辟的不二法门,在激进的60年代,无论是"社教"、"四清",更不用说后来的"文革",都是这种治理路线的反映。

合作化小说当然也脱不开这条路线的引导或约束,实际上,作家们都自觉不自觉地运用它来指导写作。《山乡巨变》的开篇,当合作化运动出现低潮和停滞时,正是县委召开了千人动员大会,派出大批干部下到乡村来推动合作化的深入展开,当然,它的背后是中共中央,尤其是毛泽东的强力推进;而《创业史》里,能否不断革命、大胆推进合作化的分歧甚至发生在县委主要领导之间,在副书记杨国华眼里(也是在小说叙事人眼里),一把手陶书记是个谨小慎微,只知道关在办公室学文件、看材料、听汇报的文牍主义者,

---

① 1958年1月28日,毛泽东在第十四次最高国务会议上发表讲话,提出"不断革命论":"我主张不断革命论……革命就要趁热打铁,一个革命接着一个革命,革命要不断前进,中间不使冷场。"他随后草拟《工作方法六十条》,把"不断革命"作为工作方法之一下发全党。相关论述亦见莫里斯·迈斯纳《毛泽东的中国及后毛泽东的中国》,(上)第十二章。

② 参见王景伦《毛泽东的理想主义和邓小平的现实主义——美国学者论中国》,时事出版社1996年版,第86页。

对基层热火朝天的建设干劲毫无感知,俨然毛泽东批评的"小脚女人"①。

"不断革命"的理论使得执政党把建设社会主义的主要矛盾聚焦在人的问题上,人的革命精神、思想境界、主观能动性成为事业能否得到发展的首要标准。《创业史》里,梁生宝互助组由一群饥肠辘辘、老弱病残的穷人组成,其条件远不如郭振山的中农互助组,但因为有梁生宝、高增福这样有热情、干劲和公心的基层干部、积极分子,在上级眼里反而更合乎条件,被率先纳入建社规划;而郭振山组不合条件,是因为他们动机不纯,思想没有"入社"。

对人的重视落实到十七年文学中,便是要确立塑造"新英雄人物"、"社会主义新人形象"这一时代主题,早在《在延安文艺座谈会上的讲话》中,毛泽东就提出作家艺术家应该表现"新的人物,新的世界"②要。1951年,在为《人民日报》撰写的社论《应当重视电影〈武训传〉的讨论》时,他要求作家、艺术家投入火热的社会生活,表现"新的社会经济形态,新的阶级力量,新的人物和新的思想"③,而周扬则进一步规定,"文艺创作的最崇高的任务……是要表现完全新型的人物"④,"创造新英雄人物,就成了社会主义文艺的光荣任务"⑤。因此,在十七年文学中,是否创造出鲜明的、有生命力的"新人"、"新英雄"形象,成为衡量作品成功与否的关键。而这个"新",简言之,就是具有先进的无产阶级思想意识和革命精神,坚定走新型的社会主义道路。梁生宝之所以成为合作化小说中最光彩的英雄形象,正是因为他堪称完美地展现了这一新精神。正是梁生宝的"新英雄"行为造就了那个小小的互助组,艰难而勇敢地推动着它的发展,这一点无论是《三里湾》、《山乡巨变》,还是《艳阳天》里的主人公,都有所不及。他义无返顾

---

① 这是毛泽东批评当时以中共中央农工部部长邓子恢为代表的一批对合作化持谨慎态度的干部的用语。见毛泽东《关于农业合作化问题》(《毛泽东选集》第5卷)。
② 《毛泽东选集》(第3卷),人民出版社1991年版,第876页。
③ 《毛泽东选集》(第5卷)。
④ 周扬:《为创造更多的优秀的文学艺术作品而奋斗(一九五三年九月二十四日在中国文学艺术工作者第二次代表大会上的报告)》,《人民文学》1953年第11期。
⑤ 周扬:《我国社会主义文学艺术的道路》,《人民日报》1960年9月4日第5版。

地抛弃私有观念,表现出先进的无产阶级品质①;他始终依靠、团结、带领贫苦农民,也表现出鲜明的阶级意识;他坚信合作化的历史趋势和强大力量,以至于力排众议要把一个道德败坏的二流子白占魁吸收进互助组。

从这个意义上说,在作者柳青与批评者严家炎围绕梁生宝形象所展开的争论中,如何看待这一新内核也就成了他们分歧的焦点。当严家炎更多从传统的现实主义创作方法出发来评述这一形象,指出梁生宝在精神气质、思想水平和政治头脑上"不完全属于农民",小说在人物塑造上存在"理念活动多,性格刻画不足"等"三多三不足"时,② 柳青的辩护则恰恰是要捍卫"理念"对梁生宝形象塑造的主导性,他毫不隐晦地承认这种不属于农民的"气质"正是"理念"投射在梁生宝身上的结果,具体说就是小说所描写的"1952年冬天……对全体农村党员进行整党教育、党内进行的社会主义革命思想动员的结果","小说的字里行间徘徊着一个巨大的形象——党"。③ 这种革命理念拒绝"旧英雄"的"自发性"和"盲目性",也拒绝"农民气质",它要脱胎换骨地去缔造梁生宝这样的"新英雄",赋予他以崭新的唯物史观和社会主义未来意识。对此,当时另一位评论者冯健男可谓心领神会,他指出,要从作者创作《创业史》的整体意图来理解梁生宝这一形象,而且也只能从这一形象的塑造角度来评价《创业史》,"没有梁生宝这样的英雄人物为主人公,就不能表现我们的时代精神,不能展开农村错综复杂的阶级斗争形势的深刻描写,不能表现'我们整个国家的形象'"。④

但"新人"、"新英雄"又非横空出世的超人,他们首先是传统道德意义上的"好人",其言行也离不开乡村世界的人情事理,相应的,合作化运动中的乡村治理也必然是一种基于"人民内部矛盾"、以民间伦理秩序为背景

---

① 我们知道,梁生宝的原型王家斌在实际生活中曾产生过买地发家的想法,而在人物构思中,柳青坚决摈弃了人物原型的这一事实。

② 严家炎:《关于梁生宝形象》,见《中国当代文学研究资料·柳青专集》,福建人民出版社1982年版。

③ 柳青:《提出几个问题来讨论》,见《中国当代文学研究资料·柳青专集》。

④ 冯健男:《再谈梁生宝》,见《中国当代文学研究资料·柳青专集》。

的道德治理，正如蔡翔所说："中国革命不仅是政治的、经济的，更重要的，还是道德的，因此，它所致力于建造的'新社会'，就必然包含了能够使人'变好'、'学好'的伦理远景。而这个'好'，正是一种历史悠久的'德性'传统。"① 譬如梁生宝，通过教育，他迅速成长为有着坚定的无产阶级思想和社会主义信念的共产党员，但对于互助组的成员和蛤蟆滩的乡党来说，真正富有感召力的是他人性中的善：对高增福等穷哥们儿，他是一种无间的信任、鼓励和欣赏；对那些怀疑乃至抗拒集体化的"看客"，哪怕是郭振山这样的对手，是一以贯之的宽厚与善意；对那位总是"挑刺"、"拖后腿"的继父梁三老汉，他始终执守胜似嫡出的孝道。他的身上集合着忠、孝、诚、恕这些民间伦理的"好人"传统，这是互助组不断发展壮大的基础。

在普通民众眼里，新社会就是一个好人能心安理得过好日子的世道，它扶危济困，惩恶扬善，如此他们才有一种本能的愿望去维护它，建设它。像李双双这样的农村妇女，正是新社会双重的解放（阶级的解放和妇女地位的解放）作用于内在的道德素养，激发了她主人翁的责任感，产生出为集体事务奉献的主动性与创造性，成就了一个平凡而鲜活的新人形象。

在"不断革命"的政治语境里，阶级斗争成为必不可少的治理手段。新中国成立初期的国内国际局势使得党和领袖不会轻易放松阶级斗争，不时因为客观形势的变化和主观判断的不同而绷紧这根弦，作为应对、解决各种矛盾的抓手。阶级斗争首先是一个"制造敌人"的过程，它把社会主义环境下一些个体化的落后、错误的思想言行视为阶级斗争动向加以区隔——如把对农业集体化的拒绝、对抗与剥削阶级思想挂钩、把一些发表过批评言论的知识分子打成资产阶级右派，而那些有官僚作风或蜕化变质的干部则被视为官僚资产阶级、资产阶级当权派。在打击"敌人"的同时，也震慑了动摇分子或中间派，建构和强化人民内部的认同与团结，因为按照马克思主义，"一个阶级只有当它发现它要对其他阶级进行斗争的时候，它才具有自我意识"，

---

① 蔡翔：《革命/叙述：中国社会主义文学——文化想象（1949—1966）》，北京大学出版社 2010 年版，第 240 页。

而"社会阶级只有当它具有自我意识时才真正存在"。① 对于乡村治理而言，集体化时期的阶级状况和斗争与土改大不相同，土改是一场目标明确的针对剥削阶级展开的剥夺其生产资料的阶级革命，其阶级矛盾和阶级斗争都显而易见，也能获得中下层的认同与支持；而合作化并非一场阶级革命，它针对的是全体农民，原有的剥削阶级作为整体的阶级已不复存在，至少是随着土地等生产资料的被剥夺而丧失了在农村中的剥削和统治地位，因此，对于合作化小说而言，阶级斗争话语远不如土改小说那样有着坚实的现实主义基础，但它仍然被大量纳入合作化小说中，甚至被作为合作化进程中种种矛盾冲突的聚焦点。

在《创业史》中，富农姚士杰是唯一一个出场的"阶级敌人"，小说对他的心理、性格、思想意识和日常生活有着较为生动有力的描写，这与许多合作化小说中这类形象的脸谱化、平面化不同。他仇视新社会，也抗拒合作化，但他的仇视和抗拒只展现在心理层面，鲜有表现在行动层（只是在"活跃借贷"和"卖余粮"情节中有所活动，但这并不具有阶级特征，大多数富裕中农也是拒绝活跃借贷、不愿卖余粮的）。小说对他的描写与梁生宝等人的合作化是很少发生关联的两条线，也就是说，阶级斗争并没有成为一个要素编织进合作化的主情节中。柳青的另一部小说《狠透铁》倒是直接描写合作化过程中的阶级斗争，篡夺农业社领导权的王以信不仅以权谋私、贪赃枉法，而且土改期间就靠拉拢贫农、欺骗上级隐瞒了自己的富农身份，是个隐藏很深的阶级异己分子，因此他的行为就不仅是个思想道德问题，而是阶级敌对行为。小说最后通过对王以信的揭发与清算，不仅"狠透铁"夺回了领导权，社员也经历了一次阶级教育。问题是这一结局是否能解决"狠透铁"缺乏管理能力、社员对农业社漠不关心的困境？正如当年在为该作所召开的座谈会上，有基层干部质疑："目前农业社里，有人民内部矛盾，也有敌我矛盾。而人民内部矛盾则是大量的和主要的。……和富裕中农的资本主义思

---

① [法]雷蒙·阿隆：《阶级斗争——工业社会新讲》，周以光译，凤凰出版传媒集团译林出版社 2003 年版，第 17 页。

想的斗争,过去是艰巨的,今后可能还是长期的。然而这篇小说却是集中在对隐蔽的富农的斗争……对富裕中农的资本主义思想……写的不多……文章中斗争的中心,也许真有其事,但这种代表性是不够大的。"①

《山乡巨变》里也有一个"阶级敌人"龚子元,他唆使中农抗拒入社,拉拢腐蚀干部,屠杀集体耕牛,甚至准备策应国民党"反攻大陆"发动暴动……这一切都打上了那个时代阶级矛盾和阶级斗争的痕迹。但相比小说中那一个个性格鲜明、栩栩如生的形象,这是个面目不清的外来户、闯入者,与"山乡"这一有机社会并无多大关联。他的出现某种程度上只是为了演绎阶级斗争理念,而小说对他的刻画显得粗率、简略,成了一个符号化、概念化的角色。围绕龚子元展开的阶级对抗和斗争情节,都只见事而不见人,与全书重形象塑造、重人情世相描绘的风格极不协调,似乎是在一幅清新淡雅的水墨风俗画中添入了几笔速写,一首田园抒情诗里加进了几个不协和音,被认为是"硬加的'阶级敌人'的故事","是明显的败笔"②,或被看作是一种"点缀和装饰"③。

浩然的长篇小说《艳阳天》堪称十七年合作化小说的"压卷之作",曾荣登数种现当代文学经典排行榜,而它又是一部表达"不断革命"的阶级斗争思维来实施乡村治理的政治小说。小说讲的是 1957 年春末北京郊区一个高级农业社围绕土地分红与劳动分红展开斗争的故事,却深深打上了"讲述话语"的 20 世纪 60 年代日趋激进的意识形态烙印。

《艳阳天》里集合了合作化小说中几乎所有的反面人物类型:混进革命队伍、处心积虑反对合作化的阶级异己分子,不甘心失败、时刻想着变天翻案的地主富农,是非不分、充当落后势力保护伞的官僚主义领导,出身剥削阶级、满脑子浪漫爱情的后进青年,以及一大帮唯利是图、损公肥私的落后中农……当然,在中间派(中农)的另一头,又一一对应式地塑造出大批先

---

① 《座谈〈咬透铁锹〉》("咬透铁锹"是《狠透铁》发表时的篇名),收入《中国当代文学研究资料·柳青专集》。
② 陈思和主编:《中国当代文学史教程》,复旦大学出版社 2008 年版,第 39 页。
③ 刘洪涛:《周立波:民间文化与主流意识形态》,《文艺理论研究》1997 年第 3 期。

进人物：小说主人公、也是农业社主心骨和领路人的社会主义新英雄萧长春，他周围集结着支持合作化的正面力量，有一身正气、一心为公的老贫农，有朝气蓬勃、积极向上的回乡知青，有既富理论水平又有斗争经验的领导干部……这种立场鲜明、两军对垒式的人物设置是斗争哲学的直接反映。而小说的主情节——"土地分红"，不仅关乎一家一户农民的经济利益，更关乎合作化的生死存亡。我们知道，高级社是合作化的关键阶段，它将土地无偿收归集体所有与经营，并取消了土地报酬，实行按劳分配。如果说在《山乡巨变》或《创业史》等讲述合作化前期历程的小说中，少部分中农是否入社并不能改变合作化的趋势，那么在高级社普遍建立起来的1957年，"土地分红"则要从根本上颠覆高级社，扭转合作化方向，足以使作者视之为一场严峻的阶级斗争。诚如杜国景所言："《艳阳天》的冲突，虽然没有直接涉及'道路选择'时的尖锐矛盾，但却是要从一种业已选定的道路后退到原来的起点上去，是要打破业已建立的一种制度，彻底地来一次'复辟'，这意味着原来的道路的失败，意味着对原来选择的否定，意味着已经成功建构的精神价值的轰毁。总之，一切要推倒重来，这当然就比'走什么道路'还要尖锐，还要令萧长春们难以接受。正是从这里，浩然准确地挠到了当时政治的痒处。"[①]

在这一过程中，矛盾与斗争发生了位移。如果说土改指向作为土地所有者的剥削阶级，那么合作化则针对全体农民，主要表现为与拒绝合作化的富裕中农的矛盾。而《艳阳天》里，大多数贫下中农被先在地设定为具备了社会主义思想、走集体化道路的中坚力量；中农的后进与抗拒与其说是基于自己的经济利益，不如说是被敌对分子、地主富农所蛊惑、挑唆，如一度充当"土地分红"和"闹粮"代言人和出头鸟的生产队长马连福，被视为"立场不清"、"受人唆使"而放在一边。斗争的矛头直指阶级异己分子马之悦，以及第一卷中并未出场的地主马小辫，因为他们才是政策设定的敌人，而与中

---

① 杜国景：《合作化小说中的乡村故事与国家历史》，中国社会科学出版社2011年版，第352页。

农的矛盾属于人民内部范畴。更令人匪夷所思的是，1957 年上半年作为整风运动组成部分的"鸣放"一开始就被小说中的先进人物认定为是阶级敌人向党、向社会主义进攻的破坏运动，而马之悦等人则将它视为翻案的征兆（甚至比毛泽东对这一事件的判断还要早，这显然是作者基于文本写作的 60 年代作出的后设判断）。这一切使得《艳阳天》成为一部以经济问题来反映阶级斗争的政治小说。对于那些"土地分红"诉求主体的富裕中农来说，这种斗争既是一种说服，更是一种警示乃至震慑，它宣谕着这样一条逻辑："土地分红"实质上不是在申张经济利益，它触犯的是社会主义的根本制度，当富裕中农们试图捍卫/攫取自己的经济利益时，实际上是被阶级敌人利用，走向了与阶级敌人同流合污的人民对立面，而马之悦们谋取的并非经济利益，是要使社会主义变色、变天。

从这个意义上说，《艳阳天》既是十七年合作化小说的终卷之作，又是以"大批判"、"三突出"为特征的'文革'文学的开山之作，是 20 世纪 60 年代"后革命焦虑"① 的一种文学表达和想象性解决。

结语

新中国成立初期的合作化运动是一场农业生产关系的革命，也是一场乡村社会的重构与治理运动。它的发生、发展是中国革命进入社会主义阶段的应有之义，也是执政党探索、实践乡村治理道路的具体展开；既体现出广大农民，尤其是贫苦农民发展生产、解决温饱、实现富裕的根本要求，又着眼于改变分散、落后的小农经济，提高农业生产力，为工业化创造条件、提供后盾的现代化目标。运动走过一条从互助组、初级社到高级社直至人民公社的逐级上升的道路。它既包含了现实的需要，以及基层、地方的主动性、创造性，更缘自执政党及其领袖大力推进、推广，表现出一种试图通过革命的、

---

① 唐小兵：《〈千万不要忘记〉的历史意义——关于日常生活的焦虑及其现代性》，收入唐小兵编《再解读——大众文艺与意识形态》（增订版），北京大学出版社 2007 年版。

跃进的方式对政治、社会、思想尤其是经济问题和困境予以"总体化"解决的思路,在后阶段更形成日趋激进和理想化的态势,从而事与愿违地加深了这种矛盾和困境。

合作化小说作为十七年文学的一个主要类型,贯穿合作化运动的始终,全面展示了这场声势浩大、亘古未有的运动。作家们亲身投入运动,基于强烈的历史理念、变革意识和未来信念揭示合作化的正义性与必然性,以浪漫化、理想化的热情书写运动中的新人物、新事物和新气象,表现出与主流意识形态的高度一致性,反过来也在文化思想层面强有力地参与建构了这场"革命"。合作化小说作为十七年文学的有机组成,留下了一份"襁褓时期的社会主义文学的遗产"①。

今天,合作化运动已是一段渐行渐远的历史,其基本制度设计也与20世纪80年代以来的农村改革大相径庭。我们解读这些日渐尘封的文学文本,应该回到合作化的历史语境与社会主义革命的内在逻辑,考察文学如何以自身的方式生产出合作化这一新型乡村共同体,如何描绘中国农民曾经发生的从生产方式、生活方式到个体身份、私有观念的艰难转换,如何表述这一共同体在"革命的第二天"所产生的制度冲突和治理困境,革命的"正当性如何生产出它的无理性"②,而合作化小说又如何与时代一道,尽力提供一种"不断革命"的想象性解决,日益凸显观念的、意识形态的力量,描绘出一场不断由经济—社会共同体向政治与意识形态共同体偏移的合作化运动。

原载于《中国现代文学研究丛刊》2014年第2期

---

① 易晖:《襁褓中的社会主义文学——评董之林〈热风时节——当代中国"十七年"小说史论〉》,《中国现代文学研究丛刊》2009年第5期。
② 蔡翔:《革命/叙述 中国社会主义文学——文化想象(1949—1966)》,北京大学出版社2010年版,第3页。

神秘主义在当代文学的挫败与恢复

翻开新时期文学，如果说其间存在某些一以贯之的共性的话，其中便有潜滋暗长着的神秘主义诗学倾向。大体上说，它滥觞于20世纪80年代中上叶，成为那个时期文化热和西方现代、后现代思潮以及文学向内转、回归自身的一个副产品。

一

神秘主义曾经是中国文学的一大特色，它源自传统文化中的神秘主义思想。中国传统哲学不像西方那样把自然看成主体认知、实践的客观对象。在中国人看来，人的精神生活、道德伦理同自然之间存在着某种神秘的对应，无论儒道，"天人感应"、"天人合一"都是其自然观、人生观的思想核心和最高境界。两者的区别用韦伯的概念，前者是"入世的神秘主义"，后者是"出世的神秘主义"。① 这个"天"既是指物理意义上的天体宇宙，更是指"天道"、"天命"，其主词在"道"、"命"。它既是虚邈、超验的，君临宇宙万物；又可俯身融进自然人世，具有内在性，成为"人道"；而人则可将自己的生命存在接通亘古不变的天道，达到"与天地参"、"妙合神人"的境界。后来的陆王心学更是连这种相对运动都予以抹杀，认为"宇宙便是吾心，吾心即是宇宙"②。这样，自然、宇宙被罩上一层泛神色彩，它既不能被

---

① 参见［德］马克斯·韦伯《宗教与世界》第三章"中间考察——宗教拒世的阶段与方向"，收入《韦伯作品集Ⅴ·中国的宗教·宗教与世界》，广西师大出版社2004年版。
② 《陆九渊集》，中华书局1980年版，第273页。

理性、逻辑通盘把握,更难被穷尽,反倒可能以直觉体验的方式到达。所以钱穆才把"天人合一观"视为中国传统文化的总归宿和中国文化对世界人类之未来发展的最大贡献,"从来世界人类最初碰到的困难问题,便是有关天的问题。……中国人是把'天'与'人'合起来看。中国人认为'天命'就表露在'人生'上。……中国古人认为'人生'与'天命'最高贵最伟大处,便在能把他们两者和合为一。离开了人,又从何处来证明有天。所以中国古人,认为一切人文演进都顺从天道来。违背了天命,即无人文可言"①。他进而断言:"我以为此下世界文化之归趋,恐必将以中国传统文化为宗主。"②

正是这种把自然现象、物理世界以及人生、社会等实存的事物与不可触不可感的"天"、"天道"融合起来的"神话思维","天然地"给中国人的自然观、人生观打上浓厚的神秘主义烙印,使得中国美学不同于西方重摹仿,重理性思辨,讲究差异,而是强调美与善、情与理、认知与体验、思辨与直觉、人事与自然的统一,并且以审美境界作为人生的最高境界③。中国诗学早就注意到语言与意义的不全等、不可表达乃至互相悖反的现象,所谓"书不尽言,言不尽意"(《周易·系辞上》)、"道不可言,言而非也"(《庄子·知北游》)、"文害辞,辞害志"(《孟子·万章上》)。因此古人退而求其次,试图通过"取譬"、"立象"来察旨观意,达到对对象的理解,此后更发展为"以禅论诗","不立文字",所谓"大抵禅道惟在妙悟,诗道亦在妙悟"(严羽《沧浪诗话·诗辨》)。诗的最高境界在于"不涉理路,不落言筌","羚羊挂角,无迹可求"(严羽《沧浪诗话·诗辨》)。这种通过直觉、顿悟的方式达到浑融、虚静、空无境界的艺术精神,达到动与静、此岸与彼岸、有限与无限的自由流转,为神秘主义拓展出巨大的空间,也留下了浩若星辰的神秘主义作品。在中国传统文学中,无论是诗歌,还是小说,真实与

---

①② 钱穆:《中国文化对人类未来可有的贡献》,见《中国文化》1991年第1期。
③ 参见李泽厚、刘纲纪主编《中国美学史》(第一卷),中国社会科学出版社1984年版,第23—31页。

非真实的因素如此丝丝入扣，即便像《红楼梦》这样以写实为根基的小说作品，也布满许许多多神秘内容，引发后人无休止地索隐、考证。

但这种充满神秘主义的诗学传统进到20世纪末、21世纪初却横遭摧折。一方面以西语语法为蓝本、重逻辑、讲求明晰性的现代汉语，取代了语法灵活、表达自由却又语义含混模糊的文言，从而在语言这个物质基础上极大地削弱了中国文学重主观个性、情感想象的特征，而寄植在这种主观、含混、诗性语言中的神秘主义也在劫难逃；更为深刻的是，在启蒙、救亡、图强目标的规导下，现实主义成为20世纪中国文学的主流，衡定文学的标准落实到是否具有社会现实性，是否能反映时代精神，是否与国家、民族的根本命运联在一起。在此情形下，以远离世俗、追慕自然静穆，并不可避免会染上虚无幻灭色彩的神秘主义倾向被来自不同阵营，有着不同思想和主张的作家、思想家所抛弃。

二

中国当代文学前三十年仍然是全方位拒斥神秘主义的时代。一个新国家诞生了，它是人民的，也是"我们"（知识分子）的，或者说正因为是人民的，才是"我们"的。它不是一般意义上的"改朝换代"，而是根本上的"改天换地"，它意味着以一整套新理念与方案对国家、社会和个体进行全盘的规划与塑造，如毛泽东所说，在一张白纸上绘制"新美的图画"。这种规划与塑造不是单方面从上到下的强制性运作，而更是双向、合力的过程。革命和建设是在党和领袖规划的蓝图上展开，通过感召与动员的方式达到全民、全社会的参与。它所呈现的新气象、所提供的未来承诺，让千百年来在一种个体自在自足的状态下生存的民族看到和体验到生活的全新意义。

在这样一个大背景下产生的当代文学，与古典乃至现代文学有了本质的不同，从现代的"人的文学"、"启蒙的文学"或"救亡的文学"转换到"国家的文学"、"人民的文学"、"建设的文学"，它被纳入到建设新国家这个整体性工程当中，赋予了既定的方向、主题和话语风格，不仅在意识形态上要适应、服从于马克思主义、社会主义，在内容上也直接参与构建革命建国的时代精神和使命。而文学也被这样一个"换了人间"的、日新月异的伟大时代所鼓舞,焕发出责任感与热情去表现,讴歌和捍卫它,任何与时代无关的个人的命运、一己的悲欢都被认为是琐屑的、无价值的。作家们相信党和领袖已经为国家、民族直到个人生活指明了道路,绘制了蓝图,只有沿着这一道路,和人民一道描绘这幅蓝图,才能创造真正有价值的文学。

这样一种文学状态当然不可能有神秘主义产生。某种意义上,现代神秘主义是个人主义的一种表现,是主体性确立的结果。只有当个体悬搁既有的社会意识、文艺思想,去体会"明朗天空"下的幽微、晦暗、乖谬处,才会发现其中的神奇与神秘;神秘主义产生于怀疑主义,只有在对一切关于"是"的思想、教义,对关于未来的方向、道路,以至于对自我、对存在彻底怀疑之后,才会进入神秘的天地。因此,神秘主义容易使人从主流意识形态中抽身出来,沉溺于遥远、"无谓"的遐想和追寻,最终却无所鏨获,而主流意识形态却因此会松懈甚至丧失对他们的掌控。神秘主义是迷惘的,但也意味着探索,是探索而不得结果;神秘主义是虚无主义天然的近亲。在一个思想纯化、社会生活一体化的社会,神秘主义注定要遭受排挤和打击;即便在开放社会,神秘主义者也只能居于边缘,主流意识形态和社会大众会用一种不解的、怪异的目光打量他们,排挤和遗忘他们,仿佛面对威胁正常生存的旋涡。

当代文学的前三十年与神秘主义无缘,便是因为在作家眼里,这个世界已无神秘可言。个体成为国家、阶级、集体的一分子,而国家、阶级、集体提供了一切问题的答案,建立了一整套泾渭分明的价值体系。那个时代当然不乏自我怀疑,事实上,自我怀疑是作家普遍的心态,但怀疑的结果只是导致作家放弃自我,融入到主流当中,像一滴海水滴入海洋。

1959 年,诗人郭小川写下诗篇《望星空》,便因为"宣扬了神秘主义、虚无主义"遭到严厉的批评,被认为是表现了对"大跃进"、"人民公社"运动的幻灭感。① 和同时代的诗人、作家一样,郭小川也是位有浓厚政治色彩、

---

① 华夫:《评郭小川的〈望星空〉》,转引自张恩和《郭小川评传》,重庆出版社 1993 年版,第 115 页。

强烈时代感的"革命诗人"、"战士诗人",在反"胡风集团"、"反右"等历次运动中,都有他口诛笔伐的"政治战斗诗"。但作为一名优秀诗人,郭小川又敢碰一些敏感题材和主题。从整首诗看,《望星空》前半部分(一、二两章)描写星空浩阔伟大,只是用来反衬天安门广场、长安街的壮美,反衬人民征服自然、改造世界的豪迈,是一种先扬后抑,对比陪衬的结构构思。诗的意旨也经历了怀疑→超越→胜利的转换。这种超越、胜利的力量来自从"个人小我"到"人民大我",从"我"到"我们"的移位和置换。它依然是五六十年代革命浪漫主义诗歌的经典模式。正因为这样,诗人曾在私下不服气地说:"我不知道这些所谓批评家手里的鞭子,究竟要把诗驱赶到什么地方?"[①] 但由于诗的后半部分在表现"超越"和"胜利"时流于浮泛的豪言壮语,"非诗"的成分大大增加,从而不能在"诗艺"上完成这种转换,进而导致诗的主旨的"失控"和"倾斜"[②]。相反在诗的前半首,诗人进入一种情感化的诗性思维,将个人主体投放进无限的自然客体,同时以雄奇而永恒的自然反照自我乃至人类的有限和渺小,这不得不使作品笼上一层宇宙神奇而人生虚无的氛围,生出主体面对自然的神秘与恐惧。从这个意义上说,当时的批评文章说它充满"道家'浮生若梦'、'基督徒'人生可怜的感情","散发出腐蚀性的影响",[③] 倒也不是无中生有。而诗人最后也不得不撰文承认自己的"错误观点","向千万读者表示歉疚,对其消极影响感到深切不安"[④]。

神秘主义的消失还与新中国成立后一再从文艺体制和实践上破除写作迷信有密切联系。文学活动向来被认为是一项艰深的、创造性的精神活动。它当然需要知识、阅历、思想,但更需要某种把知识、阅历和思想转化成文学

---

① 参见古远清《中国当代诗论50家》,重庆出版社1986年版,第191页。
② 事实上,郭小川本人也意识到这点,他曾含蓄地说,如果这首诗有什么缺点的话,就是"没有更加深刻地认真地望一望我们的大地"!转引自古远清《中国当代诗论50家》,重庆出版社1986年版,第191页。
③ 华夫:《评郭小川的〈望星空〉》,转引自张恩和《郭小川评传》,重庆出版社1993年版,第115页。
④ 郭小川:《不值一驳》,转引自张恩和《郭小川评传》,重庆出版社1993年版,第121页。

的质素，这个质素在中外古典文艺理论中一向被认为是灵感，并有意无意将它神秘化。柏拉图那么瞧不起文艺家，宣称要把他们赶出"理想国"，也肯定尊崇灵感。但是新中国成立后，由于文学反映论一统天下，创作来自作家的情感、灵感的声音渐归消失，取而代之的是对"生活"的崇拜，马克思主义的能动反映论衍变成直接、机械的反映论，最后作家似乎被理解成一个蓄水池——一端流进"生活"（人民的、社会的生活），流进马克思主义世界观、党的路线方针政策，另一端则流出具体的文学作品。各级政府、作协机构以行政手段组织作家深入生活，学习文件，布置写作任务，最后发展为50年代末的"文学大跃进"和"文革"中的"三结合创作"——领导出思想、人民出生活、作家出文字。当中国大地出现"户户有诗人，村村编诗集"的文学奇景时，文学创作这种所谓"艰深的、创造性的精神劳作"，遭受了一次彻底的"解魅"，一次从文学内部到整个文学活动的彻底的"破除迷信"运动。在这背后，则意味着对作家、知识分子话语权的解除。

三

新时期文学神秘主义的大规模复兴是从"文化寻根"开始。"寻根文学"对当时声势浩大的反思文学、改革文学，乃至于方兴未艾的现代派文学，既是一种反叛，一种创新冲动下的另辟蹊径，也是一种对话，一种以"传统"、"民间"补充、激活、拨正"现实"、"现代"的文化雄心。寻根作家看似集体性地疏离20世纪80年代上述文化—文学主潮，举起传统、民间的旗帜，其实既是在寻文学之根，也是在寻民族国家之根，他们讨论的是文学、文化，着眼点还是在民族的现实生存问题，如李庆西所说："重要的是'寻'，而不是'根'。……'文化'是虚晃一枪，只是为了确立一个价值中立的话语方式。这是一个叙事策略，也是价值选择。……'寻根'的终极意义是回到人的基本生存面，回答日常的经验世界"①。这种讨论文学的方式打上了80年

---

① 李庆西：《寻根文学再思考》，《上海文化》2009年第5期。

代盛行的中国/西方、"文革"/新时期、传统/现代这样一些二元模式，只不过他们大多作出了与时代相对的选择，所以无论是韩少功、郑义，还是阿城，他们都不约而同地对五四开启的新文学/文化传统采取一种激烈抨击的态度。①

在此视野下，他们显然对时人开的"药方"——无论是"四人帮"及其党羽的倒行逆施、极左思潮影响下党和政府自身的失误，还是政治体制、百年中国形成的"革命情结"——持怀疑的态度，认为充其量是"流"而非"源"，当然他们更不相信现代化能在乔光朴式铁腕英雄的改革中实现。他们把目光投向更遥远的长时段历史，投向被百年中国正史遮没的民间生活，"希望在立足现实的同时对现实进行超越，去揭示一些决定民族发展和人类生存的谜"②，在他们看来，这个"谜"或者说"源"就是文化。对文化的追寻使得中国当代文学产生根本性的位移——从"国家的文学"到"文化的文学"，从而有效地疏离了新中国成立以来直到80年代上半叶的主流意识，呈现出回归文学本体，即所谓"向内转"的态势。对于长期远离文化传统、远离民间的当代作家，这一转向无异于是发现一片广袤、丰饶的处女地，而神秘主义作为文化寻根的副产品便附丽其中。

远离现代、远离中心的远古、边地，对民间生态风情充满新奇的发现，以及象征纯真、野性或母亲般的神奇瑰丽的大自然，无不引发作家们的悠然向往，令他们迷失其中。且不说扎西达娃、乌热尔图等少数民族寻根作家——他们民族的世界观、宗教直到日常生活本身就充满了太多的神秘，即便如韩少功、王安忆这批汉民族文化、中原文化的寻根者，他们"以理性、现代意识观照、批判"的初衷也是要大打折扣，文化的神秘之气始终氤氲其中。王安忆以沉郁、忧患之笔写出小鲍庄那凝滞的、僵而不死的生活形态、宗法关系、道德风貌；韩少功的《爸爸爸》融反讽与铺叙手法娓娓道来的鸡

---

① 见韩少功的《文学的"根"》（《作家》1985年第4期），阿城的《文化制约人类》（《文艺报》1985年7月6日），以及郑义的《跨越文化断裂带》（《文艺报》1985年7月13日）。
② 同上。

头寨居民不为人知的关于祖先的传说和谱系，关于生存的知识——如"打冤"的仪式，卜卦、诅咒、放蛊的知识；《白鹿原》里那场旷日持久的大旱、白灵牺牲前的托梦、白鹿的神秘传说等等，无不散逸出神秘怪诞之气。与其说这是生命、自然的神秘，不如说是文化的神秘，它超出了主体理性认知的界限，又切切实实存在于文化之中，存在于民族的语言、意识和行动中，并直接参与塑造民族的文化性格，这里面分明有着难以破译的密码，无法穿透的种族记忆、历史逻辑。这种神秘是作家追寻深度、无边的文化渊源时所遭遇到的，仿佛一片巨大的迷宫，使八九十年代的寻根文学经历"新奇→眩惑→坠入"的心路历程。原来的理性反思、平等对话和为现实提供诊断的文化雄心逐渐淡出，隆起的是一股认同、膜拜甚至于猎奇的心态，这一此消彼长又呼应着知识分子在八九十年代启蒙精神的削弱、文化自信的衰落。早期寻根作品还保持一股理性精神和叙事实践的自信，《小鲍庄》最后将一个沉重得令人难于呼吸的悲剧故事作喜剧化处理，在对传统大团圆结构的挪用和消解中使作品获得批判意识和现代叙事品格；《爸爸爸》贯彻始终的荒诞意识和反讽精神，无不饱含忧患，饱含对个体生存和人类历史的思考。但到了寻根晚期，如 20 世纪 90 年代的《白鹿原》，理性精神和叙事自信已不复存在，有的只是平板而不无煽情的讲述，对朱先生、白嘉轩——这些白鹿文化的象征者的精神认同和人格崇拜，尤其是对那位朱先生，由于叙事者缺乏平等的理性思辨和对话意识，使得这一形象披上一层神话外衣。

　　寻根文学又是一个朝"审美的文学"转向的过程，这种审美转换迈出了新时期文学整体革新和艺术蜕变的一步，随着文学向艺术天地的回归和深入，作家能够拉开距离、审美地观照世界。他们不满足文学仅仅是以写实的，也是社会学的方式与时代建立直接的关联，更希望开拓出自足的审美世界、整体的象征功能。这直接诱发出文学的神秘主义，自然、生命、历史、文化在诗性的观照中拥有了神秘。

　　孔捷生笔下的"大林莽"不仅是南中国的一座原始森林，也是作家想象中的"文化森林"，其神秘力量既来自它的原始野性，也来自它漠视现代人的不可知性和反征服性；张承志描绘的"北方的河"，流淌的不仅是河水，也是作者澎湃而沉郁的情感，是自然化、诗化了的民族图腾、民族精神；即便在写实的、忧患的《小鲍庄》里，那七天七夜的大洪水，也弥漫着创世纪神话的神秘气息。雄奇博大的自然反衬出生命的有限和渺小，而神秘便荡生于这一绝大的反差中。

如果说寻根文学在描绘自然生态时总是渲染它诗化的神秘的一面，那么在表现社会人文时，神秘也每每展露笔端。作为寻根文学的扛鼎之作，韩少功的《爸爸爸》塑造了一个神奇、神秘的鸡头寨世界，这个世界是无历史或超历史的，它仅以一种文化生态的混沌形态存在，而它的代表者便是丙崽。这是一个能激发批评家阐释欲望的形象，有批评家认为他直与鲁迅笔下的阿Q并峙。但丙崽这一形象与其说是现实主义维度上的典型形象，不如说是象征意义上、具有寓言色彩的文化形象。丙崽与现实无关，只是在隐喻、寓言层面与现实建立联系。他是高度抽象化和象征性的，其魅力来自于所包容的文化价值。韩少功深刻地发掘出他与文化传统（具体说是作者所要描绘，解剖的楚文化传统）之间神秘的同构性，面对丙崽，人们痛苦地感到阐释的失败，仿佛面对一个无力把握的世界，而他的长生不死，又反衬出生命的虚弱与渺小。这个形象由于文化的悠远、神秘而氤氲上一层神秘之气。

四

严格说来，寻根文学并不具有本体论上的神秘主义，因为寻根的目的在于获得解释、解决。寻根作家以文化启蒙的雄心把目光投向传统和民间，他们的价值目标是明确的，他们的精神里饱含着强烈的忧患意识和文化使命感，中国的社会现实和文化状况是他们思考和写作的出发点。

但到了先锋派那里，这种忧患意识和文化使命感似乎一夜之间就消失得无影无踪。不仅如此，先锋小说家毅然决然地斩断了与现实的联系，在他们的文学里几乎找不到现实关怀的蛛丝马迹。文学似乎进到一个彻底"怀疑的时代"（娜塔丽·萨洛特），历史的真相、现实的合法性、文化传统的价值、生活的经验常识，统统可以被怀疑。当然，今天的作家都明智地认识到难以凭借这种怀疑精神去发动一场革命,他们充其量做做罗兰·巴特梦寐以求的事:不能颠覆世界,那就颠覆语言。因此怀疑首先并仅仅指向文学自身,指向文学的成规、手法:文学是否一定要表达一个明确主题;所谓鲜活完整的形象会不会是一种假相;谁来保证文学再现生活的合法性……彻底的怀疑产生文学认识论上的相对主义、虚无主义,而神秘主义则位于这种文学观的"远日点"。

巴特曾在《写作的零度》中写道:"现实主义的写作永远不可能使人信服。它注定了只是根据这样一种二元论的教条去进行描绘,这就是,为了'表现'一种像某一客体一样的惰性现实,永远只有单一一种最佳现实可供选择,作家除了运用其安排记号的艺术以外别无其他事可做了。"① 而萨洛特则奉劝今天的小说家,"图谋复制无限复杂的生活是徒劳无功的工作,应当让读者用自己的丰富生活经验和所掌握的探索手段,从作家所提出的封闭的事物中,发掘其中的奥秘","现在小说的主要问题在于从读者那里收回他旧有的储存,尽一切可能把他吸引到作者的世界中来"②。这样一些论断非常符合中国的先锋作家的认识,或者说后者正是从这些西方大师的理论和文学实践中获得反叛的力量和方向。

1989年,作家余华发表了一篇创作谈《虚伪的作品》。在这篇半总结半宣言的文章里,余华毫不客气地认为"十九世纪文学经过了辉煌的长途跋涉之后,把文学的想象力送上了医院的病床",其原因在于人们长久以来被围困在"只对实际生活负责的日常经验之中,它越来越疏远了精神的本质",只能获得一种"表面的"、"新闻记者眼中的"③ 真实,因为"真实性始于意

---

① [法]罗兰·巴特:《写作的零度》,李幼蒸译,台北时报文化出版企业有限公司1991年版,第52页。
② [法]娜塔丽·萨洛特:《怀疑的时代》,见崔道怡等编《"冰山"理论:对话与潜对话》(下册),中国工人出版社1987年版,第559、564页。
③ 余华:《虚伪的作品》,见《余华作品集》(卷2),中国社会科学出版社1996年版,第277—284页。

义停止的地方"①。于是余华,包括其他先锋作家,走上了"寻找新语言"的道路,"为了向朋友和读者展示一个不曾被重复的世界"②。

但问题是什么样的世界才是"不曾被重复的世界"?经历过现代、后现代的洗礼,先锋作家很难再为自己建立一种稳固的世界观、认识论,那徒然给后人增加一个解构的对象。他们义无返顾地抛弃了主体的西西弗斯般的宿命——那块囚禁自我,然而也是确证自我的荒谬的黑色石头,宁愿飘荡在神秘而诗意的想象界、"能指化"的语言碎片中。在《虚伪的作品》里,余华提请人们注意他的中篇小说《世事如烟》在其先锋写作中里程碑性的意义。此前的作品虽然也贯彻着"对常理的破坏",但余华承认"其结构大体是对事实框架的模仿",这种二元对立式的破坏(或模仿)仍然摆脱不了现实世界的逻辑秩序。但到了《世事如烟》,余华说:"其结构已经放弃了对事实框架的(悖反式)模仿。……使其世界能够尽可能呈现纷繁的状态,……人与人,人与物,物与物;情节与情节,细节与细节的连接都显得若即若离,时隐时现。我感到这样能够体现命运的力量,即世界自身的规律。"③ 结构的变化体现,观察世界的视角的变化,最终体现世界观的变化。在《世事如烟》里,余华用神秘包裹住整篇文本。他拒绝为笔下的人物命名,只用一些抽象的数字来指代他们;他大段大段描写人物遭遇到的神秘事件:梦的预兆与验证,通灵术与算命,诈尸与赶尸的场景……当然,寻根文学也不乏这样的描写,但后者是把神秘锁定在传统文化的框架中,自始至终显示出是在讲述"他们的故事",因而对于"我们"(作者和读者),文本便是可读的,可解的。如今余华却把神秘纳入现实生活的描写,成功地使之获得一种"现实感",这种现实感来自貌似客观、细腻、展示性的叙事,来自对传统现实主义有效的利用。事实上,先锋写作对待传统并非贵族般地一味拒绝、逃离,

---

① 雅克·拉康语。转引自〔法〕阿兰·罗伯-格里耶《现实主义与新小说》,见崔道怡等编《"冰山"理论:对话与潜对话》(下册),第534页。
② 余华:《虚伪的作品》,见《余华作品集》(卷2),中国社会科学出版社1996年版,第286页。
③ 同上,第288—289页。

要实现对传统的颠覆,光拒绝、逃离是不够的。先锋的策略是走进,在传统的内部零敲碎打,在敲打中利用,在利用中颠覆,正如梦境是对现实的模仿,也是对现实的颠覆。

类似的策略也出现在其他先锋作家的文本里。格非前期的许多小说都有一个由叙事空缺带来的"迷宫"结构,这个迷宫显然被格非赋予了本体论意义,成为世界的真谛,存在的先验方式;而孙甘露小说语言的经典形式,那五十多个关于"信是……"的判断句,目的却是要瓦解判断。咒语般的,却是诗意盎然的表述精灵一般飞出文本,飞到人们关于信的常识之外的地方,作者仿佛是一个恶作剧的枪手,用语词的子弹(能指)扫射他所见到的一切物象(所指),唯独不去理会那个理所当然的意义靶心,但它们又"隐含着某种对生存的非常透彻的洞见,……或许触及到世界末日的神秘"①。如果"真实始于意义停止的地方",如果所谓的"再现真实"只是要给真实赋予某种意义,那么有什么理由去指责孙甘露的判断不真实呢?正如巴特所说:"小说家不给人提供答案,他只是提出问题。"②而孙甘露则是以判断的形式否定判断,在对语言的颠覆中走向语言神秘的、至福的境界。

不能把这仅仅看成技术性的娱乐,虽然神秘无疑是先锋作家勾起读者阅读兴趣的一大法宝。它背后传达出作家对神秘世界的惘然和执迷。通过神秘,他们可以毫不费力地抵达形而上境地。阿兰·罗伯-格里耶说:"现实既没有意义,也不荒谬,它存在着,如此而已。"③ 但现实到底怎样"存在着",阿兰·罗伯-格里耶没讲,笔者以为,在阿兰·罗伯-格里耶(也包括中国的先锋们)眼中,神秘是一个基本元素,正如维特根斯坦所说,"神秘不是世界是怎么样,神秘正是因为世界是这样"④,知道"怎么样"的世界

---

① 陈晓明:《无边的挑战》,时代文艺出版社1993年版,第55、56页。
② 转引自[法]阿兰·罗伯-格里耶《现实主义与新小说》,见崔道怡等编《"冰山"理论:对话与潜对话》(下册),第525页。
③ [法]阿兰·罗伯-格里耶:《未来小说的道路》,见柳鸣九主编《新小说研究》,中国社会科学出版社1986年版,第62页。
④ [英]L. 维特根斯坦:《逻辑哲学导论》,商务印书馆1985年版,第96页。

并不神秘,充其量是神奇;而"这样"却是"延异"的、超验的,任何阐释都无法打中靶心(故此聪明的孙甘露便不去"打靶"),所以维特根斯坦接着又说:"即使一切可能的科学问题都能解答,我们的生命问题还是仍然没有触及到。……人们知道生命问题的解答在于这个问题的消灭。"① 当代世界的神秘性正在于它一方面伸越,弥散进我们的生存,但同时又是超验的,不可解决的,除非真像维特根斯坦所说,"消灭这一问题"。这或许就是先锋文学的神秘性存在的合理性。

在当代,神秘主义在先锋文学中达到了它所能达到的最高处,先锋文学以文学的方式——虚构、隐喻、情感、诗性的方式——触摸到神秘主义的底蕴:存在的荒谬、非理性本质。在文学这片"安全"场域,先锋们得以尽情体验神秘,表现神秘,但终因这种体验、表现的"语言游戏"性质和与时代背道而驰的方向显出它柔弱无力的一面,难以成为有效成分纳入其后的文学再生产中。伴随先锋的落幕,20世纪90年代文学总体上表现出回归现实和传统的态势,个体当下的、形而下的生活经验和情感欲望成为新一代作家主要的文学资源。不是说新一代作家缺少创新、实验的勇气和资质,而是指在一个文学消费化的时代,任何背对群体,背对现实的创新和实验,都显出一股矫情、虚妄的意味,仿佛挑战风车的堂·吉诃德。无论如何,挑战与颠覆的时代已经过去,今天的读者可以舒舒服服躺在床头阅读(消费)小说了。

原载于《中国现代文学研究丛刊》2011年第5期

---

① [英] L. 维特根斯坦:《逻辑哲学导论》,商务印书馆1985年版,第97页。

当代文学中的重大主题

一、重大主题溯源

20世纪的中国文学,"主题"是一个关键词,主题的好与坏、轻与重、和时代关系之密切与疏远,常常是评判一部文学作品优长短劣的首要标准。作为现代白话文学之发端的五四文学革命,便是一次在救亡与启蒙的现实性和紧迫感之下直接询唤出来的文化革命,尽管蜂起的各种思想、主张和流派使得五四俨然成为20世纪的百家争鸣时代,但它们不可避免地要和救亡与启蒙的时代主题紧紧连在一起。如王晓明所说:"《新青年》同人所以提倡文学革命,本来就不是出于对文学的虔敬,他们不过是想从这里打开缺口,为新思想凿通一条传播的渠道。白话文运动岂是一个文学语言的变革?它分明是整个社会书面语言的变革。"① 20世纪30年代,上海《申报·自由谈》编辑苦于国民党集团的文化专制和书报检查制度之苛紧,"吁请海内文豪,从兹多谈风月"。鲁迅便撰文剖析,谈风月也可以谈出风云,"也会出乱子,……想从一个题目限制作家,其实是不能够的"②。在这里,问题不在于编辑、作者是否有意拉近或推拒与"风云"(时代主题)的关系,而在于时代自动提供了一种解读文学话语的语境,打造出读者关于文本的"期待视野",把文学转变为照见时代风云的镜子,用F.杰姆逊的话说:"(即便)那些看起来

---

① 王晓明:《一份杂志于一个"社团"》,见王晓明主编《批评空间的开创》,东方出版中心1998年版,第200页。
② 鲁迅:《准风月谈·前记》。

好像是关于个人和利比多趋力的本文,总是以民族寓言的形式来投射一种政治:关于个人命运的故事包含着第三世界的大众文化和社会受到冲击的寓言。"①

但作为一个当代文学概念,重大主题又有具体的内涵,甚至是文学的一种划分类型,它带有马克思主义意识形态性质,和中国革命与建设的历史密切相连。它的形成可直接追溯到"左联"时期。1927年以后,中国政治格局形成国民党和共产党尖锐对峙的局面,五四所开启的思想相对自由的时代结束,新文学创作也呈现出急遽的整体性变化。严峻的社会现实迫使作家们的创作由个人感情生活的狭小天地转向社会生活的广阔世界。在反抗国民党政治独裁和文化专制,探索中国文化的发展走向的道路中,一些左翼理论家和作家开始学习和介绍苏联的革命现实主义创作方法,以此为武器与国民党的国家主义文艺、自由主义文艺和封建文艺展开论战和斗争。左翼作家的创作也以此为指导思想,除了对社会的黑暗现实进行尖锐批判之外,还要提出自己关于社会发展的主张和方式。他们都坚信社会主义是中国未来的方向,也是历史发展的必然趋势,在中国革命问题上都坚持马列主义的阶级压迫和阶级斗争学说。左翼作家大都标榜自己是现实主义的,只是加了两个前缀:革命,这与人们一般理解的现实主义已有很大的区别。事实上,19世纪文学的辉煌已经在人们脑子里打上关于什么是现实主义的牢固烙印,19世纪的大师们对资本主义的失望和批判,使得他们对任何为人类社会提供美好承诺的主义、主张持怀疑和拒绝的态度。当然,他们也有自己的"药方",这常常是一种宗教理想,但宗教是通过人性、通过文化的渐变来达到理想境界,它是非现实,非革命的,不通过社会现实的制度变化实现。

站在19世纪批判现实主义的立场上来看二三十年代中国的革命现实主义文学,就会发现它非现实主义的一面。不要说那些"普罗"小说、"革命+恋爱"的小说,它们流露出明显的把文学当作宣传、当作政治的演绎来看

---

① [美] F. 杰姆逊:《处于跨国资本主义时代中的第三世界文学》,见张京媛主编《新历史主义与文学批评》,北京大学出版社1993年版,第235页。

待,严重的标语化、口号化倾向破坏了作品的艺术与审美价值。就是像茅盾这样创作经验丰富,既有扎实的古典文学功力又深受自然主义影响的小说大家,也被认为存在很大的问题。有论者指出,茅盾这一时期的作品(如《子夜》、《春蚕》、《林家铺子》),"每每是从判断时事的抽象例题出发去进行构思"、"拥有明确的社会政治主题",跟前面的《虹》、《蚀》比感觉"像是换了一个人"①。

今天看来,左翼文学一方面把握住时代的发展脉络,抓住并表现了当时的社会矛盾和发展趋势(这也就是我们今天讲的"重大主题"),但在处理艺术与政治、真实性与倾向性、审美意识与非审美的功利观等一系列问题上,又不可避免地面临着双重的困惑和两难的选择。这既和当时的社会环境、文化环境有关系,又跟他们的文化身份有关系。特别是早期的左翼作家,他们首先是革命家,是文化战士,其次才是文学家、小说家,因此他们对文学的理解,他们的创作目的、创作心态都带着强烈的倾向性、功利性。蒋光慈就说"文学要成为无产阶级最高的政治斗争之一翼"②;李初梨也说"文学是宣传"、"文学,与其说是社会生活的表现,毋宁说是反映阶级斗争的实践和意欲",因此革命文学就是"以无产阶级的革命意识,产生出来的一种斗争的文学"③。这种困惑和两难选择在现代文学时期,包括延安文艺座谈会后的解放区文学,一直没有解决好。相反,日趋激烈的战争和国内外矛盾遮蔽和压抑了这种两难困境,把文学变成一种"战时性"状态。这种战时性特征一直延伸进当代,特别是在所谓的重大主题的创作上。

二、 时代的书写: 十七年文学中的重大主题

宽泛地说,十七年文学整体上都与重大主题有关,这与当时把文艺作为

---

① 王晓明:《惊涛骇浪里的自救之舟》,见王晓明主编《二十世纪中国文学史论》(第二卷),东方出版中心1997年版,第285页。
② 蒋光慈:《关于革命文学》,《太阳月刊》1928年2月号。
③ 李初梨:《怎样地建设革命文学》,《文化批判》1928年第2期。

革命事业的一部分,强调文艺的社会功能分不开的。新中国的成立,使得历史发生一次整体性的巨变,"解放了"的心态赋予人们一种全新的看取现实、构想未来的目光,也带来一种新的历史意识。新的时代,要求有一种新的文学。新的国家制度奠定并规范着当代文学的社会主义方向和框架,作为类型学意义上的重大主题文学便是在这样一个框架内展开。事实上,党的文艺路线、文学规范的确立,对文学的调控和领导,常常通过重大主题文学的提倡和推展来实现,而文学的"代言性"价值,也以此来达成。"重大主题"概念的提出,体现了要求文学在一种新的国家意识下对历史和现实的重新书写,要求作家按照党的文艺路线、方针和政策,处理好政治与文学、理想与现实、个人和集体等等一系列关系,通过表现现实和历史中的重大事件和问题,来改造和塑造(作为读者的)人民的现实观、历史观和世界观。因此,十七年的文艺创作和批评的指导思想,便体现为强调写与社会政治运动密切相关的题材;强调表现工农兵伟大的革命实践活动,任何个人的行动和命运必须放在革命的大潮之中;强调文艺直接对光明面的歌颂;强调文艺反映的生活要比现实生活更高、更美、更典型、更理想,构成了"重大主题"的基本内涵。而英雄主义、崇高化是这一时期典范性的美学风格。于是我们看到,在历史领域,描写党所领导的新民主主义革命和社会主义革命、建设成为创作的主导性题材和主题;在现实领域,具体到每一个时期,从建国初的抗美援朝、土地改革,到随后的大炼钢铁、人民公社运动,都有相应而及时的文学作品出现。

　　与提倡重大主题的写作相对应的,是对描写平凡的日常生活,表现个人欲望、情感、精神状态等等"小叙事"的蔑视和压制,这与当时思想界、意识形态领域对个人主义的持续不断的批判、清算相一致。在社会主义国家建立和巩固之后,革命的对立面不再是"拿枪的敌人",而是各种非无产阶级、非社会主义思想、意识形态——小资产阶级思想、落后的小农心态和世俗平庸的市民意识(这中间尤以小资产阶级个人主义最为危险),作为文化话语的个人空间被急剧压缩、消退(当然,在实际生活中个人空间仍然存在,这在任何时代、任何社会都无法取消),原本属于个人领域的东西被极度地公共化、社会化。个体生活、社会生活长期呈现一种"他者化"、"泛政治化"状态,用汉娜·阿伦特的话说:"有许多东西根本抵挡不住公共舞台上其他人恒久在场的那道无情亮光。"①对泛政治化空间的建立和强化,体现出国家意识形态对人民思想的"纯化"意愿。新中国成立后文学界第一场较为集中的批判,便是针对小说《我们夫妇之间》。批判的原因是这篇作品被认为是"依据小资产阶级观点、趣味来观察生活、表现生活"②;有一种"阶级敌人式的玩弄劳动人民的态度,……流露出轻浮和不诚实的低级趣味"③;"是穿着工农兵衣服,实际上是歪曲了工农兵的小说"④。在这些夸大其词的、充满火药味的批判——当然,相较后来"反右"、"文革"中的大批判,它们还是温和的——背后,隐藏着对展示个人日常生活,按生活本来面目进行创作的文学类型的蔑视和拒绝,对表现个人(尤其是知识分子)内心世界和情感的忌讳,对作品所流露出希望获得不受社会和潮流干涉的私人空间的微弱诉求的警惕和打击。后来在1956年"百花齐放"前后出现的《红豆》等作品遭到批判,也是出于同样的原因。

另一方面,刚刚过去的中国人民波澜壮阔的革命史,以及历史转型时期频繁的社会运动、政治运动,都提供了太多可写的主题和素材。在当时,每一位想做大文章,想留下"史诗性作品"的作家,自然会想到去表现这些主题和素材。在十七年,我们会发现"重大主题"与"史诗性"这两个概念常常叠合在一起,成为评价一部作品的首选标准,也就是当时常常论及的思想第一、政治第一的标准。

反过来,选择重大主题又为作家提供了一层创作的保护膜,或者是衡量作家能否脱胎换骨,跟上新时代,站稳立场的试金石,成为作家、知识分子对新社会、新政权认同的一种表现。在新的社会制度下,一切阶级关系、社

---

① [美] 汉娜·阿伦特:《公共领域和私人领域》,汪晖、陈燕谷主编《文化与公共性》,三联书店1998年版,第82页。
② 陈涌:《萧也牧创作的一些倾向》,《人民日报》1951年6月10日。
③ 李定中:《反对玩弄人民的态度,反对新的低级趣味》,《文艺报》1951年第4卷第5期。
④ 丁玲:《作为一种创作倾向来看——给萧也牧的一封信》,《文艺报》1951年第4卷第8期。

会关系都必须重新调整,知识分子——无论是整体还是个人——也面临着一次非此即彼的人生选择,这片"毛"应该粘在哪层"皮"上,是与革命、进步阶级为伍,还是堕落到反动、落后的阵营中,一个衡量的标准就是看他们的创作能否与党的文艺路线保持一致。像郭沫若、巴金、曹禺等人,都自觉地放弃原来的创作风格、题材和主题,转向讴歌,转向自己不熟悉的主流或重大题材、主题。郭小川写《白雪的赞歌》这样的非重大主题作品时(其实也不算太"非"),他的朋友李季就劝阻过他,后来又私下抱怨:"他不接受延安时期的教训,写这些有什么意思!这样的题材有的是,我才不写呢!"①杨沫的《青春之歌》本是一部肯定和赞颂知识分子献身革命的作品,但作者却是在忐忑不安的心理状态下进行创作的。她曾在日记中忧心忡忡地写道:"一九五六年就快完了,不知明年此时,我的情况如何?我写作的情况又如何?那本可怜的书可以见世面了吗?会不会批它在美化小资产阶级知识分子?是不是批它丑化了共产党员?"②李季的私谈、杨沫的日记表现了作家在题材、主题选择上普遍的如履薄冰的心态。

即使作家想有所探索,有所突破,也是在重大主题的框架内展开。比如上面说到的郭小川《白雪的赞歌》,还有路翎的《洼地上的战役》、王蒙等人的"干预生活小说",其实主观上都是在配合主旋律,并没有完全脱离重大主题和题材范畴。《洼地上的战役》属于抗美援朝题材,歌颂志愿军战士的英雄主义、国际主义精神和美好的心灵;《组织部新来的年轻人》反映干部思想僵化,脱离群众和实际,官僚主义问题。与后来的《百合花》一样,《洼地上的战役》涉及到革命军人的爱情问题,但两篇作品在当时就受到截然不同的待遇,是因为《洼地上的战役》把这一主题放在中朝友谊、国际关系这个敏感位置上来表现,所以越了位。正如当时一位批评家说:"想通过这样与纪律相抵触的事件来描写中朝人民用鲜血结成的友谊是不可想象

---

① 杨守森主编:《二十世纪中国作家心态史》,中央编译出版社1998年版,第362页。
② 同上。联想到杨沫是在1956年这个相对宽松的"百花时代"发出这样的忧言,我们可推测在政治空气更苛紧的时期,作家们在创作题材、主题选择上的谨慎了。

的。"① 而《百合花》不存在这样一个"纪律"问题，所以安全得多。有意思的是，两篇作品都通过男主人公的牺牲来解决革命与爱情之间隐含的冲突。王蒙的《组织部新来的年轻人》尽管对"本应歌颂的对象上表现出另一种态度，……使得作者在后来'反右派斗争'中受到了批判"②，但所涉及的对现实阴暗面的暴露，对官僚主义的揭露，其实就是后来毛泽东发动文化大革命主观上要解决的一个问题。无怪乎毛泽东几次出面肯定并直接保护这位当时名不见经传的年轻作者。③

由此我们可以看出，十七年文学在重大主题这个问题上表现出很强的自觉性，普遍性，通过"重大主题"类型的大力倡导，构建起文学在主题和题材上的等级格局。到了"文革"时期，更是形成"重大主题"覆盖一切的状态，通过批判"黑八论"，树立"三突出"、"重大题材决定重大意义"等教条，文学完全成为政治的演绎和工具，文学创作实际上变成一种政治行动。

三、知识分子代言人：新时期之初的重大主题

新时期之初的伤痕、反思、改革文学，仍然可以当作重大主题的文学作品来看，这是因为这些作品与新时期的社会思潮、政治发展保持着高度和谐甚至同步的关系。事实上，许多思想、观念和人民呼声最先常常是由文学传达出来的，文学在那个时代成为反映社会生活、心理和情绪的敏感神经，文学知识分子于是也成为20世纪80年代"再启蒙"的先行者之一。

某种意义上，新时期初与新中国成立初具有很大相似性，都具有一种"革命后"色彩。20世纪频繁的革命和运动一再强化着知识分子的革命情结，在文化和思想史上打上鲜明的烙印：革命通过政治和社会生活层面上的突变迫使文化思想跟上自己的步武，跳跃式地进入一个新天地，通过理想的现实

---

① 侯金镜：《评路翎的三篇小说》，《文艺报》1954年第12期。
② 谢冕：《论中国当代文学》，《文学评论》1996年第6期。
③ 黎之：《回忆与思考——从"知识分子会议"到"宣传工作会议"(1956年1月—1957年3月)》，《新文学史料》1994年第4期。

化展示自身的正义性和合法性,宣斥革命前的非正义与不合法,在革命的阳光下,一切变得黑白分明,一目了然。这种"革命效应"也缔造了新时期初期作家的历史、现实意识,规范着这一时段文学的面貌。十年"文革"在一朝之内猝然结束,历史以全新姿态翻开了下一页,那情形颇有点像1949年10月新中国的成立——通过政治手段结束一个黑暗时代,使知识分子再次体验到政治的伟力,由此加入到"噩梦醒来是早晨"的欢庆当中,表达出从此迈入"春天"的集体想象①。但欢庆并未延续多久,比起1949年后持续不断的浪漫的歌唱与赞美,中国作家似乎成熟了一些,他们很快就转入对刚刚过去的灾难的倾诉和思考。对此许子东分析道:"假如不先讲'文革'的故事,倘若不先给'文革'一个'说法',很多中国作家(及读者)似乎还不能从道德价值观的断裂心创中真正'生还',他们与传统文化及五四的种种精神联系也很难延续。"②

20世纪70年代末、80年代初的伤痕、反思文学首先是以一种"国家文学"的面貌出现,是对揭批"文革"和拨乱反正的国家话语的回应。在当时,个人讲述的"文革"故事同时又是人民记忆、历史叙事。这是因为当时的知识分子和国家存在着共同的敌人,即以"四人帮"为代表的极左路线、帮派分子。这段时期是一段知识分子与国家意识形态步调一致、互相支撑的黄金岁月,这使得作家基于自己的亲历和感受作出的"文革"控诉,与彻底否定"文革"的政治批判形成高度一致的同构关系。这种同构关系体现为一致将"文革"构想成封建专制主义的产物。在那个现代化被高悬在圣殿的年代,知识分子无法辨察出"文革"与现代激进主义之间复杂而隐秘的

---

① "噩梦醒来是早晨"是20世纪80年代初一部表现"文革"灾难的电视剧的片名,而王蒙1980年发表的小说《春之声》,我们似乎可以在象征层上做这样的解读:在那辆老旧、拥挤、迟缓的闷罐车——它象征着"文革"留下的满目疮痍的中国现实里,人物既急切又相安无事地旅行,争分夺秒地用日本"三洋牌"收录机学着外语,聆听着来自西方的"春之声"。

② 许子东:《叙述文革》,《读书》1999年第9期。

联系①。同时,它也塑造了知识分子理直气壮的"文革"叙述姿态:立足于(先进的)现代立场对(落后的)封建主义的批判,它背后隐含着启蒙时期之后,尤其是黑格尔之后被普遍认同的"线性历史观"②。

但另一方面,差异又同时存在,并且越到后来,差异越大。在20世纪80年代初,"文革"故事除了承担国家意识的叙事功能外,还承担着以下两种话语功能:

1. 是知识分子重返社会和文化舞台的策略和路径。这即是说,除了国家意识,还有知识分子自身的意识形态渗透进来,并且越到后来,这种渗透越明显。在对历史的展示与批判中,知识分子同时也在构建现在、未来的想象与规划,谋求和确证在现实中的主体意识和话语权利。刘心武那一石激起千层浪的"救救孩子",在当时的历史条件下不仅是对"文革"灾难的控诉,同时也是一种召唤,它连带着一系列的问题:"谁来救?""拿什么救?"也隐含着一个根本性的回答:知识分子应该以自己获得的民主科学知识解救孩子,启蒙大众。就是说它传达出知识分子对话语权利的要求。

2. 对伤痕的回忆与言说同时也是抚平创伤,消除在个体和集体的意识、无意识中留下的灾难、恐怖记忆。就是说,记忆是为了遗忘,反思历史是为了确证现在。如果说西方知识分子在二次大战之后有一种"奥斯维辛之后无法写诗"的绝望感,而"文革"后的中国作家则存在着与之相反的普遍意识:在经历"文革"之后,有并且只有一种话语方式——通过意识形态化的批判意识、使命感的确立来摆脱"'文革'梦魇"。

因此,支撑着回忆与反思的仍然是"革命"式的二元对立的情感—认识

---

① 关于"文革"与现代激进主义的联系,中外学者多有论述,如美国学者莫里斯·迈斯纳认为"文革""是近代中国思想传统的组成部分"(《毛泽东的中国与后毛泽东的中国》,四川人民出版社1990年版,第394页);迈克法夸尔和费正清主编的《剑桥中华人民共和国史》(中国社会科学出版社1990年版,第102—110页)则讨论了毛泽东本人的激进主义思想。

② 德国学者彼德·伯克把这种线性历史观视为西方历史观念中的"一个最重要最明显的特征",它以"黑格尔的《历史哲学》和麦考莱的《英国史》为代表性论述"。中国自近代以来,也深受这种线性历史观的影响。见伯克《西方历史思想的十大特点》,《史学理论研究》1997年第1期。

逻辑,它划出一条历史分水岭,将社会、思想以至人性分置两端。它不可避免地带来对其他问题(诸如"我"的责任、"我"与他人与世界的深层关系)的忽略和遮蔽,但它提供了关于"文革"的合法而有效的叙事,对过去发出的悲情和批判既是给过去的"说法",又是给现在的"说法"。同时,这种悲情化叙事产生不容怀疑的真实性,它有效地置换和改装价值评判和意识形态,直接接通、呼应并强化着读者的"情感记忆",通过"理念的感性显现"方式直达阅读大众的心灵深处。用许子东的话说,新时期初期的"文革"小说,为当时的读者提供了一次"为了忘记的集体记忆"①。

十一届三中全会后,经济政治改革成为时代的主潮,"改革文学"应运而生,成为一次直接的集体性的重大主题创作。最初的改革文学,重在塑造改革家、开拓者形象,展示改革进程中具体的人事、体制上的矛盾斗争,它们在现实中多少起着为改革鼓与呼的作用。那些由改革文学塑造出来的大刀阔斧、铁面无私的改革强人形象,成为人们在实际生活中观察和评价改革人物的强有力的参照系。在这个意义上,改革文学直接、深度地参与和干预着社会生活。随后,改革文学向深层发展,重在剖示经济政治体制的变革给社会结构带来的整体变化,特别是道德观念、伦理关系的变化,在题材上也向生活化、多视角和整体化转变,原来的那种急迫、理想化的色彩逐渐消失,创作方法也趋于开放和多样化。伴随改革文学的深化,是知识分子独立的启蒙和文化批判的热情与力度的加深,是改革文学从"社会小说"向"文化小说"的转化。

综观新时期之初的文学,从"伤痕"、"反思"到"改革文学",潜藏着一条由合到分的运行路线。到后来"寻根文学"的出现,知识分子的意识形态和国家意识的合一性趋于消失,作为文学主潮的重大主题也渐渐淡出。

---

① 许子东:《为了忘记的集体记忆》,生活·读书·新知三联书店1999年版。

四、20 世纪 80 年代中期之后：重大主题的式微

20 世纪 80 年代中期以后，重大主题基本上不再作为一种文学主潮出现，因为它已经失去了知识分子和作家自觉的、主动的顺应。这也使得后来出现的既可称之为重大主题，又具有艺术价值和轰动性的作品很少出现。20 世纪 80 年代中期以后，知识分子开始与现实、与主流意识形态保持一种有距离，乃至抵抗的心态。而重大主题的作品一般是不以批判性为主的，更不能反主流意识形态。比如 20 世纪 90 年代的现实主义冲击波小说，很多其实不能作为重大主题作品，因为它们似乎过多地揭露了现实的阴暗面，有些甚至流于一种"黑幕小说"的味道，并且它们在提供现实解决的方案时，表现得极为游移、迷惘甚至悲观。它们被主流提倡，更多是因为它们比起其他类型的作品有更强的所谓"现实关怀"。

但重大主题作为一种思潮的时候有时又与文学保持一种隐秘的曲折的联系，比如说新写实小说。新写实小说站在平民化的立场上，以一种"回到生存本身"的姿态和气势冲进文学话语场，试图重新发现物的地位和价值，在它的背后是 20 世纪 80 年代下半叶中国人猛然苏醒过来的对物质生活的重新认识，对提前迈入小康的向往。这与 80 年代以来以经济建设为中心的国家政策是相一致的，只是"新写实"把现代化由国家性工程变成物质的代名词，变成中国老百姓孜孜以求的目标和行动加以表现。当然，"新写实"在看待现实问题上又表现出浓郁的悲观意识，倾向于将思想与肉体、精神与物质摆放在二元对立位置，在发现物质的同时放逐精神，因此，与现实主义冲击波相比，新写实小说与重大主题、主旋律的距离离得更远。

失去了作家自觉、主动的顺应，重大主题的创作主要是通过国家的大力倡导，甚至是通过行政支持、组织的方式来实现。比如说 20 世纪 90 年代宏扬主旋律、"五个一工程"奖的评选活动等等。事实上省、地一级的文联、作协这方面的工作占的比重很大。许多作者甚至不顾自己缺乏相关的创作经验和生活体验，有意去从事具有重大主题色彩的创作，以换取支持、津贴和

荣誉。这样做的结果常常难有好的作品出现，所以对主旋律、五个一工程，一个颇有代表性的看法是思想性上去了，艺术性却没有跟上。

如果把十七年文学总体上看作是时代书写、80年代文学看作是知识分子主体性书写，那么90年代可以看作是个人与市场经济时代的双重书写。90年代是文化人越来越糊涂，老百姓越活越明白的年代。在这个"迷惘的年代"里，作家很难获得对时代、历史和个体的清晰把握，建立起与时代的对话和批判关系，因此很难有明确的主题意识。80年代以前那种具有主题先行意味的创作已经逐渐淡出，那种背靠着时代精神，或者先进思想和方法的理直气壮的叙事，在90年代变成一种低调的、饱含疑问的叙事。作家沉浮在市场这只非理性的"看不见的手"当中，感受到的是一种混乱、茫然的悲观情绪。市场意识对国家意识、知识分子意识具有双重的削弱和打击作用，它看似是自由的、现实的、无人统治的，社会好像进入一个"私人自主"（personal authorizing）时代，但事实上"市场社会正在以它独特的方式消灭公/私的分界，消灭文化的差异，把我们置于金钱的'客观性'之上。在那里，一切得到了换算和衡量，我们由此处于一个既无联系、又不能分离的世界上"①。市场社会实际上是一个雅斯贝尔斯所说的"无名的""大众统治"、"机械统治"的时代②。社会和文化公共性的失落使得知识分子丧失了整体关怀的目标和方向，文学叙事被迫转向一种对日常生活的个人化倾诉，个人写作成为作家共同追逐的目标，以致于成为一个神话，但这种个人叙事并非体现鲜明的个人立场和追求，而更多是在经验意义上的个人性，在个人的天空下其实隐藏着大众化、类型化的影子。

这里我们可以拿20世纪90年代的女性小说作一些分析。女性叙事隐含着这样一种认同关系：社会是"他们"（男性）的社会，历史是"他们"的历史，而且长期以来形成的女性形象、身份也是被男性建构出来的，"我"（"我们"）拥有的只是"自我"，甚至是身体性的"自我"。只有"身体"，

---

① 汪晖：《文化与公共性·导论》，生活·读书·新知三联书店1998年版，第45页。
② [德] 雅斯贝尔斯：《时代的精神状况》，上海译文出版社1997年版，第31、42、154页。

和建立在身体之上的体验和感觉是自然的、纯净的、非社会化和非历史化的，因此反抗男权、反抗男权话语就必须而且只能回到身体；另一方面，在"我"（"我们"）的身体中拥有全部的女性经验、意识和生存方式，因此回到身体就是回到女性生命和存在的天空。但当女性作家把自我、把身体放进文本，操作起"自叙传"来时，却呈现出互相熟悉、雷同的面孔，她们从个体生活和心灵——意识和潜意识层面——挖掘出的素材、情感，甚至叙事风格、表意策略竟是如此相似。有位批判家细致地分析过陈染的长篇小说《私人生活》里反复出现的镜子、浴缸、洞穴等象征意象①，其实这些表达幽闭与自恋情结的意象原型在伊蕾、唐亚平的诗，林白、海男的小说中也比比皆是。今天，这种逃离、幽闭、自恋、自娱的倾向已成为女性写作的潮流和时尚。

并且在一个消费时代，不仅作为物质的身体会成为消费品，而且作为话语的身体也逃脱不了被消费的命运，那些旨在逃避、反抗、自我创生的身体形象和意识、私人生活场景和经验，无不散逸出具有消费意味的性话语的弦外之音，它有可能带来女性意识的创生（对于女性来说），更有可能成为消费性阅读的对象和刺激物。90 年代早期的女性写作（如陈染、林白、海男），还抱有一些反抗和创生的幻想，到了所谓"七十年代女性作家群"，已是在主动追求这种刺激效果，反抗变成一个神话，已是渐行渐远了。

于是，我们发现来到了一个不大可能产生史诗的时代，一个不大可能自动产生主旋律的时代。

也许我们应该赋予重大主题以一种新的内涵。在疏离 50—70 年代的泯灭自我、变成单纯的意识形态的附和者之后，在告别激进的、乌托邦的代言、启蒙热情之后，要想重新以总体的、代言的身份，以宏大叙事的方式进行关于社会和人类生存的言说，似乎是不大可能了。正如福柯所说："知识分子正在放弃他们过去预言家的功能。……不仅是他们对未来做的判断，还包括他们一直渴望的立法功能：'想知道什么是必须要做的，什么是好的跟我来

---

① 陶东风：《私人化写作：意义和误区》，《花城》1997 年第 1 期。

吧。在世事的混乱纷扰中,由我来为你指路。'今日从事说话和写作职业的人的脑海中,希腊智者、犹太先知和罗马立法者的形象仍然徘徊不去。"①

但我们是否可以就此心安理得地将作为个体的作家、知识分子的职责也一并放逐呢?是否可以无视作为"存在于世"(being－in－the－world)的人所具有的义务、所应承担的思考和行动呢?真正意义上的写作,归结到底总是一种关怀,关于自我的关怀、人的关怀、社会的关怀和自然的关怀。正是在这个意义上,昆德拉把文学理解成"存在的勘探",而福柯在表达了对"预言家知识分子"的揶揄、批判后,仍然满怀深情地写道:"知识分子的角色并不是要告诉别人应该做什么。他有什么权力这样做?……知识分子的工作是要通过自己专业领域的分析,锲而不舍地对设定为自明性的公理提出质疑,动摇人们的心理习惯,行为方式,拆解熟悉和被认可的事物,并参与意愿的达成,完成他作为一个公民的使命。"②

原载于《南方文坛》2000年第4期
后收入《当代文学关键词》,广西师范大学出版社2002年版

---

① [美]福柯:《权力的眼睛》,上海人民出版社1997年版,第48页。
② 同上,第146—147页。

悲情年代

——20 世纪 80 年代小说的一种阅读视角

20 世纪中国文学史上，80 年代无疑留下了浓重的一笔。这一笔的分量之重，既因为这段时期的文学居于文化的中心地带，也因为它在思想内容和艺术形式上显示了前所未有的复杂性与多样性。但在这种复杂性和多样性背后，我们却感受到其间流动着悲伤之情，从社会历史之悲、文化之悲到生存之悲构成 80 年代文学的一脉，伴随着它的是知识分子历史主体意识、启蒙雄心和人文精神的升降起伏。

这种悲情并不等同于西方现代意义上的悲剧，后者蕴涵着人与世界相遇时本体上的异己、孤独和荒谬体验，进而对生存本身产生出分裂、溃败和虚无感。而 80 年代中国文学的悲情更多滞留在政治和社会生活层面，针对人在社会结构和现实生活中的不幸遭遇；另一方面，悲情又与 80 年代普遍的激进主义（从政治、文化的激进，到存在本体的激进）保持密切的联系，甚至可以说是这种激进主义的伴生物。它要求现实以直线的方式达到主体的构想，而悲情则潜藏在构想失败后的失望，以及隐约可现的对构想本身的怀疑与不安当中。这即是说，悲情与悲剧不相同，至多是对悲剧想象性的仿制，是历史和现实创伤在情感层的表现。它既可带来悲剧意识，也能在想象性的悲剧中激发自我崇高与悲壮。正是在对悲剧的想象性的情感表达中，80 年代知识分子获得了空前的自我崇高和完满感。进入 90 年代后，我们从知识界弥散着的迷惘、溃败情绪中，更能反观出 80 年代那个强悍主体的幻觉性。

一、记忆与告别——"文革"叙事的悲情

20世纪频繁的革命和运动一再强化着知识分子的革命情结,在文化和思想史上打上鲜明的烙印:革命通过政治和社会生活层面上的突变迫使文化思想跟上自己的步伐,跳跃式地进入一个新天地,通过理想的现实化展示自身的正义性和合法性,宣斥革命前的非正义与不合法,在革命的阳光下,一切变得黑白分明,一目了然。这种"革命效应"也塑造着新时期初期作家的历史、现实意识,以及这一时段的文学面貌。十年"文革"猝然结束,历史以全新姿态翻开了下一页,那情形颇有点像1949年10月新中国的成立——通过政治手段结束一个黑暗时代,使知识分子再次体验到政治的伟力,由此加入到"噩梦醒来是早晨"的欢庆当中,表达出从此迈入"春天"的集体想象。但欢庆并未延续多久,他们很快就转入对刚刚过去的灾难的倾诉和思考。对此许子东分析:"假如不先讲'文革'的故事,倘若不先给'文革'一个'说法',很多中国作家(及读者)似乎还不能从文化、道德及价值观的断裂心创中真正'生还',他们与传统文化及五四的种种精神联系也很难延续。"①

对于80年代初的作家,讲述"文革"故事在当时承担着三种话语功能:1. 是对"揭批'文革'"和"拨乱反正"的政治话语的响应,作家基于自己的经历和感受作出的"文革"控诉,与"彻底否定'文革'"的政治批判形成同构。这种同构体现为将"文革"设定为封建专制主义的产物。在新时期初期现代化被高悬在圣殿的年代,知识分子无法辨察出"文革"与现代激进主义之间存在着复杂而隐秘的联系。同时,它也塑造了知识分子理直气壮的"文革"叙述姿态:立足于(先进的)现代立场对(落后的)封建主义的批判,它背后隐含着启蒙时代之后,尤其是黑格尔之后被普遍认同的线

---

① 许子东:《为了忘却的集体记忆——解读50篇文革小说·导论》,生活·读书·新知三联书店2000年版,第2页。

性历史观①。

  2. 是知识分子重返社会和文化舞台的策略和路径。这种策略通过由个人讲述的故事向人民记忆、历史叙事的功能转换中实现。在对历史的展示与批判中，知识分子同时也在构建现在、未来的想象与规划，谋求和确证在现实中的主体意识和话语权利。刘心武那一石激起千层浪的"救救孩子"，在当时的历史条件下不仅是一声呼吁，也是一种召唤，它连带着一系列的问题："谁来救？""拿什么救？"并隐含着一个根本性的回答：知识分子应该以自己先行获得的民主科学知识解救孩子，启蒙大众。

  3. 对"伤痕"的回忆与言说同时也是抚平创伤，消除在个体和集体的意识、无意识中留下的灾难、恐怖记忆。说到底，记忆是为了遗忘，反思历史是为了确证现在。如果说西方知识分子有一种"奥斯维辛之后无法写诗"的绝望感，而"文革"后的中国作家则存在着与之相反的普遍意识：有并且只有一种摆脱"文革"记忆的方式——通过意识形态化的批判、使命感的确立来摆脱"'文革'梦魇"，缓解苦难记忆，同时也决定着作家的悲情走向。

  丛维熙的"大墙系列小说"有一个基本的故事模式：主人公的不幸遭遇都与执行"四人帮"阴谋路线的爪牙有密切的联系，"文革"被叙事成好人与坏人尖锐矛盾和搏斗的光辉岁月，悲情荡生在好人受难、坏人当道的黑白颠倒的悲剧环境里，以及主人公不屈抗争、舍生取义的崇高行动之中。通过这种传奇性和悲剧化的处理，作者，连同读者（尤其是"文革"中受过挫折的读者）的"文革"创伤得到有效的宣泄和抚平。张贤亮不像丛维熙这么简明直接，他试图从哲学（张说是唯物辩证法，其实更是黑格尔式的精神辩证法）层面来理解主人公的苦难：苦难成为一种"辨证"的否定力量，它既造成主人公的不幸，更促使他的灵魂通过炼狱向人间乃至天堂跃升。于是主人公所处的异域环境，以及这个环境之中野性和淳朴的底层人物，都成为帮助

---

① 德国学者彼德·伯克把这种线性历史观视为西方历史观念中的"一个最重要最明显的特征"，它以"黑格尔的《历史哲学》和麦考莱的《英国史》为代表性论述"。中国自近代以来，也深受这种线性历史观的影响。见伯克《西方历史思想的十大特点》，《史学理论研究》1997 年第 1 期。

主人公跃升的神圣帮手,而跃升的结果是主人公成为充满使命感的精神主体,传统的文人落难的命运悲剧被改写成知识分子自我救赎的精神壮剧。而在王蒙、茹志鹃等人的反思小说中,主人公多是"文革"前的当政者,"文革"的受难者,他们的反思很自然地把"文革"和"文革"前联系起来,从而显出一丝自我批判和忏悔的色彩。但这种囿于政治层的批判、忏悔同样难以彻底,政治既是反思的对象,又充当反思的保护膜。旧的体制使"好人"办坏事,一旦走出"反右"、"大跃进"和"文革",旧体制完结,旧人自然变成新人,批判和忏悔也告结束。

由此我们可以看出,支撑着回忆与反思的是革命式的二元对立的情感—认识逻辑,它划出一条历史分水岭,将社会、思想以至人性分置两端。"伤痕"(伤害)是那个年代的一个主词,在物我两极的世界中,一旦确立了"我"被伤害的位置,也就确立了一种关于历史的不可动摇的黑白、正反关系,它不可避免地带来对其他问题(诸如"我"的责任、"我"与他人与世界的本质关系)的忽略和遮蔽。从"文革"走出的作家立足于"现在"——一个已经摆脱了灾难、噩梦的安全位置,一个拥有了全部答案的确定位置,因苦难而生的悲情既是给过去的说法,又是给现在的说法。同时,悲情叙事具有不容怀疑的真实性,它有效地置换和改装价值评判和意识形态,直接接通、呼应并强化着读者的情感记忆,通过"理念的感性显现"方式直达阅读大众的心灵深处。对此,身为伤痕作家的刘心武曾一语道破,"中国老百姓更爱看苦戏"。

二、 现代视阈中的文化挽歌

80年代中期,寻根文学登场,从中我们还是可以看出作家对刚刚过去的灾难保持强劲的探讨、诊断热情,但他们显然对前人代开的"药方"——无论是"四人帮"及其党羽的倒行逆施,还是极左思潮影响下的失误——持怀疑的态度,认为充其量是"流",而非"源"。他们把目光投向更遥远的长时段历史,投向被正统、主流文化和百年启蒙潮流遮没的民间生活、边地生活、

"希望在立足现实的同时对现实进行超越,去揭示一些决定民族发展和人类生存的谜"①,最后他们认为找到了文化之"源"。对文化的追寻使得当代中国文学产生根本性的位移——从"国家的文学"到"文化的文学"。对于长期远离文化传统,远离民间的当代作家,这一转向无异于是发现一片广袤、丰饶的处女地。

1. 寻根的初衷意在找回"文学的根",使文学之根"深植于民族传统文化的土壤",这给人一种文化复古主义的印象。其实他们只是对此前文学近距离看取现实的不信任,对看似激越其实是躲在意识形态空间浮浅批判的怀疑,对在展示伤痕时显露的自怜、自恋姿态的厌弃,而对于现代主义蕴涵的文化价值和艺术精神,则较为一致地取开放和融汇的态度。韩少功说寻根"丝毫不意味着闭关自守……相反,只有找到异己的参照系,吸收和消化异己的因素,才能认清和充实自己"②。李杭育也告诫在"理一理我们的'根'"的同时,也要"选一选人家的'枝'",才能"开出奇异的花,结出肥硕的果"。③

2. 寻根作家对谈论和询唤的传统有明确的限定。他们的目光更多盯在被主流拒斥,压抑的边缘、民间的另类传统,用韩少功和李杭育的话就是"非规范文化"。他们如此沉迷于远离现代生活、主流传统的远古、边地,沉迷于充满新奇的民间和少数民族生态风情,以及那象征纯真、野性或母亲般的神奇瑰丽的大自然。而那些寻儒家文化、中原文化之根的作家(如贾平凹、王安忆、郑义),理性审视和批判的意味也就愈加强烈。所以批评界后来在讨论寻根派的组成时便出现分歧,有人试图以介入寻根讨论的深浅来划出一条主流与外围作家的界线④。笔者以为,划分的尺度不在于他们是否有明确的流派意识,而在于他们在对待文化传统上是否表现出一致的价值取舍和审美心态。

---

①② 韩少功:《文学的"根"》,《作家》1985 年第 4 期。
③ 李杭育:《理一理我们的"根"》,《作家》1985 年第 9 期。
④ 有关"寻根派"的构成以及批评家对这一构成的争论,可参阅徐勇的论文《"寻根"的建构及其谱系》的分析,该文刊于《中国现代文学研究丛刊》2012 年第 12 期。

3. 寻根作家试图找回民族文化的"根",激活、焕发出它的生机,但这种询唤与其说是文化的,不如说是审美的,是对异时、异域风光、风情"隔着玻璃窗看世界"的浪漫想象和夸张表达。一旦真正走入传统文化,触摸到民间和边地的生活形态、思维方式和价值观念,便不可避免生出怀疑、失望和悲悯,由此祭起批判的解剖刀。这就决定了他们在传统与现代、审美理想与文化精神、以及传统自身的创造性与劣根性之间的两难处境。

1985 年,韩少功发表的小说《归去来》,或许可以作为解剖寻根运动的寓言性文本。那个"我"无意闯入的山乡僻村就像陶渊明笔下"不知有汉,无论魏晋"的桃花源,时间在这里停下了脚步,山村仿佛是一枚在历史地层中沉埋千年的化石。"我"对它的似曾相识,与其说来自个体生命记忆,不如说来自文化传统,这决定了"我"必须以无我的方式走进传统,才能从自我的想象界进入山村的现实界。于是"我"在山村的经历始终伴随着一种身份认同的混乱——一个现代版的"庄周梦蝶"式的寓言:"我"无法确证自己到底是黄治先,还是马眼镜。但作为一个历经千年儒家文明、百年现代文化打造的主体,"我"已无法获得庄子式的自由,它带给"我"的不是圆融的多元主体,而是自我的分裂与迷失。于是这种试图以忘却自我为代价,全力融入传统,融入野地的过程,便成为一个发现对话的不可能,理解的不达成的反向过程。"我"既无法完成自我的转换,山村也不会因"我"(一种异质文化因素)的闯入而激活,更新。这是一个令人无限伤感和悲观的发现,伴随着"我"记忆的逐渐复归,是"我"对对话的失望,对参与和激活传统的绝望,"我"意识到那不是"我"的栖居之所,最终悲伤地选择一条逃亡之路。

由此我们读出"寻根派"一条想象→询唤→失落的运行路线,这样一个结局是他们发起雄心勃勃"寻根"倡导时所未曾想到的。撇开他们的理论主张,潜心解读他们的文学文本,我们能发见一股普遍的焦虑、忧思和悲情。王安忆以沉郁、忧患之笔写出小鲍庄那僵而不死的生活形态、宗法关系和道德风貌;《爸爸爸》(韩少功)对楚文化的混沌、停滞形态,以及它的同构体"丙崽"形象贯彻始终的反讽和批判精神,无不饱含着夹在传统与现代之间的焦虑与悲情。

有意思的是寻根小说描绘了许多"最后一个"形象:"最后一个渔佬儿"(李杭育)、"最后一个海碰子"(邓刚)、"最后一个鄂伦春猎人"(郑万隆)……作者在这"最后一个"形象上寄托着复杂难言的审美理想和价值评判,既试图在他们身上发掘出充满魅力的文化传统和英雄气质,又从其消亡中宣谕出他们"不配有好命运"的历史必然性。表达着对传统的双重悲情,吟唱出一曲不胜惆怅的文化挽歌。

在80年代的寻根作家中,也许莫言是个异数,他对原始生命力和"酒神精神"无保留的认同和颂扬,使得作品洋溢着一股稀有的欢乐精神。但莫言的成功更多来自他独有的叙事方式和感觉,来自他天马行空的诗性想象和呓语。90年代,莫言雄心勃勃地将原始野性和酒神精神引入当代,试图对当代文化精神构成对话和补充,但他笔下的民间生活已被当作一些故事、传奇来阅读,其创作经历反向地寓言了80年代寻根作家文化雄心和审美理想的未完成性,如何把现代文化、艺术精神与传统价值嫁接起来,真正"开出奇异的花,结出肥硕的果",仍然是萦绕在当代作家心灵的百年梦想。

三、 存在与表达——"纸上" 的反抗

从某种意义上说,80年代下半叶的先锋写作是关于"何为存在"的一份答卷。

如果说"寻根派"从伤痕、反思作家对"文革"的批判,对人道主义、现代化的召唤中发现了后者意识形态和自我崇高的神话,那么继起的先锋派又在寻根作家对民间、传统的迷恋、拯救与感伤中同样发现了一丝虚妄、矫情和精英气息。但摆脱激情与批判并不能让他们获得生存之轻。一方面,80年代主体化运动的激情依然要光顾他们,这种主体化运动已从政治、文化层潜入日常生活,内化到个体生存之中,那是一种无名的冲动,一种无迹可寻又无所不在的焦虑;另一方面,西方现代、后现代文学和思想的全面进入,既打开了一扇艺术大门,也推动他们坠入怀疑与虚无的境地。相比寻根文

学，先锋写作是一种个人行为，没有理论上的集团意识，但总体上又是一次集体行动，这种集体性表现在对存在的非理性本质的探索和表达上，表现为现代、后现代艺术手段与非理性哲学的完整结合。这种结合使他们似乎在一夜之间就获得了一种崭新的、个人化的叙事方式、语言意识。正是在语言问题上，先锋派才成其为先锋，成为文体实验者，实践着海德格尔"语言是存在之家"的命题。

首先，先锋作家没有前人那种建立在个人经历和经验上的"文革"和"民间"记忆。对于他们，"文革"是一种无所谓痛苦与快乐的童年记忆，一个激不起阅读欲望的煽情故事；而"民间"只是一种沉默的存在、缺席的在场，一个等待写作填补的空壳。历史似乎进入一个靠政治激情和文化批判招不来目光的"后革命"年代。其次，当他们拒绝前人关于"文革"与民间的叙事策略和方式时，也就失去享有这些经典主题和故事的特权，他们必须重开自己的话语空间。而当他们从前人强大的"文革"叙事和民间叙事中逃亡和反叛出来，立刻会沮丧地发现并没有多少自己的故事可讲，或者说自己苍白的故事远不能纳入 80 年代知识分子的主体化运动中，在前人的"故事"阴影之下，他们不得不把写作从"写什么"转变成"怎么写"的问题。再次，西方现代、后现代艺术和思想适逢其时地进入，这种强势进入使他们获得了空前的现代语言意识，轻易化解了自我表达的焦虑，支撑起他们的叙事信念。对他们来说，语言不仅是一个形式问题，更是一种反抗前人，实现主体化的方式：能被理解的只有语言，存在只有通过语言才能得到展示，未进入语言的存在是缺席的存在，要获得最完满的主体，只有获得最个人化的语言。通过语言，先锋作家与世界建立起曲折的象征的对话关系，世界存在的形式在于自我感知和表达的方式。

先锋派的这种语言观和存在观更多是来自想象，来自西方的思想资源，难以内化到自己的生命感觉和现实思考中，他们凭借自己敏锐的理解力和想象力仓促上阵，把语言的表达变成语言的狂欢，把现实世界变成"纸上世界"，形成格非的迷宫语言、余华的反经验反常识语言、孙甘露的词语游戏语言。对格非来说，存在的迷宫方式在于人只能活在自己的时空中，如海德格尔所说，

"只有当人存在时间才到时。……不是因为人从永恒来到永恒去,而是因为时间不是永恒,时间向来只作为人的历史的此在才到时成为时间"①。人其实一次也不能踏进一条河流,踏进的只是自我关于河流的幻象。格非其实是在讲述关于人与他人、人与世界乃至人与自我对话,沟通的不可能的故事。而余华则以小说阐释"人是动物"的哲学命题,余华前期的小说就思想主题来说非常单一直白,世界就其本质来说是非理性的,是本能欲望赤裸裸的展示,而规范、常识不过是本能的一个"积分常数"。在本能的状态下,存在是无痛苦和无焦虑的,这便是余华的冷漠叙事和极端的反常识的哲学基础。孙甘露则走得更远,在格非、余华痛苦地思考,表达世界是什么、自我是什么的时候,孙甘露却在实践着罗兰·巴特"白色写作"的至福理想:语言可以表达一切,唯独不表达它的既定意义。②

这样,先锋写作便呈现出一个矛盾、混乱的写作主体。一方面,先锋派敏锐地感知到或者说想象到存在的非理性本质,主体因而感到强烈的绝望和悲伤;另一方面,先锋作家又为这种感知和想象而激动、狂热,通过"先进"的语言方式勇敢地表达出来。先锋写作是一种绝对的写作,现实在先锋笔下变得既深刻又片面。然而现实总比想象更具有想象性,昆德拉曾告诫说:"小说的精神是复杂性精神,每一部小说都告诉读者:'事情并不像你所想象的那么简单。'"③先锋写作学习西方现代、后现代文学,但某种程度上又是一种误读。比如说对卡夫卡,他的小说总体上在表达人的异化与存在的荒谬主题,但人是什么?人与虫之间的界线在哪里?谁来为人性定义?在上帝退场之后,这些都变成可疑或者说需要重新发现的问题。而卡夫卡的写作更是一个传统价值失落后试图重新发现人性的过程,充满着加谬说的"对现

---

① [德] 海德格尔:《形而上学导论》,转引自陈嘉映《海德格尔哲学概论》,生活·读书·新知三联书店 1995 年版,第 133 页。

② [法] 罗兰·巴特:《写作与沉默》,见《罗兰·巴特随笔选》,怀宇译,百花文艺出版社 1995 年版。

③ [捷克] 米兰·昆德拉:《小说的艺术》,董强译,作家出版社 1992 年版,第 17 页。

在说是，对未来说不"①的正视现实的勇气，站在废墟上对废墟说"不"的勇气（当然，卡夫卡无法独立完成这一人类大主题，正是在这个意义上，卡夫卡小说有一种"未完成性"，或者说"无法完成性"）。而80年代的先锋小说无疑是缺乏这种勇气的，比如余华，他前期的小说与卡夫卡最相似，异化、荒谬、残忍的本能，这些是余华思考和表达的主题，通过叙事，余华将它们发挥到极致，但这也是他思考和表达的上限，某种意义上，主体与这些主题的关系，就像西西福斯与石头，石头惩罚了西西福斯，但也救赎了西西福斯，而余华，同样也包括其他先锋作家，正是躺在由这些主题编织的温床上悲伤地，却又是安全地唱着他们的荒谬之歌。

这正是先锋派的虚弱之处，只是他们用其叙事技术掩盖了这种虚弱。先锋写作以其无与伦比的叙事技术达到新时期小说艺术的新高度，但这种缺乏坚实基础的高度使得后来者以及自身都轻易地将它推倒，踏着它的残骸走向另一方向。

四、现实中不能承受之"重"

先锋写作的想象性和虚弱性，被其后的"新写实"潮流清晰地照见出来。

仿佛在一夜醒来，80年代末，中国人突然发现自己的生存景况是如此的困窘、仄逼：住的房子是那么小，单位的人际关系是那么微妙难处理，相处多年的老婆怎么一下就变得又老又丑？还有小孩入托、奖金分配、婆媳关系、街坊邻里……这么多的问题决堤般冒出来，其触目惊心程度，足以打倒任何一个坚强自信的男子汉，粉碎一切关于生活的粉红色梦想。80年代初，北岛写出《生活：网》这首短诗，表达的是一种精神的痛苦，这是一张意识形态和文化之网，它无形囚禁着初步"现代"了的主体。到池莉的《烦恼人生》，主人公印家厚感叹的"生活之网"已变成物质之网，是由住房紧张、每天疲

---

① [法]加缪：《西西弗的神话》，杜小真译，生活·读书·新知三联书店1987年版，第7页。

于奔命地跑月票、到手的奖金又泡汤、拿不出钱送父亲和岳父的寿礼等等切切实实的生存问题织就。

但生活的匮乏和艰难何曾离开过中国人,这个世纪在中国谁能过上好日子?中国文学到这个时候怎么就开始关注物质的匮乏和生活的低质量,怎么一下就"原生态","零度"起来了呢?不能说此前的文学就回避了形而下的生存困窘,阅读"新时期",你会发现房子问题是贯穿整个80年代的主题。80年代初,刘心武(《立体交叉桥》)、王蒙(《高原的风》)等人就开始谈论房子问题,描写住房紧张造成的困窘与压抑,其严峻和细腻程度一点不亚于"新写实"。但王蒙等人仍然将人物的生存信念建立在超文本、不在场的价值维度上,故事的主题也得以在此层面上展开。阅读这两个文本,你会发现立体交叉桥、高原的风不仅是两种物象,更是富有感召力的精神意象,构建起巨大的隐喻性的价值系统。它们在文本中是缺场的,只存在于主人公的憧憬和想象中,但正是在这种诗性想象中,作者承诺着一种美好的现代生活,它仍然承袭着十七年以来的意识形态方式:通过非物质的精神的张扬,解决物质的困窘。

但在"新写实"中,这些美好承诺遭到全面拆解。新写实作家只要漫不经意地转动一下写作视角,让平民的思维方式和价值尺度进入文本,王蒙等人构建起来的话语大厦就轰然倒塌。在这种话语转换中,我们读出对生存的新理解、新主张,它来自对"物"的正义性诉求,体现出要求意识形态、文化、终极关怀之类的全面松绑和退场的呼声。房子就是房子,奖金就是奖金,老婆不漂亮就是不漂亮,这是任何意识形态和乌托邦幻想都没法掩盖的,也是任何高蹈的形而上话语无法漠视的。当身为一家之主的印家厚连一顿西餐也无法满足老婆孩子时,奢谈现代化不显得画饼充饥吗?当杨天青(刘恒《伏羲伏羲》)纯粹因为性饥渴而去偷窥婶婶时,讨论俄狄浦斯情结不显得矫情可笑吗?池莉说,悲剧就是"为了维持日常生活而必须要做到的事情偏偏做不到"[①]。这种夯实

---

① 转引自刘锡庆主编《世事如烟:大哥大与煤气罐》,北京师范大学出版社1992年版,第47页。

而尖锐的悲剧观足以让乐观的现代派和高蹈的先锋们三缄其口。

刘震云的《单位》里有这样一个细节：主人公小林得知单位要讨论他的入党问题，兴冲冲买了一只烧鸡回家庆贺，老婆（同样是国家工作人员）却责备他："为了入一个党，值得买那么贵的烧鸡吗？买一根香肠也就够了？"不久单位给他分了一间大杂院的平房，解决了两家合住的苦恼。小林又想庆贺，但这次他接受教训，只买了一根香肠。老婆兴奋之余，问他为什么只买香肠，不买烧鸡，小林说："上次买了只烧鸡，落了一顿埋怨！"老婆说："上次是入党，这次应该买烧鸡！"别以为这是政治的黑色幽默，它说明在一般中国人心中已换上一杆新秤，用它来重新称量政治的、文化的、物质生存的重量。如果不是入党最终有可能换取物质的利益，小林老婆恐怕连香肠都不会让买。

站在平民化的立场上，"新写实"成为彻底的唯"物"主义小说，它以一股"回到生存本身"的姿态和气势冲进文学话语场，毫不遮掩地拾起当代文学、百年中国文学羞羞答答，耻于谈论的题材和主题，在它的背后是 80 年代下半叶中国人苏醒过来的对物质生活的重新认识，对提前迈入小康的向往。80 年代上叶，现代化还是一个国家工程，到了下半叶，它作为物质的代名词成为中国老百姓孜孜以求的目标和行动。

"新写实"正是以这样一种唯物、还原的姿态，书写出 80 年代下半叶人们的心声：我要住宽敞房子！我要买彩电！我要性的快乐！在这种欲望的呐喊中体味他们物质匮乏的悲哀，抚摸他们物欲的刺痛，同时也为他们构建起关于物质的哲学：在物的坚实存在面前，一切形而上玄想是苍白而矫情的，生存的痛苦在于物的匮乏，生存的意义在于物的获得。于是我们觉察到"新写实"仍然是一种极端的充满激情的写作，如果说以往的写作总是以思想放逐肉体，以精神的张扬解决物质的匮乏，那么"新写实"仍然将思想与肉体、精神与物质放在二元对立位置上，并在重新发现物的地位和价值的同时放逐精神。

于是物质便成为一个精神概念，"物"转化为"物的意识形态"。

于是"新写实"在告别一种意识形态的同时又走向另一种意识形态。

结语

从展示个人创伤、揭露"文革"罪恶，到对民间传统的诗性向往、激活和失落与批判；从对存在本质的形而上言说，到对物质生存的重新发现与张扬，80 年代文学走在一条热闹又充满戏剧性的路途上，每一种走向迅速上升为主流，又很快被发觉其局限性和虚幻性。作为后起的作家，如何通过文学（语言）建立起与现实的关系，这是他们一开始写作就面临的问题。前人的探索尚未（或者说不能）纳入传统，而更是一种影响的焦虑，一个只配背叛和超越的靶子。90 年代，新一代作家同样悲哀（庆幸）地发现整个 80 年代文学难以成为遗产，吸收进自己的写作资源。当有关"文革"的现实经验、情感记忆及其批判立场被后人识别出意识形态和自我崇高的特征时，张贤亮、王蒙们的"文革"叙事因而显出其偏狭、矫情的一面；当语言、形式实验、突破走到一定境地，已远远把写作主体甩到背后时，先锋派的存在探索和叙事创新也就失去了生命的体验和内在的动力，不得不自行改弦易辙；而"新写实"作为一种最平民化、最符合市场时代精神氛围的写作，也因 90 年代"物质匮乏"不再作为时代中心化的焦虑和诉求而逐渐失效。这也许是 90 年代关于"后新时期"的命名，以及一批新起的作家打出"断裂"旗号的内在原因吧。

初稿写于 2003 年 3 月
2013 年 11 月改定

"市场"里的"波希米亚人"

——论 20 世纪 90 年代小说中知识分子形象的认同危机

瓦尔特·本雅明在《发达资本主义时代的抒情诗人》一书中借用马克思的词汇，把以波德莱尔为代表，生活在 19 世纪大都会巴黎的小资文人称作一群"波希米亚人"①。在本雅明看来，"波希米亚人"涵盖了他们的生活方式与时代的关系：他们关心社会，关心时代，却是以一种玩世不恭、孤芳自赏的姿态表达这种关心；他们生活动荡，充满偶然，充分享有自由，却付出与时代分离甚至被时代抛弃的代价；他们率性、激烈、立场游移的言行里洋溢着反抗，但本身却是时代的产物、寄生者，使得反抗成为抽象的"为反抗而反抗"。笔者认为，伴随着社会转型和市场经济体制的建立，进入 20 世纪 90 年代，中国知识分子中很大一部分在对社会和自我的现状与前景问题上同样表露出一种"波西米亚"式的迷惘、孤独、失去定向的精神状态。一方面是话语空间的狭仄，原有的话语内容和方式的失效，失去听众；另一方面，知识分子或深或浅地意识到在新社会圈层中的自我边缘化和间离化。在此情形下，知识分子谈论和关怀社会问题、文化问题时表现出立场、方式和知识运用上的差异，由此带来自我认同上的分化②；萌发出一种重新把握和定位自我、重新理解和表达生存现实与文化理想之关系的内在需求。本文以 20 世纪

---

① ［德］瓦尔特·本雅明：《发达资本主义时代的抒情诗人》第一部第一节，张旭东、魏文生译，生活·读书·新知三联书店 1989 年版。

② 20 世纪 90 年代上叶发生的关于"人文精神"的争论，以及 90 年代下叶发生的"自由主义知识分子"与"新左派"之间的争论，作为标志性事件显露出这种分化。前者可参见王晓明主编的《人文精神寻思录》，文汇出版社 1996 年版；后者可参见李世涛主编的《知识分子立场》（三卷本），时代文艺出版社 2000 年版。

90年代以来小说中的知识分子形象为对象，讨论这种新自我观、现实观和文化观的文学表达。

一、被唤醒的"物欲"

20世纪80年代初，北岛写过一首小诗《生活：网》，表达了知识分子精神不自由的痛苦。这是一张意识形态和文化之网，无形囚禁着初步"现代"了的主体。到了80年代末，在"男小林"（刘震云《单位》、《一地鸡毛》）、"七哥"（方方《风景》）、"金麦子"和"夏春秋冬"（方方《白驹》），以及何顿笔下"下海捞世界"的"文化人"、邱华栋小说里闯京城的"外省青年"这里，这张"网"已变成物质之网、世俗之网，由一些切切实实的生存问题织就。

这种物质化、市民化生存方式的认同心态，在刘震云小说《单位》、《一地鸡毛》的主人公小林身上极为鲜明地体现出来。物质的匮乏、生存的艰难将主人公逼入一种物化、世俗化的生存状态，把一名"新青年"改造成"知识官僚"、"知识平民"。这是一个颠倒过来的启蒙故事，启蒙者是物欲涌动的社会，是那些通过各种方式先富起来的"成功人士"，被启蒙者是先前怀抱改造社会、宏扬文化的知识分子。而在何顿、邱华栋等人的小说中，残存着一些主体信念的"小林"已经不在了，被一个物化的"交易者"所替代。交易既意味着生存的物化，也意味着各种生存行为精神上的无差别。"交易伦理"一方面强调人作为交易者的自由、自主，交易行为以"自愿"为基础，用来交易的财产、身体、权力、知识、身份、名望等等都是个人的"私有物"；另一方面又驱除了道德律令的在场，拒绝关于生存观念之间不可通约的质差，比如勤奋工作比耽于享乐更高贵，贞洁比肉欲更高贵，个人创作的艺术品比流水线下生产的商品更高贵……生存的无差别（除了转化为货币的数量的差别和欲望满足程度的差别）否定生存选择的差别。

何顿、邱华栋作品中的主人公一开始便具备了一种清醒的意识，以青春、知识、情感、灵魂乃至生命为赌注来与社会做交易——如20世纪90年代初一首风靡全国的流行歌曲唱道:"我拿青春赌明天"——来换取物质欲望的满足,传达出一个越来越为人们所接受的生活伦理:一方面在传统的政治教条、文化信仰、价值观念被充分解魅的时代,知识分子和国人一道获得了充分的解放和心灵自由,关于生存价值上的本质与现象、高尚与卑微、进步与落后的观念被解构了,一切被摆到一个无差等的平面,任何关于人生道路、生活方式的选择总是正当、合理的(正如何顿一篇小说的标题"生活无罪");另一方面在进行人生选择并为之奋斗的时候,个体必须清醒地认识到,选择关系在市场时代实质上类似于商品化的交易关系,那些道德良知、知识理想、家庭的稳定、夫妻的情爱、朋友的情义,直至身体、青春、美貌,拥有的一切都是用作选择的经济学意义上的"交易资本",以供换取财富、地位、性的满足、物的享乐、生活的奢华。

当然,何顿、邱华栋小说的主人公也有焦虑、迷惘、痛苦《生活无罪》里主人公何夫对往昔纯真时光的怀念、《手上的星光》里乔可做的梦,都表达出这种情感。但当它们被当作"逝去的时光"、当作梦来描写时,其功能正反衬出"非梦"现实(即交易的现实)的"真实"与强大,昭示主人公们选择的"必然性"。正如少年不可避免要长大,不可避免要从"往昔"步入"现在",悲剧便是不可避免的,步入社会的过程就是进入一个交易场,最终体现为过去与现在、"梦"与现实、欲望与灵魂的交易。生活在此意义上变得非常简单——在"现实"的世界,灵魂与欲望非此即彼,无法共居一室,而欲望因其为人的本能,也便无法战胜,无法摆脱。

在这些描写物欲不可抗拒的小说中,在作品里一大批物化的知识分子形象上,我们读出时代对生存的新理解、新主张,它来自对"物"的正义性诉求,体现出要求意识形态、文化、终极关怀之类话语全面松绑和退场的呼声,从中构建起关于"物"的哲学。

1. 物欲与欲望被毋庸置疑地肯定了存在的合法性、正义性,是真正的、基本的人性。那么与之相对立的社会为适合其稳定和操作建立起来的关于道德的社会性、公共性话语,便是大可怀疑的、虚伪的。在物的坚实存在面前,一切形而上玄想是苍白而矫情的,生存的痛苦在于物的匮乏,生存的价值在于物的获得。如果说以往的知识分子总是以思想放逐肉体，以精神的张扬解决物质的匮乏，那么这些作品及其主人公们仍然是将思想与肉体、精神与物质放在二元对立位置上，只不过在重新发现物的地位和价值的同时放逐精神。

2. 在揭示"物欲的人性、正义性"——这种物欲由于长期被囚禁更展现出振聋发聩的话语力量——的同时，他们其实在回避或掩盖对物欲满足方式的意识形态思考：在什么环境下、以什么方式占有"物"？占有谁的"物"？他们只是在表达一种交易原则和交易关系：生存的过程就是一个自我与社会（或他人）的交易过程。这个"社会"或"他人"被普遍化、抽象化了，"我"只是"自由"地选择堕落的方式占有"物"，这是"我"的权利，也是"我"的承担。然而，社会并不是作为单一的交易方出现在"我"面前，对于那些被排除在交易之外的人，"我"（或"我们"）与他们又是一种什么样的关系？"我"的交易是否对他们的自由和权利构成一种侵犯、损害呢？我们不能说这样一种生存现实是虚构的，这样一种人生观是虚伪的，但应该看到，它包含着对一种丰富而复杂的自我认知不屑一顾的蔑视和抛弃，在此意义上，何顿、邱华栋们的写作便与作为一种精神活动、文化活动的"小说艺术"背道而驰，如昆德拉所说："小说的精神是复杂性的精神。每部小说都对读者说：'事情比你想的要复杂。'这是小说的永恒真理。"① （其实也是人类精神活动的"永恒真理"。）

二、"文人无行"

"文人无行"可谓是一个经典的文学主题。一部古代文学史，绘满了无行文人丑陋的面容。即便是20世纪，我们也能列举一大堆无行文人形象：鲁迅勾勒的"吃教"者、"帮忙"和"帮闲"文人、"二丑"、"乏走狗"，《围城》里与教授身份相背离的"无毛两足动物"。正是在这一个个丑恶而鲜活

---

① ［捷克］昆德拉：《小说的艺术》，董强译，生活·读书·新知三联书店1992年版，第17页。

的形象身上，我们能感受到 20 世纪新文学立场鲜明、力透纸背的社会批判、文化批判，感受到这些知识界败类及其所代表的集团不配有好命运，注定要灭亡的合理性和必然性。在当代，知识分子的"有行"与"无行"一度成为阶级性的附件，与他们和革命的距离成正比，革命立场和个人品行像两根并行的、常常合二为一的轴，分布着一个等级化的知识分子形象序列。像余敬唐（《青春之歌》）、穆仁智（《白毛女》）这类反动知识分子，剥削阶级的代理人、走狗，自然是十恶不赦，一无是处；而余永泽（《青春之歌》）、甫志高（《红岩》）等，他们拒绝认同革命或成为革命背叛者，与个人品行上的自私、落后、愚昧、怯懦相辅相成；反之，像林道静（《青春之歌》）、周炳（《一代风流》）等作为成长的革命者，其缺点错误主要表现在个人英雄主义、小资狂热性、革命理念的浅薄认识上，至于品行道德是没有疑问的，良好的个人修养在某种意义上是他们加入革命内在、必备的前提；而居于这一等级序列最前端的是许云峰、江竹筠（《红岩》），杨晓冬（《野火春风斗古城》）等知识分子革命家，其个人品行自然也超绝常人，完美无瑕。

在新时期前期，知识分子从被教育被改造的对象，向工农大众认同、靠拢的对象，跃升为批判"极左"路线的主力军、现代化的先行者和启蒙者。这一被抬升的文学形象要求高尚的品德、修养与之配合，因此，这一时期小说中知识分子的主体形象是充满爱国热情、忧患意识、启蒙责任感和实干精神的形象。

对这一高尚形象的怀疑与冲击首先来自"现代派"小说家。在刘索拉、徐星、刘毅然的作品中，伴随着主人公的自我觉醒和青春反叛，是知识分子作为前辈、导师的教化力量的瓦解，启蒙者形象的摇落。譬如刘索拉《你别无选择》里的贾教授，他严谨、恪守原则的教学思路和方法被视为僵化、保守；对教学的责任心和工作热情被理解为争权夺利。杀伤力更大的是王朔。他把对知识分子和官僚不遗余力的攻击作为自己写作的出发点和乐趣，用他笔下人物的话说，让人看到"开屏的孔雀后面的屁眼"（《一点正经没有》），而知识分子尤其是他调侃、嘲笑、"开涮"的对象。选择这一攻击对象既透出王朔独一份的敏锐、机灵，也体现了社会转型时期市民社会对知识分子文化及其代言人的疏离与反叛。

　　王朔对知识分子的攻击,在于他们"既要当婊子,又要立牌坊"的虚伪,借"知识分子"这件华丽外衣来掩盖自己的自私、低能;在于他们打着社会良心、灵魂关怀的旗号对他人指手画脚。《顽主》中赵尧舜便是这样一个丑陋、愚蠢、无行的知识分子形象①。对他漫不经心、嬉笑嘲骂的描写隐含着一种寓言式的社会意义:那个把老百姓当猴耍的时代已经过去,今天的"顽主"们不再听信那些"道德神话",不再去钻"道德圈套",而赵尧舜们仍然活在往日的"光辉岁月"里,像被拆穿了鬼把戏的魔术师,沉迷于自己蹩脚的表演中,却不知观众早已散去。于是猴与耍猴人便出现颠倒,顽主们比赵尧舜们有一种精神优势,一副调侃嘲笑的本钱:第一,顽主是跟上时代甚至领潮的一群,像现代人看待尾巴骨尚未退尽的祖先,或"从后面看开屏孔雀的屁眼";第二,他们嘲弄赵尧舜们不是因为更高尚,更善良,更忧国忧民,而是因为活得更真实,更坦白:"我"敢暴露自己的自私、无耻、无聊,你敢吗?"我"敢骂自己是"流氓",你敢吗?你也是流氓,但你不敢承认,所以你更流氓。

　　在漫画式塑造和肆无忌惮的编派、调侃中,知识分子被当作另类、他者,当作一股阻止"我们"过轻松、快乐生活的势力而被表象化、怪异化乃至妖魔化,变成不折不扣的小丑,从中我们能窥到社会转型时期市民社会对一切正统、严肃和精英文化和话语的"狂欢节"式的拒绝与颠覆。这种颠覆既是摆脱束缚、获得自由与快乐的方式,也是将不同类型的文化拉到一个世俗化平面的方式。

　　王朔小说无意展示的"无行知识分子"的社会、心理和文化动因,在王

---

① 尽管王朔小说对知识分子骂得最狠,但知识分子在王朔小说里极少做过主角,而是有如左拉小说《陪衬人》里的丑女,衬托着顽主们的真实、洒脱、自由自在。究其原因,笔者以为有三:其一,为市民和城市新贵写作是王朔坚定不移的立场;其二,这种旁敲侧击、浮光掠影式的"速写"显示出他不予认真对待的"轻蔑";其三,他并没有真正思考过知识分子在当今的社会形象和存在方式,无法走进知识分子的精神世界,自然也无法写出知识分子的"心灵史"。当然,作为一种商业写作、一种"码字",这种要求太过苛刻。

安忆《叔叔的故事》、贾平凹《废都》里却得到充分展开。

《叔叔的故事》是作者站在20世纪90年代初的文化空间，通过走进"叔叔"的心灵世界，重新审视经历了"反右"、"文革"苦难，又在20世纪80年代崛起，成为文化界、知识界中坚力量的一代知识分子，反思20世纪80年代的文化精神。在阅读了许许多多"右派故事"、"走资派故事"之后，再来读"叔叔的故事"，会让我们产生难以接受的陌生感。原来右派的经历并不是那么苦难，叔叔一生充满如此多的陋行劣迹。但叔叔并非严格意义上的"无行文人"，作品也不从社会道德角度来考察、评价他的一生，而是从叔叔生命悲剧和性格悲剧中思考这一代知识分子的精神和命运。叔叔的一生经历了"不幸→幸运→不幸"的三重转折，"反右"、"文革"中，他是个"不幸者"，80年代变成一个幸运儿。"幸"或"不幸"被他理解为是"自我实现"、"自我超越"的结果，他把自己想象为一个充满"主体精神"的"理想主义者"，看不到命运转换背后的"历史之手"、"文化之手"。于是，隐藏在叔叔"浪漫的理想主义"外衣下的"肉身"便裸露出来，那是自我中心的个人主义，是"超越幻觉"下的怯懦与灵魂分裂。"叔叔的故事"是"浪漫的80年代"结束后完整展示出来的"灵与肉"故事的另一版本，是"一个文化时代结束了"的产物，这种结束以"叔叔"这一代知识分子的"去中心化"为表征。叔叔的故事是被当作一个案例，用以讲述一个时代的故事，对一个时代进行清理。如文中所说，一方面是"假如不将这个故事讲完，我就没法讲其他的故事"；另一方面是"许多的故事如放在以后来讲，将是另一番面目了"。

当道德的看护者和传播者、"主体精神"的践行者都成为时代的神话又被无情地"解神话"后，那些知识分子的无行还能躲藏在哪里呢？某种程度上，我们可以从《废都》里的主人公庄之蝶这个传扬最广、最经典的当代知识分子形象中读到。

这是一个有着多重身份，因而也有着多种身份人格的"多面人"。他是一个人——凡人、俗人；又是一位名人——有着"成功人士"被神话的

"半张脸"①;当然,他还是一名作家——知识分子。三重身份构成庄之蝶人格结构的三个层面,类似于弗洛伊德"本我"、"自我"、"超我"的人格结构,形成庄之蝶独特而复杂的内心世界、认识方式和行为方式,并导致他的悲剧结局。作为凡人、俗人,他的生活世界充满着凡俗、欲望与物欲。"名人"则是庄之蝶的社会形象,也将他纳入到一个欲望化、交易化的社会网络之中。普通市民愿意看披露他隐私的逸文、趣文;在官僚眼里,他是能为权力贴金的御用文人;对于企业家、商人来说,他是能通过文字和声名增值的广告包装师;而对于女人来说,他是一个成功男人,一座通向情欲满足或身份抬升的桥梁。总之,"作家"② 在他的社会身份中只占很小的份额,他成了"套在现代城市身上的一件'文化衫'"③。而庄之蝶本人对这一身份是充满矛盾的,既认同,又拒绝,他清醒地意识到声名给自己带来的异化。这一自我批判和否定来自人格结构的另一层面——知识分子人格,这种人格渗透进他的日常生活、感情和事业之中,也带来他的社会批判意识。他追求真正的成功,希望写出自己满意的作品;他随兴的谈笑和严肃的思考中不乏对权力腐败、拜金主义、文化衰败的忧患与批判;即便是对女人的追逐也体现出追求生命自由境界的自我意识,甚至视为开发心智,唤醒创作激情和灵感的力量。

庄之蝶对性的沉溺除了本能快感之外,还在于他试图在性中发现生活的价值和意义,这是一种因性见情、因性见真、因性有为的努力。但这种努力在本能欲望的操纵下终究是一种假想、一泡幻影,成为沉溺于本能欲望中的一个托词,使他变成一个彻底的色情狂、女性玩弄者、婚姻家庭的背叛者,这一切最终带来的是失败,是幻灭,是悲剧。同样,忧患与批判因为没有坚定的道德立场、文化信念为支撑,无法转化为切实的行动(作家的行动当然

---

① 王晓明:《半张脸的神话》。王晓明把广告和传媒塑造的"成功人士"形象称为"半张脸"形象,它在传达出人们的欲望、想象的同时,也掩盖了诸多尖锐的社会问题。该文收入王晓明主编的《在新意识形态的笼罩下》一书,江苏人民出版社2000年版。
② 这里的"作家"与上文构成他身份结构中的"作家"内涵并不相同,前者是指从事写作工作的人,后者指以写作来关注和探索自我与人类灵魂,传承和宏扬文化价值的精神传播者。
③ 党圣元:《说不尽的〈废都〉》,《小说评论》1996年第1期。

通过他创造的精神产品来体现），充其量只是一种名士派、文化清客式的笑谈与嘲讽。于是我们看到人格中的另外两层——俗人人格和名人人格对他知识分子人格强大的入侵和挤压，更看到主人公所理解的"百鬼狰狞，上帝无言"的社会和文化环境对这一人格的大规模改造、内化。三层人格的相互结合形成三种"自我"或社会形象：名人与知识分子的结合形成"'名'士"——在权力、利益网络与自我操守、社会关怀的天平上来回摆动，但最终偏向权力、利益；俗人与知识分子的结合形成"无行文人"——一种源于实现生命之情之真、开启创造力的美好念想，却最终坠入欲望深渊的离心与撕裂过程；名人与俗人的结合——成为腐败权力的帮凶和寄生者、非法或不道德利益的牟取者和分享者。就像是一块"三明治"，知识分子人格藏于俗人与名人人格的夹层，既可闪躲、减轻和化解生命裸露于"百鬼"境城——这个"鬼"也包括自我之"鬼"、内心之"鬼"，周作人不是说其性格中同时包含绅士鬼与流氓鬼吗？——一时产生的疼痛，又被挤压和萎缩，从而体验到生命的另一份疼痛，而这不仅是庄之蝶之痛，也是时代之痛、文化之痛。

  这就使他的悲剧结局不同于王安忆笔下的"叔叔"，或者说是个"'后'叔叔"。在"叔叔"的自我认知和行动中，始终存在着自我实现、"自我超越"的幻觉，它涵盖了"无行"的内里，因此"叔叔"的悲剧是一种凶猛的、瞬间性的主体寂灭、内爆；而庄之蝶的悲剧是渐进式的，看似左右逢源、挥洒自如，留下的却是左支右拙、难掩其形的滑稽身影。他的"自我意识"始终是清醒的，他的知识分子人格体现为一种闪躲、挣扎和安妥[①]：试图扮演风流文人的形象，在性（肉性）中寻找生命的真性（人性）和真情；扮演名士派、文化清客形象，在"百鬼"境城中保持出世与入世的自由、洒脱。而他的悲剧结局又在证明这种闪躲与安妥之不能、之无望。

  无论是王安忆笔下的叔叔，还是贾平凹笔下的庄之蝶，他们并非纯粹的"无行文人"（这与《顽主》中的知识分子不同），放纵与堕落最初来自对自

[①] 有趣的是，作者贾平凹称《废都》是他本人"安妥破碎了的灵魂"之作，见《废都·后记》，《十月》1993 年第 4 期。

由的渴望,就像把灵魂抵押给魔鬼来获得自我实现、自我超越的浮士德。但超越精神的孱弱使得他们最终落入地狱,而不是通往天堂。从"叔叔"形象到庄之蝶形象的演化又体现出知识分子的现实想象、文化想象的转化——从文化浪漫时代到百鬼狰狞时代的转化;而20世纪90年代以来知识分子无行形象的大量出现,又传达出文化界以及社会对知识分子的总体认识:知识分子其实是个脆弱的、并无多少精神操守和文化使命感的群体,知识分子的自我意识和文化形象只能是来自时代的塑造。

三、浮士德或堂·吉诃德

这里,笔者借用两个著名的文学形象浮士德和堂·吉诃德来指代两种文化人格。浮士德代表着永无至尽的探索生命和宇宙奥妙的追求精神,把生命投入痛苦与欢乐以求自我实现和自我超越的壮美人格;堂·吉诃德则生活在逝去的辉煌年代,生活在奇情异想中,把自己想象成一个洁身自好、普渡众生的救世者,留下一个道德高尚却背时代而往、看似喜剧实则悲剧的疯癫可笑的怪诞身影。对于一个严肃对待生活、对待自我的知识分子来说,这两种文化人格构成精神世界的两极,从中也可以分析20世纪90年代小说中一些知识分子形象。

许多论者都分析过池莉的短篇《冷也好热也好活着就好》中"四"的形象。比如张颐武评论道:"四以'人'对猫子的重新命名,有一种典型的知识分子幻想的意识形态色彩,他试图以'独立'的方式唤醒猫子,也就是试图以一种拯救的欲望重建叙事的激情,但他所提供的构思却使猫子睡去了,四的幻想并未得到回应,两个人之间的对话是互不相关的,也是相互游离的。四有用自己的叙事感动人的宏愿,但这一宏愿最后变成了一种阿Q式的自恋。"① 笔者赞同这种分析,同时认为四在这一短暂的讲述过程中同时也在进行一种身份转换,在唤醒与拯救的"欲望重建叙事"失败后,四却"放低

---

① 张颐武:《"人民记忆"与文化的命运》,《钟山》1992年第1期。

了声音，坚持讲完"，这种自我言说中蕴藏着一股激情和力量，支撑着他孤独而自由的生活。所以当燕华叫唤猫子的时候，他没有回答，他希望猫子能"自由一些"，当然也希望自己"自由一些"。

但自我言说毕竟摆脱不了"自恋"（顺便说一句，笔者不认为这种自恋是"阿Q式的"，因为其中并无多少自欺的成分），沟通的达成更在于在现实中的实践方式。王安忆在《乌托邦诗篇》中通过"这个人"形象的塑造，通过"我"与"这个人"的心灵对话，来展现资本主义全球化时代一名知识分子的文化立场和现实关怀方式。这是两个真实的人物，"这个人"形象是台湾著名小说家陈映真的写照，而"我"也是现实中的作家"王安忆"的写照。作品延续了王安忆在《叔叔的故事》里的纪实态度和将叙述者放进文本与主人公对话的结构，讲述"我"与他的交往、对他的怀念。但《叔叔的故事》里那个冷静甚至不无精神优势的分析者、解剖者"王安忆"，转换为《乌托邦诗篇》里充满认同和敬仰的"王安忆"。这种认同与敬仰来自他高贵的品质、坚定的信念和不平凡的经历，更在于他将知识和信念贯彻到生活实践当中的人生态度，他始终是个知、信、行合一的人文精神的践行者，一个以天下为己任且躬身而行之的知识分子形象，令我们想起在德雷福斯案件中的左拉、为"三·一八惨案"和左联五烈士呐喊的鲁迅。

对于这一形象，"我"表达出两种相互矛盾的情感与认识。在"我"个人的情感态度和价值判断上，始终保持着对"这个人"发自内心的肯定和敬仰。并且，"我"赖以自豪的个人经验、自命的独立意识、野心勃勃的出名或自我实现意识，也因此展露出个人主义的真面目，以及个人主义下的功利主义和相对主义原色。然而当"我"走出个人化的情感和敬仰，从社会从时代的角度来评价"这个人"的价值和意义时，又陷入一种无法摆脱的怀疑、惶惑乃至沮丧和悲观。作者揭示了持精英文化立场的知识分子在世俗化、商业化社会悲壮而尴尬的处境。

作者清醒地认识到这一尴尬，但仍然表达一种皈依的愿望和生命需求。正如两位批评家所分析的那样，这最后的选择"是作家想象性地解决与现实的冲突"，使文本出现"一个断裂"，带来一种"不稳定的状态"，因为"他们在确认了理想和乌托邦的令人怀疑和缺少根据之后，突然又重申了自己对理想和乌托邦的信念。他们在质疑了本质论之后，却又重申了对本质论的信念"①。笔者以为，这种重申只是一种个人表达，它不再有宏大叙事和"本质论"的价值魅力和叙事功效，因为作者本人也不知道它"对不对头"，这样走下去"命运如何"，自然也无法以"启蒙"的方式推荐给别人。当一切关于真理的话语遭到怀疑和解构后，用来支撑某种选择的参照系遭到摇撼后，我们何以证明选择的"对头"与否呢？但这种关于选择的表达仍然是真诚的、切实有力的，因为它源于个人（个体知识分子）的真实愿望和生命需求，作者毫不隐晦地强调它的个人性，价值选择正是在此意义上获得了依托和保证，知识分子身份认同和选择的个人化问题被凸显出来。"我"与"这个人"，两个鲁迅笔下"过客"般的形象，其坚定地走个人选择的道路，同样散发出"浮士德精神"气质。

与王安忆不同，20 世纪 90 年代皈依基督教的北村仍然在做着价值和选择的"本质论"探求与建构。我们没有资格来评论北村的个人信仰，只想以北村的文本及其塑造的知识分子形象为例，分析这种"本质论"的探求与建构。

有论者把北村 20 世纪 90 年代的小说称为"属灵的写作"②。确实，北村的作品大多在叙述一种超验的信仰何以发生，换言之，对一名严肃对待生活的知识分子来说信仰何以成为必然。对北村小说的主人公们来说，信仰并非

---

① 谢冕、张颐武：《大转型——后新时期文化研究》，黑龙江教育出版社 1995 年版，第 139—140 页。

② 谢有顺：《不信的时代与属魂人的境遇——北村小说的人学立场》，《作家》1996 年第 1 期。该文在列举了几种"属灵的写作"，如以思想为立场（有韩少功、史铁生、格非等）、以情感为立场（如苏童、陈染、林白）、以意志为立场（如张承志），之后认定北村"与前面那批作家的一个重要区别是站在属灵属于良心的立场上写作"。不过作者在将此文收入其文集《我们内心的冲突》时，改为"与前面那批作家的一个重要区别就在于他的写作中贯穿了良心的立场"，这一改变似乎将北村写作的神圣高度有所下降，这样一来又把那些被区别开来的作家挤入让人疑惑的地带，意味着他们，比如史铁生的写作没有贯穿良心。这种评价是很难让人接受的。真正的区别在于北村是站在（对"神"）"信"的立场上。参见《我们内心的冲突》，广州出版社 2000 年版，第 172 页。

一开始就发生，相反，他们一开始总是处在本能欲望状态，或一种茫茫然的个人探索当中，只是这种本能欲望或个人探索走到了极限（比如《最后的艺术家》是"艺术"的极限、《施洗的河》是"恶"的极限，《玛卓的爱情》里是"爱情"的极限），穷途末路了，信仰或皈依才发生，于是信仰表现为一种救赎。在《最后的艺术家》里，信仰主题尚未出现，主人公杜林没有遇到救赎的机缘，他疯狂了。但在另一部长篇《施洗的河》里，主人公刘浪遇到了这种机缘，他信了，于是得救了。对于刘浪来说，恶行不仅是一种堕落、一种罪，也是他寻找生活意义的方式，恶的极限推导出拯救的必然。然而北村的小说总掩盖不住另一种意义上的"意义断裂"。为了证明拯救的必要性、必然性，他必须证明恶或其他人间意义的虚无、无用，因此他必须把这种意义推向极端，因此他又必须借助"虚构"。这里的虚构不光是文本意义上的，更体现在文学与现实的关系上、人性意义上。读《施洗的河》（《最后的艺术家》、《玛卓的爱情》也一样），我们首先可以看到主人公在获得拯救之前总是处在某种本能欲望或意念支配下，人性中的一种因素成为他（她）的全部，舍此别无他求，这一欲望人性或意念人性实际上是作者主观设想的强行植入；其次，掌握着叙事权力的作者让人物在行动中将这一欲望或意念推向极端，最后破灭，在破灭和绝望中，天国的辉光飘然降临。因此，断裂不光是文本最后天国辉光的陡然降临，在叙述者对主人公性格和行动的演变的强行支配中已隐然发生。这是一批"单向度的人"，或者是物欲人，或者是神性人，非此即彼。通过这种二元对立式人性的理解、形象的塑造，北村构筑起一种清晰而直线式的生存伦理、拯救神话。这确实是"属灵的文学"在宗教神灵支配下的文学。

  北村的小说及其小说中的知识分子形象，构成了20世纪90年代文坛一道独特的风景，一种知识分子的"新启蒙"，一种新的"神话写作"[1]，它一方面暴露了在市场经济时代知识分子的信仰真空，同时又通过建立"物欲/

---

[1] 用北村自己的话说："我只是在用一个基督徒的目光打量这个堕落的世界而已。"见北村《我与文学的冲突》，《当代作家评论》1995年第4期。

精神"的简单的二元对立逻辑来宣谕某种超验信仰的必要性和必然性，实际上是意味着对知识分子理性思考和社会介入权利与义务的放弃。

对一位真正的知识分子而言，任何一种信仰——无论超验的还是世俗的——都是艰难的、严肃的（当然，笔者并非隐射北村个人的信仰问题），因为他总要在信的同时运用理性和知识对信仰本身进行思考，发出质疑。我们在格非的长篇小说《欲望的旗帜》中的知识分子群像中，更能看到当运用理性之光照射自身生存时，严肃地生活、认真地思考是多么艰难，而放弃理性，皈依信仰同样是多么不可达成。小说刻画了一批人文知识分子，有哲学泰斗、中青年学者和小说家，有佛学大师、神学家。他们雄踞在人类文化成果的象牙塔内，从事着被马克思称为"时代精神之菁华"的哲学研究，但这并不意味着他们能躲过或超越种种形而下问题的侵扰。主人公曾山便是个不折不扣的一个理性主义者。这位才华横溢的青年学者善思而多忧，钟爱他的哲学研究，总要将生活纳入自己笛卡尔式的"我思"之中，试图"为自己的灵魂制订规则"。他深深体味到生活中随处可触的虚伪、矫情和荒谬，并极力要躲避和反抗它们，用理性之光来统贯自我，调和情感与欲望，将形而下的生活事件上升为形而上的理性追问和价值判断——从与前妻离异到追求张末；从跟导师反目到与慧能长老的交往，理性的力量始终渗透其中。但这种形而上的"我思"并不能让他摆脱生存的困惑，躲开欲望的折磨，到达超越与澄明之境。甚至可以说，比起坠楼自杀的导师、精神失常的师兄，曾山承受着更大的痛苦，更值得同情，因为他在一个欲望时代依然诉诸理性来支撑生存。与师兄子衿不相信真实，无法面对真实，总是刻意乃至下意地将自己的生活笼罩在虚构与谎言之中，相反，曾山对探究事物的真实和意义有一种无法遏止的热爱。但当他剥开生活现象的表皮，发掘其真实面目，那不过是另一重虚伪、矫情和荒谬。这就注定了他如同卡夫卡笔下的那只"畏葸于猫与捕鼠器之间的老鼠"，"一端是死亡一端是疯狂"，在两极间恐惧而绝望地游移。于是他总是令人沮丧地陷入无所适从和自我怀疑中，自我和理性，与其说支撑起曾山的人格和行动，不如说是一堵玻璃墙，将他困于孤独与迷惘之中，而欲望、堕落、虚无乃至一切时代并正确能毫无障碍地渗透进来，侵蚀他的灵魂。

哪里才是拯救，如何得到拯救？《欲望的旗帜》拒绝给出现成答案。一旦运用理性的方式，便意味着与某种乌托邦的拯救划开界线。理性在这里不是自我确证的手段——像笛卡尔从"我思"出发去论证上帝或某种外在的、永恒的、抽象的善与真的存在；像康德那样从"理性的怀疑"达到"灿烂星光"与"道德律令"在"我"中的融汇，①而是以此探索人的心灵世界——一个拒绝结论，拒绝终点的动态的发现过程。于是这种"不信"的状态便比"信"更"不幸"，因为他总是让自己处于加缪说的对生活说"是"（Oui），对未来说"不"（Non）的处境中②，他无法把身负的生活重担卸付给任何人或者神；这也意味着"不信者"比"信者"需要更多的勇气和心智。在这个意义上，曾山的怀疑和自我怀疑、在思想危途中畏葸、游移正是一个理性主义者在当今时代的宿命，又是他不断探索生存的过程，如加缪所说："知，就是自由。"③

在 20 世纪 90 年代小说中，我们读到如此之多的苦难、迷惘的知识分子形象，这种苦难与"文革"小说中知识分子所遭遇的苦难完全不同，它不是来自政治的高压、权利的被剥夺、生活的穷困，而是来自社会转型时期出现的文化震荡、价值混乱，来自转型时期知识分子对身份重新确认过程中出现的问题：表现为知识分子在边缘化与"失语"过程中的被嘲弄（如王朔的小说）和自我菲薄（如《废都》）；社会转型时期知识分子出现的"价值真空"以及由价值真空带来的价值否定（如刘震云、何顿、邱华栋等人的小说）、价值乌托邦（如北村的小说）和价值悖论（如《欲望的旗帜》）等等。这虽然是一个社会现象、文化现象，每个知识分子或多或少会遭遇它们，但解决的方式却是个人性的，今天，我们已无法像"文革"结束之初那样，达成一种共识。

---

① ［德］康德：《纯粹理性批判》，蓝公武译，商务印书馆 1960 年版，第 3 页。
② ［法］加缪：《西西弗的神话》，杜小真译，生活·读书·新知三联书店 1987 年版，第 7 页。
③ 同上，第 105 页。

身处结束共识的"无名时代"①，并不意味着知识分子从此便可放弃自己的文化和价值关怀，相反，共识的结束并不意味着问题的解决，而是问题的张裂，知识分子的文化关怀、价值立场以及思想、理论资源在这样一个时代更具有用武之地，只是知识分子本身无法再站在超然的立场上，以先知姿态发出声音。这不仅是因为他们不再拥有某种自明的、公理般的文化资源和理论武器，而且因为他们本身就处于问题当中，处于被怀疑和自我怀疑当中，因此，知识分子发出的声音首先是一种个人的声音。

　　某种程度上，我们可以从已故作家王小波的作品中，读到一批发出个人声音的知识分子形象。王小波的作品很少直接描写我们当前这个转型社会，除了《黄金时代》里那些以"文革"为背景的作品，他的小说或者以历史故事、传说为背景和蓝本（如《青铜时代》），或者对未来社会展开想象（如《白银时代》），总之更带有幻想文学的色彩。但正如王小波自己说的那样，不能把他的作品当科幻小说和历史小说来读②，在幻想的背后是对人类社会的基本关系如权力关系、爱情关系、欲望关系——的把握与表达，从中体现出知识分子的处境和行动。

　　读王小波的小说，我们常常见到一个有趣的人物王二。这是当代中国文学一个鲜明而独特的艺术形象，他有些嬉皮，有些狡黠，但不同于王朔笔下的大腕或"顽主"，依靠经济新贵和市民的观念和道德，来戏亵和颠覆正统或主流阶层和文化。在他的惶惑、思考、反抗和批判中，更多地展露个体的身份、自由知识分子的力量。表面上，他有些阿Q式的自轻自贱，但轻贱不是因为愚昧和盲从，看不清自己在历史和文化中的真正处境，而是在有意识的自我展示中剥开历史、文化以及意识形态的真面目——一个自渎而渎神的过程，同时又通过自己创造性的思考和劳作获得人生的乐趣、意义和价值的个体知识分子形象。

---

　　① 陈思和语，见陈思和《共名与无名：百年中国文学发展管窥》，《上海文学》1996年第10期。

　　② 王小波：《〈未来世界〉自序》，见艾晓明、李银河编《浪漫骑士——记忆王小波》，中国青年出版社1997年版，第53页。

如果说王小波在书写当代生活时还基本保持写实风格的话，那么当他将笔墨伸入历史，他的浪漫想象便野马般狂奔开来。在仿唐人传奇《万寿寺》里，作者以奇幻的手法改写了"历史"的薛嵩，他成为一名自动远离帝京，远离权力与文化成规，自我放逐去开拓边陲，创建文化的创造者。薛嵩在蛮荒之地建造凤凰寨的场景是那么自由自在，充满活力和创造力，这是智慧与劳作带来的欢乐，我们仿佛听到浮士德一般的赞叹："多美呀，请停一下！"他与红线的生活也那么奇妙而动人，亦如远古的伏羲与女娲。同样，《红拂夜奔》中，当卫公李靖在自江湖而庙堂的过程中，从一位自由知识分子异化为一名官僚、一个毫无乐趣与创造力的"人瑞"的时候，与之相对的是红拂的形象逐渐瑰丽，洋溢着舒张的人格魅力。我们看到红拂的人生历程始终充满自由选择和激情，一种追求新奇、诗意、创造性的激情。

笔者以为，这并非可望而不可即的乌托邦，而是可操作、可达成的，因为它是个体的——你总可以以个人的方式追求它，确证它；是邀游天外又紧贴大地的"浮士德精神"，但不依赖于天神契约与拯救——你的想象、梦甚至欲望让你超越现实乃至肉身，而理性、知识与智慧又确保你于平庸的现实和肉身中发现它，创造它；是在悲剧中提取喜剧和诗意，支撑、伴随度过悲剧人生的某种乐趣和价值；不是纯粹幻想的乌托邦诗意，而是一种过程诗意或诗学，通过劳作使之逐渐展露可能性与现实性，如尼采说，"重要的不是永恒的生命，而是永恒的创造力"①，而加缪直截了当地表述为"创造就是生活两次"②。对此王小波则进一步解释说，一个人只拥有此生此世是不够的，他还应该拥有诗意的世界。③

---

① 转引自《西西弗的神话》，第107页。
② 转引自《西西弗的神话》，第123页。
③ 王小波：《〈未来世界〉自序》，收入艾晓明、李银河编《浪漫骑士——记忆王小波》，中国青年出版社1997年版，第348页。

结语

《伊索寓言》中有一则故事，一个颇怀技艺却缺乏勇气的人，一向为人瞧不起。他便外出旅行，回来后说自己游历过一个叫罗陀斯岛的地方，在那里他表演了自己的精湛跳技，博得当地人的爱戴。一位尖刻的听众不满意了，出来揭穿：

> 这就是罗陀斯，请在这里跳吧！
> 这里有玫瑰花，就在这里跳吧！①

从本质上说，知识分子总是在召唤他内心的罗陀斯，但任何一个罗陀斯都不是他心中的罗陀斯。今天当然也不是20世纪80年代知识分子所构想的罗陀斯。进入20世纪90年代，知识分子陷入某种无名的失落和迷惘。这种群体性的失落和迷惘在人类历史、文化史上没有多少特异之处，它出现在几乎每一次大规模的文化运动和文化转型之后，成为知识分子在"革命第二天"的集体精神症结。因此，20世纪90年代以来出现的种种文化事件和热点，与其说是知识界的社会关怀、文化关怀，不如说是一种自我关怀；也因此，20世纪90年代以来的小说会出现那么多讲述自己情感、欲望、物质生存等等形而下故事的知识分子形象，表达一种在情与欲、物质与精神的张裂中的失落、迷惘、痛苦，当然也有超越。我们只有将这些形象、话语和行动归结为失去话语权同时也失去听众的知识分子对传统身份的怀疑、绝望和放弃，对新方向和新话语的寻找和确认的过程，才能理解其背后的潜台词。

原载于《文学评论》2003年第5期

---

① 在希腊语中，"罗陀斯"又有玫瑰花的意思。

20 世纪 90 年代的小说"新状态"

20 世纪 90 年代文坛一个奇特的现象是名词迭出，术语爆炸，"新状态"算得上是其中颇引人注目的一个①。虽然很多论者十分见地地指出："新写实"的推出已是差强人意，在文学多元化、个人化的今天，企图用"新状态"这一语焉不详的概念来描述，涵盖一大批题材、风格、手法都差异极大的作家和作品，更显得捉襟见肘。但事实上，"新状态"已成为人们谈论 90 年代文学难以绕过的话语空间，它像一个别扭而不可或缺的标签，一句意指明确、表意含混的品牌广告，牢牢粘住 90 年代文坛。无论是真诚的界定和分析，还是刻意的炒作和包装，抑或见仁见智的批评，都被纳入"新状态"这个空间。

一、无边现实的随兴书写

20 世纪 90 年代小说首先意味着一茬面孔新鲜的小说家走上文坛，成为主将。他们大多出生于 20 世纪 60 年代。对于他们来说，史无前例的文化大革命已遥远成"都付谈笑中"的往事，至多依稀为阳光灿烂抑或月影朦胧的童年经验，即便是 80 年代那些关于现代化、启蒙、人道主义和主体性的宏大叙事，也随着市场化时代知识分子的职业化、技术化和边缘化而被剥去原有的光环，失去原有的魅力。伴随这种生活"新状态"的出现，是他们对文学

---

① 1994 年，国内两家著名的文学刊物《钟山》《文艺争鸣》联手推出所谓"新状态文学特辑"，并由三位批评家王干、张颐武、张未名搞了一个"新状态文学三人谈"，试图从整体上概括 90 年代的文学面貌，从而引发批评界的热议。

的新认识:小说不再是高于生活,对生活现象的本质把握和完整表达。它已同化为生活的一部分,是生活之流的某种文本(语言)转化。为此,陈晓明在"新状态"之外又有诸如"新表象"的界定①。笔者以为相对倒显得更为明晰。"表象"意味着文学已从现实主义的再现、象征主义的隐喻高度沉降下来,成为散乱、无序的现象之流随意、即兴的书写。

写作的沉降缘于作家创作与生活距离感的消失,观察、把握生活视点的沉降。现代小说叙事学告诉我们,一篇叙事性作品严格地说有三个作者(叙事者):故事层(即文本内在)的叙事者、外在叙事者和小说的生产者(作家)。文本内在叙事者一般表现为故事的讲述者,外在叙事者则是面对文本,从事写作时的特定作者(而非生活中的作家)。20世纪90年代小说则呈现出极力混合三者差异的倾向。那个外在叙事者逐渐消失,他被内化进文本,于是现实生活中的作家便径直跨入文本,把作为生活普通一员所拥有的七情六欲不加转化地带进文本,小说因此失去对生活的整体对应和聚焦,仿佛一幅立体主义图画,一切都在"文本/生活"同构的平面展开,由外在视点带来的立体深度不复存在。

我们都熟悉作为"后朦胧"诗人的韩东,但进入90年代,韩东的兴趣转向了小说,并很快以不凡的表现令文坛为之一惊。其实对比韩东的诗和小说,不难在文体差异之外发现内在的一致:其中不乏对生活场景、日常经验及其构成关系的独特感受和体验,对语言的韵律和弹性的敏锐把握,又充溢着对琐屑、非诗意的生存状态的认同与赏玩。

试以他的《障碍》为例,这部中篇小说颇具自传性或个人化意味。作品主题似乎是讨论男女性爱与朋友之情的关系,但这个主题只是在结尾出场,文本主体是"我"与女主角王玉之间性交往的细腻叙述和独特感受。由于韩东一如既往规避人物心理、观念的描写和主体情感的渗入(这或许得益于法国新小说传统),使得这种交往很难在精神层面树立某种向度。在叙事结构

---

① 陈晓明以"新表象"来命名这一时期的文学面貌,并编选有《抚摸的纯粹感觉——新表象小说》,敦煌文艺出版社1994年版。

上,这个中篇更像一组事过境迁后津津乐道的日记,虽然作者在整体构思时将不同时段的事件互相穿插、补充而具有一丝陌生化意味,可一旦进入到具体的叙事块当中,又会被散漫、芜杂的叙述结构的陌生化意味打破。作品一开始就以一个典型的韩东式句式出现:"朱浩从广西给我来信,说他和王玉站在南宋的大街上接吻。可王玉是谁呢?我不是很清楚。想必是老方那边的一个女孩,长得一定很漂亮。"悠徐冷静又不无幽默中叙述出一组复杂的关系,这种生活化的叙述直接指涉文本外的个人天地,隐含着一种拒绝被读的况味,或者说复杂的关系,诸多的疑问一下把读者和叙事者一道绕进文本,而旁枝斜出、指向不明的语句正起到了拆除分离小说与生活之"镜框"的作用。

韩东的兴趣似乎就在于将叙事定位在不断的建构与拆除之间。小说不乏对场景和事件做差异性的补充和分解,或者随意插入叙事人的经历、议论、点评,与主叙事构成张力关系。这种变化和插入带有某种元小说式的自我意识和自我裸露,在文体上又体现出"复含文本"特征,力求打破传统的文体界限,呈现"反体裁"或"反小说"色彩,并且在打破小说整体性的同时,也打破读者对生活完整、有序的观念——小说或生活在韩东笔下不是以本质性的实体呈现出来,而是被一张松散、破碎的"网"(关系)结构着的语象/现象之流。

如果说韩东更多是在技术上——通过集观察与体验、叙述与评价、公众常识与私人视角于一身的叙事者,打破结构的严密性、文学的整体性的话,述平的小说《晚报新闻》则凭借小说与新闻的嫁接,纪实与虚构的弥合来擦抹生活与文学的边界。由作家创作(虚构)出的主文本与信手拈来的晚报消息奇妙组合,构成互文关系。在文体上,它们显然是有差别的,虚构文本不乏精妙的结构、完整的情节和细腻的心理展示,但本质上却是非文学的生活文本(新闻)的同构体,乃至衍生物,它不过是从司空见惯的消息中随机抽取一则加以扩展。那些骇人听闻又多姿多彩的凶杀、偷情、奇遇、浪漫消息正大规模侵袭和装点着我们的生活,它就发生在你身边,甚至你的明天就会遭遇。

二、"新写实"后的文化溃退

从某种意义上说,"新状态"小说接续了"新写实"传统,它甚至是在"新写实"开辟近距离描摹现实生存道路上的一次愉快的扩军和漫游。20世纪80年代中,先锋派和寻根小说把持了文坛,一篇作品如果不能在"怎么写"这个问题上提供可资谈论的东西,或者挖掘出民俗或风情的成分,便很难视为成功。而"新写实"的出现意味着对方法论崇拜和文化考古的反拨。这股潮流在90年代被新一代小说家照单全收,但这并不意味着"新状态"是对"新写实"的简单重复。如果说"新写实"小说多为整体、静态地观照生存,在刻意的"零度情感"中依然隐含着创作主体的温情与焦灼,在把目光投射到破碎、无意义的生活原生态时,依然能感受到一个与之相对的诗意和价值系统作为参照系的话,新一代小说家则进一步将写作主体降格到形而下的生存中。面对一个市场化、世俗化的时代、面对空前搅动的欲望大潮,作家们很难保持整合性与超越力的主体。于是"新状态"写作成为一种真正的平视,一种被自身生存同化的、动荡的感受与表达。

我们可以拿"新写实"小说的扛鼎之作——方方的《风景》与"新状态"新星何顿的长篇《我们像葵花》做一番对比,两个文本都是当代(从"文革"到后"文革")城市平民(贫民)生存相、奋斗史的细腻展示。武汉与长沙,两座同在楚文化下孕育起来的现代都市,一群在高楼和马路的夹缝中挣扎长大的孩子。

但我们细读两个文本,便能读出其中莫大的差异。在《风景》中,方方虚构了一个身死魂在的亡婴,作为结构文本的视角,使得这个非常写实、质朴的文本镀上一层魔幻的色彩。这或许受了当时极具冲击力的拉美魔幻现实主义的影响,但我们不能把这个叙事视角的变换仅仅看成形式上的小小创意。它使《风景》获得一个奇特的叙事主体,一种与本文远近适宜的叙事距离,从而奠定了本文的话语风格和情感基调。一方面,亡婴与"棚屋之家"的血亲联系使寄温情于冷峻,寓关怀于写实的叙事风格有了依托,另一方面，这个非物理、超验的亡婴起着聚焦镜或过滤网的作用，通过它作者超越地看取这人间风景："在浩漫的生存布景面，在深渊最黑暗的所在，……清楚地看见那些奇异世界……"（《风景》题记）。那些在莫言的小说中用来张扬民族血性和生命力的故事，在《风景》中却透出彻骨的悲凉，隐约的反讽，以及知识分子的自审和反思："我常常是怀着内疚之情凝视着我的父母和兄长。……我对他们那个世界由衷地感到不寒而栗。我是一个懦弱的人为此我常在心里请求我所有的亲人原谅我的这种懦弱，原谅我独自享受本该属于全家人的安宁和温馨，原谅我以十分冷静的目光（即所谓"零度情感"——引者注）一滴不漏地（即所谓"原生态"——引者注）看着他们劳碌奔波，看着他们的艰辛和凄惶。"

于是作者不仅看取"父兄们的粗犷和残忍，朴野和愚昧，生命力的强悍与人格的鄙俗、卑微"，而且每每忍不住以八弟（亡婴）的口吻"跳出来"去拷问、反思、辩护、批判。作品也超越了物质的、实俗的生存层面进入到社会的、精神的文化层面。虽然这种思考带有浓重的社会生态学、环境制约论成分（比照"七哥"——一个于连式的极端个人主义者的人生哲学和"二哥"人性的升华和爱情的悲剧，可以看到这点）。或者说，在"新写实"小说中，文化生态和社会结构总是以桎梏个体主体性发展和完善的面目出现。描写实俗社会/环境中人的异化与沉沦，这便是"新写实"小说家（包括方方，也包括池莉和刘震云等）的写作主题。

到了"新状态"，这个主题已不复存在，人与环境的冲突，转换为环境是人平庸、非诗意的生存状态的扩展和延伸。

何顿的《我们像葵花》也从平民生活层面塑造了一群被社会生态和人的原初欲望，捕获、支配着的人物。但何顿感兴趣的只是停留在实现原初欲望的人物的行动，而将行动主体的内在精神、价值向度都置于叙事者视野之外。用生活化的本色语言线性地叙述事件，编织故事是他唯一的目的。这种线性叙事在结构上表现为事件或故事在单一的物理时空内机械展开，人物的行动、与环境的关系，都按照它们实在生活的位置和作用来安排和确立；在形象塑造上，其人物都是些"单向度的人"，不能从多重视角和层面展示丰满的性格和独特的人性蕴涵。现代小说种种复杂的结构、表意丰富的语言以及形式带来的文外之味,都被何顿毫不客气地扔到一边,写作成为一种快乐的、平面化的倾吐。

与《风景》类似,《我们像葵花》也从第一人称视角设定一个活生生的人物("我",一个叫何斌的人物)来负责叙事。但细读文本,我们又会发现小说在视角上的混乱,一旦进入具体的情节和场景,"我"便被抛开,转换成全视角的第三人称叙事。"我"不过是作者手中的牵线木偶,而不是本文中一个"客观"存在的角色。文本充溢的仍然是作者的声音。

叙事者以自然主义手法津津乐道讲述一个个械斗、走私、偷情、发迹和破产的故事和场景,不加节制地描绘人物孜孜求财、渔色、粗鄙而快乐的嘴脸;还有对物质精确、细腻、生气勃勃的描写,简直可以当作现代都市生活的消费手册来读。叙事者自始至终与人物处在同一维度,对人物行动无遮拦地认同与迎合。这已不是"新写实"小说零度中的温情、冷漠中的焦灼,它既非零度,也非沸点,而是与现实保持同一热度。虽然作者也偶尔以叙事人口吻对人物的行动、命运结局作些思考,对历史和现实的一些荒谬现象生发议论。但这与其说是思考,不如说是在世俗经验和实用哲学层面上为人物的堕落作出辩护;而那些议论也不过是些单纯而落俗的嘲讽和不负责任的消解,反而强化了这种认同。作品传达出一个越来越为人们所接受的构成市场时代之基础的生活伦理:在传统的政治教条、文化信仰、价值观念被充分解魅的时代,国人获得了充分的解放和心灵自由,关于生存价值上的本质与现象、高尚与卑微、进步与落后的观念被解构了,一切被摆到一个无差等的平面。于是,在《风景》中那个与文本世界保持距离,因而是审视、思辨、矛盾、迷惘的叙事主体,已消失得无影无踪,文本也彻底失去了多向度、复调式的意蕴和张力。80年代那个洋溢着人道主义精神,充满文化和价值探索气度的创作主体已彻底地撤离了文本。

从某种意义上说,何顿式的写作正是"后新时期"文学生产的典型方式。正如法国人布尔迪厄所说,今天,原本属于知识分子世袭的精神领地,已蜕变为一个"文化生产场"①,而这背后是商业化、市场化的运作机制,它同样决定着文人的写作方式和生存方式。

三、 私人写作: 个人天地里的独语

面对90年代文坛,人们乐于谈论的一个话题是"私人写作"。为此,一大批走红的作家被纳入私人写作群落,比如陈染、林白、韩东、鲁羊等。而"新状态"的鼓吹者则把"私人写作"归结为"新状态"的一个特征。

如果我们回顾当代文学走过的历程,多少会明白"私人写作"为什么会谈得如此热闹。新中国成立后,我们的文学创作一直呈现群体式、公众化态势。现实主义原则(所谓"典型环境下的典型人物")被我们简单理解成一部作品,其主题越宏大,越能反映时代整体特色和社会全景,其人物形象越具有普遍的代表性和涵盖力,它的价值就越大,越被视为具有史诗性、经典性。

即便是"文革"后的80年代,私人写作也被一个个文化热潮所遮蔽。这与80年代的文化特色是密切相关的。从十年梦魇走出的作家汇入时代的交响和变奏中,伤痕、反思、改革、文化寻根,一浪接一浪的文学潮流,都与贯穿80年代有关"现代化"、"人道主义"、"主体性"、"文化启蒙"这些全民性的宏大话语紧紧连在一起。即使是后来的"先锋小说",也希望对西方现代、后现代主义文学和思潮的借鉴、移植和整合,来实现与世界文学的接轨,其中迷漫着浓郁的西化情结和技术崇拜。余华说:"像我们这一代作家开始写作时,受影响最大的应该是翻译小说。……我一直认为,对中国新汉语的建设和发展的贡献首先应归于那群翻译家。"② 然而进入90年代,随着经济文化及人们思想观念的转型,知识分子的文化功能、作家对写作的自我

---

① [法]布尔迪厄:《文化资本与社会炼金术》,包亚明译,上海人民出版社1996年版,第78—80页。
② 参见余华、潘凯雄《新年第一天的文学对话》,《作家》1996年第3期。

意识也在悄然蜕变：1. 知识分子正在成为商品社会的浮云游子；"知识分子"一词失去了以往社会良知、文化承传者的意义，而只是某种社会职业的称谓；文学再难起到所谓"民族寓言"的整体象征和启谕功能。2. 汹涌而来的时代大潮冲撞、挤压着每个人的心灵，生活每天给你新面孔，使你吃惊，却让你无法沉静下来思考。随着知识分子文化功能的陆沉，作家有太多的感受、惶惑、兴奋和失落，同时又面临一个在新的社会语境下重新审视，认识、把握和表达自己的任务和难题，于是便出现诸如知识分子叙事人、女性写作、拒绝寓言模式、超越纪实与虚构等写作主张和写作方式。对于"私人写作"者而言，生活就是文本，虚构性的想象构思和生活化的自叙自传不过是一枚硬币的两面，这也是"新状态"小说何以有那么多自叙文体出现的原因。

面对一个多元混杂的社会语境和文化空间，"私人写作"既是一种疏离，也是一种立场。一方面，它使文学失掉"代言"、"传道"的深度模式和庄严法相；另一方面，它使回到当下生活状态，直面自身的内心体验和复杂感受，书写自己的生命和心灵，从理论上说让文学具备某种自觉和多元的可能性。

在这股来头不小的"私人写作"潮中，女性作家无疑是一队主力军，但通读她们的作品，笔者又有一股隐隐的忧虑。当作家把自己放进文本，操作起"自叙传"来时，却呈现出互相熟悉的面孔。她们在力求摆脱异胜话语和视角，审视和表达自己作为女性的生存状态和精神状态的时候，却仍然显出女性"集体写作"的倾向。她们从个体生活和心灵——意识和潜意识层面挖掘出的素材、情感，甚至叙事风格、表意策略，竟是如此相似。有批评家细致地分析过陈染的长篇《私人生活》里反复出现的镜子、浴缸、洞穴等象征意象①，其实这些表达幽闭与自恋情结的意象原型早在 80 年代就曾出现在伊蕾、唐亚平的诗中，到 90 年代，在林白、海男等别的女作家的小说中也比比皆是。这种逃离、幽闭、自恋、自娱的倾向已成为女性写作的潮流和时尚。女作家们想以此表达女性意识和女权观念，但客观上却迎合了人们（男性）

---

① 陶东风：《私人化写作：意义和误区》，《花城》1997 年第 1 期。

对女性（尤其当她被投射进作家的身形时）的窥伺欲望，从而强化了男人对女性的已有观念。

　　我们不禁要问为什么回到"私人写作"的作家，在内容和手法上呈现如此的相似，甚至在隐私、情感的角落和潜意识的深处？是这个世界如先哲所说，"太阳底下本没有什么新鲜事儿"，还是当代作家已经在生存状态、生活经验以及感觉方式上都如此苍白和雷同？

　　真正的个人写作，在笔者看来，不仅是在生活内容、现实经验上回到个体，更应表达对生活与现实个人化的视角和价值。在疏离日常经验、大众话语和主流意识的同时，仍然必须保持与时代的文化感应；在植根于私人生活的同时，仍然能传达，提升出渊厚的人性内容和文化品格。因此私人写作，既是个人的，又是公众的。正如我们读鲁迅的《狂人日记》，卡夫卡的《城堡》、《变形记》，他们从感觉经验到话语方式的个人性是毋庸置疑的，而这种个人性中包融了丰富的时代精神，发掘出人类共有共通的经验和意识。当前的"私人写作"，如何在"独语"中坚持真正个人的视角和感知方式，表达一种自信的文化价值，实现对主流话语的沟通与审视，值得作家和批评家深思。

原载于《创作评谭》1997年第4期
修改于2013年10月

风景这边"堪好"

——2004年长篇小说观察

一

对于一段时期的文学,长篇小说可谓是体现走势、标识成绩的风向标。还在 2004 年岁末,即有专家评价本年度是长篇小说收成"平常"或"稍好"的年份①。笔者认为,这一"平常"或"稍好"的年景,是文学的外部环境、创作队伍和作家写作状态的正常体现。在 20 世纪 90 年代初,当市场社会及其催生的生存意识潮涌而来,文学圈的一些人士曾忧惧或沮丧地预言,这是文学边缘化乃至末日的来临。今天来看,边缘已成事实,"末日"却未必尽然。十多年来,市场社会经历了从转轨到步入正轨的过程,这也是文学在上层建筑领域"再结构化",文学人士自我调整,学习在市场社会生存、表达和操持文学的过程。因此,2004 年的长篇小说,展露出它在市场社会"尘埃落定"时所应有的面貌。

一个有趣而又值得深思的现象是,在所有文学品类中,长篇小说是最为繁荣的,称得上是日渐下行的文学事业中少有(如果不是唯一的话)的亮点。1. 近年来,长篇小说的发表、出版数量一直在稳定增长,据估计已达千部,2004 年又是一个高产年;2. 不仅是业已成名的专业作家、签约作家纷纷把主要精力投入到长篇创作上,更有那些初出茅庐的新手,一上来也是以长

---

① 雷达、白烨等:《2004,我们记住的文学作品》,舒晋瑜采访整理,《中华读书报》2004 年 12 月 29 日。

篇开路,甚至成为"专业户"级的长篇写手;3. 在许多文学期刊面临发行萎缩,只能靠财政拨款捉襟见肘地维持生计的情况下,另一些刊物(如《收获》、《当代》、《十月》等)却在大发长篇小说增刊、专号,首家有独立刊号的《长篇小说选刊》也在本年度推出。

在笔者看来,长篇小说"一花独放"的局面,其背后依然有"看不见的市场之手"在操纵。

首先,从读者的角度看,文学事业的繁荣离不开读者的积极参与,文学之所以在今天"边缘化"了,一个重要的原因是文学读者的锐减。这既与如今发达的影视、网络等文化消费形式构成的强大冲击有关,也与文学自身的嬗变相关。自 20 世纪 80 年代之后,文学不再像往日那样充当意识形态,乃至政策、路线的传声筒,充当新的社会文化思潮的预言家、勾画者或开路先锋,日益回到文学本身,而这种"挣脱"的过程、功能丧失的过程,同时也是它不再被关注、被阅读的过程。对普通读者而言,文学在今天更被看重的,是它通过再现/表现社会生活,提供人生经验和情感满足的消闲娱乐功能。而长篇小说正是最能广泛、综合地提供这种功能的文类。相比短篇小说更关注讲故事的方式,如构思、语言、风格等艺术形式问题,长篇小说则要以表现社会生活的广度、提供人生经验的厚度取胜,这是长篇小说在今天还能留住读者的主要原因。2004 年,那些聚焦社会兴奋点,贴近普通人生活现状,表达其悲喜、迷惘的作品(如王海翎的《中国式离婚》、张欣的《深喉》),更是赢得了人们的青睐。长篇小说的这种题材选择,体现着一种读者导向的结果。

其次,长篇小说是最能与市场结合,因而也最容易商业化操作的文类。从商业角度说,一部长篇小说可以成为一件独立、完整的文化产品,这不仅因为它可以容纳生动的故事、曲折的情节、众多活生生的人物形象,从而具备了大众阅读的前景;还因为它的物化过程可能创造足以吸引一系列互相关联的投资的商业利润,包括"生产者"(作家)时间、精力和文学能力的投入,经营者的资本及其他投入,如出版社或民间出版人(包括工作室或书商)的出版和营销投入。在出版产业化日趋成熟的今天,业界已形成一支熟谙出版的商业规律与操作技巧，洞察文学市场动向，甚至在某种程度上能够左右一本书的命运的出版生力军。文学市场的繁荣与阅读的盲目往往构成硬币的两面，面对品种越来越丰富、层次越来越繁复的小说市场，读者会有无所适从的选择盲目性，因此，掌握着出版和媒体资源的出版人便像是手执指挥棒的交通警，也因此，文学市场的读者导向最终可能变成出版人导向。以往人们认为这种商业化的经营主要出现在大众文学领域，如武侠或言情小说，但从2004年所谓"纯文学"（其实大众文学与纯文学的界线已越来越模糊）来看，几乎所有较为畅销的小说在制作、销售和包装宣传上都有他们染指和操纵。从据称是本年度最有影响的小说《狼图腾》对所谓"狼精神"、"狼文化"的大举造势，到《中国式离婚》的书与影视的互动，营销手段真是花样百出。

最后，我们还要看到市场化对作家创作的影响。在作品销量越来越成为一个凌驾性指标的时代，"回到故事"、"让小说'好看'"正在成为长篇小说创作的共识。格非这位被视为"先锋小说"的代表人物和坚守者，2004年推出了他的长篇小说《人面桃花》。在接受采访的时候，格非谈到《人面桃花》对古典市井小说《金瓶梅》的借鉴，作品试图回到一种简单直接、情节化的叙事。① 这个话题我们下文再谈，这里想讨论的是更为根本的写作目标和写作心态的对市场化有意无意的顺应，市场化作为一种文学的外部条件，正越来越深地内化到创作当中。在2004年长篇小说的创作队伍里，我们会发现新面孔更多了，并且作者年龄越来越小。一份调查报告显示，从出版的品种和印量上讲，2004年的长篇小说市场是所谓青春小说的天下，在前四个月，青春小说占同期长篇小说总量的三分之一②。究其原因，一方面是我们时代文学能力、写作水平的整体抬升；另一方面则是写小说变得比以前更"容易"了，并且不失为一门满不错的营生或"风险投资"。社会变得越来

---

① 格非：《我遇到的问题是整体性的》，《南方都市报》2004年7月2日。
② 见长江文艺出版社的《2004年长篇小说市场调查报告》，该出版社网站 http://www.cjlap.com。

开放，越来越多元化，每个人的经历、体验、所见所闻所感也越来越差异化，从而具备了被讲述和被阅读的条件。而市场的开放与民主又提供了相对通畅的发表/出版渠道。以往的作品常常要先经过文学杂志的筛选，发表，然后才得以出版。如今，期刊发表并非是一个先决条件，在 2004 年面市的上千部长篇小说中，只有为数不多的先在期刊上发表。它们中的大部分也许很难入那些抱定"纯文学"标准的文学杂志编辑的法眼。20 世纪 80 年代，文学的热门曾让无数文学青年趋之若鹜，纷纷做着"作家梦"，使得许多成名作家和文学编辑在开讲座、做报告时总要告诫年轻人，要多读多练笔，不要吊死在"文学树"下。如今，形势的变化和青春作家的生猛表现则让文学圈的先生们大跌眼镜，如果说写作和发表一个短篇还是不那么容易的事（因为结构、语言等艺术标准对短篇小说来说是第一位的事），但青春作家乃至少年作家们却可以不经过多少技法训练，径直去炮制长篇巨制。市场更看重的是大众化、商业性的内容和特点，甚至是作品之外的"卖点"，比如中学生自传性的早恋故事、"海归"或"海待"（指留学回国后待业在家的人员）的异国扒分……所有这些，使得新手们拿起纸笔，花上数月甚至更短的时间，写就一部有噱头有卖点的小说，等待或积极搜寻经纪人、书商的青睐，远比普通上班族来得实惠、洒脱，甚至一炮走红也未可知。有媒体最近报道，所谓"80 后作家"中的佼佼者，如韩寒、郭敬明、春树者，其稿费收入已使他们跻身百万富翁行列，更不用说像二月河、海岩这些专事长篇小说创作的超级畅销书作家，其版税和影视改编费更是高得惊人，据说已经是千万富翁了。

因此，我们并不能从长篇小说相对良好的市场表现——品种和销量的上升、新人的辈出中得出长篇小说的繁荣和上档次，相反，它使严肃写作变得更为艰难。

二

事实上，这样一种状况恰恰在强化着关于文学的忧惧与沮丧，它不仅体现为一些人观察文学事业本身的心态，也常常体现为许多作家观察世道与人道时的心态，并将之流露笔端，市场社会在此意义上往往等同于金钱社会、欲望社会。

自"新写实"以来，"欲望"一直是当代小说的一大主题，2004年也不例外，尤其是那些表现现实生活题材的小说，这是与当代社会的市场化转轨相呼应的。经过了20世纪80年代的启蒙和思想解放运动，尤其是随着市场经济的逐步确立，国人从传统的社会结构和社会意识——如公有制的经济结构、一元化而又科层化的单位制度、集体主义观念、私人空间狭窄的生活方式等等中解放出来，旋即又被投放到市场这个以个人主义、物质主义和交换原则为其意识形态的生存空间。这样一种"解放"与投放，带来生活方式和情感方式的嬗变、以往精神道德的解魅。生存规范越来越诉诸个体当下的经验与情感，而"欲望"便从这种结构转换和精神解魅中裸露出来，被作家敏锐地捕捉到，浓墨重彩地表现出来。本年度一些人气很旺的小说，如《深喉》（张欣）、《玉碎》（凸凹）、《色》（尤凤伟）、《中国式离婚》（王海翎）、《所谓教授》（史生荣），无不把焦点对准欲望这一"阳光下秘密的火焰"，通过描写欲望——情欲与物欲——来把握人，进而试图勾画我们这个时代。

在"新写实"小说中，"欲望"是个有着特定精神内涵的字眼，充当着意识形态解魅的工具，指向20世纪80年代下叶特定的社会意识和社会结构。例如在刘震云的《单位》、池莉的《烦恼人生》等作品中，主人公的物欲始终和他们物质的匮乏、生存的艰难连在一起，表现为让家人和自己过体面生活的平凡而正当的心愿；而刘恒的《伏羲伏羲》里主人公杨天青乱伦的情欲，也是他长期受压抑、性权利被剥夺的结果。这使得欲望的展现成为一种精神的诉求，洋溢着物质或情感的正义性，它建立在转型之初整个社会普遍的物质生活匮乏、私人空间狭窄的时代背景之上。而到了2004年这个社会转型日渐尘埃落定、社会正全面迈入小康的年代，文学作品中欲望的形态、生成背景及其精神内涵发生了改变，它不再建立在匮乏、艰难基础上，因而也不再被赋予伦理的正义和意识形态解魅的功效。一方面，欲望被视为主体的基本属性，也是市场社会主体行动的基本动力——这正是意识形态解魅的结果；另一方面，欲望在市场社会总面临着缺乏约束的失控的危险。

张欣的《深喉》是一部包括了社会热点、新闻爆料、凶杀故事和司法黑幕的看点非常多的小说，欲望成为与正义、爱情、友情等相对立的因素，使作品人物置于各自的生存矛盾的两端，展现人物在严峻的现实和两难的情境中进行各自的人生选择。譬如作品的女主人公透透，这是个充满物质追求的时尚女孩，但又不乏现代知识女性的自立意识和纯洁的爱情梦想。对她来说，一边是物质享乐的强大攻势，一边却是男友空怀正义、清寒动荡甚至充满危险的生活，这使得她怅惘而又脆弱地滑入前者；还有那位冤案的制造者、法院院长沈孤鸿，先前他曾是一名有抱负、有力量的清廉的法律卫士，但当物欲大到足以摧毁他的意志，唤醒他心底欲望之狮的时候，选择的天平便发生扭转，昔日的法律卫士也便蜕化成凶残、狡诈、一手遮天的法律大鳄。同样的两难情境也发生在尤凤伟的《色》、凸凹的《玉碎》等小说里。《色》的主人公吴桐从普通大学老师到大公司总会计师、高级经理的命运转变，本身就是一次幕后人欲望与阴谋支配的结果。而一旦他认定了这种选择，在得到更高的身价和更丰厚的物质利益的同时，也得到了人生选择给予他的另一些"馈赠"——他不由自主地成为操纵者非法占有国有资产的帮手，不可避免地陷入家庭破裂和人格分裂的悲剧情境。《玉碎》的主人公南晓燕也是如此，她从农村青年到白领丽人的身份转变，在城市里生存的过程，就是她丧失独立人格、健康心态乃至贞操，最后屈辱地成为一名"二奶"的过程。

　　读这些描写欲望的小说，我们可以得出：

　　1. 欲望被作为市场环境里人的自然属性来展现。对于作品里的小人物主角而言，它关乎人物身份的改变、生活条件的改善，既不像以往的批判现实主义或革命现实主义文学那样，常常被处理成具有道德或阶级批判性的负面人性，也不具有诸如"新写实"小说的意识形态解魅功效，而多以一种中性的方式来展示，因而欲望的实现过程被描绘成自然、平实的过程，是一种"普遍的人性"，因此作品对人物的两难处境及其人生选择充满同情式的理解。

　　2. 社会往往被片面而夸张地描写成一个巨大的交易场、欲望的催化剂，而作品关注的人物生存选择和欲望实现的过程，即是顺应市场、体现交易伦理的过程。相反,战胜欲望、克服欲望逻辑需要巨大的力量,要有更为强大的生命支撑。例如《深喉》里的主人公呼延鹏,便是怀抱着追求高峰体验的人生梦想来抗拒利诱,树立起"社会喉舌"的新闻工作者的正义形象。但在大多数作品里,我们看不到这类形象,因为作家难以为人物找到某种切实的、有说服力的生命支撑。

在描写当代生活的小说中,一个与"欲望"并置、对立,并且被作家们看重和加以表现的关键词是"情感"。

在市场社会,欲望被视作人的本性,是人物的行动动力和逻辑,但它毕竟是形而下的、本能性的,不足以提供全部的生存动力和意义,因此,在欲望人格之上的空缺部分,被当代人特有的情感生活所占据。

美国学者 A. 麦金太尔在他阐释当代西方伦理生活的名著《德性之后》一书中曾分析过"在为道德提供合理证明的运动决定性地失败后",即麦氏所指称的"后德性时代"产生出一种新的畅行的生存伦理——"情感主义"道德主张:"情感主义是这样一种学说:所有评价性判断,尤其是所有的道德判断,就其在本性上,它们就道德的或是评价性的而言,都不过是爱好、态度或感情的表述。"①"情感主义论断的核心部分是:宣称客观的和非个人的道德标准存在的任何主张,都是没有也不能得到任何正当合理的论证,因此,也就没有这样一类标准。"② 在中国,市场化转型使得当代社会正像麦金太尔所说,正在进入一种"后德性时代"。失去了传统精神道德的支撑,人们的生存规范越来越诉诸个体情感和当下的直接经验,由此确立一种个体"情感主义"的道德生活原则。如果说在物质和欲望领域我们难免被"市场"异化,那么情感似乎是能显示个体生存意义的一个正能量、正维度。"个体主义"社会语境下的文学表征,便是表达对私人经验、情感的重视与依赖,表达物欲、交换原则和个人选择的关系。

---

① [美]麦金太尔:《德性之后》,龚群、戴扬毅等译,中国社会科学出版社 1995 年版,第 16 页。
② 同上,第 25 页。

在2004年的长篇小说中,爱情都是核心的内容,作家们不仅描写常态的情爱——未婚男女间的爱情,还大量描写非常态的爱情,如婚外情。

《所谓教授》里主人公大学教授刘安定,他事业的发达是与他婚姻之外的感情相辅相成的,婚外情成为生命力张扬的表现;而《色》的主人公吴桐,与他事业上的兴衰起落相伴的是他在感情问题上的患得患失,自我折磨。他的道德自律的另一面似乎是他性格上的软弱、游移。还有《玉碎》,女主人公南晓燕某种意义上是一个"嘉丽妹妹"形象。伴随她在城市挣扎生存的过程,是她与身边的男人的情爱纠葛。尤其是与顶头上司罗建东,他们之间的婚外恋,是一种强弱分明,依附与被依附的关系。如果在以往,这也许会被描写成玩弄与被玩弄的关系。但罗建东对南晓燕的感情,既被冷峻地描写成他通过权力和物质对南晓燕的性与色的占有,也不乏温情地展现出他追求生命价值的激情。罗建东的感情原则是,"在现代的社会,没人再考虑形式的问题,关键在于感情,在于人能不能拥有",因而他对南晓燕的争夺、占有"不过是把属于我的东西从他(指南晓燕的未婚夫)手里收回来而已",也因此他对南晓燕的表白同样包含着真诚:"那我就跟你回老家,估计你们老家会有一条小河,水一定很清,一定会容得下我们两个人。"在这样一种真诚而诗意的表白中,罗建东俨然一个爱情至上主义者、一个生命高峰体验的不懈追求者,而南晓燕最后抛弃未婚夫,归附罗建东,既有对权力与欲望的臣服,更有情感与精神上的认同。这种认同有效地规避或淡化了权力和欲望、道德和法律的因素。从现实角度说,既反映了婚姻、爱情的时代状况,也和淡化婚外情的道德评判相一致。

值得关注的是,在婚外情的另一面,是处于被贬损位置的"妻子形象"。她们往往被塑造成愚劣、丑陋而又可悲的形象,甚至缺乏正常的心态和行为。《中国式离婚》、《色》里主人公的妻子为了抓住自己的丈夫,都采用难以容忍、有违常理的霸道做法;《玉碎》里的"妻子"则是个利益至上的"河东吼狮",她要的并非是罗建东的人和情,而仅仅是他给她带来的权力与物质享受;还有《所谓教授》里刘安定的妻子干脆就被自己的猜忌、怨怒和自轻自贱折磨得精神失常。这些集中出现的令人厌恶的中年妻子形象,往往只是充当为婚外情情节信手安排的"扁平人物"、功能化形象,其全部的生活内容和人生目的就是为了维持名存实亡的婚姻、家庭关系。她们被妖魔化的形象,使得丈夫的婚外情具备充足的理由,并成功地造成读者的审美与情感立场向丈夫和"第三者"偏移。而她们不明智的"往里拉"的手段,其结果只能是"往外推"。我们很难从社会统计学的意义上得出这些中年妻子形象的可信度或被妖魔化程度,但从小说社会学的角度看,这些形象的大量出现无疑是利用和顺应着关于婚姻和家庭关系的时代套话(stereotype),小说在此意义上与那些鄙俗的社会心态和价值取向沆瀣一气了。①

与上述社会情感小说大写婚外情不同的是"青春小说"对奇异的自我迷恋式的爱情的大肆张扬。在这方面,2004年出版的《在春天回想一个比我年长的女人》提供了"青春小说"爱情方式的典范文本。

这部小说讲述的是一个18岁的男孩如何迷狂地追求一个堪为他母亲的中年女性的纯情故事。在笔者看来,这部小说有两个并行的主题,其一是成长,其二是非常态的爱情。在化蛹为蝶的青春期,爱情是必然遭遇的人生一课。爱情生发出一种信念、一种责任,它使自在自足的个体世界情愿接纳一个他者的融入。这样一种人生经历、情感需求和心智变化,成为成长的核心内容和标识。正因为如此,青春小说往往等同于爱情小说。作品的主人公"小天"便是在经历这个成长过程。饶有趣味的是作品的第二主题(也是它的"主部主题")。年龄的巨大差异使得这场爱情成为非常态的爱情,其难度是极大的,甚至是无望的。但也正是这种非常态的爱情,展示了日常生活稀缺的浪漫奇情;而结局必然的无望使得爱情转化为当下的、爆发式的激情体验,仿佛金属丝在纯氧中绚丽燃烧。在一个常规日渐沦为平庸、爱情日渐沦为情欲与物欲、爱情的情感资源也日渐稀薄的年代,这是极具刺激和情感魅力的。它看似离奇、非常态,却是"后德性时代"爱情的常态,甚至经典方

---

① 例如社会流行的"男人四十一枝花,女人四十豆腐渣"的说法,就是一句充满对中年女性的恶意嘲弄和攻击的套话。这些套话通过对对象的定性式描述,往往体现出一种社会认同和价值取向。

式，摆脱常规的情感在使情感浪漫化的同时，也被抽离出来，成为支撑人生的核心价值，使个体主体化，因而也切中市场时代"情感主义"的道德原则和相应的非伦理的"美学生活方式"①。

但也正像金属丝的燃烧必须要有纯氧做"燃素"，并且会瞬间化为灰烬，这种激情式的、瞬间即逝的情感价值正隐喻着人生价值的脆弱和虚无，生命也由此变得越加幻象化和充满危机感。

三

描写小人物欲望与情感的作品，多采取贴近时代和社会心态的平视的视角，读这些小说往往就像读报刊的社会新闻或时尚版。另有一些作家则试图躲开耀眼的时代强光，把目光投向鲜活而又嘈杂的社会现象的底部或背面，并在思想上表现出怀旧与反思两种取向。

怀旧源于对生存现实的"不适"、逃避和对历史的浪漫想象。从文化意义上，此"旧"既可以是传统中国的道德伦理和精神价值，也可以是民间的、异域的生活生态。反思也包涵两个层面，在个体生存意义上，它是怀旧取向的延伸和理性化，是对某种无价值的生活现实和生存方式的自我批判和重新选择；在文化精神上，它是对市场社会的负面因素及其所蕴涵的意识形态——如个人主义、物化的生存观、"交易"伦理——的理性分析、判断、质疑、批判和超越。2004年有一部被策划人和媒体捧为"旷世奇书、精神盛宴"的超级畅销小说《狼图腾》，在笔者看来，它既是一部交织着对个人的知青生涯和草原游牧民族的生态文明的怀旧之作，也是一部旨在探讨"华夏

---

① 麦金太尔认为"情感主义"道德原则之下会产生一种非伦理的"美学生活方式"："美学生活方式的核心特征是试图将自身沉溺于当下的直接经验中，这种生活方式的范式是沉溺于个人激情之中的罗曼蒂克情人。与此形成对照的是：伦理生活方式……是一种延续于时间过程中的承担义务和责任的状态，在这一状态中，现在受到过去的约束并由此走向未来。"现代生活的价值规范是多元，彼此矛盾、不可通约的，个人在被分割成片的生活中只有诉诸"当下的直接经验"，诉诸源于"身体感觉"的激情，以此获得一种价值和意义的自我满足。见《德性之后》，第53页。

的农耕文化和华夏民族的国民性病根"的反思之作。

《狼图腾》是一部试图为狼立传的"奇思异想"的书。狼的生活形态、习性以及为生存而博杀的过程,成为通篇描写的对象;而故事里的人,则成了它的观察者、阐释者乃至膜拜者。但这又不是一本文学博物书,甚至也不是一般意义上的动物小说,作者笔下的狼具有浓重的象征意义,获得了人格化的精神品格——狼的精神("狼性"、"狼图腾")。作者雄心勃勃要描绘几千年来凶猛、强悍、进取的狼性和以狼性为精神根基的草原游牧民族对懦弱、保守的中华农耕民族一次次"精神输血"的历史。这样一种文化命义显然是偏失、错位甚至荒诞不经的。尤其在书末所谓"理性挖掘"部分,汉族与北方游牧民族被符号化为孱弱保守的"羊"和强悍进取的"狼",历史被简化为"狼"与"羊"征服与被征服、精神"输血"与被"输血"的历史,字里行间流淌着对汉民族和华夏文明的鄙薄与虚无,对游牧文化返祖式的崇拜。

但作为一部畅销小说,它的卖点并非文化人类学角度上对游牧文化的探讨和推崇,吸引大众阅读的精神因素是所谓的"狼性",它呼应了市场社会所应遵奉的大众生存哲学——社会达尔文主义,吁求着一种重新选择、重新塑造的"新人性",而经过作者重新加以解释、取舍和升华的"狼性",俨然成为这一自我选择、自我塑造的强有力的价值参照系。

抛开作者的价值观和思想深度不说,让一部小说承载中华文明兴衰成败的考量,并且开出疗治的药方,这本身就是勉为其难的事,难怪《狼图腾》在后来干脆就脱离了作品的原有结构,做起了非驴非马的"理性挖掘",因为写完煌煌数十万言后,他仍然感到无法通过小说——以讲故事的方式,让读者明白或接受他要宣扬的道理。

而有着严肃而成熟创作方法的作家更善于使反思成为故事内容和人物塑造的有机成分,成为人物现实身份、性格命运和生存状态的直接衍生物。在这个问题上,笔者认为王蒙的《青狐》做得更为成功。

《青狐》把我们带往当代中国一段非常关键又非常浪漫奇观化的历史——20世纪80年代初,去探访那个时代一个居于文化中心地带的群体——知识分子。被称为"新时期"的80年代已经"历史化"了,这种历史意识也许让很多人感到错愕，因为他们对那个年代的记忆还只是一种情感记忆，把它和90年代、和新世纪作为时代的统一体。在国人尤其是知识分子心目中，它被符号化为"拨开乌云见青天"的年代，是经济起飞、文化复兴的黄金时代，因此对其真实的面貌和作为历史的遗产远没有得到拉开距离的理性观照与总结。而作者以历史见证者乃至当事人的身份，为我们还原了那个时代。在这个意义上，《青狐》既是一部生动的文学作品，又是一份独特的历史文献。

这种文学化的历史还原，缘自作品对"青狐"为代表的知识分子群像的成功塑造。我们读新时期以来的文学，会感觉当代知识分子的形象序列和精神脉络，存在一个断裂。他们曾被塑造为"反右"、"文革"时期的受难者、抗争者和反思者，又被塑造为市场时代的边缘人、迷惘者甚至游世者，而80年代在改革小说、社会问题小说中被塑造的知识分子启蒙者、改革者形象（如刘心武的《班主任》、戴厚英的《人啊，人》、张洁的《沉重的翅膀》等等），今天看来并没有完整真实地再现这一时期知识分子的精神面貌，因为这些作品常常只表现了他们社会角色的一面。① 而《青狐》的出现，使这一形象序列和精神演变史得到了有效的补充、夯实。我们看到"青狐"，以及她身边的杨巨艇、紫罗兰、白有光、雪山、钱文……在事过境迁后超脱而犀利的审视下，浮现出本来的面目。他们的人生悲喜剧，是特定时代的产物，是典型环境中的典型形象，又像一组凹凸不平的镜子（充满时代特色的喜剧风格），照见了时代。他们活脱脱上演的剧幕，让我们既看到拨乱反正和改革开放的时代主旋律，又看到了历史（"文革"）的精神遗骸，甚至看到90年代后市场转型进程中社会心态和知识分子精神演变的某种因缘与前奏。

2004年，我们还有《水乳大地》（范稳）这样让人眼睛一亮的作品。这部作品诚如作者所说，给了"疲惫萎靡的文坛一记重拳"。某种意义上，《水乳大地》和《狼图腾》是可以比照阅读的两部书，它们都以民族的冲突与共存、文明和信仰的碰撞与交融为题材，试图绘制民族生态和生命强力的长

---

① 对于新时期以来知识分子文学形象的整体分析，可参阅拙著《"我"是谁——新时期小说中知识分子的身份意识研究》，百花洲文艺出版社2004年版。

卷。但如果说《狼图腾》之指归在于营造和颂扬一种社会达尔文主义的"狼精神"的现代图腾,进而虚构一部以"狼精神"为根基的草原游牧民族对懦弱、保守的中华农耕民族一次次"精神输血"的"历史",那么《水乳大地》则从发生学的角度,让我们饱览和理解不同民族的文明与信仰的"水乳大地"般的现实根基和生生不息的文化价值。在此意义上,有关民族生态、宗教传播和人物命运的历史、现实、神话、传奇或文学想象,都唯物史观地回到这一根基,而人性的光辉、爱与共存的祈祷则蒸腾而出。

2004年,我们也有《荒地村》(董陆明)、《石榴树下结樱桃》(李洱)这样提供了独特视角和认识价值的作品。这两部农村题材的作品都能给读者,尤其是都市读者带来大量新鲜的阅读经验。

譬如《荒地村》,朴实的文风下是作者对乡村生活形态的扎实、细腻的叙述,对转型当中乡村社会的复杂感受、多元思考。贫穷与富裕、愚昧与开化、中国农民的善性与丑陋、乡村社会的促进与倒退……这样一组贯穿作品始终的二元对立式的主题,其实在当代农村题材的小说中从未间断地得到表现。从20世纪50年代的红色经典《红旗谱》,到80年代贾平凹、张炜等人的农村改革小说,再到新世纪之初的《荒地村》,我们看到这一主题谱系意义上的延续。然而历史所展现出的令人猝不及防的大转型,使得作家在具体展开这一主题时又表现出思想观念、情感倾向乃至创作风格的差异。如果说《红旗谱》以其对革命年代中国农村的社会关系、阶级矛盾和农民革命动力的深刻理解和表现,赋予作品强大的政治正确性和宏阔的史诗气质,而80年代合乎民心、生机勃勃的农村体制改革,赋予贾、张等人的农村小说以鲜明的价值判断和乐观主义的未来意识,那么今天,当历史"终结"在市场化、全球化的进程当中时,乡土中国暴露出的重重困境,以及它在市场社会面临的被遗忘被甩脱的危险,都让作家在表现这一组主题时遭遇到前所未有的迷惘,丧失了展现历史趋势和农民命运的叙事信心。于是我们在《荒地村》(也包括其他一些农村题材的作品)中看到作家的理性思考和叙事动力回到了文化与伦理——世道人心。作品有意无意地掀开了历史叙事的一角,提出一个发人深省的问题——当制度、政治层面改革与调整的"创新动力"呈现出经济学上的边际递减之时,我们是否必须诉诸文化,诉诸世道人心,来实现"共同富裕"和文明进程?

阅读这些作品,我们认识到反思不是简单的拒绝和逃离,也不是站在僵硬立场的非此即彼的否定和浪漫想象,它体现着这样一种现实态度:在承认现实,认可其必然性和合理性的基础上不丧失批判性,追问其他可能,它既指向社会和他者,也指向自身,是社会和个体进行自我意识、自我调节和平衡、自我创新的不可或缺的手段和起点。而文学性反思因其所具有的叙事性、情感性和诗性力量,构成现代社会自我反思的重要力量。

四

苏联文艺理论家米哈依尔·巴赫金在分析长篇小说的艺术形式时指出,长篇小说是一种"未定型的"、"永远寻找着、研究着自身并对自己已形成的形式进行重新审视的体裁",因为它"把探索性、意义上特有的未完成性及与未定型的现代生活(未完成的当前)的生动接触带到里头",从而"更为生动、本质、敏感和迅速地反映现实生活本身的形成"①。进入新世纪,中国社会的市场化转型的日渐尘埃落定、世界范围内冷战结束后所谓"历史终结"的新格局,似乎在使巴赫金意义上的"未定型的现代生活"趋于"定型",从而使长篇小说的"重新审视"、"探索"的文体创新的动力趋于沉静。"回到故事"、追求"好看"成为这种创新动力趋于沉静的表征。

饶是如此,在认可"故事"、"可读性"的前提下,怎样"讲故事",怎样使"可读性"与思想、艺术的探索性保持统一,仍然是一些严肃作家的不懈追求。

相比于在20世纪80年代创作的那些形式感非常强的小说,格非的《人面桃花》确实是回到故事,回到人物,用他自己的话说,就是重新发现

---

① [苏]巴赫金:《史诗和长篇小说——长篇小说研究方法论》,见《20世纪世界小说理论经典》(上),华夏出版社1996年版,第295页。

"《金瓶梅》式"的中国传统小说叙事方式的价值。但对"严酷的日常生活"与"乌托邦"式的生命追求在今天构成的"讽刺性"落差的切肤之痛①,既使得格非在展现一百年前那段"三千年未有之大变局"的特殊历史时期的时候,试图寻找和表现一代人的集体(或个人)的乌托邦之源,历史地勾画乌托邦与个体日常生活之间的复杂关系,也使得他在回到"简单有力"的叙事的同时,依旧留住了对小说艺术本身的乌托邦冲动。这样一种融注了日常生活心态与乌托邦冲动的复杂视角,使得他笔下崇高、浪漫同样也是残酷的革命,和人物个体、现实性的梦想、困境与欲望,组成一枚硬币的两面,合成马克思意义上的人——"社会关系的总和",成为作品的小说形象。这种小说艺术的乌托邦冲动,我们或可称为"诗意现实主义",甚至"诗意写实主义"。而带给读者的是回到故事、回到历史的具体情境的同时,也回到了活生生的人。

在笔者看来,《人面桃花》不是一个应不应该化繁为简地回到传统叙事的技术问题,而是在回归的同时如何创新小说的叙事诗性的艺术本体问题,乃至人生诗性的生命本体问题,毕竟,展示文学对象的乌托邦需要凭借创作方法的乌托邦,直至作家自身的乌托邦向度。因此,笔者期待着在这部系列小说的后继之作中,这样一种乌托邦追求能够得到有效强化。

女作家孙惠芬的《上塘书》是一本形态独特的小说。传统小说的着眼点和核心在于人物,通过讲人物的命运故事,刻画他/她(们)的性格,来反映时代,表现主题。因此贯穿性的情节和人物形象便成为小说不可或缺的要素。而对于多少已经了解了小说的操作模式的现代读者来说,他们一方面会沉浸到故事和人物命运当中,产生似真性的现实幻觉(所谓"读《红楼梦》,替古人掉泪");另一方面,在读完作品合上书后,又清醒地意识到那些活灵活现的人物、大喜大悲的故事、环环相扣的情节,不过是一些(什克洛夫斯基意义上的)"手法"②、装置("一把辛酸泪"背后是作者的"满纸荒唐

---

① 格非:《我遇到的问题是整体性的》,《南方都市报》2004年7月2日。
② [俄]什克洛夫斯基:《艺术作为手法》,《俄国形式主义文论选》,生活·读书·新知三联书店1989年版。

言"），是艺术虚构的产物，这就使得小说的人物塑造方式和有机的情节结构方式总显得缺乏力量，这真是件古往今来让小说家气馁的事。而《上塘书》的可贵探索，在于打散一以贯之的人物链、情节链，甚至根本上就消解了人物作为小说主角的不二法门，代之以环境，即"上塘"。作品要叙述的是上塘的各个侧面，地理、政治、交通、通讯、教育、贸易、婚姻、文化、历史，总之，上塘的生态成了作品的主角，而人物形象成为人物群像，退居次要，成为这些侧面的细部内容和特征，文学的小说因此成为社会学的小说。

在笔者看来，这与其说是一种新的创作技巧和方法，不如说是一种新的人文视角、关怀意识乃至世界观，因为它是关于"大地"的小说，因而也是真正意义上关于民众的小说。对于人类社会而言，群体才是主体，大地才是母亲。

这当然不是说《上塘书》是一部社会学、人类学的笔记、田野调查，因为它还是有人物、有情节、有故事，更主要的是有关于乡村生态和乡民生活具体情境的诗意的叙事。因此我更愿意把它看作是文学与社会学、人类学互相靠近，互相融汇视角、汲取力量的产物。

这样一部小说自然也就不是仅靠手法、想象就可以编造出来的，更不可以被仿制，而必须极大地投入、考察和体验，并且带着热情、耐心和爱，如作者所说，让"乡村生活进入骨髓、灵魂"[1]。在小说的创新动力日趋耗尽，小说创作越来越可以被模仿因而越来越显现出可怕的"家族相似"，写作的难度越来越降格，因而越来越成为一项"生意"的年代，这是应该得到重视与鼓励的文学方式和文学观。

此文为中国作家协会2004年扶持重点作品项目课题

原载于《创作评谭》2005年第9期

2013年底改定

---

[1] 孙惠芬：《乡村生活进入了我的灵魂》，《文汇读书周报》2004年12月30日。

文化产业中的文学景观

——2006 年长篇小说观察

进入 21 世纪，长篇小说越发呈现出在整体上被淡漠、被边缘化的文学中一枝独秀的局面，2006 年亦是如此。据业内人士估算，本年度又是一个长篇高产年，出版长篇小说超过一千部，而号称"文学春天"的上世纪 80 年代，每年的产量不过百部。本年度，一大批实力派作家加入长篇小说的创作队伍，纷纷推出了自己的长篇小说，使得长篇小说似乎呈现出更多元的局面，但这并不能改变其整体面貌，都市情爱、青春写作、"武侠、玄幻、恐怖故事"等通俗、泛通俗小说依然占了很大比重。当然，名家作品也有不凡表现，像余华的《兄弟》、莫言的《生死疲劳》、安妮宝贝的《莲花》、铁凝的《笨花》、王海鸰的《新结婚时代》、苏童的《碧奴》等，发行量动辄数十万册，《兄弟》的销量据说更是令人咋舌地突破了百万。在人气很旺、专业味很浓的第三届"《当代》长篇小说年度最佳奖"的评选中，《笨花》和《新结婚时代》分获"专家奖"和"读者奖"。

长篇小说的写作、出版和阅读看似繁荣，但对创作的整体态势以及对具体作品的批评也不绝于耳：本年初，《当代作家评论》就开设专栏，作家、批评家纷纷撰文为长篇小说号脉；《兄弟》出版后，遭到批评界近乎一致的指摘，甚至还出现了一本专门针对《兄弟》的批评文集《给余华拔牙》。批评界普遍认为，本年度长篇小说虽然数量不菲，但经得起时间考验的经典之作并不多，市面上充斥的多是一些为了市场牺牲艺术，匆忙草就的注水故事，这使得本年度的长篇小说在整体上显得质量平平。

上篇　长篇小说的产业化时代

一

对于本年度乃至新世纪以来长篇小说的创作势态，一名久居艺术内部的文学学者自然可以运用诸如文学积累、思想主题、创作方法、艺术得失等工具来进行艺术分析或文本解读，问题是仅仅这样做，是否能真正把握新世纪长篇小说这一独特的文学景观？是否能说清楚当下长篇小说的写作→出版→传播过程中"阳光下的秘密"，由此是否能准确地判断出某一部作品的接受状态，和在当下文学地图中的位置？

笔者心存这些疑虑不是没有理由的，让我们来看一些发生在本年度有关长篇小说的事例。

1. 在"《当代》长篇小说年度最佳奖"的评选活动中，余华的长篇小说《兄弟》（下）在专家评选中一票未得，名列倒数第一。当记者请在场的专家评委对此事作出解释时，专家们互相推辞，北大中文系陈晓明教授令人同情地接下这个"烫手山芋"，躲躲闪闪地给出一个难以让人满意的回答："余华是优秀的作家，但《兄弟》不是他最好的作品，我们对余华的期待值比较高。……如果不追究余华是大作家，《兄弟》还是体现了他艺术上的贡献。"

且不说记者的问题针对的是《兄弟》与其他入围作品，而不是与余华本人以前作品的比较，与"0票"、"倒数第一"相映成趣的是，对当今文坛稍有了解的人都知道《兄弟》在2006年文学出版业内举足轻重的地位，而余华本人则坚持认为，《兄弟》是一部让他自己感到满意的作品。

2. 近日文坛又爆出德国汉学家顾彬（Wolfgang Kubin）批评中国当代文坛的新闻，当被问及对超级畅销小说《狼图腾》的评价时，顾彬回答："对我们德国人来说是法西斯主义。这本书让中国丢脸。"

其实《狼图腾》的思想主题简单、错位甚至荒诞，艺术水平粗糙、低下已是"皇帝的新装"。笔者在 2004 年小说出版时曾经写过一篇评论，认为它是一部包裹在历史与文化人类学反思命题下宣扬社会达尔文主义的大众生存哲学的不成功作品，充其量是一本喧嚣一时的时尚小说。两年多过去了，《狼图腾》的表现不由得让人瞠目，仅从销量来看，它成了"经典"，据说卖了 200 万本，版权贸易已经售出十多个语种，成交总金额已达 110 万美元。

3.《当代》的长篇小说评奖已举办了三届，除了第一届的"专家奖"和"读者奖"评选结果相同，都给了当年的《英格力士》外，后两届"专家奖"和"读者奖"都令人尴尬地出现了错位，尤以第二届为甚，当七名专家中的六名把票投给贾平凹的《秦腔》时，杨志军的《藏獒》却以 78% 的高票率获得了"读者奖"。本年度依然，获得"专家奖"的是铁凝的《笨花》，而得到"读者奖"的却是根本不在专家考虑之列的王海鸰的《新结婚时代》。

在专家的评判、读者的喜好，以及长篇小说的出版形势之间出现如此大的错位，似乎表明批评界正在失去把握当下长篇小说整体态势的能力，失去对长篇小说的言说资格。那么这是批评的失败，抑或文学凋零的体现吗？

这十多年来我们目睹了长篇小说的异军突起：（1）近年来，长篇小说的发表、出版数量一直在大幅度增长，甚至一些非文学出版社也越来越把力量投放到长篇小说的出版上，许多文学杂志都在发行长篇小说增刊，来挽救他们日益降低的影响和发行量。（2）不仅是业已成名的专业作家、签约作家纷纷把主要精力投入到长篇创作上，更有那些初出茅庐的新手，一上来就成为"专业户"级的长篇写手，长篇小说的作者越来越呈现出年轻化、低龄化的倾向。（3）当大多数文学期刊发行量普遍萎缩，每期只能卖出一两万本甚至更少，只能靠财政拨款捉襟见肘地维持生计的同时，大量稍有影响或卖点的长篇小说，起印量却动辄十万以上。

文学凋零而长篇繁荣，这个令人匪夷所思的事实背后，正表明长篇小说正在跳脱文学的内部序列，它整体上已经不是可以用来检视文学创作的实绩、文学对时代的影响或贡献，分析一段时期文学的总体态势和文学规律的一种文学文体，而是摇身变成像影视一样的文化产业。

二

说长篇小说是一个文化产业，意思是说长篇小说已经形成一个庞大而独特的消费市场，围绕这个市场已经形成一个同样庞大的资本市场和产销系统，因此，决定长篇小说的整体态势乃至具体一部作品的生产、销售甚至评价的，已不像原来那样天经地义地被认为是作品本身的思想水平或艺术价值，而更是资本运作和市场开发的结果。

这里使用的是长篇小说的"消费"而不是通常说的"阅读"。区别在于相对于其他文体——诸如短篇小说或散文——长篇小说可以成为一件独立、完整的商品，对读者来说，发生在阅读之前的购买行为，直接针对作为商品的作品本身。商品化不是因为长篇小说的文学价值，而是因为它的物化过程可能创造足以吸引商业投资的利润。这是形成长篇小说消费市场的基础。

作为一种消费行为，消费者（读者）在购买和阅读之前同样必须对这一消费行为作投入与回报的判断。但与一般商品不同的是，文学消费的特点是在阅读之前无法对投入与回报作出准确的判断或估价，文学的使用价值——文学带给读者的心灵愉悦、情感满足和文学知识的实现是伴随阅读始终的复杂过程，甚至在阅读完成之后都难以充分实现，这就给经营长篇小说的生产者或销售者留下了市场运作的广阔空间。某种意义上，长篇小说出版市场的核心问题，与其说是满足读者的阅读需求，不如说是制造一种阅读需求。为了促成消费的形成，经营者必须开拓出广大而便捷的发行市场，因此我们可以看到，每一本畅销小说的上市，都有大量分销和零售商的配合，都有同步的、大规模的铺货。经营者还必须在最短时间、最大范围地将小说的出版信息传播出去，因此，花样繁多的营销手段又是必不可少的。这些复杂的经营环节和营销手段，既考验着经营者的资本实力和市场运作的能力，也造成长篇小说出版市场激烈的竞争和巨大的风险。

曾经有一位编辑被问到为什么不去竞争安妮宝贝的长篇新作《莲花》的版权，得到的回答是："不是不想出啊，而是出不起。她的《莲花》稿费去税都要 200 万。我们算了一下，只有卖到 50 万册时才能收回成本，风险实在太大。"

这位编辑的账算得很细、很准，200 万元的税后稿费，再加上印制、营销的成本，前期资本恐怕就得达到五六百万，这种资本规模和风险确实不是一般人所能想象的。但是资本总是出现在有利可图的地方，资本出现的地方总是伴生着竞争和风险，中国当下长篇小说出版市场所蕴藏的潜在的巨大商机、巨额利润，不是让出版资本规避和逃离水涨船高的竞争和风险，而是促使他们孜孜以求地去做更大更深的市场开发，在竞争中获得丰厚的出版利润。

因此，决定出版资本是否投向《莲花》的不是这个项目所需要的资本规模，甚至也不是竞争与风险，而是对《莲花》的市场空间的判断和把握，是经营者对自身运作手段和发行、营销能力的评估。一旦看准了市场，或者说具备了开发阅读市场、制造阅读需求的能力，经营者会像投资电影大片一样往里砸钱。

长篇小说的产业化创造出了一个开放的写作—出版市场，使得出版长篇小说变得比以前"容易"了。以往的作品常常要先经过文学杂志的筛选，发表，然后才得以出版，如今，期刊发表远不是一个先决条件，在 2006 年面市的一千多部长篇小说中，只有为数不多的先在期刊上发表，它们中的大部分也许很难入那些抱定"纯文学"标准的文学杂志编辑的法眼。如今，所谓的"80 年代作者群"的生猛表现让文学圈的先生们大跌眼镜，他们不屑于进行长期而艰苦的阅读和方法训练，径直去炮制长篇巨制，在他们眼里，写作和出版长篇与其说是从事文学事业，更不如说是一门满不错的营生、"风险投资"：只需拿起纸笔，花上数月甚至更短的时间，写就一部有噱头、有卖点的小说，等待或积极搜寻经纪人、书商的青睐，远比普通上班族朝九晚五地在写字楼里打拼、挣薪水来得实惠、洒脱，甚至一炮走红也未可知。

三

一份经营了数十年、在文学圈有着不错声誉的大型文学杂志销量只能维持在一两万册,而一本刚面世、文学价值远没有得到确认的长篇小说则可以卖到数十万册,这个奇怪的现象不禁让我们去追问一个问题:谁是长篇小说的读者?或者说,书店里那些形形色色的长篇小说何以引发人们的购买与阅读?

我们也许可以从下面这个案例中得出解释:

还是《新结婚时代》,小说在本年度9月由作家出版社出版,定价25元,而刊发该作的《当代》杂志第5期也在9月发行,定价却只有12元。即使不考虑刊物里其他文学作品的购买价值,仅就该作而言,买一本刊物也比买一本书要划算得多。人们不禁担心,书与刊同时上市,贵一倍还多的书还会有销路吗?

这种担心当然是多余的,原因不仅是因为书与刊有着不同的销售渠道,也不光是经营者对自己的铺货能力和营销攻势的自信,更是因为《新结婚时代》与《当代》杂志的读者主体是截然不同的两类人。后者订阅或购买杂志主要是出于对文学的关心,他们大部分可以看作是文学爱好者,而前者的购买直接冲着这本小说去的,或者说出版社定位的读者是一个对当代文学并不关心,只对小说讲述的婚姻、爱情故事,揭示的当代都市婚恋主题感兴趣的大众读者群。

不关心文学、只对具体某本小说的故事或主题感兴趣,这便是当代长篇小说读者普遍的阅读心态,它基于一种生活认同的阅读需求。人们在紧张、高节奏的日常生活中受了传媒或熟人的推介、引导,暂停下匆匆的脚步,买上一本小说,怀着一种取其所需的实用主义态度去阅读。他们希望小说成为一帖情感抚慰剂,一片让喧嚣世界、烦恼人生暂且离开的心灵港湾,阅读的目的在于达成对自己已有的生存方式、价值观念、情感向度、艺术口味等的认同。只有这种认同顺利实现,小说消费的使用价值才得以实现。而一个文学爱好者的阅读,除了获取心灵的陶冶、情感的愉悦,同时会关注作品叙述方式、表达效果、风格以及局限性等文学知识的范畴。他的阅读是开放的,既包涵一种心灵、情感的求同,又包涵对文学知识、文学观念乃至生活观念的鉴赏性、学习性的求异。

当下长篇小说的作者正逐渐把握住大众读者的这种阅读心态和阅读需求，学会了把小说写得更符合大众读者的阅读口味，因为他们不可避免地被推向了长篇小说的阅读市场。要想赢得读者大规模的购买，一部长篇小说就必须有顺应大众意识形态的鲜明可感的主题，有抓住读者的阅读兴趣的好看故事。余华在回应评论家对《兄弟》的批评时，刻意强调了两点。他说，细节描写才是长篇小说"叙述的精华"，其实是婉曲地告诉读者，《兄弟》里充满精彩的、富于可读性的"细节"；其次，他声称《兄弟》是"一本正面强攻现实的作品"，作品充满大量人们在现实生活中可能会遭遇到的残忍、荒诞、喧闹、善恶。这样的回应或辩护与其是说给专家听，不如是说给那些买了或打算买《兄弟》的读者听。假如余华真的认为体现长篇小说水准和价值的就是细节描写，真的认为移植进大量具体的生活材料就是"正面强攻现实"的现实主义作品，那他对长篇小说的理解何乃简单。但对普通读者，这番解释对吸引他们去买、去读《兄弟》已经够了。

下篇　一些作品的讨论

四

当下的长篇小说已进入一个文化产业时代，但这决不是说长篇小说的写作和阅读可以抛开文学性，而是说要想使自己的作品赢得最广大的读者，作家必须在内容上打造出鲜明的卖点，同时又将卖点与文学性——形象塑造、作品结构、叙述手法、语言风格等——完美结合（当然，文学性本身常常就是一大卖点）。综观2006年销售火爆的一些长篇小说，诸如《兄弟》《莲花》《新结婚时代》，都是既具有鲜明卖点，又具备与此相适应的文学性。

《兄弟》的下半部在2006年初推出，在这部描写当代生活（"文革"后）的小说中，埋藏着诸多的卖点：围绕着我们时代的一些核心话题——财富、欲望（情欲与物欲）、人性、幸运与不幸……作品近距离、高密度而又生猛地讲述一大堆散播在报刊和网络上的故事，塑造一批人们依稀能在电视连续剧里看到的人物；对于这些故事和人物，作者给予了特有的"余华体"的描写，即被作者视为"叙述精华"的拉开距离，不动感情的——除了与故事的主旨和读者阅读过程中应有的情感倾向刻意造成落差的幽默——细节描写，这些足以让读者沉浸在由欢快、惊诧、同情、愤怒、庆幸、艳羡……合成的快乐阅读之中。然而这些"精彩"的细节描写又是指向明确的寓言式描写。问题不在于作品所描写的故事、细节和人物是否真实——文学作品中出现的任何事物都可以说是存在的，至少可以是一种观念的存在，而在于作品在描写这些故事、细节和人物时，对其背后复杂的社会关系、社会变迁、人的生活活动及其同样复杂的情感、经验、心态动因等等作了简单而片面的理解和处理，荒诞也好，欲望也罢，它们是社会所有，但我们并不能说是社会所是，更不能由此推导人类应该遵从、顺应荒诞、欲望。而《兄弟》正是建立在我们时代对荒诞、欲望的似是而非的"社会共识"基础上，以一种狂欢化的武断、"真实"却未必揭示"真相"的描写，浓墨重彩地为读者创造出一个荒诞的、欲望化的奇观时代。

安妮宝贝的小说在白领和大学生读者群中有着广泛的号召力，而新作《莲花》又具备了这个读者群感兴趣的多种阅读元素：遥远而又令都市人痴迷的青藏高原、闪烁着自传色彩的主人公形象、不断行走和体验的生存状态、生生死死的爱情、奇异的婚变、能引发共鸣的生命和心灵创伤，以及死亡所具有的震撼人心的悲剧性……

某种意义上，这是一本替都市白领们去实现精神和肉体历险的精神教科书。作者敏锐地抓住了都市人骚动而迷惘的精神状态。五光十色的物质世界掩盖不住精神生活的苍白贫瘠、人际关系的淡漠隔绝、生活模式的千篇一律，因此漫游、异地、奇遇总会萦绕在都市人的心间。小说中人迹罕至的高原墨脱，便是他们逃离平庸的日常生活、奔赴自由的浪漫想象的投射空间。但他们也深知这种逃离是不可能彻底实现的，现代人终究是做不了"结庐在人境，而无车马喧"的陶渊明，充其量只能成为歧途哭返、往来奔突的现代阮籍，因此行走，或者说漂泊便是现代人最经典的存在状态，如小说中的主人公们，他们都总是处于行走状态，停下来便意味着生命的终结，但无根的漂泊、没有栖息的行走，不是家园的异地又如何能安妥总是在寻找归宿的动荡疲惫的心？这对于现代都市人来说，真是一道永远解不开的难题。而小说通过描写主人公激烈挣扎而又无可奈何的精神困境，揭示他们所困惑的对于爱、信仰和生命本质的追寻、探询及其悲剧性结局，来为都市读者展示一个既熟悉又陌生的想象世界。对于那些骚动而迷惘的都市人来说，阅读《莲花》便是一次在文学的虚拟世界感知和体验生命的另一度空间、另一种可能，并从中获得替代性、想象性满足的过程。

如果说《莲花》讲述的是对日常生活的逃离以及这种逃离的失败，那么王海鸰的《新结婚时代》便和《兄弟》一样，感应的是认同现状、认同环境的大众意识形态。小说名为"新结婚时代"，但读完全篇，也不知道新在哪里。作品靠极力营造、渲染出来的城乡生活水平、新老价值观念的落差和矛盾来谋篇布局、推进故事，甚至上升到爱情、婚姻的错位高度，这些情节和主题元素其实早在20世纪80年代的"新写实小说"中就已经大规模出现了。所不同的是，在主体性、启蒙、现代化等知识分子话语占主流的80年代，"新写实"的这种回到生存本身的平民化的写作方式还有新意，它代言着一种猛然苏醒的对现实世界和人生内容的重新认识和心灵解放，而今天，这样一种生存观和价值观已经成为普遍的社会意识形态，但正是靠着对大众意识形态的正面的、认同化的文学书写，小说获得了普通读者的全面认同。

五

在2006年的长篇小说中，描写边地题材的作品占了很大的比重，除了上文所谈的《莲花》，更重头的作品还有范稳的《悲悯大地》、马丽华的《如意高原》等。对《莲花》而言，边地——青藏高原，只是一个都市人投射浪漫想象的背景、一个把形象和故事塞进去的相框，而后者才是对边地和少数民族的生活形态、历史变迁和宗教情怀的"正面强攻"。

《悲悯大地》是范稳"藏地三部曲"的第二部。如果说他的第一部小说《水乳大地》是一个展现滇藏交界藏、汉、纳西族一百年的生活状貌、文化交融和历史演进的万花筒，那么《悲悯大地》则更为单纯、执著，像一枚探针深入藏民族的宗教和文化。小说主要描写了两个人的生命史——洛桑丹增喇嘛饱受灾难的磕长头、修大苦行的成佛史，和康巴好汉达波多杰同样大喜大悲、震撼人心的英雄史，并通过两条修为之路的结局——佛之大成与英雄之失败，让我们理解了博大精深的藏传佛教与那片寒荒而神奇的土地、那个坚韧而豁达的民族之间水乳交融的关系。正如第29节"幻灭"中所描绘的，当巴桑部落在百岁老祖母的引领下，怀抱着几十代人数百年的梦想踏上寻找遍布鲜奶和糌粑的回乡之路，却终于集体性地幻灭，我们理解了神性、宗教，乃至藏民族的坚韧、豁达，都在这里找到了自己的生长点。因此"悲悯"与"佛性"便不只是个体人性或道德修为，而更是大地赋予这个民族所固有的本色；也因此，小说从发生学的角度揭示出藏民族的文明与信仰的现实根基和生生不息的文化价值，有关民族生态、宗教传播和人物命运的历史、现实、神话、传奇或文学想象，都唯物史观地回到这一根基。

读《悲悯大地》可以清晰地感到作者怀抱着为藏民族书写精神史的豪迈志向，极力让叙述紧跟书中人物和藏民族宗教文化的伟大而坚实的脚步。相比之下，同样是在藏地生活、工作了二十多年的女作家马丽华，在长篇处女作《如意高原》里则贯穿着更多的现代意识、多元文化乃至个体主观的审视和思考。

对作者来说，激发她创作的不是雪域高原的文化、宗教、民族风情，甚至人物的性格、形象、内心世界这些小说创作的核心问题也不是作者关注的焦点，她关注的是"民（国）元（年）藏乱"时期瞬息万变而又不可逆转的奇特历史，是被历史车轮碾压的人（个体与群体）的遭遇、行动和命运，诚如作者所说，她要"让活过的重新活过，让死去的再死一回"。但此一"再活"和"再死"不是简单的重现，而是经过了历史后来者的发掘与审视，赋予这些悲剧英雄以难以抹煞的生命意义。作为历史中的小人物，他们抗争、挣扎却终不免随波逐流，甚至难以认清抗争、挣扎的意义，而作者却敏锐地捕捉、思考到其中的意义:正是他们把青春、血汗、生命、雄心和野心抛撒在雪域高原,在历史的转折关头哪怕惶惶然作无谓的挣扎,才熔铸了后来水乳交融的汉藏关系,也成就了自己的壮丽人生。丰富的历史内容和感悟被作者巧妙地编织起来,结构上大开大阖,不同的时空、多组故事序列彼此交错,直至以古今互文的方式——一头是真真切切的惨痛历史,一头是迷离而不乏理想和人文情怀的现实,二者齐头并进,又形成奇妙的对照与对话,让人看到历史与先贤在今天的复活。

便是那些讲述汉民族现代史的作品,同样也饱含着浓郁的地域色彩和民间情怀,作品也因此更见神韵与厚重。

铁凝的《笨花》在年初出版后就受到评论界格外的关注,堪称本年度长篇小说的领军之作。对于这个费解的书名,作者在扉页上给出了解释:"笨花、洋花都是棉花。笨花产自本土,洋花由域外传来。有个村子叫笨花。"而小说也是围绕着笨花这个河北平原的普通村庄展开——一部笨花与笨花人在20世纪上半叶的乱离史中的文学志。但"笨花"二字同时也具有丰富的诗学意韵,它既是产自本土的棉花,也是开放在文化本土上的精神之花。"笨"象征着这片地域的文化传统、民间心态,它是坚忍、夯实、博大的,也是静滞而不死的,尤其是在危机四伏、家国俱坏的20世纪上半叶,即所谓"现代性"全面进入的时代,它更是我们民族赖以求生存、求发展的一大基石。"花"生长在这片丰厚土壤上,本身已是绽放出民情、民性、民俗的动人与温暖,更何况是遭遇了所谓现代性的沃灌,抑或令人痛楚的冲刷,便有令人叹为观止的奇异。

因此,作者笔下的笨花人在剧烈、残酷、迷乱的历史变迁中便呈现出值得人们思索、品咂的独有行状。譬如小说的主人公向喜,这个只管日出而作日落而息的农民,在他主动投军、扛枪吃粮的人生选择背后,不也感应到时代杂乱而坚实的脚步吗;他哪怕战功赫赫、一路升迁,最后做到手握狮头刀的中将,还是质朴得如同一棵笨花,心里装的仍是他的笨花村,这使得他在戎马倥偬中仍不忘在家乡起屋,给自己娶小,也不辞帮长官、朋友操刀杀人,当然,更不会在异族入侵、民族大义面前迷乱了本性,丧失了节操。还有乡村医生文成,他的视野更宽阔、头脑更清晰、心思更缜密,因此他理解了并参与着革命、抗日、兴新学……但同时他还是个乡绅,守着宗族的礼义、操办着村民的俗规。甚至还有瞎话,一个惯于逗趣打诨钻窝棚的浪汉,也会为了乡亲的安危在日本军刀面前挺起胸膛,展露笨花人的血性。

在这部作品里,铁凝充分展示了她的叙事才华,展示了她自我发展和延续的变与不变。变是说她进入了宏大的历史叙事、厚重的民间文化和群体性的男性世界,不变的是她的叙事依然是那么舒缓、隽永、举重若轻而又沉稳扎实,把风情的叙写与风云的描画结合得丝丝入扣,水到渠成,从这个意义上说,"笨"与"花"的合成也是作品艺术风格的形象化诠释。

相比之下,另一部展示现代史长卷的小说《狼烟北平》则显得有些杂乱、粗糙,更为传奇和通俗化。这部小说讲述的是从"七七事变"到1949年改朝换代的北平历史,是国、共、日三方在这座千年古都明争暗斗、你死我活的对垒。但作品存在着较为明显的不对称、不相融。一方面,作品在展现时代风云、推进故事进程时走的是高密度、情节化的路子,过于追求文本的故事性、可读性,过分关注历史的粗线条演进,使得作品难以在紧张激烈的故事中兼顾对许多人物,尤其是那些参与历史事件的关键人物的形象塑造;另一方面,作品对一些边缘人物(如北平的市井平民)的刻画则是全须全尾,鲜活喜人。尤其是文三儿这一人物,作者在他身上可谓是卯足了劲,也取得了很大的成功,成为一个典型人物,而且作品还常常把对历史的叙述权交给这个阿Q式的三轮车夫,在他是非难分、信马由缰却又入眼切肤的感受与讲述中,历史被染上一层"城头变幻大王旗"的喜剧化的间离效果,与那些英雄的传奇形成有趣又有意味的对照。此外,小说对北京民俗、市井生活的栩栩如生的展示也是作品的一大亮点。

六

尽管长篇小说不可避免地被拖入了市场化、产业化的环境,但由于有许多名家的加入,2006年的许多小说还是充满了艺术探索的色彩,除了前面讨论的《笨花》《如意高原》《悲悯大地》等，还有莫言的《生死疲劳》、史铁生的《我的丁一之旅》等一些作品，在思想艺术上都有闪耀着自己独有的光彩。

与以往的作品一样，莫言的《生死疲劳》依然讲述乡土中国的历史与现实。故事起点恰好承接铁凝的《笨花》，从新中国第一场全面的政治运动土改开始，此后半个多世纪的社会变迁，合作化、人民公社、四清、文化大革命、拨乱反正、土地家庭承包、市场化大潮……渐次展开。应该说，这样一些历史素材和反思当代乡土中国政治与社会动荡的主题，在今天来说都不新鲜。但《生死疲劳》仍然体现出莫言重述历史的叙事野心，并且在一定程度上实现了。作者抓住"农民与土地"的关系这个乡土中国的核心问题，展示翻来覆去的社会政治变革在中国农民身上打上的深刻烙印，揭示出农民对剧烈变革所采取的认同与抗拒的内在原因，作者把对这一核心问题的理解和感悟投射在"蓝脸"和洪岳泰这两个颇具典型性和对立统一性的农民的形象塑造上。

读过本书的人都会对它独特的叙事方式留下深刻的印象。小说写一个被镇压的地主西门闹死后依次投胎为驴、牛、猪、狗、猴，以它们的视角来讲故事，这样一层叙事视角带来了新的文本意味。以往的乡土小说大多以第三人称的全知视角来展开叙事，文本内存在一个知识分子叙事人，讲述的历史笼罩在这个知识分子叙事人的历史观之下。而《生死疲劳》把叙述权交给那些转世而来的动物，并且这些动物都保持着对前生的身份与生命记忆，这样，由动物叙事者、西门闹和外层作者合成的叙事视角，让叙事变得更加立体，充满张力，戏谑又不乏自谑，笑闹悲歌中充满黑色幽默，如古人所云，"万斛泉源，不择地皆可出"。

某种意义上，《生死疲劳》与史铁生的《我的丁一之旅》构成2006年长篇小说叙事风格的两端。前者是天马行空、无拘无束的杂语体，在尽情展示编织故事的能力、挥洒民间化的诗性想象中流露出一些反智主义倾向；后者则清洁纯净、精细入微，不惜淡化故事情节进行生命奥义的哲学思辨，仿佛有意要考验我们的阅读耐力和理解力。《生死疲劳》里，历史和时空环境具体明确，人物个个身份明晰，有血有肉，其原型在中国农村到处可见；《我的丁一之旅》里，历史、时空环境都被抽取，人物的身份特征被有意模糊，甚至被抽象为一个个象征符号，代表着作者对生命的一类终极追问。在叙事上，《生死疲劳》是在做加法，通过灵魂转世、记忆延续，将各种生灵的叙述视点叠加在一个形象上，来不断加强主题和形象的表现力度；而《我的丁一之旅》则在做减法，主人公丁一被一分为二，为三，通过肉身和灵魂的丁一，以及加入进来的作家"史铁生"之间的对话与辩论，将作品表达的爱与性的永恒主题层层推进，几达生命的原初或终端。

结语

长篇小说一枝独秀的繁荣并不意味着出现了多少思想性艺术性俱佳、让人记忆深刻的经典之作，而更多是在写作队伍、作品数量的扩展，在于文学观念、创作题材和形式的多样化。多年来市场化运作、大批文学新人的进入，使得以往强调宏大的题材、厚重的内容、深刻的思想、精巧的结构、典型化的人物形象等评价长篇小说价值的观念在悄然改变。一方面，我们时代的文学能力、写作水平在整体抬升，社会的差异化、多元化使得每个人的经历、体验、所见所闻所感具备了被讲述和被阅读的条件；另一方面，长篇小说可以越写越薄，分量越来越轻，思想越来越平庸，形象和情节越来越单薄，叙述越来越粗糙，可以不经过多少生活和艺术的历练，仅凭才气或想象闭门造车。而特定读者在一定时期内的特定阅读需求成为写作的出发点，也是作品受欢迎程度的一大指标，"80后作者群"在近年的兴盛便是一个例证。长篇小说的产业化趋势对创作的影响是深层的、全面的，它让许多作家（甚至是一些有实力有成就的作家）在创作观念和心态上更为浮躁，更为功利化，使严肃地写作变得更加艰难。

米兰·昆德拉曾经把小说的本质界定为一种"复杂性精神"——"每部小说都对读者说：'事情比你想的要复杂。'这是小说的永恒真理"（其实也是人类精神活动的"永恒真理"）。对今天的作家来说，这种复杂性精神首先应该表现为拒绝商业诱惑，潜心创作，深掘自我和世界，表现为使作品建立在对人类宽广而精微的生活活动、精神活动的深刻体验、探索和崭新表现基础上的文学精神。

原载于《文艺理论与批评》2007 年第 1 期

通俗小说·文学经典·知识生产

——中国现当代文学视阈中的"金学"建构

一、百年视阈：小说的崛起与分野

也许只有时间才能判定学科意义上的"金学"（金庸小说研究）的合法性与自洽性，虽然已有人认定"金学"是"文学史上（以个人命名的）绝无仅有的一大奇观"①。当然，学术圈的表现更为谨慎，迄今为止，"金学"一词只是偶尔（随意）地从他们嘴里或笔下冒出，但目睹有关金庸研究的论著、讲座、研讨会、研究机构、语文选本、大学选修课层出不穷的势头，我们应当承认"奇观"的说法并非只是让人目瞪口呆的口号，实际上，一支建构"金学"的知识生产大军正在形成。

某种意义上，透过当代文坛围绕金庸及其小说所展开的赏鉴、辩难、拔举或贬斥，我们倒是可以看到百多年来形成的新文学传统离开中国古典文学传统是多么遥远，看到文学研究在 20 世纪八九十年代以来的巨大转变。

众所周知，中国文学传统向来推崇的是诗文，诗可以"兴观群怨"，文章则为"经国之大业、不朽之盛事"；而小说只是"出于稗官，街谈巷语，道听途说者"的"小道"，"虽取悦于小人，终见嗤于君子"，摆脱不了出自市井、自娱娱人的笔墨游戏色彩，更不会有所谓经典化的梦想。即便当年《红楼梦》一出，使洛阳纸贵，出现"开谈不说红楼梦，读尽诗书是枉然"的热闹，但也仅供把玩、谈赏，恐怕曹雪芹也不会想到有朝一日它会成为后

---

① 覃贤茂：《金庸武学地图·前言二》，农村读物出版社 2004 年版。

世学人一代代皓首穷经去研究的"红学"。

重绘文学地形图、使小说成为文学的"高原"是晚清以降的事。小说被梁启超以及后来思想家、文学家拔地而起奉为"文学之最上乘"、"国民之魂",①是因为梁启超等人看到了晚清以来小说的盛况,小说成为"最重要的公众想象领域"②,"有不可思议之力支配人道"③。但是有如此保种救国之功效的小说,当然不会是"言不齿于缙绅,名不列于四部"④ 的旧小说。实际上,梁启超关于小说的那番著名论断——"欲新一国之民,不可不先新一国之小说……"⑤,更是一篇开启中国文学"现代性规划"的宣言书。其核心全在一个"新"字:他标举的是可以开启民智、塑造新民的"政治小说"。同样,在周作人看来,除了一部《红楼梦》,20世纪以前的中国小说全部被他扫进了"旧"的"通俗小说"之列;甚至认为《红楼梦》再好,也不是现代所需要的。⑥ 此后新文学的道路,逐渐将小说作为文人逞才纾怀、世人消闲助兴的古典传统推离我们的视野;小说日渐与改良—进化—革命的历史意识扭结在一起,被赋予探究社会、启蒙思想、启迪人生、塑造新民之功效;即便是20世纪80年代盛行的"审美回归",这个所谓审美价值也被抬到小说的本体地位。因此,小说地位的提高与小说类型的区格是同构的过程,也就是说,新文学运动并非不加选择地拔举整个小说文类,而是对小说做新/旧、雅/俗的分野,拔举的是"新"、"雅"的小说。而一旦新/旧、雅/俗的叙述在文学现代性之话语脉络中形成,便决定了通俗文学在20世纪的走向和位置。

在此现代性规划中,20世纪的通俗小说依然有三次令人瞩目的崛起:第一次是辛亥革命后到五四以前,各类适合市民口味的程式化、娱乐性小说大量上市;第二次是三四十年代,既有通俗作家高雅化,也有高雅作家通俗化;第三次便是80年代以来金庸、琼瑶为代表的港台武侠、言情小说的涌入,进

---

① ③ ⑤ 梁启超:《梁启超文集·论小说与群治之关系》,北京燕山出版社1997年版。
② 王德威:《想像中国的方法·被压抑的现代性》,生活·读书·新知三联书店1998年版。
④ 黄人:"《小说林》发刊之词",《小说林》1907年第1期。
⑥ 周作人:《艺术与生活·平民的文学》,河北教育出版社2002年版。

而引发内地各类通俗小说也大规模涌现。① 但细析这三次"崛起",前两次均可纳入中国文学之现代性规划的脉络中叙述:晚清的通俗小说,其表征的世俗性、商业性本身就是现代性的逻辑起点,甚或一种形态,如王德威所说,"没有晚清,何来五四"②,只是后来在救亡—启蒙的激进理念下,才被五四新文化所取代;中间一次,通俗文学更是极力想套上高雅、严肃的思想外衣,是"化大众"使命下的"大众化"。而80年代以降的通俗文学热潮,某种意义上是以现代性规划之反面出现的,它瞄准大众文化的消费性,毫无前两次具有(哪怕是表面具有)的感时忧国的现代传统,呈现的通俗性、娱乐性也与探究社会、启蒙人生形成彼消此涨的关系。而金庸小说在八九十年代的大举进入学术研究,一方面是学界重新表述、圈定文学之雅俗,辩难通俗文学之文学性、文化功能的试金石;另一方面又成为百年来文学现代性规划呈终结之势的晴雨表。

二、"金学"的两翼:商业与学术

金庸小说进入大陆文学场是在20世纪80年代初,一开始被视为通俗、娱乐的文学样式。很长一段时间,金庸小说一直处于地下、半地下的自发状态。说它"地下",其原因有二:一是80年代文学接续的是感时忧国的传统,是(新)启蒙、方法论、艺术激进主义的天下,以通俗为特色、以娱乐为目的、在思想内容和艺术手法上不具有探索创新性的金庸小说自然难以入"咸与维新"的文学界的法眼。某种意义上,金庸小说所代表的通俗文学、大众文化是拜"拨乱反正"、改革开放所赐,以丰富人们精神文化生活的目的而引入的。专业人士即便阅读也多出于业余爱好,当作成人童话,偶有评论也是赏鉴性、评点式的。这一时期比较引人注意的是章培恒以金庸小说与长篇历史小说《李自成》进行比较,得出金庸小说在思想深度和艺术成就上

---

① 参见陈平原《小说史:理论与实践》,北京大学出版社1993年版,第273—277页。
② 王德威:《想像中国的方法·被压抑的现代性》,生活·读书·新知三联书店1998年版。

都高于《李自成》的大胆结论，体现出将金庸小说纳入中国现当代文学主流的最初努力。① 第二个原因是由于 80 年代大陆文化生产的市场体制尚未形成，也没有建立起完备的著作权保护制度，金庸小说的引进、出版和传播多处于非法状态，市面上充斥着印刷低劣、错字连篇的盗版、盗印本，以地摊文学的方式传播。另一方面，在文学火爆的 80 年代，随便一部稍有影响的小说发行数量在今天看来都很惊人，金庸小说的出版利润在当时并不诱人，加上文学的商业价值在 80 年代也并不显山露水，这使得在 80 年代，没有合法的生产、经营主体来推动金庸小说在内地的制作、包装、发行和传播。这种无主、无名状态造成金庸小说快餐式的大众读物色彩，以一种粗糙、低级、不入流的面貌呈现在世人面前，被注重形式的精英人士所鄙薄，当然离经典的距离还很远。

这一面貌的改换发生在 90 年代，标志性事件是 1994 年生活・读书・新知三联书店购买了全套金庸小说在大陆的版权，使之成为有合法的"产权主体"的出版物。90 年代的市场化使得经济价值越来越被作为一个凌驾性的出版目标，而金庸小说作为一块利润"肥肉"，在日趋激烈的竞争形势下成为各家出版社争夺的对象，最后落入以出版学术著作而著称的生活・读书・新知三联书店囊中，形成一种所谓"强强联手，打造文化精品"的态势。作为金庸小说在内地唯一的合法经营主体，生活・读书・新知三联书店以更符合现代文化工业的运作方式从事作品的制作、发行和传播。此套金庸小说不但校印认真，印刷讲究，且在装帧设计上也贯彻了精品意识，封面以仿古的山水画、名人书法钤印为设计元素，暗示作品渊厚的传统文化内涵，使金庸小说从粗制滥造的、快餐式的大众读物摇身成为高级的文学文本。此后，三联版以内地唯一"全套、正版"的形象，扫荡了坊间其他版本的流传。这不光是金庸小说版本意义上的定型，也是它作为文学作品的汇集、编纂和定型，从而为金庸研究奠定了物质基础。

---

① 章培垣：《金庸武侠小说与姚雪垠的〈李自成〉》，《书林》1988 年第 11 期。转引自宋伟杰《从娱乐行为到乌托邦冲动》，江苏人民出版社 1999 年版，第 193 页。

这并不是说金庸小说成为文学经典进入主流、进而形成"金学"是全拜商业营销所赐。实际上,金庸小说在大陆成为热销的文化产品和作为经典进入学术研究,是两个并行不悖又相得益彰的过程,这背后则是90年代以来从社会文化语境到学术风尚的转换。文学失去轰动效应以后,学术也摆脱原先协从者的地位,同时又面临"思想淡出,学术凸显"、"从广场到岗位"的转换。这种思潮、旨趣和身份的转换,最终落实为知识生产的内容和评价机制的转换。一方面,学术研究变得更加个人化、专业化和零散化,创新、填补空白的冲动(或者说压力)越来越强烈地驱使着研究者,甚至指标化地体现在学术体制当中;另一方面,学术研究又必须在专业化、精英化,与感应社会生活、召唤大众回应甚至参与的矛盾关系中找到平衡点;而从功利的角度说,学术工作还是会期待着某种现实效用和轰动效应,尤其是涉及当代学科,更是如此。

金庸小说的研究便是在这种转换中容易被捕捉到的既具学术价值,又不乏现实效用和轰动效应的对象。其一,金庸小说是作为新的研究对象进入大陆学者的学术视野的,使研究具备了生产新的文学知识的可能;其二,金庸小说庞大的文本及其博杂的文学、历史、文化内容提供了足够的阐释空间;其三,金庸小说广泛的接受面和数十年流行不衰的热销热读,使得这一研究具备充分的现实效用和轰动效应;其四,也是学术界最感兴趣的,从金庸小说入手,可以切入20世纪文学史一系列纠缠不休而又常说常新的重大课题,比如文学的雅俗辩难、文学传统的继承与批判、民族文化和心理的国学意义上的考辨,直至经典的重评、文学史的重写……当然,还可以从跨学科的文化研究角度,对金庸小说既立足文本解读其文学与文化内涵,又考察其整个生产—传播—接受环节,其指归在一种文学社会学乃至文化政治学的探究与剖析。对于后一种研究方向和目标而言,作为文化工业的"经典"产品的金庸小说确实是一套难得的文本。只是综观90年代以来的"金学研究",学界的思路和目的多集中在前四种,从"内部"着意拔高金庸小说的文学、文化价值,形成了一门声势不小,却往往左右对峙、云泥两端,以至似"学"非"学"的"金学"。

三、面向大众：文学阐释与意义生产

金庸小说"经典化"的核心当然是学界的文学批评和学术研究，这包含两方面的工作。其一是面向普通读者的解读、赏鉴；其二是学术圈内部围绕金庸小说的经典重评、文学史重写。

我们知道经典的确立需要不断传承、阅读、理解和阐释。金庸小说得到广泛、自发的传播和阅读自不待言，但如何阅读、理解和阐释则是有差异的，并且构造起金字塔般的等级结构，处在下层的是普通读者的"粗浅"理解，居于上端的是文学专家的建构性阐释。以笔者少年时对金庸小说不多的阅读为例，笔者当年可以一夜读掉大半本小说，沉迷于书中高不可测的武功、悬念频生的情节、惊心动魄的打斗上，当然，书里时而烈焰时而寒冰的爱情描写也鼓荡着笔者鸿蒙初动的心灵。这种阅读当然是追求快感的、故事消费式的阅读，但对于广大的读者，尤其是作为主体的青少年读者来说，这又是最普遍的阅读方式，它带有实用主义哲学家理查德·罗蒂（Richard Rorty）所说的"反本质主义"的"使用文本"的目的①。

因为要确立金庸小说的经典地位，所以进入文本的文学专家更多把自己放在实证性的解读者、赏析者位置，所做的工作类似于古代儒生的注疏、考辨和解经，目的是对文本的文学、文化价值进行披沙拣金、条分缕析的"经典凝视"。它与学术研究不同，后者包含一种居高临下的辨析、批评意识。但对于经典作品，专家的阐释又是不可或缺的，经典形成的一大条件就在于它具有宽广的、认同式的阐释空间。阐释旨在将读者纳入学术化、标准化的"解释的共同体"，消除误读或成见，达到对文本意图的理解。它既试图提升普通读者的阅读水平，又是对阅读的指导和归化，从而将读者本有的对大众文学的娱乐化的快感阅读，转化为艺术化、文化化的文学欣赏。我们看到，

---

① ［美］理查德·罗蒂：《实用主义之进程》，收入艾柯等《诠释与过度诠释》，生活·读书·新知三联书店 1997 年版。

90年代后一批文学专家致力于阐释金庸小说的思想主题、人物形象、故事构思、情节结构、语言风格、历史背景,直至实证化地去讨论、考辨金庸小说的武功、侠义、民俗、性别取向、山川风物、生活艺术(如饮酒品茶、琴棋书画、吟诗赋曲)、民族心理、文化传统、现代精神等等。①

那么从金庸小说的文本意图角度,又当如何看待这些解读的"阐释的有效性"呢?对此,我们可以运用符号学家安贝托·艾柯(Umberto Eco)创造的一对范畴"标准作者"与"标准读者"来分析。在《诠释与过度诠释》一书中,艾柯写道:一方面,我们"难以对'文本意图'进行简单的抽象界定。'文本的意图'并不能从文本的表面直接看出来。……因此,文本的意图只是读者站在自己的位置上推测出来的";另一方面,"文本诠释是旨在发现一种策略,以产生一个'标准的读者':我将这种'标准读者'视为'标准作者'的对应物","既然文本的意图主要是产生一个标准读者以对其自身进行推测,那么标准读者的积极作用就在于能够勾勒出一个标准的作者(model author),此标准作者并非经验作者(empirical author),它最终与文本的意图相吻合"②。

根据艾柯的理论,我们可以得知此标准读者并非具体实施阅读的经验读者,问题是"标准读者"既然只是一种理论预设,我们又怎样来找出它呢?笔者认为可以将这个理论意义上的"标准读者"还原为统计学意义上所有经验读者的"平均读者",考虑到专家高于一般读者的解读能力,可以给他们一个"权重",得到"加权的平均读者"来对应"标准读者"。因此我们不难判定,一部"有华人处皆有读者"的金庸小说与一部只在文学人士中传播

---

① 把金庸小说当作历史教科书、文化百科全书的解读在研究中极为普遍,但这种解读需要反思:其一,作为叙事素材的历史、文化材料与融入并构成作品思想内容的历史意识、文化精神,两者不可混同;其二,如陈平原所说:"武侠小说基本上是一种'写梦的文学',其中的文化氛围描写自然只能如雾中花;而且其对文化现象的表现,很难不因掺入许多想象的成分而有所歪曲。因此,武侠小说虽有一定的文化价值,但决不可能成为'文化史教科书',即使这'教科书'的说法只是比喻也不恰当。"见陈平原《千古文人侠客梦》,人民文学出版社1992年版,第213页。

② 艾柯等:《诠释与过度诠释》,生活·读书·新知三联书店1997年版,第68—69页。

的先锋小说，其标准读者以及所反推出的"标准作者"是存在等级差异的，这即是说，那些以鉴赏、阐释和经典化为目的的文学专家，并不能作为金庸小说的"标准读者"，反过来，我们应该承认普通读者对金庸小说文本自发的"阐释有效性"。

从文本的生成过程来看，我们知道金庸小说大都是 20 世纪 50—70 年代以报纸连载的方式创作的。为报纸而写作的"标准作者"所召唤的"标准读者"，其阅读方式是每天买来报纸读上一段，因其紧张的情节和布下的悬念而迫不及待地等着下一期的到来。阅读报纸连载大体上是一次完成的消费性阅读，它与美国批评家约瑟夫·弗兰克（Joseph Frank）在评论《尤利西斯》时所要求的"不可被读，只可被重读"的阐释性解读截然相反①。很难设想一位文学专家能以阅读报纸连载的方式，读出他要阐释的微言大义。反过来，这也说明那种意在发掘其文学、文化价值的令人眼花缭乱的解读，多半是来自文学专家的个人创造。它印证了诺斯罗普·弗莱（Northrop Frye）的批评："批评家被认定为没有概念框架的：他的工作只是简单地把一首诗拿过来，然后自得其乐地把诗人辛勤地塞进此诗里的一定数量的美或效果一个一个地抽出来"，这种批评套式"是由于缺少系统的批评而滋生出的许多浮皮潦草的无知现象之一"。弗莱不客气地称之为"不成熟的目的论的谬见（fallacy of premature teleology）"②。

对于一心想建立关于文学批评的宏大的诗学体系的弗莱来说，他尽可以把这种"定量的批评套式"指责为"不成熟的目的论的谬见"。实际上我们可以看到，文学专家正是通过对金庸小说的诠释与过度诠释，发掘和构建出文本的深层意义，来引导或归化读者对文本的阅读。更进一步说，专家对金庸小说的解读、导读，实际上就是意义的生产，以此进行金庸小说的文学价值、文化价值的生产与再生产，从而为金庸小说的"经典化"打下扎实的社

---

① [美]约瑟夫·弗兰克：《现代小说中的空间形式》，秦林芳编译，北京大学 1991 年版，第 8 页。

② [加]诺斯罗普·弗莱：《批评的剖析·论辩式的前言》，陈慧、袁宪军、吴伟仁译，百花文艺出版社 1998 年版，第 22 页。

会性基础。

四、"内部游戏"：文学史脉络中的雅俗辩难

金庸小说"经典化"的第二个方面是在学界内部。90 年代以来，学界围绕金庸研究形成三方辩难的态势，处于主流的是将金庸小说经典化、推动"金学"形成的"正方"，另两方是有限承认金庸小说价值的"中间方"和视之为大众文化的"反方"。需要说明的是，三方的形成不能仅以立场来划分，研究视角和方法的差异是导致不同结论的基础。如果说 80 年代的评论与研究更多是在为金庸小说所代表的通俗文学正名，争得生存空间，90 年代则是通过对金庸小说在文学史意义上的发掘、承认和阐释，重新检视现当代文学研究的功过是非。它事关新文学的雅俗辩难、审美理论的困境与拓展、文学功能的重新界定、经典的重评、文学史的重写等等缠夹不清但又必须面对的问题。

雅俗之争无疑是金庸小说论争的核心问题。其实不管对金庸小说抱多大的非议，批评者大都承认它的可读性，认可它作为通俗小说给人们带来赏心悦目的阅读效果。问题是仅仅有庞大的读者群，仅仅承认它是俗文学中的精品，并不能确立金庸小说在文学史上的经典地位。因此，破除以往的"雅俗（新旧）二元论"便是将金庸小说推向经典的必由之路；反过来，正是通过金庸小说的雅俗辩难，一部分学界人士试图破除传统的"雅俗（新旧）二元论"，摆脱新文学对现实生活和意识形态的依附，拓宽以往对文学审美过窄的、曲高和寡的研究路径。也就是说，对金庸小说的承认与拔举，既是一种妥协，又是一种收编，更是文学研究基于自身的困境而进行的激活和拓展。

几乎在三联书店出版全套金庸小说的同时，一起引发争议的事件是关于 20 世纪文学大师的"排座次"活动，争议的焦点在于编选者在"十大师"中拉下了茅盾，并将金庸放在大师第四的位置。耐人寻味的是，编选者一再强调，这种座次排定是为了推翻以往"非文学评判系统的歪曲或颠覆"，"用

审美标准重新阐释文学史"的结果。对于金庸小说,则因为"他借武侠小说式样,创造出一种现代中国人尤其渴慕的想象中的古典'活法'","在这种融汇中,古典文化精神被按现代需要尽情驰骋,伸张到极大限度","不失为借武侠小说重构中国古典神韵的现代大师"①。"排座次"活动本身不乏商业性和编选者的个人取舍,表征的却是文学研究的新认同,从而被赋予学术创新的色彩,汇聚到当时突破非文学的意识形态束缚、重评经典、重写文学史的学术潮流当中。它引发的问题是:在轻易推翻所谓非文学的政治标准后,取审美标准的单一视角来进行一个世纪的长时段的文学经典和文学影响的研究,是否妥当?如果把文学性、审美性看作一种观念的话,那它又如何能摆脱社会、政治、意识形态而独自存在?

与"排座次"事件试图通过标举金庸小说的审美价值而将它纳入文学史并推向高峰不同,另有一些学者则关注金庸小说作为"新武侠小说"之"新",由"新"而达"雅",达到经典。

严家炎教授从批判以往文学史的意识形态与文化"偏见"和"误读"立场来为武侠小说正名。他对"旧武侠"的总体判断是思想与艺术质量参差不齐,瑕瑜互见。在他看来,金庸的成功不仅在于他是"通俗小说的集大成者",更在于他"以精英文化去改造通俗文化的成功","做到了与'五四'以来新文学一脉相承,异曲同工,成为现代中国文化的一个组成部分","是一场静悄悄地进行着的(文学)革命"②。

另有"脱俗入雅"论者在此基础上进一步把金庸小说从武侠小说类型中分离出来,他们批评旧武侠写作态度不端、内容低俗荒诞、艺术表现陈腐,通过否定传统武侠小说,甚至贬抑同时代的其他作家,来突出金庸小说之新、之经典。例如孔庆东不仅把金庸小说与"旧武侠",而且与古龙、梁羽生等同代的"新武侠"摆在对立位置,论证金庸小说之"精髓已不在

---

① 王一川、张同道主编《二十世纪文学大师文库》(小说卷)序言及有关金庸的评语。
② 严家炎:《金庸小说论稿》,北京大学出版社 1999 年版。

武侠,所以,关于武侠小说的泛论是不适用于金庸的"①。另一位论者陈墨在批判"旧武侠"的同时,认为"梁羽生和古龙虽然才高八斗,风格突出,自成一家,……然而他们毕竟没能突破武侠小说本身的束缚和局限。他们做到了不重复前人,在武侠小说史中开拓新局;但他们却没有能做到不重复自己,从而未能更上层楼","只有金庸的小说,……明显地突破了武侠小说的类型局限,可以在更广阔的天地中,在更高的水准上于 20 世纪中国小说家较一短长"②。

此类界定看似是在做历时的归类和共时的比较,其实并非建立在全面的文本细读和严谨的逻辑推演基础上。论者掠过世纪诸多的武侠作家和文本③,直奔金庸小说"脱俗入雅"、"雅中之雅"的先在主题,难免陷入狄尔泰式的"解释学循环"。但"脱俗入雅"关涉"金学"在文学史研究与叙述的合法性问题,正如"红学"的产生意味着不能把《红楼梦》研究仅仅置于明清小说的框架内,"鲁(迅)学"也不仅是现代文学之一脉一样,"金学"的最终形成也是要把金庸小说从通俗文学的范畴内超拔出来。

同样是关注金庸小说的雅俗问题,但不同的视角和出发点而产生对金庸小说与武侠小说类型、与新旧文学关系的评判尺度不同,体现出对金庸小说研究的学术意义的不同理解。例如陈平原与钱理群更倾向于在通俗文学和武侠小说的类型里看待金庸小说。他们讨论和研究的是"金学"(金庸小说),但着眼点是"俗学"(武侠小说或通俗文学),金庸小说研究只是"俗学"中的一脉。

钱理群在捍卫"新文学"对"旧文学"所采取的对抗与变革的合法性与历史意义的前提下,承认文学史也应有"旧文学"的位置,认为通俗文学研

---

① 孔庆东:《金庸小说的文化品位》,《通俗文学评论》1997 年第 1 期。粗体为引者加。
② 陈墨:《金庸小说与 20 世纪中国文学》,《通俗文学评论》1998 年第 3 期。粗体为引者加。
③ 例如陈墨通过判定古龙、梁羽生等没有做到"不重复自己"来推断他们不如风格变化的金庸,且不说这种判定是否属实,以风格变化作为衡量文学经典之标准也是有疑问的。我们知道张恨水小说的前后风格是有变化的,而曹雪芹则压根儿谈不上"风格变化",因为他一生只写了一部《红楼梦》,那么我们能否据此推断出曹雪芹的文学地位不如张恨水或金庸呢?这种判定与其说是学术推演,不如说是一种事先认定的信念表达。

究"涉及到现代文学这门学科的性质、研究对象、范围等一系列的新的问题"。他强调通俗文学的类型延续性,认为其发展是一个"渐变"的、"随着整体现代化过程的相对成熟"的过程,而金庸这样通俗文学大师级作者的出现,使得通俗小说得以整体地进入文学史。他告诫在为"旧文学"争取文学史研究的合法性时,"必须谨慎,坚持实事求是的科学态度,避免出现新的片面性"①。陈平原的《千古文人侠客梦》较早地展开了金庸小说的类型研究,在肯定金庸小说的类型创新基础上,希望建立一种区别于"雅文学"的研究模式,指出"不大考虑武侠小说作为一种小说类型可能具有的特殊解读密码,而硬套一般的文艺批评术语,……乍一看很有学术色彩,实际上却不免隔靴搔痒"②。

其实关于武侠小说类型研究的学术正当性,陈平原做过很好的表述:"'诗只能从别的诗中产生,小说只能从别的小说产生。'就一部作品立论,一切似乎都很新颖;可把单个作品放到整个文学发展长河中考察,很可能不过是老生常谈。类型研究把一部作品和其它相似作品放在一起考察,不是为了说明一切都古已有之,以学者的博学抹杀作家的才气,而是用更敏锐的眼光更准确的语言,辨别并论述真正的艺术创新。因为,所谓具有开拓意义的优秀作品,很可能不过是百分之九十九的'旧',加上百分之一的'新';可正是这百分之一的'新'改变了作品的性质,实现了作品的艺术价值。能够真正理解、把握这百分之一的'新',比不着边际地颂扬天才作家的'全面创新'好得多。其实何曾有过名副其实的'全面创新'之作!如果真有,肯定没人能读懂。"③

而一旦将文本置于文化生产的全过程和广阔的公众领域,来考察金庸小说整体的文化内涵与功能,便进入了文化研究的领域。20世纪90年代末以

---

① 钱理群:《金庸的出现引起的文学史思考》,《通俗文学评论》1998年第3期。
②③ 陈平原:《千古文人侠客梦》之附录一、附录二,人民文学出版社1992年版。

来，对于金庸小说进行跨学科的文化研究逐渐出现。① 文化研究意味着必须放弃单一的审美性、实证性的"内部研究"视角，采用从文本到社会的内外结合的路径，既关注金庸小说的文学性和文化价值、类型和形式意义上的似与不似，进行文本细读和叙事分析，但其落脚点不在于"文本所讲述的时代"，而是"讲述文本的时代"，讨论文本与社会、历史意识之间的"动力学"关系。如果说审美研究或实证研究的基本表达式是"金庸文本表达了什么"，文化研究的基本表达式则是"金庸文本被赋予了什么"。因此，采用写作↔生产↔传播↔接受的整体视角，有助于展现文本与隐匿其后的各种社会力量（如文化心理、出版—媒体资本、意识形态表征）的复杂关系，分辨出这些因素是如何参与金庸小说的书写、阅读与阐释的，描述出金庸小说在参与建构当今各种意识形态和个体/集体乌托邦的过程中复杂的社会功用。从这个意义上说，文化研究并不采取像何满子、鄢烈山、王朔那样为捍卫新文学传统而大加挞伐的态度，尽管笔者认为后者对金庸小说的驳难有合理的成分②。对这样一个有着庞大读者群，且读者多为远离学术圈、远离文学批评的普通大众的金庸小说，拒绝与否定是无效的，反而是批评力量的弱化。

---

① 例如方爱武的《"文化工业"与金庸小说》（《世界华人文学论坛》1999 年第 1 期），运用法兰克福学派的"文化工业"理论解读金庸小说的文化包装和娱乐功能，试图"解构精英视点对金庸小说的误解"，确立"新的评判地平线"。《2000'北京金庸小说国际研讨会论文集》（吴晓东、计璧瑞编，北京大学 2002 年版）里也有一批运用文化研究的论文，如《E 世代的金庸》（龚鹏程）讨论金庸小说在网络和电子游戏上的被改写，分析改写的新的资本和文化力量；《金庸小说的文化阐释》（龚刚、骆轶航）解读金庸小说背后的文人文化与市民文化的"隐性书写"；《从民族主义到国家主义》（田晓菲）探讨《鹿鼎记》的"历史演义"所展示的"现代中国从民族主义到国家主义的转化"。更有宋伟杰的博士论文《从娱乐行为到乌托邦冲动》，贯穿着从文本解读到文化批评的整体视角。

② 例如笔者认为王朔关于金庸小说"以一群虚构的中国人形象……代替了中国人的真实形象"这一观点是有见地的，这种"代替"其实说明了金庸小说，以及大量改编的影视剧在建构"传统中国"的想象。文学，尤其是大众文学并不负有真实展示民族、国家形象的责任，正如我们不能把好莱坞西部片中塑造的印第安人形象看作是真实的印第安人一样。问题是当许许多多的专家学者都在论证金庸小说的传统性、民族性之时，王朔的言论便具有积极的警世意义。何满子、鄢烈山的观点，参见《文坛三户》（王彬彬，大象出版社 2001 年版）第二、三章；王朔批判金庸的文章《我看金庸》，载《中国青年报》1999 年 11 月 1 日。

对于文化研究来说，金庸小说只是一个具备典型性与特殊性的个案。文化研究并不沉迷于对其文学/文化价值的感悟与发现，为砌高"金学"这座日渐庞大的话语大厦添砖加瓦、精雕细刻，而是进出这座话语大厦，既考察其审美与文化建构的肌理，又解构其在文化资本、媒体帝国里建构起来的文本神话、作者神话。因此，它生产的不是背离大众文化的文学经典以及阐释经典的知识，而是要使研究"从象牙塔式的学院系科中回归到公众领域；从个人化的、奥秘的研究转向对社会问题的集体性探讨"①。

五、"金学" 与当代学术的知识生产

尼采曾经说过，文化世界的"背后没有任何意义，却又有无穷的意义"②。人类将自己的思想、言语、行为、经验呈现给世界，结成可供理解、阐释的文本，"文本之外别无一物"。而理解、阐释就是意义生成的过程；无数人在无数时空中的阐释，生成了文本无穷的意义。这些意义由文本而生，在文本之中，又游于文本之外。不断的阐释增加了世界的复杂性、多样性和不确定性，人类得以编排新的文本、新的生活、新的世界，阐释在此意义上就是知识生产的过程。

就人文科学而言，知识生产者并非孑然独立于世界，生产毫无差别地服务于整个人类的知识，而是如社会学家兹纳涅茨基（F. Znaniecki）所说："人类参与一定的社会系统通常取决于（虽然也许不是完全地、绝对地）他将参与什么样的知识系统，以及如何参与。"③ 为此，兹纳涅茨基为知识社会学引入了"社会圈子"的分析框架："每一个社会角色假定，可以把执行角

---

① ［法］亨利·吉罗等：《文化研究的必要性：抵抗的知识分子和对立的公众领域》，见罗钢、刘象愚主编《文化研究读本》，中国社会科学出版社 2000 年版，第 79 页。
② ［德］尼采：《权力意志》，转引自奈杰尔·拉波特、乔安娜·奥弗林著《社会文化人类学的关键概念》，华夏出版社 2005 年版，第 176 页。
③ ［波兰］兹纳涅茨基：《知识人的社会角色》，译林出版社 2000 年版，第 7、10—11、15、62 页。

色的个体叫做'社会人',参与他的角色执行的或大或小的一群人可以叫做他的'社会圈子'。在社会圈子与角色之间有一个由大家所赞赏的价值复合体所构成的共同凝聚力","必定存在积极评价一般的知识或特殊的系统知识的社会圈子。这些圈子的成员必定认为,他们需要科学家(也包括人文学者——引者注)的合作,以便能实现与上述知识相联系的某些意向。为了有资格成为他的社会圈子所需要的科学家,……他必须发挥一定的社会功能,以满足他的社会圈子在知识方面的需要,换句话说,他必须考虑到授予他社会地位的那些人的利益,因而必须扩展知识"①。与"社会语境"不同,社会圈子是参与具体知识活动的社会角色的共同体,社会圈子的内部角色之间构成一种动力学关系。将知识活动放在这一社会圈子中观察,有助于我们认识某种知识具体的生产过程。

当代"金学"研究同样存在着参与、合作和评价的社会圈子。大致说来,这个社会圈子由"金学"知识的生产者(文学专家)、出版业和传媒以及知识受众构成。如果说传统社会里知识活动只是在"知识人"狭小圈子里生产和传播,那么今天,一方面由于金庸小说阅读的广泛性与当下性,另一方面又因为媒体的无限增殖和非凡的调动参与能力,使得"金学"生产的社会圈子有着一般学术无与伦比的大众性和开放性,难以形成一般学术所具有的封闭性和同质性。

(一)作为"金学"知识生产者的文学专家。我们前面已经从历史语境与具体学术活动等方面讨论了当代文学研究环境中的"金学"建构。这里需要补充的是:一是人文科学从事的是对对象和材料的理解与阐释,不同于自然科学更多借助于数据和演算性的说明;再者在人文科学中,"那些致力于解决某一实际问题的人本身就是这一问题的有机组成部分"②,使得学术探讨不可避免要涉及研究者的旨趣、目标、信念和感情,刻写上他们的烙印。因此,人文科学更体现出福柯式(Foucault-ism)的知识与权力的深层互动关

---

①② [波兰]兹纳涅茨基:《知识人的社会角色》,译林出版社2000年版,第7、10—11、15、62页。

系；也因此，纯粹的人文学科的自洽性是不存在的，学术的展开、学科的建立最终要落实到体制上。唯其如此，我们才应当充分认识建立"金庸研究会"、开设"金庸研究"课程、召开"金庸国际研讨会"、举办金庸小说讲坛这些"文化事件"对于建构"金学"的重要性，因为它的意义已成为大学教育、学术机构和媒体制度化地接纳金庸小说的象征行为，意味着从文学研究和文学教育的"制度安排"上将金庸小说纳入体制内部。

（二）作为"金学"知识传播者的出版业与媒体。出版业既属于传播信息的媒体，又是文化工业产品的直接主体，有着一般媒体不具有的利益相关性，因此会有知识传播的强烈意愿和干预力量。但这并非说出版业只能接纳和传播有关"金学"的正面知识。例如由印制全套"金庸作品集"的台湾远流出版社创办的网络虚拟的"金庸茶馆"，它作为一个互联网开放空间，便接纳了不少对金庸小说的非议之文。事实上，任何关于金庸小说的正面、负面信息的生产和传播，都可作为文化工业积极营销的组成部分，都有助于金庸小说的传扬。因为文化工业的营销与其说是对产品质量的正面推广，不如说是一种信息的区格，一种通过对消费者注意力的把持在人脑（意识）中的占位。在今天，文学创作和研究的最终完成，都有赖于文化资本的参与运作。

对于一般媒体而言，它的开放性使之成为学术争论和文化冲突上演的场域，在这个意义上，媒体对那些正在建构、期待被关注的知识或观念，都有可能是一柄双刃剑。但具体到金庸小说，庞大的读者群驱动着媒体参与"金学"知识的生产，因为受众集中的地方就是信息产生的地方，媒体文化必须与社会的经验和兴趣共鸣，"吻合"受众的社会视野和心理期待。因此，面向大众的知识生产总能优先得到媒体的垂眷；也因此，媒体会热衷于传播金庸小说的各种信息，组织金庸、文学专家与观众的对话（央视《对话》），为谈论金庸开辟舞台（央视《百家讲坛》）。媒体的全面介入正在淡化大众文化和学术之间的区格，这一点看看作家刘心武在百家讲坛讲《红楼梦》后引发"平民红学"的热潮就不难了解。这种介入给学术带来的问题是深远的，因为真正的学术精神在于探索、阐发复杂性的精神，在于告诉人们，"事情比你想的要复杂"，而从传播学的角度说，媒体实现的是清晰化、简单化，因为它就是要让人们"知道"。

（三）知识受众。在现代社会的知识生产圈里，"受众"一词是不准确的，他们绝不仅仅是无法选择、被动接受的客体，而是在一定程度上反作用于知识生产。具体到金庸研究，首先，庞大的读者群形成对金庸小说解读的旺盛需求，我们甚至可以说是金庸小说的大众性阅读促成了"金学"研究。其次，读者自身也能造就"金学"知识的生产（比如民间许多自发形成的"金学研究会"），影响学者的研究视角和立场。举例而言，在一场针对普通听众的报告中，孔庆东别有意味地以"金庸小说的人民性"为题。熟悉文学史的人会知道，文学的人民性与党性、阶级性以及唯物史观之间有着剪不断理还乱的关系；会记忆起20世纪50—70年代对古典文学之人民性的辩难。笔者认为，就金庸小说而言，用"进步性"而非"人民性"恐怕来得恰当。但进步性和人民性表征着两种不同的话语策略和修辞效果。前者是描述性、认知性的，而后者是认同性的，人民而非国民，甚至也不是平/贫民，体现出演说者的身份认同，赋予演说一种"政治正确"的表达力量。① 再次，发达媒体时代，尤其是互联网时代，读者进一步摆脱了客体化受众的角色，直接参与"金学"讨论。网络时代的大众表达的复杂性需要一门"网络社会学"进行研究，这里想说的是，这种参与的直接性、随意性，以及网络的匿名方式和匿名心态，对金庸研究也是一柄双刃剑，真知灼见和情绪宣泄、道德攻击、恶意漫骂酱缸般地搅在一起。当信息交流的边界无限大时，交流的有效性就不存在了，交流的平台也就坍塌了，最终，认知式的讨论化作汹涌的"民意"。王朔在网络上挨"金迷"的"板砖"正说明这个问题，因为对"金迷"们来说，王朔的文章与其说是呈现出一些关于金庸小说的知识、认识，不如说是一张自我呈现的"名片"、一副早已存留在他们头脑中的"形象"。

---

① 孔庆东：《金庸小说的人民性》，见"乌有之乡"网站：http://www.wyzxsx.com/Article/Class16/200410/720.html。

结语

生活世界，尤其是艺术世界，只有通过阐释才得以理解。阐释既是理解生活，也是编排生活的过程，阐释就是生活。在此意义上，任何对"阐释的有效性"的强调，都难免有文化保守主义的嫌疑。另一方面，人们只有在特定的文化图式下，才能对生活/艺术世界进行阐释。赋予行为以意义并不是个人的事，也不会发生在孤立的个体脑中，为此，文化人类学家格尔兹（C. Geertz）下过一个不无悲观的定义："人是悬挂在他们自己编织的意义之网上的动物。"[①] 我们无法脱离更无法撕破这张"意义之网"，那将意味着人类的灭顶之灾，学者的阐释工作的目的和价值在于"扩容"，在于保持张力，而不是"加密"这张意义之网。

20世纪80年代以来形成的金庸小说研究，也逐渐编结起了一张意义之网。金庸小说无疑是大众文学的经典，它的畅销性、长销性以及为读者带来的密集的阅读快感确保了这一点，但并不等于它是一般意义的文学经典甚至文化经典。经典体现出一种价值权威性，有赖于在读者世界建立起文化价值或艺术价值的认同，读者能将自己的世界观、道德观和文学观投射在经典作品上。如果我们认同"武侠小说是成人童话"的评价，那么"童话"对成人来说本身就是一种低层次的、非认同性的文学类型，是与经典认同相背离的。相反，童话是儿童的经典，是因为儿童认同"灰姑娘最终会嫁给白马王子"、"匹诺曹撒谎鼻子会长长"之类的价值理念；同样，四书五经是古代中国的文化经典，也是因为它们所阐发的义理凝聚着中国人的文化和道德认同；而20世纪50—70年代的"红色经典"，同样也体现了当时社会的意识形态和美学风格的认同。在一个文化怀疑主义、多元主义盛行的时代，要想对金庸小说形成文化价值意义上的"经典认同"是很困难的。如果说"红学"到今天早已突破了文学研究的框架，成为一种小说的历史社会学研究，而

[①] ［美］格尔兹：《文化的解释》，上海人民出版社1999年版，第5页。

"鲁学"则因为鲁迅对现代中国的全面介入而成为中国现代性思想史的研究的话，那么金庸研究的根本意义恐怕也不在于将它客观化、对象化地树为经典，采取超然物外的文学批评的立场。实际上，金庸小说（或者说"金庸现象"）为我们展现出关于当代"文学/文化生活"的难得的"近身性"，它是"文本讲述的时代"与"讲述文本的时代"的合一，它使我们得以"在场"式地看见自己、谈论自己。

原载于《东方论坛》2008 年第 1 期

千古平民英雄梦

——武侠小说热的文化透视

滥觞于20世纪80年代初中国大陆的武侠小说热,虽然来自海外,却接续着源远流长的中国文学传统,与民间任侠好勇、崇拜英雄的文化精神一脉相承。在中国叙事文学的源头,如《左传》、《吴越春秋》和《史记》里,保存着许多有关侠义、斗勇、历险、奇遇、复仇的故事;在中古,六朝笔记和唐宋传奇出现了大量结构完整、情节曲折、形象鲜明的侠客传记,直接构成中国叙事文学的雏形;明清两代更不必说,武侠与历史、神话、公案、艳情题材融合,成为这一时期处于主导地位的文学形式——长篇小说的有机组成部分。

进入20世纪,国家面临着深重的民族矛盾和阶级矛盾,面临着摆脱被殖民,实现独立与富强的重任。自一诞生起,新文学就和"救亡与启蒙"这一头等大事紧紧连在一起,这使得新文学不可避免地要以表现时代风云、反映人民的现实生活和斗争为内容,直接为现实乃至为具体的政治任务服务。从总体而言,现实主义是20世纪中国文学主导的创作传统和发展方向。

但在现实主义文学这一滔滔长河外,也存在着一些别样的支流。事实上,我们今天所谈论的以金庸、梁羽生为代表的所谓"新武侠小说",便脱胎于现代通俗文学,以至于有论者把二三十年代著名的武侠小说家平江不肖生、还珠楼主和金庸、梁羽生等统称为"新武侠派"。

20世纪是个科技大爆炸的时代,人类在这个世纪创造发明的现代化的交通工具、通讯工具、娱乐工具以及毁灭性的杀人武器是古人难以想象的。从这个角度说,武侠小说中任何一个武艺高强的英雄都战胜不了今天一名掌握现代武器的普通士兵,并且日新月异的科学技术作为第一生产力,既推动了社会的变革和进步，召唤出能够与之相适应的上层建筑和社会意识形态，同时也在改变着人们的生存观、认识观乃至价值观和情感方式。人们一方面尽情享用着科学技术带来的福祉，另一方面又深刻地感受到以科技为先导的工业、后工业社会对人性的异化。现代社会使人越来越物质化、社会化、结构化，面对庞大的牵一发动全身的物质机器和社会肌体，人们痛彻地体味到自身的渺小、被动，体味到农耕时代那种温情率真、与自然保持和谐关系的人性正随风而去。

尽管武侠小说惯于描写的冷兵器时代刀光剑影、打斗杀戮的场景，任侠尚武、忠君尽孝的英雄形象，奇幻突兀、充满浪漫想象的跌宕起伏的故事已失去了现实生存的土壤，远离人们的生活，但恰恰是这种远离、失去，才弥足珍贵，更加激起现代人神往。

鄙薄武侠小说的人通常从两个角度来否定武侠小说。一是借用现实主义"真实"的美学观来衡量这一类作品，批评它们脱离现实，沉湎于个人化的不着边际的幻想中编造故事情节，塑造人物形象；二是用纯文学刻意创新的标准来苛求武侠小说，指责武侠小说在故事结构上单一化、情节安排上模式化、人物形象上类型化的倾向。

殊不知超越现实的幻想正是武侠小说的类型特征和魅力所在。从文艺心理学角度来看，作为以消遣、娱乐为主导作用的武侠小说，正是通过奇幻而扣人心弦的故事情节来唤起读者的好奇心、惊异感，让人们在忘情的"高峰体验"中获得情感上的愉悦，实现它的审美功能。

对于一个训练有素的文学阅读者来说，武侠小说确实存在着模式化、类型化的状况。通常我们以为这是作者为了商业利益，单纯追求数量，迎合大众读者口味的创作态度问题；或者归于作者才气有限，不得不模仿前人或自我模仿的原因。但如果我们从文化学、民族心理的角度深入探测到这些模式、类型、序列的内里，则能发掘出深层的社会性的文化意义，发掘出我们民族的某种"集体无意识"。武侠小说看似出自作者个人不着边际的幻想，但这一个人幻想又蕴涵着特定时代、特定文化传统中固有的理想和矛盾、困惑和关怀。作为一种面向大众的文学，武侠小说正是通过这些模式化的故事情节和人物形象来表达我们民族的世界观、价值观和伦理观，创造出平民化的英雄梦。

让我们从武侠小说刻意遵循，一再重复的规范或模型里，分析它们与平民文化心理之间存在的复杂的联系。

一、英雄的出身

武侠小说里的主人公都是一些平民化的英雄。在中国古代，武士、侠客本来就属于下九流，没有多少社会地位可言。旧武侠传奇中，英雄、侠士即便作为故事的主人公，也只是为王侯将相所结交，豢养，用来成就某项具体的艰险的任务，处于"神圣帮手"的位置。一旦任务结束，他们存在的意义也宣告完结。如《史记·刺客列传》中的荆轲、《风尘三侠》中的虬髯客。新派武侠小说抬高了侠客的地位，以至可以左右故事的发展、结局，成为时代的英雄、历史的主人公，但他们下层平民的社会地位却没有改变。许多主人公是双亲不全，孤单无靠，只身闯天下的独行侠。就拿金庸作品来说，《侠客行》中令狐冲自始至终身世不明，无依无靠；《鹿鼎记》里的韦小宝更是出生在烟花柳巷，只知其母，不知其父，终日与妓女鸨儿为伍；《射雕英雄传》的主角郭靖虽为梁山英雄之后，但也只是个遗腹子，从小与寡母相依为命……间或有出身书香门第、簪缨大家者，他们的思想观念、为人处世也与贵族、文人、士大夫有着天壤之别。

唯其如此，英雄们只能走一条自我成长，在逆境中奋斗的坎坷道路。他们与统治者，与特权阶级总是格格不入，直至成为权力的被迫害者。而自幼失怙，无依无靠的身世，一方面能加强作品的悲剧性，激发起读者的同情，更重要的是它能满足民间的深层文化心理。中国自古有家国一体、天人合一的传统，天子帝王作为一国之君，也是平民百姓共同的家长、父亲，但从来就不是爱民如子的称职的"父亲"。对于下层平民来说，所处的时代总是一个乱世，国家、君王总是成为他们的压制者、迫害者。但作为臣民，作为儿子，他们又必须扮演忠臣孝子的角色。因此自幼失怙既是一种缺憾，一种悲剧,更为英雄的成长打开了更加自由宽敞的大门。翻开中国古代的神话传说、民间故事,几乎绝大多数执掌权力、居于家长位置的父亲,与作为主人公的儿子总处在一种不和谐的、尴尬甚至对立的关系中,这似乎可以引为一种印证。

二、 平民化英雄的成功观

作为平民化的英雄,武侠小说里的主人公对成功、立业的理解与正统知识分子也有很大差异。老子《道德经》说:"太上立德,其次立言,其次立功。"对于知识分子,如果不能全取,他们更倾向于立德、立言。试以知识分子对"隐"与"出"的态度来分析。作为知识分子,他们信奉的是"有道则出,无道则隐","隐"对知识分子从来就不是件难事。身处乱世,或者理想、行动不为君王所理解,支持,他们自然就会生出"隐"的念头。因为虽为白身,不能扬名于世,但内心尚有一方天地,尚有一个凛然不可动摇的"道",支撑着他们自我崇高、自我约束的圣贤情结。"隐"对他们来说是一种舍利求道的高尚的人生选择。同时他们还可以发奋著书立言,藏诸深山,扬名后世。

而平民英雄在德、言、功之间更看重后者。作为平民,无功则一无所是。"德"远来自圣贤的千古奥义,近取诸师亲、前辈的谆谆教导。他们的任务只是去身体力行,发扬光大;而立言向来是夫子们的事。况且侠客们对"言"的态度也是很微妙的。武侠小说中的奸邪之辈大多能言善辩,正所谓"巧言令色"。真正的侠客则总是"敏于行而讷于言",最典型的代表就是《射雕英雄传》中的郭靖。在民间传说、故事里,善言者即便不是坏人,也算不上足赤的正人君子,更多是些江湖术士、闲人师爷,抑或媒婆鸨儿。

确立了以立功为首任的侠客自然不能"隐"。反而越是乱世,越要挺身而出,一往无前,因为乱世出俊杰,沧海横流,方显英雄本色。《射雕英雄传》里,郭靖之所以成为一个顶天立地的大英雄,正在于他在元兵犯境,国家面临生死存亡,而朝中一片降声,无人敢出的危急关头,能够只身赴敌,力挽狂澜。还有《天龙八部》里的乔峰、《碧血剑》里的袁承志,盖莫能外。

单就立功而言,作为平民偶像的侠客英雄与知识分子、士大夫的理解也有不同,前者显得要宽泛得多。对平民化的英雄来说,"功"既可是高层次的,也可是低层次的、世俗的;既是精神的、荣誉上的,也是物质的、实存的;既是文化的,也是个体的。武功、权力、爱情乃至财富的获取都可视为成功的体现。武功自不用说,作为一个侠客,毕生孜孜以求的是盖世无双的武功神技,这是侠客行走江湖,求取其他的基本保证。这也是平民弱者最感兴趣的地方。如果说知识分子以道、理、礼、知为人生目标的话,那么平民则更多表现出好技、崇力、尚勇的倾向。

权力在武侠小说中主要表现为追求,争夺掌门人、武林盟主职位。如果说皇帝是真龙天子,君权神授,非常人所能染指,那么武林中的掌门、盟主则尽可以凭着高人一酬的武功求得(当然,这里也存在道德修养问题)。而坐上掌门人、盟主的位置,则无异于当上了皇帝,可以尽情地发号施令,操掌他人生杀大权。爱情在新派武侠小说中也是不可或缺的。几乎所有的作品中都有一位美貌多情的少女与我们的主人公闯荡江湖,行侠仗义。她既是侠客心心相印的恋人,又是他得力的助手。有意思的是,许多作品都采用"贫家少年+名门闺秀"恋爱、结合的爱情模式。财富在武侠小说中的作用相对较弱,那是因为获取了武功、权力以至爱情,自然也能得到财富。但作品中英雄寻宝、夺宝的情节也是屡见不鲜的。

所以一篇典型的武侠小说,大都包含了学艺、争位、恋爱、寻宝(夺宝)这些情节要素。而这无疑隐喻着平民化的人生目标。

三、 平民化英雄的命运观

绝大多数武侠小说,作者为了适应大众读者的阅读口味,总是开门见山,奇峰突起,力求用跌宕起伏、悬念百生的故事情节抓住读者。这样一来他只能尽早让人物进入情节,展示最动人、最有光彩的个性。这便使得英雄自一出场便有着不凡的行为举止,读者总能在攘攘的人物群像中准确地捕捉住他,似乎在他身上包裹着一层奇异的光环。

英雄在产生、成长过程中充满诸多不确定因素，但总少不了一种或多种"神圣帮手"，这其中既包括奇人，也包括异物。这些偶然性的人或物的意外出现，使得英雄在紧要关头总能峰回路转，化险为夷。譬如《射雕英雄传》，充当郭靖帮手的既有恋人黄蓉、江南七怪、北丐南帝，也有"妙手偶得"的兵书、宝剑、神雕、灵蛇。真可谓吉人自有天佑。而《鹿鼎记》里的韦小宝从闾巷无赖成长为一个"英雄"，就更是从头到脚由机遇、造化扶植，包装而成的。

另一方面，英雄的诞生又是经历了许多的挫折，许多出生入死的险境。可以说正是在与挫折、强敌、悲惨遭际抗争、挑战的过程中，英雄诞生了，大侠横空出世。

这种既要塑造一个前无古人，后无来者的大智大勇的英雄形象，又不可避免地打上天命、造化烙印的创作手法，暗合了民间对宿命难以言说的矛盾心态。一方面，作为生活在底层的普通百姓，他们更多地感到命运的不公。命运往往就像统治他们的君王、官吏，本能地要对它进行挣扎，反抗；但同时，他们又深深意识到命运是不可抗拒的，如同做百姓的总要受帝王、官吏的统治，因而从根本上是恐惧，依附，祈求命运，在无意识中将一切幸与不幸都归于命运，从而消解内心的痛苦与不平。

弗洛伊德曾经说："文学是作家的白日梦。"对于武侠小说，它既是作者的白日梦，更是读者的白日梦。从本质上说，武侠小说（乃至一切通俗文学）更主要是属于读者的，这既由于它独特的文体特性所决定，也由于它更多地追求商业价值所决定。一部优秀的武侠小说，与其说得益于它的文学价值，毋宁说得益于它的文化价值，其作者扎根在本民族深层、丰厚的文化传统土壤之中，挖掘出这种文化传统所凝聚的最敏感、最集中的信仰、期望、焦虑、恐惧的意识和形象，并且通过最为本民族喜闻乐见，通俗易懂的形式表现出来，这才是他成功的关键之处。

原载于《新余高等专科学报》1999 年第 4 期
修改于 2013 年末

世纪末的精神画像

——论格非20世纪90年代小说创作

在新时期文坛，格非的名字是与20世纪80年代下半叶先锋小说连在一起的。那是个充满探索精神的年代，格非和他的先锋同侪创作出一个个玄奥难读却又魅力十足的文本，在很大程度上构成对传统的文学观念、创作方法和叙事手段的突破，让人们看到一片小说创作的奇景，以至于多年以后，先锋派作为一种创作思潮、一个文学流派已是明日黄花，但人们依然津津乐道于先锋小说的虚构、空缺、叙事的能指化、历史戏拟等等一些手法和观念。事实上，进入20世纪90年代，先锋们已纷纷撤离了这片小说形式的实验场。譬如余华，曾经如此热衷于对暴力和死亡的冷漠叙述，对传统的常识、秩序和人性观念的漠视与反叛，而90年代似乎转向一种古典、温情的"人道主义"写作，例如他的《活着》《许三观卖血记》。

转变同样也发生在格非身上。在前期作品中，格非热衷形式实验，以写作主体的瞬间感觉、智性游戏构建形而上的文本迷宫，那个作为"人"的作者多半是缺场的，取而代之的是分裂、游移、自我消解的"叙事人"，充满梦幻、荒诞感的"游戏人"。它把人物压抑在无足轻重的边缘位置，成为叙事的副产品（用格非的话说就是"完全依赖于我的叙述方式"——《褐色鸟群》）。人物生成包融于实验性的叙事策略、话语方式和抒情气氛之内，很少指向文本之外的现实世界。其性格、心理物化和陌生化，缺乏历史——现实维度上的人学意味（这也往往让人有"读不懂"的感受）。90年代，格非逐渐放弃先前的写作方式，而是回到现实，回到生存的此岸。在手法上，格非逐渐摆脱了往日"叙事人"的支配，变得更注重事件，注重结构的清晰、完整和故事的可读性。更重要的是，人物形象的塑造作为叙事的中心问题回到格非的写作，文本的历史——现实维度得以建构。他更关注人物命运、人在现实世界的处境，着力开掘人物的心理空间、性格空间和精神向度，并通过描绘人物的处境、行动及其精神面貌，冷峻而思辨性地揭示生存的迷津，这使得格非90年代的写作具有浓郁的"精神现象学"色彩，由此带来绝然不同的写作方式和精神追求。本文试图通过对三篇（部）小说的解读（《傻瓜的诗篇》、《凉州词》、《欲望的旗帜》），揭示格非在90年代写作方式的转变，以及这种转变体现的独特位置。

一、告别"先锋神话"，重树精神向度

90年代初，格非曾搁笔过一段时间，《傻瓜的诗篇》是他重新开笔的第一个中篇。虽然这个文本继续保持格非80年代一些风格和特征，诸如对梦境与玄想的精细描写和分析；将自然风物与人物主观感受有机弥合，使风物心理化、意象化；以及在故事脉络发展中有意留下空缺（如女主角莉莉的致病原因及"傻瓜"的真实所指等等），造成文本的迷宫效应。但总的来说文本带来更多的现实感，人物形象清晰而具有性格深度。通过描绘精神病医生杜预和精神病患者莉莉各自精神状况、他们的交往①以及最后戏剧性的结局——杜预疯了而莉莉却奇迹般痊愈，格非试图展示出人类精神生活中精神病人和正常人的差异和共通之处，揭示生活中的种种困境正如何一步步把人逼进精神危机与崩溃的边缘。

小说中杜预有个令人吃惊且恐怖的观点："精神病是可以互相传染的，其传染速度要比任何一种时疫的流行都快得多。"这无疑是我们进入这个文本的一个入口。那么杜预的致病真是他所处的环境——精神病疗养中心，或莉莉"传染"给他的吗？答案显然是否定的。疗养中心和莉莉与其说是

---

① 由于莉莉精神上的疾病，这种交往不具有心灵沟通的性质，莉莉作为一个精神病人，只是一个欲望的客体，一个检测杜预作为"正常人"的精神景况及其危机的参照物，仿佛黑暗是检测光明的亮度与暗度，无知是检测智慧的深广度与有限性的参照物。

"传染源",不如说是杜预结局的一种殊途而同归的方式。在杜预不由自主迈向精神失常的进程中,我们看到悲剧的力量始终来自自身,具体地说,来自欲望膨胀和压抑之间既尖锐地争斗、争夺,又隐晦地媾和、同谋的关系。格非极其细腻的把笔伸入到人物心灵的深处,挖掘出人意识、无意识层面上种种复杂而隐秘的成分和矛盾,展示出当代人生存的卑俗、贫瘠和可怕的一面。

欲望/性作为生命本能的标识物,其无限的冲动与膨胀仿佛一片巨大的磁场,将杜预的日常生活牢牢囚禁住,成为他思考和行动的出发点与中心。依照欲望的发展逻辑,它必然演变成罪恶的渴望:"杜预的耳边一次次传来了那古老的声音。不要犹豫,瞅准机会干他一家伙(指奸污莉莉的欲望)这种悠远而颤栗的声音常常在耳边提醒他。"格非非常传神地用了"古老"一词。确实,这种声音古老得等同于人类历史——在希腊神话中我们从劝诱赫拉克勒斯堕落的享乐女神口中听到过;在莎士比亚的《麦克白》中,我们又从麦克白夫妇谋杀邓肯国王的场面里听到过。如果说赫拉克勒斯是凭着刚刚摆脱野蛮与蒙昧的神性和英雄情结战胜了享乐女神的诱惑,而麦克白及其妻子的罪恶终究受到以人道主义为中心的理性和人性的惩罚,那么今天,神性与人性的双重失落使人如无助的羔羊逡巡在迷途与深渊之中,欲望的疯狂生长和无孔不入使人成为本能的囚徒、他人的地狱。不错,杜预并不缺乏作为人所应有的自我意识和理性,但由于缺乏健康的人性/人格力量为基石,不仅虚弱得无法与本能欲望相抗衡,反而屈从于欲望,成为欲望的帮凶。理性和自我意识的约束、归导机制使杜预的行动处于不断的犹豫和延宕状态,又积极寻找机会,将赤裸裸的本能欲望合法化:杜预始终是以医生对病人的身份接近莉莉的,包括将她带进办公室,也是以治疗的名义。在对莉莉进行性侵犯的时候,我们看到在欲望与理性的合谋下,杜预的心理、情感同样发生了有效的改装:"为了自己日复一日的不眠之夜,为了多少年来一直在他心底排解不开的渴望,他感到这种冒险对他的身体来说是纯洁而人道的。这样想来,他的心头忽然产生出一种无名的愤怒,莉莉好象顷刻间成了世上所有女人的代表,她们对他一次次冷漠的眼神使杜预记忆犹新。现在,他应该利用这个机会对她们进行彻底的报复和清算。这种念头使他内心涌现出一股英雄的悲壮。"

如果说性侵犯（尤其是对莉莉这样一个毫无自我意识和防卫能力的精神病人）导致不道德以至罪孽意识的话，那么杜预"内心涌起的""愤怒"和"悲壮"则带来反抗乃至正义的意味，它直抵现代主义文化语境下个体/主体"追求生存权利"、"反抗压抑"、"舒张个性"这样一些神圣话语和元价值（meta-value）。与其说这种"愤怒"和"悲壮"有效地缓冲了理性的约束机制，不如说它本身就是欲望与理性合谋、媾构下的产物，它使得罪孽转化为反抗和追求，兽性变成合法化的"人性"。正是在这样一种情感/理性隐秘而复杂的作用下，杜预打开了囚笼，放出欲望这头怪兽。

欲望历险的初步实现却造成灾难性的后果：一方面，欲望的永无止境，必然召唤更多更大的本能满足，使本已虚弱的自我意识和理性在不断增值、膨胀的欲望面前更加不堪一击；另一方面，欲望的实现带来的本能满足，又使他的心理发生微妙而不可克服的变化：他对欲望的客体莉莉竟然产生出情感的依恋。鉴于莉莉的精神状态及在这场欲望历险中所扮演的角色，我们很难说这种感情是爱情。这种感情从一开始就是荒谬的，最终以悲剧为结局。而且格非严格规避道德和情感的界入，唯恐这样一层视角会遮蔽文本蕴涵的精神现象学意义和人类生存景观的寓言性，只是冷静又不无伤感的观照、展示和思辨，并引领着读者去思考故事和人物背后宽广的人类学寓意，应答作者在小说中的那一发问："人类的精神究竟在什么地方出了问题？"

在我看来《凉州词》，是格非最为成功的短篇小说之一，也称得上是90年代文坛上的短篇精品。这篇小说是对一则关于中唐诗人王之涣的逸闻的改写，但一经改写，原来那种文人风雅、谐趣、钩沉闲情逸事的诗话文体，陡然变成一篇知识分子不甘沉沦，坚守边缘地位及其悲剧命运的超越历史时空的精神寓言。

王之涣，中唐边塞诗人，生平极不可考，死后仅留下《凉州词》、《登鹳雀楼》等寥寥无几，却又脍炙人口的诗篇。《唐才子传》和《唐诗别裁》等记载过他与王昌龄、高适等人赛诗分妓的逸闻，其意不过褒赞王、高等人诗名之盛。格非却通过作品主人公临安博士——一位当代富有操守的学者独特的"考证"和解析，以小说的方式进行古诗新读，古文新解，通过对王之涣赛诗事件的穿凿和想象、对王弥留之际焚诗举动的大胆臆测和推理，塑造了佼佼独立，以虚无反抗虚无的"存在主义者"形象，表达对历史、文化的承传与积淀，知识分子历史境遇和文化命运的独特体悟和深邃思考。在这篇不足五千字的小说里，格非又一次展露对短篇小说这一尖端文体的精到把握，其结构精密、整饰而笔法圆转、灵活，语言雅净、悠徐又隐含丰富的张力和反讽。格非采用多重改写的方式，首先是临安博士学术性的"考证"改写了古人诗话，赋予古诗话以时代特色，灌注进当代人的思考和感悟；同时通过临安的讲述及叙事人替代性想象、描写和铺陈，既避免了论说文体的枯燥、板滞，使之成为一篇叙事生动、形象鲜明的小说，又保留了论文特有的思辨和思想深度。一千年前的王之涣、临安博士和作品叙事者/隐含的作者三者达到内在精神的和谐统一。

从《傻瓜的诗篇》和《凉州词》（同期还有《相遇》《镶嵌》等一些中短篇），我们看到90年代的格非正进行着艰苦而严肃的转向。同样是关注欲望、死亡和疯狂等生存难题，它们不再像早先那样只是一种叙事层上的策略和游戏、叙事者瞬间感觉下的神秘的分泌物、俯身拾取的装点性花环，而是被内化进人的精神领域，赋予了人性内涵，成为破译生存迷津的路径，检测人类精神向度的标尺，具有了社会学乃至人类学的功能和意义。

但这种转向并不意味着回归。创作主体在重归生活、重归现实的时候，又严防被某种既定的信念和意识形态所遮蔽。在90年代商业化、流行化写作的潮涌中，格非把自己摆放在一个边缘，守着他自觉到的精品和高级的东西，敏感地体验，敏锐地发现人（主体）在一个越来越混乱、异己的世界中的诸多遭遇、困境及其产生的意义。这标志着格非对生存、世界以及写作责任的认识上的变化，是一个从封闭向开放，从形而上建构到超越形而上观念的倾听、体悟和表达的过程。

二、欲望的囚禁：当代知识分子的生存迷津

真正标志格非文学观念和风格转向的还是长篇小说《欲望的旗帜》。这是格非站在世纪的交道口，对时下社会和文化的一番全景式考察。通过对知识分子群像的塑造，对他们斑驳的学术和生活、情感和欲望的把握和表现，我们不难看到一幅知识界的浮世绘，一股享乐主义、功利哲学的强大涌流，以及氤氲其间丧失自我和精神家园的迷惘、虚无之气。

"九十年代初期的上海，一个重要的学术会议将在这里举行，由于某种无法说明的原因，知识界对这次会议普遍寄予了过高的期望，仿佛长期以来所困扰他们的一切问题都能由此得到解决。"这是小说的开篇，伴随这次"意义重大"的学术会议的筹备、召开和落幕，人物一个个登台亮相，有哲学泰斗、中青年学者和小说家，有佛学大师、神学家，有企业家兼诈骗犯。他们雄踞在人类文化的象牙塔内，从事着被马克思称为"时代精神之菁华"的哲学研究，但这并不意味着他们能躲过或超越种种形而下问题的侵扰。作品展现出一具具充满矛盾的撕裂的灵魂，他们各自在欲望的深渊中纠缠、折磨，混乱不堪，面目全非，哲学研究并不能使他们的心灵充实、纯净，成为人生的智者和善者，相反，哲学作为智慧之学反倒成了一壁"游动的危崖"，加剧了向欲望与迷惘臣服、坠落时的危险性和毁灭力。

哲学系元老贾兰坡是由一摊印象式的语言碎片结构起来的人物，尽管作者不容置疑地叙述了他的身份和结局：一位研究斯宾诺莎的权威，在国内外学界有着巨大的声望；他发起、组织了这次哲学年会（尽管在会议一开始他就坠楼自杀），并以其存在维持着学校哲学重镇的地位……但当读者试图拉开这层帷幕，对人物的性格、思想和自杀原因推究和把握时，便会感到一筹莫展。耐人寻味的是，作者始终不曾直接对他进行叙述，有关贾兰坡的一切几乎都出自文本中其他人物的印象和谈论。在弟子曾山的记忆中，导师一直像斯宾诺莎那样，试图"为处于转型期的社会建立新的价值范畴"，但晚年贾兰坡的"思想以及梦想中建立的哲学体系出现了难以调和的矛盾。他一生

中贯穿始终的许多重要命题都面临着被瓦解的危险"。在其遗孀的心目中，贾兰坡是个"生活在过去时代"、"不合时宜"的人。他的全部梦想寄托在毕生从事的学术上，为了保存哲学系，他不惜与上至校方、下至普通百姓打一场注定不能获胜的战争，而他自杀便出于独立的学术操守与时代、环境不可调和的矛盾和失落。我们读了曾山和贾妻的叙述，会得出这是个屈原或堂·吉诃德式的悲剧英雄的结论。他的固守和抵抗虽不排除功利的因素，但在时下学术和精英文化不断向商品、世俗靠拢、屈服，人文精神日益萎缩的文化语境中，我们不能不对此怀有敬意。

但作品中其他人物给出的印象却大相径庭。在贾的大弟子衿博士眼里，导师是个"练达而朴鲁"、"谨慎又疏狂"的人，善于在不同场合扮演不同的角色，他自杀是因为与女资料员的隐秘关系的暴露和崩溃；而这位德高望重的大教授留给了张末、苏辛的记忆则又是热衷于搞婚外恋的老头儿，乃至一个每每对女性动手动脚的性变态者。

作为一名历史、传统面前的晚生者，一位在大学校园、精英文化空气中长期浸淫的小说家，格非对贾兰坡这类"文化老人"有着清醒的认识。他毫不留情地挑开这一在传统文学文本中向来被塑造成"伟大父亲"的庄严法相，还他以五色斑斓的百衲衣。当然，格非也不会像王朔那样以市民情调、痞子化的方式将他拉下精英圣殿，投入狂欢的大众文化广场，成为人们亵渎和颠覆的对象。格非刻意隐匿了叙事者的声音，漫不经心地将一摊互相冲突和解构的印象碎片掺杂在人们似是而非、似非而是的意识和言谈中，通过多个人的视点对同一个人、同一件事进行叙述，形成复调的、富于张力的文本真实，绝然回避对贾兰坡的内心世界和行为动机作出追问和解答，就像中国的水墨画技法，千里江河、万仞丘壑来自画家不着一笔，尽得风流的"留空"。按托多罗夫的分析，这是一种"叙事者<人物"的叙事方法①：叙事者对叙述对象知道得比任何人都少，他只是从外部去看、去听，不进入对象的

---

① ［法］托多罗夫：《叙事作为话语》，见伍蠡甫主编《西方文艺理论名著选编》（下卷），北京大学出版社1987年版，第511页。

内心；只满足于观察到的表象，不辨析事实的"真相"（或许真相就存在于人们的意识和言谈之中），把对对象的感知、判断留给读者去填补，去完成。而读者不仅能根据人物的言谈和意识整合出谈论对象（贾兰坡）多角度、多层面的形象内涵，同时也读出谈论者自身的意识和形象。当一个角色只存在于"他者"口中的第二文本层时，也就意味着他作为形象（性格载体）内在本质的终结，或者说，其主体性呈现为一堆毫无本质关联的质料；而对谈论者，谈论他人又是展示自我的过程。一个人的情感、世界观正是通过对世界和他者的意识和谈论中得以建构。正如马克思所说："关系即人，结构即人。"

在这个理性贫困、哲学贫困的时代，人被欲望之狮折磨得面目全非，混乱不堪，自杀都失去了庄严感和悲剧性。贾兰坡之死留下的只是一瞥如"跳伞运动员般的滑稽身影"，是人们发挥想象力和幽默感的交谈和评论的材料。这是死者的不幸，更是生者的悲哀。

如果说"轴心时代的终结"隐喻着贾兰坡之生之死，那么作品中另一位主角曾山，其生存状态亦如他撰写的论文，成为一个"阴暗时代的哲学问题"。这位才华横溢的青年学者善思而多忧。他可以在初次与女友约会时至对方于不顾，滔滔不绝在谈论苏格拉底、斯宾诺莎和王国维；可以"给一个和尚写信都要查阅几十种参考书"；乃至为坚持自己的学术观点冲撞导师。与"强行征用爱情来安顿灵魂的梦想家"的妻子张末、和"无法面对真实，总是刻意乃至下意地将自己的生活笼罩在虚构与谎言之中"的师兄子衿相反，曾山总是将自己纳入笛卡尔式的"我思"之中，试图"为自己的灵魂制订规则"。作为一名坚定的理性主义者，曾山深切感受到生活中随处可触的虚伪、矫情和荒谬，极力躲避和反抗它们，用理性之光统贯自我，调和情感与欲望。他惯于将形而下的生活事件上升为形而上的追问和价值判断——从与前妻离异到追求张末；从跟导师反目到与慧能长老的交往，理性的力量始终渗透其中。但这种形而上的"我思"并不能让他摆脱生存的困惑，躲开欲望的折磨，到达超越与澄明之境。甚至可以说，比起坠楼自杀的导师、精神失常的师兄，曾山承受着更大的痛苦，更值得同情，因为他在一个思想贫困、人性孱弱的时代依然诉诸理性来支撑生存,但当他剥开生活现象的表皮,试图发掘其真实面目,那不过是另一重虚伪、矫情和荒谬。这就注定了他如同卡夫卡笔下的那只"畏葸于猫与捕鼠器之间的老鼠","一端是死亡一端是疯狂",在两极间恐惧而绝望地游移。

某种意义上,我们在曾山身上看到现代理性的命运。我们知道,现代哲学滥觞于笛卡尔,笛卡尔从纯粹的"我思"(cogito)中找到了确证自我,进而确证世界的依据,从而为近代哲学奠定了一块坚实的基础。有了这个"我思",哲学,乃至人的主体地位便被确定了,用不着再到经院哲学、神学那里乞求存在的资格。在此后的数百年间,理性在人类的精神王国的地位不断上升,最后终于在德国古典哲学时代获得了雄踞王座的荣耀。但人类的思想,以及由此产生的诸多问题、诸多苦难远未终结,终结的只是德国古典哲学。如果说从笛卡尔到康德、黑格尔,人类企图倚仗"我思",倚仗理性来确证自我,确证世界的话,那么此后,人类终因意识到"我思"与理性无法最终解决"人与自然"、"他与她"、"头与心"的分裂①而逐渐将理性放逐,开始了一轮理性对理性的革命——一个非理性的时代。19世纪上半叶,非理性之先驱叔本华在与古典哲学之集大成者黑格尔分庭抗礼,争夺话语权时还落于下风②,而在那个世纪末,尼采一声"上帝死了!我们已经杀死了他"的惊呼,便不啻为一道不祥的符咒,为20世纪的人类命运提前作出了宣判。上帝不在了,人类肩上的重负、心灵的苦难却丝毫未见减轻,反而日见其重。他将行动和思想的自决权抛还给人类自己,这无异是第二次打开了"潘多拉盒子"。20世纪的人类又是如何承受这"不可承受之轻"的呢?人们为之弹冠相庆的突飞猛进的科技已沦落为金融寡头和独裁者的攫取和杀伐的趁手兵器,科技的发展不是让人体会到创造的快乐,感受到踏入宇宙神殿的高大身

---

① 任洪渊:《墨写的黄河》,北京师范大学出版社1998年版,第25页。
② 1820年,叔本华应聘为柏林大学哲学教授,其时黑格尔也正在该校授课。为了与如日中天的黑格尔竞争,也为了将他的反理性主义、唯意志论推向世人,叔本华有意将课程安排与黑格尔同时,但结果却是叔本华大败而归:黑格尔的课场场爆满,叔本华"有关世界本质的学说"却只有五名听众。

影,反而一次次证实自己的弱小和卑微、被侮辱和被损害;失去神性和人性,理性要么僵化为压制生命自由的工具理性,要么异化为本能快乐与物质利益的仆从。笛卡尔和康德时代,"我思"之"我"是一个毋庸置疑的"大我",具有"人性+神性"的内在一致性。进入20世纪,"我"的地位已岌岌可危,弗洛伊德说"我"不过是只知满足眼前快乐的昏昧的本能(Id);胡塞尔的先验现象学则轻飘飘地给"我"加了一个"( )"——悬搁,只剩下无头苍蝇般的"思"——抽象神秘的"本质直观"(Wesensschan)①;而以拉康为首的后精神分析学进一步追问弗洛伊德曾试图确立为"我"的无意识本能,得出"无意识有语言的结构","无意识是他者的话语"②,所谓自我、主体不过是历史、文化以语言的方式(拉康具体说是隐喻与换喻的法则)植入人(person)的残滓余孽,是"想象性的构成",而最终不免成为一种错觉或幻觉。

再看曾山,当他启用理性、我思,试图支撑起人格和行动,抓住荒谬生活背后的本质和意义,却总是令人沮丧地陷入无所适从和自我怀疑中。自我和理性就像是一堵玻璃墙,囚他于孤独与迷惘之中。而欲望、堕落、虚无乃至一切时代病症却毫无障碍地渗透进来,侵蚀他的灵魂。居于孤独之中的曾山不只一次听到那个细微而顽强的声音:"是时候了,我们已无须等待,让我们放弃挣扎,追赶上狂欢的队伍,赶赴一场盛宴……"

哲学和爱情曾经是曾山拯救和规则灵魂的武器,但最终却春梦般破灭了。在从事多年的研究后,曾山发现哲学在自己心中的位置正在坍塌。从贾兰坡的死,到子衿的疯;从哲学系的面临解散,到被人们普遍寄予厚望的哲学年会(且不说它本来就是骗子邹元标一手导演的游戏)衍变成人人都想分一杯羹的人才交易市场,最后在子衿恶作剧的疯狂表演中匆匆落幕,曾山一点点清晰窥见到哲学/人文的真相。他沮丧地意识到"哲学对通常意义上的

---

① [德]胡塞尔:《纯粹现象学》,转引自李幼蒸《结构与意义》,中国社会科学出版社1996年版,第21页。

② [法]拉康:《拉康文集》,转引自杜声锋《拉康结构主义精神分析学》,远流出版社1988年版,第112页。

生活并无任何助益。相反，它只是一种障碍，我们借助于它的光芒，只能更确切地感受到绝望和废墟的性质。它是一个陷阱。……哲学所照亮的东西正是人们试图遗忘的东西"。在曾山身上，理性演示了自己从兴盛到衰败；从笛卡尔、康德到拉康、福柯的发展历程。但哲学对于曾山并不仅仅是一种职业，一个外在的对象，而是曾山心灵的寄居之所，哲学的幻灭进而引发曾山自我的迷失。在那个大雨滂沱之夜，当曾山绝望地撕碎自己苦心孤诣写就的论文时，他无异于将自己的心灵也撕碎了。还有爱情，曾山对妻子张末不可谓不爱，但问题是他已不知道如何去爱。他愈是去理解、关心张末，便愈是发现对方难以理解。一句无意中的话、一个下意识的动作都有可能划出一道难以弥合的裂缝，让他们敌人一般对峙。在曾山撕碎论文的那个雨夜，和那个忙碌、粗陋的早上，作者为我们展示了爱情、温馨是怎样潮水般倏然而逝的。（这应了子衿的评价："爱情有种一夜之间就会消失的恶习。"）曾山和张末，两个那么熟悉，那么可能交流，又那么需要慰藉、温暖和交流的人，在这样一个时刻，他们深味到生命的空虚与痛苦，也无疑发出了呼唤的信号，走到了拯救的边缘——苦难的边缘，就是获救的临界，让心灵在撞击和关爱中释放出灿烂的火花。但他们最终又朝对方关闭了心灵的大门，拒绝释放，拒绝获救，自戕与互相折磨。

于是对曾山而言，孤独——它一再发出爱的渴求，其结果却更难以自拔地走入幽闭，成为"他人的地狱"；"我思"——本是确证自我，确证世界的方式，却不可避免地陷入自我迷失，自我幻灭。

三、精神现象学与"去乌托邦"（de‑Utopia）

90年代，我们看到格非正在确立一种写作新向度：在不放弃追求技巧、智性的前提下，如何缝合小说的形式美学与意义深度。格非正在告别他的技术主义时代，将兴趣和笔力从搭建文本迷宫转向发现、分析社会生存的迷津。这一转变使格非的小说创作有一种精神现象学色彩，并决定了他在90年代文坛的独特位置。

1. 事件重回写作中心。但此一"事件"不同于传统现实主义小说的事件，后者在文本中有统贯全局的主题意义，作家的任务只是如何表现（用形象思维去转化）事件的运演逻辑，根据人物在事件中的位置规定其性格、价值和命运①。对于格非，事件既是人物活动的场所，是庄子式的"得鱼之筌"，又是人活动的结果。人的存在在事件中复活为"此在"、"在世界中存在"，人物对事件并不构成依附关系，人活动的此在性、不确定性瓦解了事件先在的规定性。格非关注的始终是人的精神、欲望和生存的当下状态。譬如《凉州词》，临安博士对王之涣的考证过程被抛在一边，作者端给我们的只是临安对"我"的讲述、是叙事者对王之涣赛诗分妓、临终焚诗的"越俎代庖"的想象和描述。在这种融体验、想象与评价一体的讲述和场景中，王之涣（已很难说是中唐那个王之涣）和临安博士的精神风貌栩栩如见，成为被今天、被生存现实激活、复活的古人和"文本人"。

2. 在先锋作家中，格非写作的智性色彩较为突出，这是他生活经历和精神气质的体现。进入 90 年代，智性并未丧失，反而愈加浓重。但前后两期的智性又有很大不同，80 年代，智性多表现为讲究文本的视点、结构、内在逻辑的精巧缜密，以及对风格化语言的精雕细刻。比如《褐色鸟群》，格非通过对时空、记忆不露痕迹的拆解与重组营造一个奇异的梦幻世界；《迷舟》中废墟般的悲剧氛围生成于人物的瞬间感受、叙事者旁白、铺叙和场景、物象的有机组合之中。总之，智性用来建构一个独立于现实生存的自足的文本世界。而 90 年代，格非施展智性对人的心灵世界作深度分析，智性转化为理性思辨。例如《傻瓜的诗篇》，格非调用了心理学，尤其是弗洛伊德精神分析学，对主人公杜预和莉莉的心理状态及运作机制进行细致入微的展示；而《凉州词》则始终散发出浓郁的存在主义色彩，临安博士对王之涣赛诗、焚诗的考证（或曰猜想），对沙漠环境的感受和分析，都仿佛在做一篇文学的

---

① 譬如在"十七年小说"的扛鼎之作《创业史》里，蛤蟆滩的农业合作化的发展历程便是这样一个中心事件。围绕这一事件的不同认识和态度，作品中的三个主角梁生宝、梁三老汉及郭振山的性格特征、作者对他们的感情距离和价值评价及他们最终的命运结局也被规定。

《存在与虚无》。

尤其是《欲望的旗帜》,格非显然是想以此绘制一幅当代人文知识分子的精神画卷,而将自己积累的诸多素材和学识及对人生的感受、思考灌注其间。频繁出现的哲学、宗教掌故,大段的学术、准学术推演、对谈,长篇幅的人物反思和玄思,及至小说论辩性或格言式的语式,无疑增加了这部长篇的思想重量,字里行间充满着丰盈又不无晦涩的意趣和理趣,诱引人们去开掘话语的纵深天地,就像约瑟夫·弗兰克在评论《尤利西斯》时所说:"不能被读——只能被重读。"①

分析与思辨是《欲望的旗帜》的特点,但有时也成为一种弱点。在一些章节里,我们看到这种分析和思辨尚不能与人物水乳融合,成为人物自身生存喷出的思想涌流。过分浓重的思辨常常掩盖形象本身释放的意义和价值,带来过多的形式障碍,阻挡读者更有效地进入文本。格非似乎过于留恋思辨的写作方式和话语方式,使得这部长篇尚缺乏一种真正"全景化"的涵盖力。

3. 回到事件,回到人物对格非小说来说具有一种"现象还原"的意味。与现象学哲学家立志要建立一门独立于自然科学和社会科学之外的"精神科学"相似,格非似乎也想借助文学(小说)的形式真实记录下当代人(尤其是知识分子)的精神风貌。

从形式的"先锋神话"中挣扎出来的格非在回到生存现实时,又严防自己陷入别一种精神追求的乌托邦当中。跨入 90 年代,当代中国进入一个转型与阵痛期。改革步履的深入与蹒跚,经济—文化的全球化趋势,利益的重新分配,以及传统,既有数千年积淀的国粹,又有近现代"拿来"的传统——某种程度的复活、激活,都使得以往的巨型文化观念和乌托邦精神(如50—70年代末革命的乌托邦和80年代声势浩大的"文化热"、"观念崇拜")日渐淡化,失去其意识形态魅力和感召力。这是一个杂语喧哗,多元共生的时

---

① [美]约瑟夫·弗兰克:《现代小说中的空间形式》,秦林芳编译,北京大学出版社 1991年版,第 8 页。

代,用利奥塔的话说,一个"文化稗史"时代。历史在将生存交还给生存者,将人生的选择权赋归人自己的时候,也使得种种生存问题空前裸露,耸峙,人与物、人与欲的关系问题不再像 80 年代以前被国家意志和革命激情压抑、淡忘,或像 80 年代那样仅仅被视为一个形而下问题。它被个体乃至被时代中心化了,同时,它又被人(尤其是知识分子)不可或缺的"我在"、"我思"形而上了,生成一个空前复杂,遍布暗礁与岔道,永不能给定终极答案的问题。回到现实生存的格非敏锐地抓住了"欲望",作为探索精神状态的突破口,直接深入到人与欲望相处时欲望的纠缠、折磨和人的思考、企盼、孤寂、恐惧和绝望……这样,人与物、人与欲便转换为人与世界、人与自我的问题。格非既不轻易淡化,和解这些标定我们时代的生存难题,也不轻率地向人物、向世界宣示救赎之路。在《凉州词》里,篇末临安博士对西部广袤无边的沙漠锥心刺骨的体验,和他的个人生活景况,都凸显出那种旷古的虚无。我们可以说,临安的"考证"就是他自我燃烧后的灰烬或结晶。在《欲望的旗帜》中,曾山的生活被固定于"猫"与"捕鼠器"(死亡与疯狂)两极间畏葸、游移的命运中难以自拔;而一度想回到上海,回到曾山身边的张末,也始终徘徊于南京火车站的广场上,徘徊于想将车票丢进湖中的冲动中,迈不开腿。……

哪里才是拯救,如何得到拯救?我们读格非小说是得不到现成答案的。在这个问题上,格非表现得温和(而非温情)又坚定,怀疑而不放弃思考。某种程度上,我们从《欲望的旗帜》中的曾山身上,依稀看到格非自己的影子:在理性日益失血、贫困,文学回到个人化、回到日常的时候,依然要抓住理性。但理性对格非来说不是自我确证的手段——像笛卡尔从"我思"出发去论证上帝(某种外在的永恒的确定性、某种形而上的善与真)的存在;像康德那样从"理性的怀疑"达到"灿烂星光"与"道德律令"在"我"中的融汇,而是以此探索人的心灵世界——一个拒绝结论,拒绝终点的动态的发现过程。正是这样一种写作方式决定了格非在当代文坛孤寂而高尚(并非高雅、高蹈)的写作定位。

事实上,真正的拯救必定是自我拯救,而自我的拯救又有待于世界、他人的得救，这是一个也许永远不能解开的"埃舍尔怪圈"。博尔赫斯曾说，在接受了极端主义后，他再也不能接受别的"主义"。这话也可以反过来说，我们只有走过极端主义"这段危途"，才能步入别的思想"坦途"。但对人类的精神旅程而言，"极"在哪里？"端"在哪里？一个思想者，当他真正思考一种精神、一种生存方式时，后者便成为他难以承受又必须承受的宿命。而人又是多么需要，多么容易投入（坠入）某种乌托邦之中！

也许曾山的怀疑和自我怀疑、在思想危途中畏葸、游移正是他不断觉醒的过程；还有张末，当她逡巡于南京火车站的广场不知何往的时候，又有谁能充满自信地站出来，为她指一条康庄大道？但有一点我们清楚，不管她如何选择，也不管此后的生活中将承受多大的痛苦，张末将不会陷入悔恨之中，因为那毕竟是她自己的选择。

原载于《小说评论》1999 年第 6 期
2014 年初改定

旷野漫游

——为王小波之殒而作

一、 边缘·中心

新时期文学存在许多有趣的"现象",诸如"王朔现象"、"《废都》现象"。不知道王小波够不够得上这种意义上的现象,但近两年来他确实吸引了我们足够的目光,让我们费尽思量也不能给出满意的答案:他学的是工科,从事如今越来越热门的计算机职业,却自始至终钟情于文学,最后干脆做了一名自由撰稿人——用他自己的话说,成为"一个反熵的过程";他的才情、文字是那么蓬勃、飞动,以至于在当今日益冷寂的文坛形成一股强大的冲击波,街头闾巷,人人争说王小波,可当初他却吃够了编辑、批评家的闭门羹,作品只能以手抄(或打印)稿的方式在"地下"流传……

王小波的遭遇让我想到北京城的另一"王"——王朔。80年代下半叶的王朔也曾挟着种种非议杀进文学圈,直至红遍中国。但某种意义上,王朔的走红是新时期文学进程中的必然逻辑。往远处说,金庸和琼瑶式的通俗读本的流行已为新时期文学塑造出一个庞大的读者群;而80年代中下叶现代派、先锋派执迷于象牙塔内的独语和形式实验使得文学逐渐远离大众,曲高和寡;更为根本的是,转型中不断崛起的经济新贵和市民阶层,又为王朔的走红提供了坚强的后盾(想想王朔给当代中国文学带进了多少北京大腕、小开,乃至街头混混儿的形象及其口语、黑话吧)。深味文坛这一态势的王朔一开始就瞄准了导致文坛冷寂的结穴点。他的充满戏谑、颠覆性的写作方式将日趋失去感召力的正统文化和日趋边缘化的知识分子拉下圣殿,投入狂欢的大众文化广场,客观上扮演了一派新势力和新观念的代言人,同时既迎合又扩张了知识阶层自我菲薄的文化心态。

而王小波呢?在我看来他的走红充满诸多的不确定性。他不曾像王朔那样,借助于商业文化、市民文化的力量走向前台,获取文学主流的认可。他始终把写作定位在一个人文知识分子的现实与历史感悟与思考当中,毫不含糊地把自己的作品称为"严肃文学"。我以为这不仅体现在他瑰丽的想象,对结构和语言近乎苛刻的构思和揣摩,也体现在作品所蕴涵的深刻而尖锐的历史、文化思考和批判之中。而另一方面,在思潮迭起、流派纷呈的当代文坛,王小波又始终是一个异数,一个流派和思潮所不能涵盖的作家,一个为了不放弃独特思考和话语方式而甘居边缘的作家,就像足球场上的"自由人",没有位置也拒绝位置。读他的小说,我们总能在那些怪诞的事件、场景中,在一个个鲜活有趣的人物身上读到历史帷幕下的另一种"真实",这是作者诗性想象与睿智感悟的产物,仿佛"伦敦上空的红色天幕",须经作者的揭示,才被我们所发现,所接受。

考察新时期文学,我们会发现,关于"文革"的记忆和书写一直是基本的主题。这自然是因为在这个主题上凝结着国人和作家自身的切肤之痛,也是他们反思历史,关怀社会的绝佳场所。在文坛最先兴起的"伤痕"、"反思"小说中,我们读到"归来派"和"知青族"的大量作品,但写来写去大多脱不开"伤痛"与"控诉"的基调,仿佛一群受难的贵族、准贵族,在噩梦过后争相捋起衣衫,展示满身伤疤。虽然他们也在尽力反思那场灾难,但由于作家们局限于一种后设的政治视角,使得这种反思仅仅停留在政治风云和意识形态表层。就文化背景而言,它汇入 80 年代有关人道主义、现代化以及知识分子历史使命、启蒙身份等等主流话语当中。因为局限于社会政治层面的批判,也因为过分拘泥作家自身经历、处境的难以摆脱的功利性表达,使得十年"文革"在他们笔下变成一场符码化的政治灾难。自然,这种书写是真实的,但真实得单一、模式化。

在王小波的"文革"小说中,"文革"作为一场从愚昧、狂热到迫害、杀戮的政治灾难,只是一个背景被置放在后台。他拒绝既定的意识形态的框定,拒绝道德、价值上的简单评判,这使得他的关注点,他的笔力始终对准个体的生存图景,直白而率性地描绘出非常年代主人公的处境、行动。在王小波的小说中,主人公的处境和行动可谓奇异甚至荒唐的,但联系到那个非常年代,你又不得不承认它是真实的,写实的。正是在这种奇异和荒唐中,我们既读出风云,读出荒谬,也读出了人性。譬如《黄金时代》,主人公王二、陈清扬之间的那场性爱、恋爱,被王小波描写得那么美丽、奇异。一方面,高压的政治环境、扭曲的人际关系成就了它惊世骇俗又荡气回肠的纯洁与悲壮;另一方面,它是从人性的活火山中喷发出的涌流,凸现出时代的黑暗与荒谬。

毋庸置疑,性在王小波小说中有举足轻重的地位。如他自己所说:"'性'是一个人隐藏最多的东西,是透视灵魂的真正窗口。"他总是把性爱场面写得那么汪洋恣肆,不加遮掩。正是这点招来许多非议,成为他很长一段无法为文坛接受的重要原因。但读他小说的性爱描写,你可以说直露,却不能说是色情、下流。在王小波看来,一方面,性就是性,它无须作家羞羞答答遮遮掩掩给它罩上一层"屁帘儿",或人为地拔高,形而上;但同时作为一个基本的生存问题,一个形而下问题,它本身就蕴涵着形而上的意义与言说价值。在《黄金时代》里,性是探究人性、探究人的生命意义的通道;在《革命时期的爱情》里,主人公王二与老鲁、与X海鹰、与"姓颜色的大学生"的性关系、性游戏又成为检测非常时代("革命时期")社会心理、权力关系的尺度,这样,小说便从性爱主题转换(或曰上升)为时代的精神分析的主题。

王小波的小说是独特的,其独特来自他的精神背景、价值立场和文学观念。对当代中国最黑暗的十年,他有亲身、完整的经历,保持着刻骨铭心的记忆;对新时期繁荣而动荡的文学、文化,他既敏感地关注着,又保持一种不与调和、调情的距离。因此,当他拿起笔写作,历史的风云、时代的折光,以及(真正意义上的)知识分子的文化责任、人文关怀便荡然生出。另一方面,他自然科学的知识背景,对逻辑学、分析哲学的挚爱和扎实根底,既为他提供了科学的思维方法,又培养了他强韧的理性精神,一种不为时代和潮流左右的独立思考、批判的精神。

读王小波的书,我们享受着精妙的故事、缜密的思维、瑰丽的想象和酣畅淋漓的语言带来的快乐,这是一种读 20 世纪中国小说很难得到的快乐。他没有现代中国文学中惯见的悲愁和自恋倾向。倒不是说王小波是个横空出世的天才,他走的是西方文学另一条路子,一条从塞万提斯、拉伯雷到博尔赫斯、杜拉斯、米兰·昆德拉的路。他吸取大师们幽默、智慧、敏锐和想象力的乳汁,创造性地运用到他的中国叙事中,真正形成一种现代性的中国风格和中国气派。

久居圈外的王小波终于走进了圈内,走进了中心,几达洛阳纸贵——在他猝然辞世之后,在 90 年代多元而边缘的文学情状下。这其中有多少商业炒作的原因,又有多少人不解真味硬着头皮叫好,笔者不敢臆测。米兰·昆德拉曾经抱怨欧洲人不理解幽默,把他的《玩笑》误读成一部政治影射小说,莫非在中国一夜之间就现代后现代到普及幽默,普及理性,普及自由思想的境界了吗?

二、 知识分子的文化处境

读王小波的书,我们常常见到一个有趣人物王二,有时他是作品的主人公,如《黄金时代》、《革命时期的爱情》;有时作为故事的参与者、见证人,如《白银时代》、《未来世界》;有时仅仅担当文本的叙事者,如《万寿寺》、《红拂夜奔》。并且,在不同的文本中他以不同的面目出现:街道小厂的后进工、发配边疆的知青、21 世纪的历史学家和作家……

这是当代中国文学一个鲜明而独特的艺术形象,某种意义上,是作家精神气质在作品里的投射。他有些嬉皮,有些狡黠,但不同于王朔笔下的大腕或小开,依靠经济新贵和市民的观念和道德来戏亵和颠覆正统或主流阶层和文化,从中获取快意。在他的惶惑、思考、反抗和批判中,更多地展露个体的身份、自由知识分子的力量。他有些阿 Q 式的自轻自贱,但轻贱不是因为愚昧和盲从,看不清自己在历史和文化中的真正处境,而是在有意识的自我展示中剥开历史、文化以及意识形态的真面目——一个自渎而渎神的过程。

　　对于个体在历史、文化中的处境，王小波有着深刻而清醒的认识。比如《革命时期的爱情》，王二们在"文革"中的遭遇，被他形象地比作"中彩"。思想、行为怪异（当然也可以说是独特，有个人主见）如王二者总要中些"负彩"——不是被头儿老鲁撵得飞跑，就是被钉上"后进青年"的身份成为受帮教的对象；跟得上时代、能像一块橡皮泥一样把自己交给时代形塑的人中"正彩"，如 X 海鹰。这个姑娘颇为复杂，多少有些性格分裂，既不像谢惠敏（刘心武：《班主任》）那样做一个坚定、单纯得有些犯傻的"革命者"，那样的话就不好理解她为何如此老谋深算地抓住王二，把他置于自己的权力控制之下来满足自己的情感需求和性幻想；当然，她也不是李国香（古华：《芙蓉镇》）式的人物，因为即便在最见真情、真性的男欢女爱的时刻，X 海鹰仍然充满了革命激情，毫无道理地把自己想象成遭受拷打，摧残（性摧残）的女地下党。

　　采用这样一种视角，"革命"时期，作为人类历史一段特殊而典型的时期，其运行规律及其荒谬之处就被照见出来。并且在这一视角下，作者得以以一种超越而宽容的目光审视笔下的人物及其命运——他的批判锋芒不是指向作为个人的集权者或帮凶，而是个人背后的文化和权力机制。被推上"神"位的不光是集权者，还有"正义的大众"、被历史神话了的知识分子（贤人、圣人）和历史本身。

　　在小说《红拂夜奔》里，王小波塑造了唐朝名臣卫公李靖，一个由"流氓"、平民而官僚的知识分子形象。李卫公反隋投唐，既是追求个人自由、幸福，也是对行将朽木的隋王朝箝制人性和文化的反抗。你只要读一读小说对隋都洛阳城的描写，就能感受到生活在其间是多么的乏味、压抑。而一旦他进入唐朝，被结合进官僚阶层，便发生了质的变化，充当起新王权的爪牙。正是这个饱受箝制之苦的李卫公，用他绝顶的聪明、天才的发明能力为唐王朝建造了一座大城长安，那不过是洛阳城的另一版本。小说把它描写得极其精致、完美，但除了满目的黄土和黄土烧成的砖瓦，城里见不到一块石头、一棵活的草、一股流动的水。它把人的日常生活，乃至生老病死一生都设计好了，可人们住进去就变得方头方脑，呆头呆脑，像数学家手中的方程式。

在这里，我们读出对知识分子文化职能的隐喻。作为文化的创造者、完善者，他们总是不可避免被异化为权力的帮凶。当然，在从平民到官僚，由从江湖而庙堂的角色转换中，也充满了对压抑的反抗，对束缚与同化的惶惑和痛苦，他们也曾梦想过，斗争过，试图跳到权力和体制之外，但最终他们无一幸免地失败了。比如李卫公，在建城之初他还充满丰富的想象，保持发明的本性，试图把建城与他自由的天性和非凡的创造力结合起来。但这些美妙的设想在唐王面前碰得烟消云散。不仅如此，李卫公本人也被唐王的强权与狡诈的手段"弄蔫了"，变成"人瑞"，变成自己制造出的一个方程式。

以自由、平等、独立和创新为武器的知识分子，在与权力、与历久形成的文化习俗对立、对抗的过程中，总是处于弱者，处于失败的位置。无论是大唐的李卫公还是"未来世界"的王二、"我舅舅"，他们都摆脱不了被整治、被同化的命运。

在《万寿寺》里，作者更是以奇幻的手法将"历史"的薛嵩——一位自动远离京城，远离权力与文化成规，自我放逐去开拓边陲，创建文化的"精英"，与"现实"的"我"——王二，一个在无法适应的环境中失去记忆的作家、历史学家合二为一。记忆作为人认识世界、认识自我的安身立命的依凭，从另一角度说又是文化和权力束缚、控制我们的方式。在失去记忆的"我"的笔下，历史的薛嵩，作为一个被书写的文本，其文化创建活动是那么自由，那么生气蓬勃。伴随着"我"在上司、妻子以及其他人帮助下不断找回（与其说找回，不如说强行嵌入）记忆，薛嵩的故事被"我"不断删改，成为只有开始没有结局的书写过程，而其文化创建活动也变得越来越委琐，越来越失去创造力。换句话说，"我"找回记忆的过程也就是一个在自我异化的同时异化他人（即被"我"叙述出来的作为文本的薛嵩）的过程。最后，当"我"彻底"恢复"记忆时，"我"才明白这个被"我"异化的他者（薛嵩）其实就是"我"本人。正如小说结尾所说，这是一个从爱情、创造始，止于变态与庸俗的故事。它表达着一种宿命，一种无法逃脱文化与权力束缚的宿命。

王小波深刻地认识到这种网络化的文化与权力的超时空性，它甚至侵入到家庭和两性关系中。在中篇小说《我的阴阳两界》中，王小波隐隐表达了对这种侵入的怅惘：当"我"（王二）因为性无能被人轻嘲，也被人遗忘时，反倒能在自我的精神世界中获取快乐和意义，"我""残缺地"保持着自我的完整。一旦作为疗救者+爱人的他者——"小孙"的出现，"我"恢复了性功能，获得了身体上的完整，获得了人生的诸多乐趣，却也无可避免地失去了某种程度的精神自由，这真是人生亘古难移的悖论。

三、 小说炼金术：在悲剧中提取诗意

凭借自由思想和逻辑思辨的力量，王小波发掘出文化和生存中的诸多难题、诸多悲剧，但假如我们就此认为他是人生的悲观论者，那无疑是一种误读。读王小波的小说，我们既感受到他深邃的思考、不妥协的怀疑与批判，更体味出他的反抗与乐观。作为一个小说家，这种反抗、乐观是思想的，更是文学的、审美的。正是这种反抗和乐观激发他写作的深挚情怀和浪漫想象。也正因为如此，王小波非常看重小说的"有趣"。在他看来，对于小说，有趣既是对它们的基本要求，又是其存在的理由；而对于人生，有趣当是让人活下去的动力和支撑。就是说，王小波是把有趣当作人生悲剧的一种超越途径、理想之境。我以为，这种超越的、理想的有趣并非可望而不可即的乌托邦，而是可操作，可达成的，因为它是个体的——你总可以以个人的方式确证它，得到它，社会或他人的观念和态度不能移易你；是邀游天外又紧贴大地的你的想象、梦，甚至欲望让你超越现实乃至肉身，而理性与智慧又确保你于平庸的现实和肉身中发现有趣，创造有趣。作为一个小说家，王小波求诸语言，充满梦想与智慧的语言，在苦难和平庸中寻找诗意，像炼金术士在沙砾中提取黄金；像罗兰·巴特道出的梦想，在语言中改变世界。当然，首先是自我的世界。

是的，王小波并不回避生存苦难，他关注的是怎么来讲述苦难，怎么把现实（它常常是充满苦难的，它的本质是悲剧的）和智慧（这体现出文学/

人学的深度)、诗意（有趣）融为一体。在《黄金时代》、《革命时期的爱情》这些"文革"小说里，我们读到几乎所有"文革"式的罪恶：抄家、武斗、囚禁、批判、（肉体与心灵）摧残，但一经王小波这支趣笔写出，其意义就不仅在于讽刺，在于展示时代的荒谬与黑暗，更让我们在微笑中叹息，在叹息中思考。思想者的理性与宽容，骑士般的浪漫，使他洗尽怨尤与躁戾（这是我们在读"文革"小说中常可以感受到的），灌注新奇和乐趣，充满丰富的人性的发现。

在一个以单纯、信仰高于一切，拒绝性与爱的时代，压抑有可能造成本能的遗忘，更可能造成本能的变态，因此在革命名义下对王二、陈清扬"搞破鞋"的批斗（《黄金时代》），掩盖的却是人们的窥欲甚至艳羡的心理。而王、陈之间情与性的交流，反而在被批斗的过程中迅速地丰富和高涨，因为耻辱对有尊严，或渴望尊严的人来说是不可忍受的，但当他意识到尊严之不可得，那么耻辱就不构成障碍，而成为交流的通道。于是斗与被斗便从革命行动（其目的本是对斗者和被斗者实行性的思想教育）蜕变为各取所需的性游戏——斗者自然可以从中获得窥欲的满足，而被斗者却也从斗者饥渴的目光中加倍品尝到自己的快乐，就像通过镜子获得影像。

同样，X海鹰对王二的禁闭、帮教（《革命时期的爱情》），让我们读到性是如何以一种奇特的方式生成，它涉及权力、革命与本能三者的复杂关系。一般说来，权力在任何时期都是可以公开化的，因为权力本身是中性的，它既可以剥夺人的权利，给人带来灾难，也可以给人带来福祉，包括使王二这种"后进青年"走正道，变先进，因此，作为团的领导人X海鹰可以理直气壮地对王二施用权力。革命更不用说，不管具体的革命者的命运遭际如何，革命本身则是与正义、神圣、与历史的发展方向连在一起。而本能（尤其是性本能）总是隐秘、可耻，应该被压抑，被遗忘的（尤其在我们这个古老国度，尤其在一段"革命时期"）。那么在自认为是革命者的X海鹰看来，最正常也是最佳的方式当然是让权力与革命结合，让本能处于被压抑，被遗忘状态。可如果本能能被压抑，被遗忘，那它就不成其为本能。于是我们看到一系列有趣的场景，一个革命激情与本能欲望在权力的催化下互相转化的过程：X海鹰性的冲动通过革命的想象获得宣泄，又使得这种革命的想象和模拟转变成施虐与受虐的性游戏。

在这一幕幕最具悲剧性的场景中，王小波给人们的不是让人伤感而沉重的悲剧。尽管我们说悲剧是生存的本质，但王小波要做的是在悲剧中提取喜剧的精神，不是鲁迅式的"将无价值的东西撕破给人看"的喜剧（那同样是一场悲剧），而是支撑，伴随我们度过悲剧人生的某种乐趣和价值。

如果说王小波在书写当代生活时还基本保持写实风格的话，那么当他将笔墨伸入历史，他的浪漫想象便如野马般狂奔开来。《万寿寺》里，薛嵩在蛮荒之地建造凤凰寨的场景是那么自由自在，充满活力和创造力，仿佛盘古开天；他与红线的生活也那么奇妙而动人，亦如远古的伏曦与女娲。同样，《红拂夜奔》中，当李卫公在自江湖而庙堂的过程中，从一位自由知识分子的异化，蜕变为一名官僚、一名帮凶的时候，与之相对的是红拂的形象逐渐瑰丽，洋溢着舒张的人格魅力。从她反出宰相杨素的侯门深宅，到与李靖结合去尝试一种充满凶险、死亡，不知未来的生活（正是这种"不知"才使得未来成为真正意义上的"未"来——它没有方向，故可以通向任何方向，未来每一刻的出现都是意外的，因而也是新奇的），再到拒绝做一个僵尸般的贵妇，为李卫公殉死（这种殉死并非出于礼教，甚至也不是为了殉情，而是在意识到生命的意义已经终结的时候，主动走向死地，把死亡作为生命的一部分来体验），我们看到红拂的人生历程始终充满自由选择和激情，一种加缪所说的"对现在说是，对未来说不"的自由，一种追求趣味、新奇、诗意的激情。

沉浸在浪漫想象和自由创造中的王小波已然抛开了"历史"的概念，他把那些只存在于幻想天空的人物（薛嵩、红线、李靖、红拂等等）放入历史的唐朝，他要做的不是以史学家的方式复述历史，钩沉历史纪事，和被历史教科书或古老传奇锁定的人物，而是用他的想象、心智，用奇幻的语言创造一个个全新的形象，仿佛神话里的仙人，对着一具具僵尸吹入魂灵，让他们活起来，新起来，让他成为千年前的现代人，成为20世纪的唐人。

但毕竟王小波不是在写作童话、仙话，在他送入的魂灵中也带进去对生存的思与悟、对历史的戏噱与隐喻，并且由于摆脱了"史实"的羁绊，进入自由创造的天空，这种思悟、讽喻更见丰神，更见深度，由古人而人类，由历史而元历史，在"小说"、在语言这个虚幻而奇妙的时空中同时存在，彼此应答。

如果说20世纪中国文学的成就更多地在于对社会黑暗和人生苦难的洞察与审思，那么在今天，这个迈入新世纪的前夜，我们怎样在前人停下脚步的地方开始我们新的前行，让文学给人生带去生存的信心与激情，这是每一个真正从事文学的人值得思考的问题，也是已经故去的王小波想做或一直在做的事。毕竟人来到这个世界不是为了尝一遍苦，落一遍泪。正如王小波所说，一个人只拥有此生此世是不够的，他还应该拥有诗意的世界。

原载于《北京社会科学》1998年第4期

修改于2013年底

顾左右而言它的"死亡诊断"

——陈映真短篇小说《第一件差事》的叙事学解读

陈映真在一篇自序①中曾把他的早期创作（下限为1968年因加入"民主台湾同盟"而被国民党当局关押）分为两个阶段：1959—1965年为第一阶段。这一时期的创作基调呈现"契诃夫式的忧悒、感伤和苍白"；第二阶段1966—1968年，作家更注重将人物放进开阔的时代背景和社会关系中来塑造和刻画，注重"理智的凝视"和"冷静的分析"。中篇小说《第一件差事》②作为这一时期的代表作，便较好地体现这一特色。虽然"尚未摆脱早期小说都带有的苍白的知注和虚无"③，但其创作主题及艺术风格的转变是不言而喻的。本文试从小说叙事学角度解读这种变化及其意义。

一、空间并置与多重视角

纵观陈映真数十年的小说创作，不难读出一个贯穿性的母题：对死亡这一人类大敌的现象学式的表现，发掘死亡对主体性存在的颠覆与整合。他的许多作品都在探讨一个哈姆雷特式的严肃问题：活着还是死去。但同样是表现死亡主题，《第一件差事》与此前一些作品，诸如《乡村的教师》《将军族》相比，在叙事结构上呈现出很大的异趣。作者运用共时性结构取代先前

---

① 许南村：《试论陈映真——〈第一件差事〉〈将军族〉序》，《陈映真作品集》（第9卷），人间出版社1988年版，第3页。许南村为陈映真笔名。
② 《陈映真作品集》（第2卷）《唐倩的喜剧》，人间出版社1988年版。
③ 叶石涛：《论陈映真小说的三个阶段》，《陈映真作品集》（小说总卷），人间出版社1988年版。

所惯用的历时追述型结构,作品主角胡心保甚至自始至终没有出场,有关他由生入死的心理动机、思想历程和情感状态都由其他人物,即旅社老板刘瑞昌、小学教师储亦龙、胡的情人林碧珍以及故事的叙事者"我"(注意:这个叙事人不是作者而仅仅是案件的调查者,一个独立人物形象)来讲述。这样,人物性格、行动的连续性、完整性就被切断、打碎。由于事件的讲述者互相不发生关联,他们的知情程度、与死者的关系、对事件的态度以及情感投入深度都各不相同,因此提供给读者有关主角的形象就有着很大的差异,形成一种"空间并置"的结构,"其对象的统一性不是存在于时间关系中,而是存在于空间关系中"①,这种空间并置结构就像一只万花筒,场景与场景、情节块与块之间具备有机的联系,随着情节推进不断展示主角的不同侧面。而主角的形象则获得一种历时性的整合,胡心保的自杀剥笋似的向我们展开。历时性的人物形象被聚集在共时性的空间结构中,读者必须调动参与的兴趣,整合每个叙事板块,前后比照,互相补充,才能理解形象及其反映的意义。

这种结构的变换并不只意味着写作手法或外在形式的变换。作者取消主角在第一文本层次中出现,也便放弃了树立主角内在本质性的企图,主角只是作为某种片段的表象在"他者"以见证人或知情者身份的叙事中产生。换句话说,主角的形象在与他者的关系中形成。应该说,这是一种更为现实主义的叙事手法。辩证唯物主义告诉我们,人是社会关系的产物,所谓人性、主体性从来就不是先验、抽象、可以独立存在的,它必然是在一定的社会结构、社会关系中形成。

互相关联、整合的主角形象的产生,还有赖于文本特定的多重视角。作者严格按照写实原则来处理叙事方式,自始至终通过"我"的视角来叙述故事,并且采用"当下时态"(即调查进行的时间)来组织情节,事无巨细,了无遗漏。叙事者不是作者,也不充当作者思想的代言人。作者远远地躲到

---

① [美]约瑟夫·弗兰克等:《现代小说中的空间形式·译序》,秦林芳编译,北京大学出版社1991年版,第Ⅱ页。

幕后，他的声音、意向异乎寻常地消隐了。"我"作为文本中一个活生生的人物，一方面负责叙事，同时又完全参与到故事中，不受作者的羁绊。"我"不是在写作，而是在讲述、在展示。"我"对胡心保行动（自杀）的态度、评价，以及对刘瑞昌等人的观察和理解便完全是自由的、主动的。

与此同时，有关胡心保自杀的情况又是通过刘瑞昌等三位见证人和知情者叙述，他们在文本中承担第二重叙事人角色，因此不可避免地打上他们的烙印。他们参与并评价事件，向叙事人也向读者展示他们的内心世界，个性和情感，成为作家塑造的形象。于是在层层的讲述和展示中，作品蕴涵着多重、复杂的意味，仿佛一首多声部的交响曲。

二、杂语性对话和复调

由于《第一件差事》在结构上采用共时性的空间并置取代对人物作全知式、历时性的追索，对情节的叙事严格集中在"当下"——文本叙事的同时。因此，见证人（刘瑞昌）、知情者（储亦龙和林碧珍）和"我"（事件调查人兼故事讲述者）之间的对话就成为建构文本肌理、展现故事、塑造形象的主要方式。小说家向来都力避单纯使用一种叙事手法，尽可能多地调用各种手段，通过意识流、蒙太奇、变换叙事角度等方式来创造一个非现实、多样性的艺术空间。但陈映真写作《第一件差事》，却敢于历险一种单一叙事方式，以他对语言表现力的准确把握和高超运用，创造出一种既有意味又富趣味的对话体，读来不仅不让人感到枯燥、浮泛，反而如吮咂一枚橄榄，嚼之弥久，其味愈醇。可以毫不夸张地说，这是篇可供不同层次读者阅读的小说。一般的读者自然可将着眼点放在情节的展开、推进中，而鉴赏力高的人则又能流连于文本中比比皆是的或喜或悲、或反讽、或戏拟、或微言大义的对话情境中，获得多重阅读快感。

《第一件差事》中的对话情境构成多重话语并置和交流。话语发出者刘瑞昌、储亦龙、林碧珍和"我"，身份、个性、思想观念大相径庭，与死者的关系也远近不同。他们共居于文本空间，不能不说是一种"偶然"（当然是作者构思策略下的"偶然")。但正是这种偶然的聚集,使讲述者能从自我意识出发,对胡心保之死得出不同的认识,发表不同的评价。作品的三重主体——被讲述人胡心保、三个讲述者和故事叙述人是独立的、对等的,他们发出的话语互相对峙,互相补充,赋予作品开放、富于张力和争辩性的主题。

对于恪守本分、胆小怕事的旅店老板刘瑞昌来说,胡心保的自杀永远是件不可思议的事。在他看来,胡年轻有为,能赚大钱,没事还能到处旅行,简直过着天堂般的日子,怎么会"忽然找不到路走了"呢?他对胡"人为什么能一天天过,却不晓得干吗活着"这句富于存在主义色彩的感喟毫无所动,以为是神经病式的呓语。但作者不曾去嘲讽刘老板的这种缺乏哲学思维、不懂得探究生存意义的"无知"。既然多思多悟如胡心保者也因"找不到路走"而自杀,我们又有什么理由责备像刘老板这样拒绝思考或不懂思考人生哲理的芸芸众生呢?有关生存这部大书,谁敢说一位哲学教授比一名蓝领工人参得更深,悟得更透?!

由于三者之间(刘瑞昌、"我"和被调查的胡心保)巨大的反差,因此"我"与刘老板的对话只能在事件之外迂回往返。刘无法走进胡心保的心灵空间,他的对答更是充满惊吓和忧惧的表白和疑虑,无助于"我"(和读者)了解事态的前因后果。而"我"同样也不能理解胡心保,事件对"我"来说只是一件可望一显身手、获取上级青睐的"差事"。小说一开始,作者就设计了一个尴尬的喜剧性的情境,刘瑞昌的惊惶失措、妻子的羞涩恼怒、"我"兴致勃勃的职业意识和志向,都被漫画式地夸张、渲染,唯独缺少死亡主题所应有的凝重与悲剧氛围。随着情节展开,"我"与刘瑞昌的对话场景中,喜剧性的细节和反讽意味也得到发展。叙事进程被不断闯入的闲笔、题外话阻断,调查自杀事件的主题被压迫、冲淡,与调查对话并置、杂糅的是刘诚惶诚恐的表白,愁苦而滑稽的举止做派,所答非所问的介绍,以及"我"对刘答话的失望,调查热情的不断消褪,对周围环境和刘表情举止的过分关注。尽管这些充满戏拟和反讽意味的成分是以细节形式出现的,游离于事件和主题之外,但由于作者不断植入和强化,使得它们在文本中超出了细节的作用,获得与调查主题对等,乃至压倒性的效果。正是在这个意义上,我们称这是一篇复调性的小说。

在存在主义看来（尤其是尼采和海德格尔），死亡既是个体的生命终结，又是主体的一种自我完成，是与生存并置的人类之在（sein）。作为主动泯灭生命的自杀行为，这无疑是场悲剧，但人类对生命意义和价值的不可遏制的探讨和追求（包括以自杀的方式），永远值得我们珍视和敬仰。执迷于主人公胡心保心头的那句话："人为什么能一天天过，却不知道活着干吗？"无疑是振聋发聩，具有普遍意义的。但在这篇小说中，陈映真没有让这句话发展成独断性主题。这句沉甸甸的话被一再延宕，有意让它出现在一种琐屑的喜剧性的语境中，并且由麻木、信奉"好死不如赖活"原则的刘瑞昌来转述，本身就有一种话语之外的讽刺与疑问。这种讽刺与疑问指向胡心保，指向刘瑞昌和"我"，也指向读者。

是的，自杀这种对生命极端而勇毅的探索方式，其意义就这样被喜剧性地冲淡抹杀了。作者借胡心保之口发生的人生之问始终没有得到应答。死者死矣，生者依旧处在一种被海德格尔界定的"遮蔽"状态。一边是义无反顾的探索和自裁，另一边是苟延残喘的偷生，是滑稽可笑的欲望和野心，这就是人类亘古未变的存在景观。

三、 死亡母题下的二元对立

随着情节的推进和情境的转换，小说前半部分被压抑、冲淡了的探索生命存在意义的主题不断得到强化和扩展。文本也从先前充满反讽、戏拟的喜剧色彩过渡到凝重的思辨中。但这并不意味着一种单纯的生命观念和哀寂、严肃的氛围占据了整个文本，即便是探讨生存意义，小说依然充满复调，富于辩论和开放性。

在小说中，储亦龙够得上能理解胡心保自杀行为的一个人物，他绝不仅仅是个知情者。小说第二节储与"我"的交谈，更恰切地说是储亦龙的独白。"我"的话语对情节和主题无足轻重，类似于相声中的"捧哏"。当然，这只是表层的。在深层，"我"的话语、动作表情和心理活动正起到了上文说的反讽作用,成为小说复调性的一个方面。这种效果的获得源于"我"对胡之死的隔膜、困惑,对调查工作的功利态度。

在储亦龙独语式的叙述中,我们不仅更加清晰地了解主角胡心保的为人及其自杀原因,同时储的形象在叙事中也得以展现。

储亦龙也是个极具性格魅力的人,一个庄子式的隐士。他有过"辉煌"的青年时代,又经历了丧子的痛苦,但最终他得道了,解脱了,这个"道",就是他在交谈结束时总结的一段话:"大凡路走绝了,就得认了。……倘若还不认了,就会像他(胡心保)那样。就是那么样。"由此储亦龙臻入老庄般的"无我"、"坐忘"之境。从他丧子的态度,我们分明听出"庄周丧妻,鼓盆而歌"的古老典故。作者让他同时叙述两个人的生活经历和生命态度,将他的悟道、超脱与胡心保的执迷、寂灭互相印证,互相对话,以储之"道"拆解胡之"迷",否定胡自杀的意义,又通过"我"的认同、敬慕来强化这种拆解和否定,似乎小说探究生命存在的主题得以确立和终结。

但与此相对的是对话和独白之外穿插着与总体氛围不协调的环境描写、动作表情刻画和心理点染,即便对话和独白中也掺杂着大量主题之外的闲谈、"废话"、双关语和隐喻,不是为了帮助烘托总体氛围,推进叙事,完善情节,反而是在冲淡氛围,分散主情节,滞缓叙事进程,使主题不断发生偏离。比如第二节开头,"我"与储亦龙在电话里的官腔和客套,与储亦龙交谈结束时"我"对小山岗引发的肉欲的潜逸联想,都充满了反讽与疑问。尽管这种成分由于作者的缺场变得晦黯不明。到第三节末即小说的结尾,由于另一种声音,即统治中国两千多年的儒家正统观念的出现,这种反讽和疑问变得更加鲜明,戏拟演变成调侃,反讽发展为讽刺。

其实写完第二节,胡心保自杀原因就很明白了,作为一件自杀案,可以"结案"了。但作者补写了第三个对话场景。这部分的主题是关于爱情与自杀(同样,我们可以把前两节概括为苟且偷生与从容求死和道家的坐忘、无我与生命的虚无、寂灭)。

通过阅读小说前两节,我们知道胡心保是个事业、金钱都很富足的人,有着精良的物质生存条件。在第三节,作者通过林碧珍的叙述向我们展示胡心保同样精良的精神生活图景：美貌、善良、忠贞的妻子和足以自豪的可爱的女儿，更有出身名门、与他情深意长的情人。身处如此精良的生活中，有时难免会陷入享乐主义的深潭，但作者唯恐我们会偏向这个结论，强调了胡心保的道德水准：称职的、体贴妻子的丈夫；慈和的、备受爱戴的父亲；甚至与林碧珍的情人关系，也不是建立在男女情欲基础上（至少胡心保这方面不是）。小说小心淡化以至规避了情人间的肉欲气息，张扬这场婚外恋的道德合法性和崇高感：林碧珍由于得不到家庭温暖，心灵受过创伤，自暴自弃，甚至产生偏执的报复心理。正是在这种情境下，胡心保才出于拯救目的向她伸出爱情之手。

于是一种婚外的男女之爱被编码成基督式的拯救与博爱。这样的爱情来得高贵、圣洁，以致胡心保也一度沉迷其中（"能使你的生命那么样的飞跃，令我也感到那种欢悦"），以为自己也从中找到了存在的价值和理由——不是因为男欢女爱，而是因为拯救与博爱。

但作者终于又让胡心保自己戳破这层虚假面纱。想来胡心保彼时一定既痛苦又彷徨："拯救与博爱"的神话掩盖的不过是爱欲和不道德（对妻子和家庭），这显然和自己一直在找寻的生存意义背道而驰。于是我们看到胡心保在这两端中往返挣扎：一端是欲望和爱（只有男女之爱不再是基督之爱）；一端是寻找理想之境的冲动。最终他挣脱了前者，进入到一种极端的、寂灭的"理想之境"——死亡之境。

于是，陈映真小说在"死亡母题"下惯常出现的二元对立模式再度出现。它像一首交响曲，由三个副部主题构成：

苟且偷生
道家的坐忘、无我生存的理想之境→理想的终极：死神
男女之爱＋基督之爱

在小说里，解决这个人生大悖论的最终路径只能是生命的寂灭。试想，一个物质条件富足，精神生活美满，甚至充满基督精神的幸运儿和求道者都

无法获得生存的根基，我们还能去哪里找到活下去的理由呢？

值得注意的是作品的结尾。这几段文字在话语风格和意蕴上与前文表现出明显的差异。有论者认为这是出于说教的目的，破坏了故事的和谐完整，并认定这是作品的瑕疵。① 且不说这是否是"瑕疵"，但把这几段文字归结到说教目的，未免太过肤浅。作者信手拈来一段由陈腐的阴阳学说、儒家道统和现代科学怪异交杂的"宏论"，以及由此发出的充满社会责任感的话语，只是对台湾社会儒学规范和官方话语的反讽性模仿。"我"在灯下观赏妻子睡态时的意识，更强化了这种反讽：欲望与人伦、闺阁之乐与圣贤教诲，被"故弄玄虚"地搅在一起。作为一个具有基督教思想的人道主义作家，传统和儒家道统在陈映真的思想构成中并未占据主导地位。我们不能把这个结尾读成一种儒家说教。

总之，与先前的作品相比，《差事》体现出陈映真小说创作上的流变。正如他自己所说，"嘲讽和现实主义取代了先前的哀情"。作品中代表不同思想观念、人生态度的话语并置、杂糅，互相对话、应和。不再像以往那样，文本被某种权威的、独白性话语所垄断。作者的真实思想态度却异乎寻常地消隐了。三个独立的、互不关联的讲述人和作为调查者的"我"代表对死亡主题的不同态度，互相对等又彼此冲突，泄露出作者在人生意义、生与死这个大难题上同样具有的矛盾和困惑。透过文本，我们隐约窥见背后深刻而复杂的历史背景和社会内涵：处于经济发展和振荡、文化转型期的台湾"社会和意识形态的冲突和矛盾"，旧的价值体系正大规模地轰毁，新的价值尚未完全建立、整合，一种断层、分裂、多元和令人眩晕的状态。

原载于《世界华文文学论坛》1997年第3期
修改于2014年初

---

① 亚菁：《试论陈映真的〈第一件差事〉》，《台湾文艺》第74期。

新北京・新"京味"・新"京派"

——跨世纪的北京文学一瞥

在谈论当下的北京文学之前,让我们先来说一说两个词:"京味"与"京派",这是中国现当代文学史上两个举足轻重的文学概念,也是彰显北京文学的重镇地位和文化魅力的文学概念;另一方面,它们又像两面镜子,从中可以照见当下北京文学的面貌,也成为本文谈论当下北京文学的两个参照系。

在现当代文学史上,有不少以地域为中心形成的文学团体和派别,如"山药蛋派"(山西)、"荷花淀派"(河北)。"京味文学"亦是如此,有着自己的语言特色、创作风格,这便是用北京腔,写北京人,书北京事。但"京味文学"的时间跨度之长、生命力之强悍、作家队伍之雄壮、留下的名篇佳作之多,是别的地域文学派别所不能比的。在这个流派旗下,聚集着几代大腕作家,从开创者老舍,到汪曾祺、邓友梅、林斤澜、陈建功、刘心武……再到今天的刘恒、王朔。京味作家留下了许多足以写进文学史的经典名篇,塑造出一个个脍炙人口的"北京人"形象,诸如祥子(《骆驼祥子》)、王利发(《茶馆》)、那五(邓友梅《那五》)、顽主(王朔《顽主》)、张大民(刘恒《贫嘴张大民的幸福生活》)……你会觉得那就是北京人,而人们也正是从这一个个文学形象/镜像中来看北京和北京人。"京味文学"能够百年不衰,一代代传承下去,正显示出北京积淀深厚的历史文化底蕴和常说常新的世风民情,显示出她作为政治、文化中心的独特魅力,堪称一块文学的风水宝地。

与"京味文学"这样一个有着鲜明语言风格、创作题旨的文学流派不同,"京派"则是对 20 世纪二三十年代聚集在北京的一批文学中人的一个模糊称谓。在这一派别内，亦有许多了不得的大师级人物，如周作人、沈从文、林语堂、废名、林徽因……这些京派代表人物大多不是土生土长的北京人，而是一批脱"乡"入京的"外地人"；他们也不像"京味文学"作家那样，采用地道、半地道的北京话来写作，甚至很少以北京城和北京人来作为自己的文学对象。但在他们的言谈与写作中，亦体现出对北京这座文化古都的敬慕与认同，对北京世风民情的欣赏和表现。这是一种精神的皈依与再造，在他们生活道路各异文学追求也各自不同的背后，是他们精神品格、美学风格的趋同。透过周作人的闲适、林语堂的幽默、废名的冲淡，以及沈从文的田园牧歌与乡愁情调，是他们共同铸造的一派现代文人的精气神，是现代知识分子的自由精神和传统士大夫风度、贵族气的结合，站在时潮之外和追求艺术独立的结合。而二三十年代的北京，一座脱去政治中心之外衣，保留文化中心之内里，又与方兴未艾的商业时尚保持距离的"乡间都市"，则是滋养他们这股精气神的沃土。鲁迅在《"京派"与"海派"》一文中曾这样描述这批京派作家："北京是明清的帝都，……帝都多官，……所以文人之在京者近官，……近官者在使官得名，……要而言之，不过'京派'是官的帮闲……"倘若我们剔掉当时笔墨官司的戾气，以一种中性和开放的态度来理解文中的"官"与"闲"（比如从"儒"的角度来理解"官"，从"闲"中提取一些艺术的独立与稳健），则这段评语可谓号准了脉。

在不太严格的意义上，笔者认为当下的北京文坛（这里主要以小说而论）仍然存在着"京味"与"京派"文学，只是要论究起他们的创作实绩和影响，不免让人发出与《围城》里新老派名士董斜川类似的慨叹："不必上溯康乾世，回首同光已惘然。"

首先看"京味"，老一代如老舍之辈固然早已作古，成为供人追思、凭吊的"康乾盛世"。上面列举的、在20年代新时期文学中崛起的第二代京味作家，除了少数人依旧在静心创作，试图为"北京人"文学画廊增添新形象外，大多相继辍笔，或至多写一些非小说的随笔短制。再往下数就到了刘恒、王朔一代，刘恒是几可忝列"京味"的至今保持强势创作活力的作家，我们有理由期待他在新世纪创造出不亚于"贫嘴张大民"的新北京人的形象典型。

　　值得一说的是王朔,对于"京味文学"而言,这是个承上启下的人物。他算得上是个不折不扣的"京味作家",写的是北京人,用的是北京腔。从某种意义上,他甚至称得上是经济与社会的市场化转轨时期北京市民,尤其是北京青年的代言人。在王朔笔下,一个个活灵活现的北京青年粉墨登场,他们既是反抗传统、戳破道德神话、追求生活与个性自由的"愤青",又是"一点正经没有"、自轻自嘲、游世混世的"顽主"、"痞子";既有见多识广、敢怒敢言、充满精神优越感的天子脚下臣民的大气与"满不论",又有不负责任、不讲规则、自私自利、狡黠油滑的小市民心理。在语言上,王朔用尽了北京话作为强势汉语的神韵,以致有论者说"王朔小说的成功仅仅是语言的成功"(南帆《文学的维度》)。王朔的语言被视为是一种"新京味",即在传统的北京胡同腔里加上社会人生的新内容,他把早期老舍小说里不时闪现的刻意幽默讽刺的质素发展到登峰造极的程度,形成一种表象化的反讽/讽刺、无节制的幽默调侃、无道德立场和叙事深度的喜剧效果,恰如他笔下的人物,既嘲人,也自嘲,既一针见血,也装傻充愣。这样一种语言,以及语言表达出的文学内容,让你备感生猛,读来大笑不止,解恨解气,笑过以后却缺乏回味,得不到正面的人生教养和精神慰藉。

　　然而王朔小说却正是合时合世的潮流之作,他把"京味"引向了文学的下三路,他"玩文学"的写作心态、似正似邪的文学姿态,以及他善用商业化炒作包装的非文学伎俩,深深地影响了新一代北京作者,我们不难在诸如石康(《晃晃悠悠》《支离破碎》)、冯唐(《万物生长》)等一班后继者的作品里读出鲜明的"王朔味"、"王朔态"。

　　在跨世纪的北京文坛,也许很难指认出一个思潮流派意义上的"京派"。笔者在这里只是用这个词来指称那些在市场时代开始拿起笔写作的在京作家,而且是上述"京味"、"新京味"之外的作家。他们大多是一些留居或试图留居北京的"外省青年",这当然是因为北京作为首都,正日益敞开胸怀接纳各种朝圣者、打拼者的政治文化中心。这样一来,便提供了与20世纪二三十年代的"京派"之间的可比性。在地域藩篱日渐打破、个人拥有了生存自决权的市场时代,如果说一个想成为经理、老板的青年会把深圳、广州作为自己的发迹地之首选,一个试图在中国内地体验欧美风情、尝试西洋生活的青年,更愿意去拜上海这块码头的话,那么一个怀揣着文艺梦的青年,则更可能瞄准北京。不消说,北京无与伦比的文化资源为他们提供了宽广的演武场,征服了北京便等于征服了中国。这一切让我们想到"老京派"的主将沈从文,当年这位出身湘西蛮荒之地的文学青年,便是这样鲁莽而自信、身无长物却满腹才华地闯进进而征服了北京。当然,正如"老京派"中不乏携"知本"优势从海外或学园进入文学殿堂的学者教授,"新京派"同样也有许多以类似方式迈入文坛的佼佼者。

然而境遇的相似抵消不了时势的不同,当年的京派还只是具有初步的现代意识,又不曾为商业之风所熏染,心里装下的只是乡土中国、古典遗韵或士大夫情结,是缪斯女神的纯艺纯美和文艺复兴的夏日春梦,使得他们坚执(冥顽)地两条线作战,既挑战海派文学的商业时尚,又反对革命文学的政治时尚。而今天的"京派",他们并不存在思想倾向、文学主张或美学风尚的相似之处(这也是本文"派"字用得牵强之处)。今天,"古典"是个空洞而陌生、支离破碎而面目可疑的词语,乡土——如果他们中的一些人曾经有过的话,是他们急于要摆脱的对象,而生存的严苛以及儒学的式微,使得士大夫遥远得如同一个异乡之梦,还不如西式的绅士、淑女来得亲切。并且在历史与意识形态均告"终结"的市场化社会,自然没有一个革命文学的论敌或竞争对手,他们由此可以放马从事"个人的文学"、"自由的文学",那是一种表达私人的日常经验和现实感受的文学,直让读者以为正在自己身上发生的故事;是描写都市情爱、商战浮沉或者市场时代的生存感受,或作为外省青年在京城打拼的中国式拉斯蒂涅的故事;是知识分子和普通市民一道在社会转型时期精神后撤的游戏人生的荒唐、失落、痛苦与尴尬……

同样,他们也不会把商业化的"海派"视为对手或论敌。难道上面列举的这些文学主题还不够商业,不够"海"吗?况且当年被沈从文痛陈的"海派"文人所惯用的商业竞卖,已经成为无论是在京还是在海的文学写手们熟练运用并发扬光大的游戏规则。事实上,当王朔把写作看成是一门手艺,作家只是一些码字匠并得到后继者认同的时候,"上山"的文学艺术和"下海"的经商其实已经没有多少区别了。

写到这里,笔者感到有必要修改本文的标题,压根儿就不存在什么"新京派",大家只是一些漂在北京,也漂在时代浪潮中的文字从业者。

原载于《中关村》2004 年第 11 期

修改于 2013 年 11 月

第二辑

新作速读

读几部获第七届茅盾文学奖的小说

第七届茅盾文学奖评出了四部长篇小说。发达又敬业的传媒迅速将评奖信息报道到细枝末节的程度,让我们在阅读作品的同时也立体地阅读到来自各方的反应,有网民各执一端的"解构",评委自道原委的"解密",文学专家力求公允的解析。这当中,身为评委的李敬泽的答问值得玩味。他说,入围的二十四部作品,哪部获得茅盾文学奖都不会太让人意外,而没得奖的作品中也没有一部是会让人觉得遗憾的。他坦言:"因为在近四年的文坛中,并没有诞生一部惊天动地的作品,好到让人觉得不获奖就没有天理。"

李敬泽这番自我消解式的答辩,也许会让关注当下文学、关注茅盾奖的读者感到有些失望。笔者以为,这与其说是对评奖结果的"捍卫",不如说是借此表达对当下文学状况的婉曲批评。入围作品都有资格获奖,又都不那么够格,评给你挺好,评给他也不坏,大家都是"七个小矮人"中的一个,千万别以为评上了就是实至名归,理所应当,没评上就是"遗珠",是评委们的不公正,乃至是中国文学的损失。评奖从根本上说,变成某种"命运的馈赠",一种"丢手绢"式的"游戏"。另一方面,相比历届评奖,这一届被认为是相对淡化"主旋律"的单一视角,更注重作品本身的艺术特征和影响,但问题是在文学创作整体水平并不令人满意的前提下,在开放、活力和政治标准相对宽泛的潮流下,批评家或评奖人所推崇的文学标准变得更加含混、不确定和挂一漏万,好比我们非得从七个小矮人中选出形象代理,那么选这个是认定他的鼻子长得有趣,选那个是因为头发红得出位——因而在舆论界仍然产生许多的争议和不理解,当然,任何一个评奖都免不了会有这样那样的非议。

不过这当中《秦腔》的获奖倒是一定程度上的众望所归。《秦腔》在中国当代文学中的重要性不在于它作为一部乡土文学具备如何深刻的思想内涵,以及这类作品常常被誉为的所谓"史诗性",而更在于叙事本身所带来的诗性,一种形式所直接赋予的艺术和思想意味。《秦腔》延续了贾平凹一以贯之的手法,源自《金瓶梅》、《红楼梦》等古典小说的叙事传统,诸如第三人称的全知视角、不切入内心的外部描写来写"一堆鸡零狗碎的泼烦日子"。相比西方小说(如批判现实主义)的内聚焦、人物塑造的层次化和立体化,《秦腔》更像用写意和工笔兼具的传统技法画一幅《清明上河图》式的巨幅国画。作者似乎一视同仁地关注着笔下的人物、事件,随着故事或人物活动而游走来"描摹世态,见其炎凉",但又不是全然效法传统,人物和生活的繁复和复杂赋予了作品对话式的复调,这种复调与其说是因为众多人物的性格和命运的复杂性(这在传统小说中早已有之)不如说来自人物精神世界、生活观念的非兼容的复杂性,现代世界(哪怕是乡村世界)的本质特征就是生存状态、生活观念的相异和相隔,因此,相比西方传统现实主义往往将作者、叙事人和人物三者融为一体,将叙事变成作者思想立场的直接外化的内聚焦方式,中国古典小说将叙事与人物拉开距离的"非人格化"叙事,常常更适合呈现现代世界的多样性和复杂性,毕竟我们已经远离了单一的古典时代,那种作者视角统贯文本的叙事往往造成另一层面的遮蔽。

《秦腔》有着巴赫金所说的"呈现杂语化世界"的文体特征。在清风街这个乡村小镇,在跨世纪的时间点汇集了当代中国历史、现实的种种观念和理想、欲望与惶惑。这种汇集不是作者/叙述者直接揭示出来,而是还原到人物的生活和行动,在流水般杂乱而喧腾的日子里呈现。无论是老支书夏天义对集体与农本的执著,还是新村委热衷于办市场,搞商品经济;无论是在乡村教师夏天智身上所展现的民间文化和儒家传统的价值与魅力,还是年轻一代对都市生活的向往和追求;也无论是疯子引生对美和爱的奇异而执著的想象,还是作家夏风所代表的从乡村走出的知识分子对乡村现实的隔膜与惶惑,种种力量与价值互相对立而对位地纠结在一起,乡土中国在传统的巨大遗存、现实的重重困境和现代的眩惑感召下彷徨、蹒跚,不知何往。"鸡零狗碎"既是生活的琐屑与世俗,也是被种种矛盾裂解后所呈现出的破碎形态。通过《秦腔》，我们读到一个生机与危机并存，传统（既包括千年文明传统，也包括百年来的社会主义探索实践所留下的传统）正逐渐被裂解和遗弃，而新的生活又不知何出，何以整合的乡土中国。在对"鸡零狗碎"的不动声色的叙述中，作品隐含着乡村未来的巨大的疑惑与忧思。

同样是关于乡土题材，周大新的《湖光山色》则关注一个农村女性在改革开放年代的命运变化。摆脱贫困、实现小康是当代中国人的生存梦想，自然也是乡土文学的一大母题。女主人公楚暖暖的致富之路是命运机缘和个人奋斗相结合的产物，这是古往今来讲述成功故事的不二法门。由于时代和地域的不同，机缘呈现出各异的面目，这就构成了历史。从这个角度说，《湖光山色》展现了三十年来中国农村和农民变化的一个侧面，以及在这种变化当中社会关系结构和人的物质与情感需求的演变。但《湖光山色》似乎过于被这个主题所牵引，作品聚焦在女主人公上，仿佛在画一张星象图，星系的中心是楚暖暖的人生历程和个人奋斗，它发出的"引力"与"斥力"构成了"楚王庄"人与事的存在形态和结构方式，环境和人物处理成速写式的粗线条，就像是众星拱月般来衬托楚暖暖的人生历程和个人奋斗。这不能不使这部情节曲折、文笔优美的小说显得单薄，缺乏深入到内心揭示转型时代的世道人心的力度与广度。

迟子建的《额尔古纳河右岸》描绘我国东北少数民族鄂温克人近一个世纪以来的沧桑巨变，堪称中国式的《百年孤独》，文化学者和社会学家肯定会对作品展现的大量原始形态的民俗学和神话学内容感兴趣。如果说《百年孤独》所表现的"孤独"不仅在于"马孔多"所代表的拉丁美洲与外部世界的隔绝，还体现为"马孔多"人自身的隔绝，那么"额尔古纳河右岸"的鄂温克世界只是与外界相隔绝，而这个世界的内部则相通相谐，因而作品更多地让我们看到一个原始部落民族的令人尊重的生态方式和精神价值，洋溢着一种人性的温暖情调。"人是社会环境的产物"，如果说作品里的任何一个人物生活在我们这个所谓的"文明世界"，其情感、思维和行为都会让人觉得惊奇、难以理解的话，那么在那个鄂温克世界，他们则是自然的、顺理成章的。作品描述的虽然是一个刀耕火种、茹毛饮血的世界，一群远离现代文明的人，却依然与现实存在一种隐秘的联系。正如作品里的鄂温克女画家依莲娜虽然掌握了在现代都市谋生的技能，却仍然有一种难以治愈的"文明不适症"，依然要不断返回鄂温克营地，依然执著于用古老的技法从事绘画一样，生产、生活方式的改变是否意味着民族的文化、文明也应该一并遗弃呢？它是否能整合进现代文化、文明当中？从这个意义上说，《额尔古纳河右岸》触及到《秦腔》一样的主题，尽管是以更为隐晦的方式。

麦家的小说《暗算》获奖也是备受争议的话题，在某些人看来这是茅盾奖，或者说严肃文学向通俗化靠近的一个标志。《暗算》确实有许多通俗文学的元素，比如作品更多是靠传奇性的故事情节来抓住读者，在人物形象的塑造上缺乏历史真实感。但《暗算》是一部在题材内容上非常讨巧的作品，在普通人眼里，国家的情报、密码破译部门本来就是神秘的、"有故事"的，在里面工作的人也一定充满传奇性，不可以以常识或现实的眼光打量，因此这类题材的作品似乎天然获得一种非现实化的许可，作家尽可以大展其传奇化的个人想象。比如作品里的归国女科学家黄依依，我们知道，建国后的前三十年，知识分子整体上经历坎坷，都生活得战战兢兢，努力向劳动人民靠拢，唯恐自己出格，另类。而小说里的黄依依却在生活和爱情问题上我行我素，无视道德和法律，大胆另类得令人叹为观止，却始终得到领导和同事的容忍和保护。另一方面，《暗算》又与那些玄幻、惊悚小说不同，它有一个社会历史空间为依托，而不像后者，仅仅漂浮在个人想象的狭窄空间，成为一种轻的、不被重视的通俗文学。这样一个似真非真、现实与非现实、常态与非常态的话语交界地带，本来就是能让写作出彩的地方，而《暗算》通过对故事与人物的传奇性描写，让我们看到人生与人性在某种情境下的极端面目，具有一种"片面的深刻性"。

原载于《学习月刊》2009 年第 3 期

文学的华丽外衣与文化的错位与误导

——《狼图腾》读后感

我得承认自己是怀着很大的兴趣,甚至不无猎奇的心态翻开《狼图腾》这部充满"奇情异景"、"奇思异想"的书。作为小说——一种关乎人物、人性和人间百态的文体,它独出心裁地撇开了作为宇宙菁华、万物灵长的人,而把笔墨对准狼——自然界一个不无神秘而恐怖的物种,试图为狼立传。煌煌五十万言,狼成为这部小说的主角,它的生活形态、习性以及为生存而博杀的过程,成为通篇描写的对象;而故事里的人,则成了它的观察者和阐释者。但这又不是一本科普读物,甚至也不是一般意义上的动物小说,作品创造出一个叙述主人公,描写了他从怕狼、打狼发展到养狼、爱狼、敬重狼,最后到礼赞狼的情感与认识历程,其目的是要在与狼的交往,对狼的生活形态、习性的描述与阐释中提炼、升华出一种"精神"——狼的精神(狼性、狼图腾),而人物则降格为这种狼的精神的塑造者和顶礼膜拜者,在这个意义是说,其指归依旧在人、在人类的历史和社会,作者雄心勃勃要将狼血输入人血,表现几千年来凶猛、强悍、进取的狼性和以狼性为精神根基的草原游牧民族对懦弱、保守的中华农耕民族一次次"精神输血"的历史。

这样一部奇异的、另类的小说,在今天的图书市场叫响,其实是不奇怪的,虽然用该书策划人的话说,它"没有爱情,没有性"的噱头。首先吸引我们的当然是书里讲述的狼的故事——狼与草原、与人、与其他动物的故事。你可以读到书里对狼的"性格"(如果"性格"一词也可以用在动物身上的话)、狼的捕食、狼远远高出我们想象的生存与斗争智慧,以及狼与草原牧民构成的既敌对又结盟的奇特关系的细腻而大气的描写,还有附着在故事上的大量生态学知识、可供旅游探险的异地风光和草原民俗。这些故事惊险而富有传奇色彩，这些知识、风光和民俗也让人流连忘返，又绝对是读者，尤其是我们这些生活在城市，被所谓现代文明包围着的读者闻所未闻的。曾几何时，我们的文学被一种表达私人的日常经验和现实感受的写作占据主流，读者被浸泡在一些表现都市情爱、商战浮沉或者市场时代的生存小感受的甜腻腻、酸溜溜的软性文字当中，阅读着一个个似乎就发生在身边的似曾相识的故事。在这样一篇文学场域中，《狼图腾》提供了一种满足人们对异域情调的想象与猎奇的耳目一新的阅读体验。

如果仅仅是讲述了这样一些关于狼的故事，那么《狼图腾》不过是一部小说版的《动物世界》，让读者得到一些超然物外的知识性收获。作者对狼的描写与刻画，取一种全方位的认同与崇拜立场，赋予狼强悍、进取、智慧、顽强、大局观、团队精神……几乎所有正面的特性，其意在树立起狼的"草原英雄"、自然造化（或如书中所云的"腾格里天父"）的精灵宠儿、游牧民族"伟大卓越的军事教官"的形象。狼的这一特性，与其说是生物学上的展示与刻画，不如说是一厢情愿的文学想象与虚构。在阅读过程中，你会发现作者对狼的描写是在天性与"精神性"的维度内奇妙地来回滑动，所有关于狼之特性的负面价值因素（如凶残、嗜血、弱肉强食的兽性）都被作为一种物种的天性而被淡化和忽略，更在价值判断上付之阙如，只留下那些所谓正面的特性被极力放大、想象，上升为一种人格化的精神、一种与文明进程背道而驰的现代图腾。

其实我们很清楚，狼就是狼，不过是自然界中生物链的一环，狼的那些所谓"精神"与智慧，不过是顺应物竞天择的自然法则形成和发展起来的动物本能，绝不会让它从自然食物链和生物学规律中超越出来，获得摆脱自然选择，掌握自身命运的力量，只有人类才具备了这种主观意识和能动性，成为自身命运的主宰者。

但在作品中获得了这样一种人格化、精神性的品格，狼俨然成为造化之宠儿、天地间的英雄；"狼性"也俨然成为人性中不可或缺的，乃至应该全盘植入、发扬光大的因素。它甚至也顺理成章地被理解为我们这个市场社会所应遵奉的大众生存哲学——一种不折不扣的社会达尔文主义：某种程度上，当个体成为市场社会里的行动与价值主体，当自由竞争被看作获得成功，从而获得人生意义的人间正道之时，我们便是返归了物竞天择、适者生存的自然，在此意义上，人们应该自我选择、自我塑造出一种适应时代的"新人性"，而经过作者重新加以解释、加以取舍的"狼性"，俨然成为这一自我选择、自我塑造的强有力的价值参照系。

有意思的是，我们可以从两类阅读讨论中看到《狼图腾》给读者带来了什么。一是张瑞敏——我们这个时代的商业英雄，在读完小说后写下的推荐语，着意强调"狼性"中的智慧、理性与团队精神，显然是作为一名商业领袖，从商战的角度认同和强调作者对"狼性"的重新解释与取舍，这大概代表了一种对作品的理性阅读。另一类是普通读者的维度，为了显示该书的价值以及在读者心目中的反响，策划人为我们讲了一个故事：地铁里，三位年轻人讨论作品，"一个说，现在的社会是狼多，一个说是羊多，一个说我们是该做狼还是该做羊"。然而恰恰是在这三位年轻人的讨论中，人类社会中的"狼性"与"羊性"、"狼类"与"羊类"，通通回归了意义的本来面目。普通读者的阅读是简单的，却也是智慧的，狼就是狼，他们不会理会作者、策划者以及阐释者的苦心孤诣的伪装、强调、打擦边球，他们直指问题的核心，而这正说明这种伪装、打擦边球的失效和破产。

如果这就是《狼图腾》内容主题的全部，那它不失为一本不乏浪漫故事、颇具可读性的畅销书；一本能够满足人们异域的与民俗的想象的文学博物书；甚至一本给那些嗷嗷待哺的"狼人"、"狼崽"们一些"成功学"的生存教科书，就像早些年市面流行的《厚黑学》《反经》之类。但拥有学者身份的作者并不止步于此，他要进一步赋予狼、"狼性"、"狼道"以文化人类学的宏大命义，以此来解释历史，解释文化，探讨"华夏的农耕文化和华夏民族的国民性病根"，于是有了书的结尾部分非驴非马的"理性挖掘"——一篇长达数十页的所谓"关于狼图腾的讲座与对话"。在这篇讲座与对话里（其实只是作者一分为二，在天马行空地自说自话），两位摇身为学者的插队知青恰如相声里的逗哏与捧哏，一唱一和，辅之以作者随意添加的或点染或煽情的叙述文字，使全文几近肉麻的地步。在这一番逗捧唱和中，汉族与北方少数民族被符号化为孱弱保守的"羊"和强悍进取的"狼"，历史被简化为这一对"狼"与"羊"征服与被征服、精神"输血"与被"输血"的历史，字里行间流淌着对汉民族、对华夏文化的鄙薄与虚无，对游牧民族及其文化的返祖式的推崇与膜拜，直至得出荒诞不经的惊人之论：

> 中华民族的龙图腾是从草原游牧民族的狼图腾起源的。……华夏民族的"天崇拜"，是炎黄二帝从草原老家和游牧祖先那儿带到华夏来的。……中华大地上的游牧民族和农耕民族是腾格里之父和草原大地之母生出来的一对兄弟，草原民族是兄，华夏民族是弟。一旦华夏民族在农耕环境中软弱下去，严厉而慈爱的腾格里天父，就会派狼性的游牧民族冲进中原，给羊性化的农耕民族输血，让华夏民族一次一次重新振作起来。后来在软弱的弟弟实在扶不起来的时候，强悍的哥哥就会入主中原，维持华夏文明，一直坚持到与西方相遇

据说《狼图腾》是作者积三十余年的研究与思索之功推出的呕心之作，在商业化的包装、炒作下，它在大众阅读市场也取得了不菲的成绩，正如评论家李敬泽所说："它迎合了这个时代的人们关于自身能力和生活的焦虑，如果你读了这书认为自己还不够'狼'，那么作者的目的达到了。"饶是如此，在华丽的文学外衣下，掩盖不了它在思想主题上的偏失、错位，掩盖不住其立论之专断，视野之狭窄，逻辑之混乱，矛盾、考证之随意疏阔。从这个意义上说，笔者以为这不过是一本喧嚣一时的应运之作，而出版商希望它成为具有厚重文化价值的长销经典的价值判断与市场预期，恐怕也要落空。

原载于《中关村》2004 年第 11 期
修改于 2013 年 12 月

"最后的人"与小说的乌托邦

——评残雪长篇小说《最后的情人》

不可否认当代中国的实验（先锋）小说在历经 20 世纪 90 年代后即已溃散，现实的压力让小说家们从内心玄想和形式探索的艺术巷道里撤退，向着大众趣味和写实风格靠拢；另一方面，先锋小说以往取得的观念或技术上的些许成绩，又被日益发达的文化工业（如通俗小说、广告和影视）策略地、选择性地吸收，造成一个相互靠拢的局面。

当然，孤独的坚执者总还是有的，譬如残雪。

发轫于 20 世纪 80 年代中期的残雪，其创作弃表层的生活世相和社会变迁于不顾，直奔人的精神世界的底层，构建起一个充斥着陌生而荒诞的物象与场景、恐怖变异的感觉与情绪，以及人物封闭而宿命的生存状态的梦魇世界。这个超现实的无所依傍的梦魇世界，提供了一种整体性的隐喻或寓言，传达的是现实的荒谬、人性的丑恶，乃至人类生存的悲剧本质，以至于批评家戴锦华认为残雪是以"罕有的角度与深度在书写……日常生活的微观政治中的权力倾轧"（《残雪：梦魇萦绕的小屋》）。但在新近出版的长篇小说《最后的情人》以及一系列创作谈中，我们能发现残雪的创作出现了精神位移。一方面，残雪一如既往地沉入主观世界，用作者自己在前言里的话说，"排斥任何水平面的描写，以及通常那种情节逻辑的操纵"，成为一部"垂直的小说"，"将每一处的描述都扎进地心深处"；另一方面，相对于她以往作品，这个"地心深处"已不再针对或感应着作者或主人公，当然也为读者所共有的——现实、历史或文化的处境，描写这样一个层面的欲望、痛苦或悲剧，这就是说，残雪此前写作的隐喻或寓言性，在这部小说中被全面拆解，一种新的探索精神和表达欲望在支撑着她创作出这部作者自称为"新实验主义"的让我们瞠目结舌的小说。

读这样一部小说无异于是进入了一座没有出口的迷宫。构成迷宫的是一些幽灵般的人物及其生活,比如酷爱读书的服装公司销售经理乔泯灭了界线的书里书外生活;他的妻子马丽亚随时随地可以发生的与祖先的通灵;比如流浪的东方女人埃达永不止步的逃亡和她与农场主里根赤裸、狂放的情欲以及对情欲的恐惧;比如公司老板文森特经历的夜半的死囚赌窟;还有他的妻子丽莎分不清是梦还是实在的"长征"……这些人物不仅现实身份、生活环境、社会关系等都极端模糊,而且他们的生活状态、情感欲望和日常行为本身都如梦境一般不可把握,无法让读者有任何现实性的认知。围绕人物而展开的情节与细节、场景乃至具体物象都天马行空地丧失了逻辑性和现实依据。阅读在此意义上,只剩下对随处可见的、奇幻而又支离破碎的情节、细节和场景的暂时的、无法整合的捞取;对这些情节、细节和场景所传达出人物似是而非的欲望、情感、恐惧与挣扎的粗线条式的感觉。

但写作毕竟是容纳了思想情感和意志力的理性行为,因此让我们感兴趣的是,一种什么样的文化环境和文学追求使残雪发生这种精神位移,让她离开了此前轻车熟路,也为批评家们所指认的话语方式和象征模式?

其实从精神根基看,残雪早期的创作是与当代中国的历史—现实环境,甚至与个人经历和生活处境有着某种隐秘联系的。许多批评家和读者都从她作品所描写的恐怖场景,人与人的对立和迫害,主人公的冷漠、焦虑、阴暗心态、施虐与受虐倾向……中读出对刚刚过去不久的"文革"的隐喻。正是对国家、民族和个人灾难的独树一帜的体认与开掘,使得残雪那一时期的小说成为新时期文学的异数和先锋,进入到世界文学的行列。

然而时代的巨大变迁早已淡化了人们关于"伤痕"的历史记忆和现实感觉。更重要的是,这一形成她早期写作出发点的记忆和感觉如今被这位依然抱定"纯文学"梦想的先锋视为文学探索的羁绊:一方面,残雪一如既往地关注人的精神世界,并且力求深入到"精神王国的底层",探索"古老混沌的人性的内核";另一方面,这种深入和探索的结果,便是要坚持为"自我"和"小众"写作,将写作推进到"最具普遍性的赤裸裸的人类欲望"的深度或高度（《最后的情人·代序》），把"由文化、社会、教育等一系列因素的作用构成的自我"视为"表层自我"或"低级自我"加以摆脱（《究竟什么是纯文学》），甚至在具体的创作方法上进行"只凭原始冲动"的"自动写作"实验（《代序》）。

残雪的这些主张及其实验之作，不难让我们想起当年西方的达达—超现实主义。在后者看来，不仅现实世界和日常生活是刻板、乏味和异化的，而且个体的意识、理性层面也被现实世界所异化。因此，他们不仅把人的非理性世界视为本真的、唯一值得表现的存在方式，而且把非理性的审美直觉视为创作的泉源，视为纯化文学的拯救之路，试图借助这种审美直觉来解放被压抑、异化的"本我"，解放人类思想中从未被窥透的"最深层部分"，进而"重建人类理解力"。在此基础上，"艺术创造成为一种冒险，成为一场在其中艺术家除了其想象别无盟友的戏剧"（卡林内斯库：《现代性的五副面孔》）。因此，在《最后的情人》里，残雪刻意让所有的人物、故事、情节和细节都摆脱现实参照，摆脱日常逻辑，试图创作出一个个人的、梦幻的乌托邦世界，让作品进入艺术的自立领域，直至成为"针对市侩庸人的美学暴力"。

但我们知道"达达"也好，超现实主义也罢，他们其实是一些在文学口号、文学宣言的轰动效应远大于文学创作的流派，除了在诗歌、绘画等更多靠近感性想象的艺术领域，他们在叙事文学里是没能留下什么经典作品的，以至于超现实主义的创始人布勒东后来也不无悲哀地承认这种"重建人类理解力"的失败，承认"自动写作""已变成一场不断发生的灾难"，并因此而蔑视小说这种叙事文类（柳鸣九主编：《未来主义 超现实主义 魔幻现实主义》）。

我们还应该看到，残雪式的回归"古老混沌的人性内核"、展示"本我"的"诗性生存"，与达达—超现实主义的非理性思潮有着不同的时代背景和精神指向。后者是处在一战前后日渐帝国主义化的资本主义与苏俄为代表的社会主义运动的尖锐对立之中，试图将"改造世界，改变生活，重建人类理解力"融为一体的兼及艺术、思想与社会的文化运动，而今天人们则生活在一个被西方世界主流意识形态宣称为"历史终结"的"后个人主义"的全球语境，是这一"终结"宣告后个人被视为"共同体生活衰退之后""只关心己事"的"最后的人"（弗兰西斯·福山：《历史的终结与最后的人》）。而这部小说的主题，也是残雪在作品"代序"里邀请我们猜谜的"最后的情人"——不过是只关乎自我，又试图摆脱"最后的人"中"经济人"、"物质人"成分的异化，实现个体自救的"审美人"。

因此，《最后的情人》在精神取向和创作手法上都已离开了作者曾经深爱的卡夫卡，因为在卡夫卡的"向内转"、"荒诞"的叙述背后，依然保持着对个体的历史—现实命运的警醒和追求，保持着一个社会文化制度批判者的炽热关爱。相反，《最后的情人》倒反而是与村上春树，乃至与当下那些出生在 80 年代的小作者们的青春小说有着"家族相似"的关系，尽管在文学的光谱上它们可能分列"高雅"与"通俗"的两极，因为它们都托生于同一个他们所能感知到的社会"小世界"和文学大环境下；都是斩断了文学与历史—现实的脉络、表现那些丧失了历史感的"最后的人"的文本；它们创造出的文学自我，都是一些凝视甚至投入水中倒影的"那喀索斯"。所不同的是，村上春树或"青春小说"宁愿待在更表象的感性层面，也未曾离开"经济"与"物质"，能够相安无事地在"经济"与"物质"中"审美"，从而轻易击中了后现代小资或少男少女们物质与情感的双重需求而畅行一时；而《最后的情人》，则因为决绝地离开了"经济"与"物质"，一头扎进"本我"的黑暗大陆，只能归入"高级"或"小众"的文学序列。

原载于《学习时报》2006 年 2 月 17 日

谁令我们泪水滂沱

——读苏童长篇小说《碧奴》

"孟姜女哭长城"的传说在中国可谓是妇孺皆知，但穿过两千多年的历史时空，这个传说已经飞离了历史与现实人生的大地，让我们这些现代人既无法去想象传说的具体生成，也无法去感知传说中的人的生命或情感形态。这个传说早已被榨干了"汁液"，压成一个没有什么叙事质料和情感动力的"空壳"、一个徒有一些意义或形象的"标本"，一句话，它早已变成一个不折不扣的神话。

而如今，作家苏童要来给这个意义或形象"标本"注入文学质料，注入生命和情感的"汁液"。我这里用的是"注入"，意思是说他必须仍然利用这个传说的外壳，而不是像现如今许多新派作者那样在重构故事的同时颠覆或戏说掉整个故事、整个意义和形象。另一方面，这个重述或注入的过程又是让飞离的传说再度回到大地、回到现实的过程，因为苏童很清楚，他不可能在我们这个现代时代像鸿蒙未开、人神不分的初民那样来讲一个不折不扣的神话，虽然苏童在故事中赋予眼泪以神力，为碧奴（孟姜女）解决巨大的人生困境，从而给故事注入了神话般的欢乐精神，但他躲不开对这个底层女子的苦难命运和生存状态的现实展示，躲不开为这种命运状态赋予人类共通的理解和认识。

在小说《自序》中，苏童承认这个妇孺皆知的故事是横在作者面前的"一道难题"。让笔者大胆猜想，这道难题来自孟姜女那至柔至弱的泪与一堵帝国修建的至刚至伟的墙（长城）之间的巨大反差，或者说来自两者之间的不相干性，就是说，他必须以文学的方式帮助我们这些早已被现代理性"祛魅"了的读者在两者之间构建起可供追问和把握的精神联系或思维关系。神话是什么？神话与其说是远古初民的幻想，不如说是初民们的观念和信念的呈现，当我们丧失了神话思维和信念的时候，我们当然也就读不懂那些神奇的文字，走不进任何一个神话。

因此，为了让我们重新进入孟姜女的神话，摆在苏童面前最重要的任务就是要在"泪"与"墙"这两个互不干己的物象或意象之间重新搭建一座可供感受、可被感动的"巴别塔"。而笔者以为他之所以基本上做到了，是因为他赋予了碧奴，具体说是赋予了碧奴的泪水以一点点漫过长城的文学或精神的动力。

首先，我们看到苏童很聪明地在书名或主人公的名字上做文章——从神话的孟姜女转换到小说叙事中的碧奴，这是摆脱孟姜女神话的巨大阴影的第一步。以碧奴置换孟姜女，意味着使主人公从高渺或超验的神话世界回到可供读者与作者对话（潜对话）的文学世界、现实世界，相对间离了阅读过程中来自这个家喻户晓的神话记忆的侵扰。

当然，这对苏童来说只是雕虫小技，而接下来碧奴寻夫送衣的过程被才华绝伦的作者铺展得淋漓尽致。作者似乎抛开要将碧奴（孟姜女）送往长城，哭倒长城的"难题"不管，而专注于叙述碧奴从故乡桃村到长城之间的遭遇，而我们读者在阅读过程中似乎也忘记了这个难题或疑惑，沉浸于碧奴令人眼花缭乱的奇遇或灾难，以及由此奇遇而展开的社会画面。作者巧妙地让这些奇遇在现实与非现实的文本空间滑动，如果我们细心一些，则可辨认出这两组现实或非现实性的情节内容和人物形象：现实的一组是官府滥施徭役，横征暴敛，百姓饱尝流离之苦；是江湖险恶、人心惟危的社会众生相；是统治者（国王、衡明君、钦差、詹刺史等）为权力与欲望而展开的凶险狡诈的较量；更是至诚至弱的村妇碧奴历尽千辛万苦，备遭摧残而痴心不改地寻夫……非现实的一组则是丛生于社会画面之间的奇人、奇事、奇境，从寻子的盲妇死后变做青蛙伴碧奴寻夫，到那些神奇得令人匪夷所思的鹿人、马人和门客；从衡明君盘踞的森严恐怖的百春台，到詹刺史治下的乱相频生的五谷城；当然还有碧奴神奇的泪水，每每帮她化解灾难，助她一路到长城。

泪水当然是小说的关键词、中心意象或主题，用苏童自己的话说，小说要完成的是"一次关于眼泪和哭泣的仪式"。从孟姜女的哭到碧奴的泪，苏童通过延续哭泣与眼泪的神奇来重述神话，又通过对泪水的神力的大胆想象与细腻构思来实现从神话传说到文学世界的转换。碧奴，一个普通女子，心里只想着她的丈夫，怀揣着一个平凡而朴实的梦想，要去探望她的丈夫，给他送去过冬的棉衣，这难道不是最平凡最有权得到满足的吗？但在一个"天地不仁，以万物为刍狗"的世界，这样一个最"民间"的梦想成为最不可实现的"英雄壮举"，而恰恰是这么一个至弱至纯的女子偏要去完成这个壮举，难怪她所到之处要遭受所有人的疑虑、拒绝、反对、嫉妒、取笑、折磨；难怪她不可指望地要被抛入磨难，陷入孤独和绝境之中。这不是一种现代精神的觉悟者、圣者的孤独，而是一个"痴情女子"、"蠢女子"的基于本能情感、本能行为所产生的孤独。但唯其本能、平凡，才具有普遍性、人性或阶级性。因此，碧奴（或孟姜女）的遭遇同时也是我们的遭遇，她的苦难也是我们的苦难，她无助、绝望的泪水也是我们处于同样绝境中同样会流出的泪水。

而泪水作为人类身体的本能分泌物，它是最卑微、最没用、"最不值钱的东西"，它是物质性的，又是精神性、情感性的，是人处于极度悲伤、极度失神当中仍然可以自我呈现的东西。对于碧奴来说，她的泪水每每在绝境中出现，是苦难酿造出来的，因而最纯净、最具爆发力和感染力，是人在绝境当中迸发出的最执著也最具破坏性的力量。在作品开篇，小说魔幻而象征性地描写了桃村人被剥夺了哭泣能力和转化哭泣能力的历史，统治者对人民表达本能情感的恐惧而禁止哭泣，人民为了适应这种压抑而逐渐转移了用眼睛流泪的身体机能，因而碧奴获得了神奇的哭泣本领，除了眼睛不能哭泣，她全身所有器官都能流泪。在她一路寻夫的过程中，作品每每写到她的泪水的神奇功效：她的泪水让没心没肺的鹿人、马人想起了故乡，思念起父母家人，引发他们齐声恸哭；她的泪水是最厉害最有感染力的武器，让把守关隘的士兵望泪披靡；她的泪水还是起死回生的救命药；最后，在五谷城行将斩首示众的当口，她的泪水腐蚀了铁笼子，也扰乱了看客的心，泪水变成泪咒，情感之流变成滔滔洪流，引发骚乱……而这一切碧奴全然不知，她只是以泪表达，以泪祈求，以泪忏悔，百折不挠地继续着她的寻夫之旅，带着她最平凡、也最具威力的哭泣本能、情感本能来到长城脚下。

因此，碧奴的泪（或孟姜女的哭）体现出对一种平凡的人性本能、人性力量的认同，这种认同赋予人类普遍、卑微、本能的情感和行为以最伟大的力量。这种力量诞生于悲惨、无助的时刻，诞生于绝望之中。与其说是碧奴的泪（或孟姜女的哭）摧毁了长城，不如说是被压迫被奴役者以缘自本能、自我毁灭的力量对压迫与奴役的反击与报复，这种力量我们既可以从《尚书》中"时日曷丧，吾与汝俱亡"的咒语中读到，也可以从窦娥令"血溅白练，六月飞雪，亢旱三年"的呼告中听到。

当然，这依然是神话，但已不是鸿蒙未开、人神不分的原始思维，而是普遍的、朝着未来的人性向往，这样的神话同时也是人民的精神武器。

原载于《经济观察报》2006年11月4日

那个被称作"爱情"的奇情异想

——叶兆言长篇小说《别人的爱情》读解

我的一位朋友说,这是本不幸的书,书里所有的人都没有爱情,或者说都没有遇上爱情。然而这又是一本讲述爱情的书,小说从离休老干部钟天续弦,与中年时的婚外情人举办啼笑皆非的婚礼始,到他的儿子——一个在感情问题上难得的正人君子——钟夏被失火般的爱情送上天堂(遭遇车祸)止,书中人都在苦苦追逐、记忆和创造爱情。这形形色色的爱情梦想家、行动者,为什么就如此不幸,"没有遇上"?

我们不能越俎代庖替上帝(或作者)回答他们为什么没有遇上,只能反过来问"遇上"爱情又是怎么一回事?

今天的观众、读者也许会怀疑、嘲笑那些才子佳人戏和爱情童话,不出闺门的小姐怎么轻易就能在后花园遇到可心的书生;出游的王子怎么每每有落难的公主等待自己前去搭救和相爱?其实伟大的浪漫剧《牡丹亭》早已道出了问题的真谛——当杜丽娘在与柳梦梅相遇之前,她已经在梦里创造出了"柳梦梅",而"现实"的柳梦梅不过是梦中柳梦梅的替身。这就是说,梦的强大的创造力会把她所遇到的任何一个"柳梦梅"变成梦中那个柳梦梅。而塑造这种强大创造力的,在笔者看来,恰恰是古典时代爱情资源的稀缺,也就是说(马尔库塞意义上的)爱欲本能在遭遇爱情资源稀缺的古典时代时,逼迫古典人只能去强化自己的爱情创造力(或曰"爱情适应性")。试想,当他们只能在掀开盖头的一刹那方能看到对方的模样,当我们今天习以为常地享用(滥用)着的"自由结婚/离婚"对他们来说是一种闻所未闻的现代"制度安排"的时候,古典人除了强行征用自身的爱情创造力(爱情适应性),还能指望什么呢?

幸运（抑或不幸）的是人类已经走出了爱情的古典时代。关于现代人的爱情，曾经有人打过一个浪漫得有些恐怖的比方：现代人的孤独心灵就像一座大门紧闭、遍布刀枪的城堡，所有人在这座戒备森严的城堡面前都会望而却步，逡巡不前。而世间就有那么一个浑朴而鲁莽地要进城，偏偏一刹那间他/她就像得了仙术的崂山道士，那紧闭的大门、林立的刀枪在他/她勇敢（也许是无知）的脚步前化为乌有。人们把这种状况说成是遇上爱情。

现代爱情的经典方式，便是等待、训唤并最终遇上这个勇敢的闯入者。我们被现代社会塑造成"自由的主体"，自行或他律地强化着主体间的差异与隔绝，习惯了对人"说不"，学会了怀疑、审视、挑剔，接受了"下一个会更好"的信念。

因此，爱情这种人类普遍的情感需求、情感形式其实没有变，它总是在宿命与创造的两极间徘徊，变了的是人类自身。

回到《别人的爱情》，小说里有一条脉络，以"戏中戏"的方式让电视剧导演钟秋翻拍了著名的古典爱情传奇《王魁负敫桂英》：贫寒书生王魁落难妓院，与妓女敫桂英结为夫妻。他年后，得中状元的王魁背叛了曾经和他患难与共的敫桂英。独守寒窑的敫桂英悲愤而绝望地自杀，死后化作鬼魂去与王魁相会，并最终杀死了不思改悔、一门心思做着高门女婿的王魁。

与其说这是一个关于爱情的背叛与复仇的故事，不如说是古典人捍卫自己爱情方式的故事。同为现代人的革命导师恩格斯下过一个著名的论断："没有爱情的婚姻是不道德的婚姻。"但爱情自古以来又是一种当下性的人类情感。从这个角度说，不能与时俱进的敫桂英失去王魁的爱情，令人同情却在所难免；但敫桂英的行为却总赢得人们从道义到情感的认同。敫桂英的忠贞与王魁的背叛所引发的道义天平的倾斜是一目了然的。一旦作出这样的判断，我们便是把爱情从情感层面引入到爱情的管理学或政治学层面，这种爱情社会学的道德合法性和可操作性，其实是建立在古代社会静滞的、层级化的身份认同基础上。麻烦的是那一小撮书生，所谓"朝为田舍郎，暮登天子堂"，他们总是跳荡的、脱序的，身份的陡转同时也带给他们社会关系、情感指向以及自我道德的挑战与重建。

如果回到情感本身，就涉及我们前面所说的爱情创造力或适应性的题旨。爱情的约束机制倡导忠贞、他律的爱情德性，也强化着爱情的适应性和创造力。因此古典人才会赞赏并讴歌《红鬃烈马》里薛平贵对王宝钏的忠贞，愿意相信他们在相识—别离—重逢的过程中都是有爱情的；也宽容《琵琶记》里蔡伯喈对赵五娘和相府小姐的同时接纳，想象（艳羡）三人相处时的和谐和其乐融融———一种"一把茶壶配多个茶杯"式的和谐（辜鸿铭）。

米歇尔·福柯说过，重要的不是"话语讲述的时代，而是讲述话语的时代"。这样一出古典爱情传奇被现代电视剧导演钟秋重新讲述，表达的其实是钟秋对爱情的理解和迷惘。在见惯了现代爱情的匮乏、背叛、变质（贬值）之后，她深知自己无法推荐一种获得社会认同的爱情方式、爱情德性。她认定所处的时代已不配遇上爱情，自己也无力践行爱情，从情感到身体都患上了爱情缺失症，只能对丈夫和追求者都决绝地"说不"。

如果说"负敫"和钟秋所处的时代构成爱情的古代与现代模式，那么钟秋父辈的爱情便成为介于两者之间的"前现代"模式。在她的父亲钟天、母亲冷悠湄、后母包巧玲及其前夫杨如盛等构成的错综复杂的情感关系中，革命、政治立场和身份认同总是作为爱情的对立面出现，它们导致冷悠湄始终不能对心仪的男人有丝毫的表露，将自己幽闭在情感的囚笼中；也导致了钟天只能在暮年才得以解放自己，抓住时代折射出的一抹余晖，匆匆赶赴不无喜剧性的爱情欢场。

小说里最耐人寻味的还是以陶红为核心构成的一组爱情关系。陶红，这真真是个珍罕的女孩，如此宽容而执著地守着与那个五毒俱全、一无是处的混账男人杨卫宇的"爱情"，而置深爱着她的成功男人与道德君子钟夏于不顾。某种意义上，陶红是古典爱情在现代青年身上的回光返照，从一而终、奉献、宽容、等待……这些古典女性的爱情品质在她身上都有体现，但陶红的爱情依然是"现代性"的。陶红对杨卫宇的感情起源于同情，对死神威胁下的杨卫宇的悲悯———尽管那是个虚假信息，这种悲悯又因父亲的亡故、孑然一身的处境，引发对生命弱小的体认，进而引发自救与救人的生存使命感和情感的高峰体验，即便救人不成，也让自己处于道德和责任感的自我约束、自我训唤当中。对陶红而言,通过对杨卫宇的忠贞、宽容、规劝和期待来确立其爱情之崇高、之纯粹的信念。

　　当然,生命感觉也好,道德和责任感也罢,它们本身不是爱情,然而一旦确立了爱情之纯粹和崇高的信念,就必然要与这些发生关系,甚至以之为内容物。爱情同样是拒绝米兰·昆德拉所说的"轻"(lightness)的。爱情的崇高必然伴随乃至训唤出巨大的挑战、难以逾越的障碍、不可为而为之的勇毅;而爱情的纯粹趋向于使得爱与对象无关,这个对象可以是 A,也可以是 B;可以是国王、英雄,也可以是乞丐、懦夫,因为对象只起着一种助推火箭般的作用,完成这一作用后,便只有爱情的主体独自沉浸在不断膨胀的自我体验当中。

　　于是,在见证了古代、前现代和现代的爱情机制、爱情方式后,读者会悲哀地发现,我们无法以正面、肯定的方式得出爱情的定义,只能落入钟秋推导出的否定、虚无的爱情公式之中:

　　爱情就是爱上一个你不应该爱的人。爱往往没办法通过爱来表达,于是就反过来,以不爱的形式来表现爱。……爱就是不爱,爱就是背叛。

原载于《中国图书商报》2006 年 1 月 16 日

神话与小说间的尴尬表达

——评叶兆言长篇神话小说《后羿》

读叶兆言的长篇小说《后羿》，让我想起《韩非子》里齐王与画师论画的故事。齐王问画师，画什么最难，画什么最容易。画师回答说，画狗和马最难，画鬼最易。因为狗和马是最常见的活物，有一点不像，都容易被人们指认出来；至于鬼，没有形状，人们也没见过，所以画起来最容易。

中国的上古神话不像西方的神话史诗那样很早就形成一套成熟、厚实的叙事模式，往往简短而零散，像中国的水墨画，描人状物只是寥寥数笔，取其意象、神似。在神话里，那些高踞云端的神仙虚虚邈邈，见首而不见尾，见事而不见"人"。如果说西方神话史诗里的神被塑造成放大了的人，充满着人的七情六欲、喜怒哀乐的话，那么中国神话里的神就如同孔老夫子所说被中国人"敬而远之"——神是不动人情的，神的世界是不可知的，当然也不可以人格去揣度神格，因而也是不可"语"、不可"事（奉）"的。

而现在叶兆言加入到一个"重述神话"的全球商业出版项目中，以写实的长篇小说的方式来重述后羿与嫦娥的神话，试图把这个上古神话拉入现代人的世界观和审美观之中，这就好比用西洋的静物写生、立体透视的写实技法来画一幅中国风格、中国气派的水墨山水，无异于把（对先民来说）最"容易"画的"鬼"，画成最难画的"狗"或"马"。

这并不是说作家不应该接受这样一种命题作文般的商业写作。同样是这个"重述神话"的写作项目，苏童以"孟姜女哭长城"的传说为题材写出了长篇小说《碧奴》，笔者曾撰文评论苏童的重述是比较成功的（见《经济观察报》2006年11月4日）。笔者认为，除了因为写作才华与文学气质的契合，苏童在处理这个故事时得心应手，更重要的原因在于孟姜女传说拥有被现代长篇小说改写的丰富质素。孟姜女本身就是一个民间女子,有关她的传说也发端于一种民间化的世道人心,它所包含的夫妻之情、人生的离乱、阶级的压迫与反抗、去往长城过程中的流浪等主题,赋予传说以超历史的人性、社会性内涵,这些都是与现代小说共通的,也是作家可以大显身手的,至于"哭倒长城"的结局,只是寄托百姓心愿、给传说点彩的想象。

而后羿与嫦娥的神话产生于历史尚未充分展开的初民状态下,是初民们元气淋漓的神话思维的直接展现。它展示的是更为纯粹的神的世界——不是古希腊神话意义上把人当作目的、把人放大后的神的世界,而是人神隔绝、不可知亦不可语的神的世界。于是它便如马克思所说,随着历史条件消失,永不复返。

当叶兆言要来"重述"这个上古神话之时,作者(乃至我们这些现代读者)其实很难走进先民们的神话思维,很难勾画后羿与嫦娥的神话形象。与孟姜女形象不同,后羿与嫦娥(尤其是嫦娥)是两个从天界降到大地的神仙形象,而非裹上神话外衣的民间人物形象,因此在神话原典中,我们其实很难看到对他们的性格——"性格"本身就只是人所固有的,是人性的具体化、个体化——有任何蛛丝马迹的揭示,比如我们在神话原典中读不到有关嫦娥奔月的动因的解释。神话原典对原因的不做解释,在笔者看来其实是先民对神格理解的放弃。但现代小说则有义务也必须对所描述的对象进行既具个人性,又具社会性的形象化理解,而理解是建立在人性逻辑基础上,正如爱·摩·福斯特在《小说面面观》中写道:"国王死了,不久王后也死去,这是故事;而国王死了,不久王后也因伤心而死,这才是情节,因为它揭示了生活中必然存在的因果关系。"

当然,作者也可以依凭想象来编构一个关于后羿射日与嫦娥奔月的个人化的"神话"。在作品上卷《射日》里,嫦娥和后羿被放置到一个世俗化的日常情境中。嫦娥被小刀手吴刚(也是一个神话人物,但小说并没有展开关于吴刚斫桂的叙述)俘获后,因其美色,生活在被男人垂涎、女人嫉妒、家庭倾轧的世界,成为一个逆来顺受的乡下女人;而后羿的出生倒是颇有神话色彩，只是在成长的过程中，神话的后羿被叙述成一个既懵懂无知，又身怀异秉的少年，小说上卷的主体部分因而也成为这个异秉少年的成长史。但由于后羿注定要成为一个拯救大地的神话英雄，使得这个成长主题既没有成长小说所应有的通过主人公战胜阻力、自我实现而获得的人性—社会性内容，也不能带来因关注其命运遭际和成长历程而引发的阅读悬念。抽掉了人性—社会性内涵与阅读悬念，小说也就丧失了大半的叙事动力和叙事效果，只留下一些奇异而散乱的故事、一些对神话原典似是而非的改写。

而在下卷《奔月》里，开始出现具有人性和历史意味的意涵。首先我们来看后羿形象，在创下射日的伟业，成为盖世英雄之后，他被推举为权力无边的君王。但这个英雄只是强力的英雄，而非人格和意志的英雄，因此他要么是不谙世事与权术、只知取悦嫦娥的懵懂君王，要么摇身成为荒淫嗜血的混世魔王，最后落得众叛亲离、国破家亡的下场。无论是前面对嫦娥的忠诚，还是后来的荒淫、凶残，都只是这个强力英雄的本性，作品通过这个形象来展示了强力与权力的本能状态，当上君王的后羿成为欲的化身。

与之相对的是嫦娥。在嫦娥从低贱的乡下女人成为高贵的王后之后，她的性格似乎有些暧昧不明，起先她是恃宠任性的后妃，一手导演了后羿与她和末嬉之间的淫乱，从而打开了后羿身上的欲望之门；后来则变成贤良无私的妻子，为了治愈后羿的孤独症，不惜将专宠的地位拱手让给仇人之妻；当后羿遭遇危难时，她又舍身相救，送去仙丹。小说的末尾，嫦娥成为情的化身，因情而绝望，而吞服仙丹，从而完成关于嫦娥奔月的个人化的解释。

也许作品通过对后羿与嫦娥这样一种性格突变的形象塑造，或多或少染上一层奇异或神话的色彩，但并不与神话原典所具有的浓郁的浪漫气象相干。除此之外，作品基本上是将神还原为人，创造出两个主欲和主情的形象，也与其神话原型并无多少内在联系。而在表现手法上，细腻却过于平实的叙述，以及对形象和环境的庸常化处理，使得作品更像是一部写实小说，或者技巧颇为圆熟的"历史"演义，但由于"重述神话"的写作命意以及那些神话元素的制肘，又使得作者难以全然进入个人创造的小说天地。神性的因素削弱了作品揭示深刻人性的力度；灾难也好，悲剧也罢，也因神话轻逸的解决方式而损害了其震撼心灵的表达效果。后羿与嫦娥的故事，在从神话到小说的坠落中遭遇脱胎换骨的瓦解。

原载于《经济观察报》2007 年 3 月 18 日

世界的另一种秩序与魅力

——读王安忆长篇小说《遍地枭雄》

仿佛是冥冥之中的感召，在驱车去内蒙古草原的路上，随手拈出的这本充满草莽气息的《遍地枭雄》，让我同时经历了两种截然不同，却又彼此感应彼此注释的"旅游"。

窗外是连绵不绝的阴山——一片容易惹发人们思古幽情的地域。在这片汉族与少数民族、华夏与异族千年争战的要地，曾经上演过多少历史的悲剧、正剧与闹剧，孕育出无数经天纬地的英雄或骂名千载的奸雄。然而一切俱往矣，换来的是一个寰球同此凉热的"清明世界"——高速公路将京师与草原连成两个朝发午至的"地点"；放眼处皆为散布其间的加油站、广告牌、汽车旅馆、超级市场；即便置身在草原深处，依然会有24小时供应热水的标准间，会有用同一配方烹制出来的麦当劳或肯德基……这一切驱走了人们金戈铁马、狼烟四起的浪漫的历史想象，游历在此意义上变成了"旅游"——空间方位上的移动。

幸亏同时也在阅读《遍地枭雄》，这让我经历了另一层时空的游历。它以细腻的笔触掀开了这个世界另类、隐秘的一角，告诉我们一切并非是那么一览无余、寰球同此凉热。也许济世英雄或乱世奸雄正在从这个世界消失，但在以全方位、社会化的组织、秩序和宰制为特征的现代生存之外，依然有非现代的"江湖"，那些道貌无异于常人，甚至就是常人摇身变成的方外人士或"游侠"在其间自由驰骋，践行他们的梦想、"秩序"或"王道"，王安忆称之为"枭雄"的世界。请注意，这个枭雄的世界和金庸式的通俗文学传奇是不相干的；并且作者也有意要抛开犯罪、黑社会等司法系统和侦破小说一类的视角，带领我们勘探（或想象）现代"游侠"（或"枭雄"）的产生，以及个体生存角度下的制度根源。

其实江湖也好，枭雄也罢，它与组织化、规范化的现代社会是水火不容的，因为它奉行的道德和行为准则与现代社会的道德、法律规范格格不入。但现代社会的组织化、规范化，在排斥、否定江湖社会的同时，是否将人们关于江湖生活的梦想或需求的基础也连锅端了？回答却是否定的。我们看小说里的主人公——那四位"枭雄"，他们都是主动地脱离先前所栖居的环境，那个为我们所熟悉，规定了我们的身份、生活任务直至言语方式的现代社会，投入到自愿结成的"江湖"当中。

作为这个小江湖的组织者兼精神导师，"大王"是个有着丰富的社会阅历、渊博的书本知识、严谨的理论思维的退伍军人，他的人生梦想里，庄子式的散淡、齐物，诸葛孔明式的谋略、躬行，甚至毛泽东式的挥洒、济世，博杂而又相安无事地聚到一起，共同发挥作用，让他抛妻别业，以在世间游走、体验和冒险作为自己的生活方式，并且纠集起三位小兄弟，一边指挥他们拦路劫车，一边又以自己的阅历、知识和理论悉心调教他们，试图组成一个有着自己秩序和精神追求的"枭雄"世界。最为奇特而又发人深思的是从被劫持到主动加入的"四弟"韩燕来。这个生性腼腆、乳臭未干的小出租车司机，一生未出过上海的弹丸之地，但这并不妨碍他在内心深处生出摆脱循规蹈矩、寡淡无味的生活轨迹的冲动，这种连自己也莫名所以的冲动一旦与化外的生活相遇，为江湖的自由与豪迈所诱惑，便如同打开了一扇生命之门，迸发出灼人的激情，以一种在常人看来是自我毁灭的方式加入江湖的大军，从其他三位"枭雄"的受害对象，摇身成为一名"枭雄"或枭雄的追随者。

这样，《遍地枭雄》便和《水浒传》等传统的"黑道小说"分道扬镳。在传统社会里，枭雄多起于乱世，一个让人无法正常生存的世道，才逼迫人们以非常态的方式求得生存，所以《水浒传》里的英雄/枭雄们多是被逼上梁山的。他们的江湖行为哪怕高到推倒皇帝、"替天行道"的境界，也脱不过追求物质生存的平等、反抗社会压迫和阶级矛盾。而《遍地枭雄》里，从平民、常人到"枭雄"的人生转换，其动力源自个体对普泛的现代生活方式的怀疑与反抗，指斥着现代社会通过物质经济、社会组织、伦理道德乃至一切意识形态国家机器的方式来管理、规训和宰制个体生活的困境。在这样一重创作目的和视角下，《遍地枭雄》里着力要塑造的"枭雄"们，他们的思想意识、所作所为也便与侦破小说或非虚构的新闻纪实里表现的、人们习见习闻的"罪犯"、"黑社会"有了本质的差异，因为后者所展示给我们的，就是要以非法的手段，剥夺人们的物质乃至生命权利。而在"枭雄"们，作案犯科只是追求自由、自然生活的方式；物质享受和利益始终不是他们追求的目标。"大王"甚至发展出一套逻辑来批判物质进步带给人们的便利，从中可以听出老庄哲学的遗韵。

但正像老庄哲学在现代社会毕竟成了只能存放于思想博物馆里的珍罕物，"枭雄"的江湖游走也好，"盗亦有道"也罢，一旦他们的行径对社会、对他人构成威胁和损害，便不可避免成为社会声讨和打击的对象，摆脱不了覆灭的命运。从这个意义上说，作者故作惊人语地为小说取名为"遍地枭雄"，并特意在后记里指明其主旨在"遍地"，想来是隐讳地揭示现代社会对个体生存的压抑、宰制的普遍性，必然导致普遍的梦想与反抗，而"枭雄"或江湖只不过是其中一种极端的或传奇的方式。

原载于《中国图书商报》2005 年 9 月 2 日

生命之"错"与"悔"的诗学勘探

——读东西长篇小说《后悔录》

阅读《后悔录》让我想起一个关于哲学家萨特的故事：一位青年面临着参军报国和在家侍奉母亲的两难选择，他去请教萨特。然而萨特把这个问题抛回给青年自己：他只能自己去作出这一人生选择，这是他的责任和权利，也是他的人生意义所在，任何人既无法僭越、替他回答，也无权对他的选择干涉和指责。萨特进而认为，恰恰是在对两难困境的意识和选择中，人实现了自己的"自由"，人的主体性冉冉升起。

《后悔录》同样讲述了一个人一生所遭遇的生存困境与选择，但与萨特的自由选择和主体性理论背道而驰的是，《后悔录》描写了人作为一种社会存在的不自由状态，其活动与选择是如何对自我构成痛苦与蒙蔽。"后悔"意味着人生的错误与失败，展示的不是主体如何自我实现，而是如何不可实现。

小说的主人公曾广贤是个开口就惹祸、行动就出错的倒霉蛋。还在少年时代，曾广贤就出于"革命"的目的，"大义灭亲"地告发了父亲与邻居的"奸情"，从而导致了父亲的磨难、母亲的自杀和小妹妹的失踪。此后他又一桩接一桩地犯错，一次又一次让自己陷入灾难和后悔之中：因为他的"口祸"，先后致使好友自杀、女友精神失常、父亲成为植物人；革命的禁欲主义教化让他对女友的以身相许大为恐慌，从而失去了唾手可得的爱情；而本能的驱使和同伴的教唆，又让他蒙受"强奸犯"的冤案，经受了十年铁窗；美色的诱惑使他背叛了对自己忠心耿耿的恋人，拜倒在放荡女人的脚下；对伙友的失察和轻信又使来之不易的财富得而复失……

这桩桩件件的人生过错都是主人公在不经意间、事与愿违地铸就的，他越是想成为一个快乐的人,一个有正常生活、亲情与爱情的人,就越是与这一目标背道而驰,渐行渐远,因而就越加陷入痛苦与后悔当中。这使得小说对曾广贤生存状态的展示充满了喜剧色彩。但可悲的是,事情的真相、生活的真谛却从不曾在主人公的后悔与总结中得到昭示。因为口祸,他天真地想把自己变成一个沉默的人,想"在嘴巴上装上拉链",学会说"延时话";因为蒙受过"强奸犯"的冤案,他在性的问题上变得战战兢兢,如履薄冰,以至于连正常的欲望和合理的交往都丧失了。这些矫枉过正的后悔和改过常常成为下一次错误的原因,让主人公不知所措,丧失了基本的准则和判断。他的后悔有如动物的条件反射一般,从不曾让他对生存变得更加智慧和深刻,既没有达到形而上的理性反思,也不曾跃升到宗教式的人性忏悔,充其量发出的是造化弄人的脆弱的感叹。他仿佛蚂蚁一般,在"错误↔后悔"的生存困境中兜圈子。

然而正是这种对人生困境的限定性、黑色幽默式的描写,展示出历史、社会中个体生存的真实、普遍的状况。在曾广贤的认识范畴里,被抽象为命运、造化的,不过是历史、社会和意识形态等看不见的力量的代名词,是这些力量借助于造反司令赵万年、负责"强奸案"的公安,以及一次次陷他于错误与后悔的于百家、张闹们,对他进行主宰和塑造。驱使他告发父亲通奸行为(其实父亲与赵山河的通奸背后有着情感和正常人性得不到抒发的合理因素)的,是革命伦理高于一切、不知个人隐私为何物的极端年代。让他在女友池凤仙真挚而大胆的爱情表白前转身而逃的,也是视性与情爱为洪水猛兽的禁欲主义教化的结果。而在砸烂公检法的年代,一个蒙受大冤、身陷囹圄的青年,越狱与逃亡难道不是他自我救赎与反抗的合理选择吗?还有后来,仿佛一夜之间得到松绑的欲望社会,让于百家、张闹们摇身成为损人利己、无所顾忌的享乐主义者,如鱼得水的时代弄潮儿,而曾广贤、池凤仙这些跟不上时代变化的落伍者、倒霉蛋,他们被愚弄和戕害,难道不是最正常的遭际吗?

曾广贤是个充满喜剧效果的、被剥夺和戕害的弱者、凡人,他的一生是如此倒霉、荒诞,然而荒诞的故事、喜剧的笔法背面揭示的却是人生的状态和历史的真实。这个倒霉蛋曾广贤，在他身上集中我们大家的弱点和愚昧，他的错误其实天天在我们身上上演，他的后悔也是我们的普遍心态。作者通过他，在纸上演绎了芸芸众生可能或已经遭遇的失败人生。我们一边阅读，一边高高在上地对主人公的可笑、可悲发出嘲笑、叹息或掬一把泪，却不禁会为这一历史和人生的真实状况不寒而栗。

曾广贤不曾认识这些，他对人生的领悟既不"广"，又不"贤"，他的"后悔"压根不是认识错误、修正错误的理性方式，而只是纾解内心的愤怒与迷惘，面对不公命运的生活方式——生活的艰辛与自身的过错借助后悔与自责的方式得以结束和摆脱，方能进入到人生的下一阶段。这是小人物的生活方式，也是小人物的生活"智慧"。对于弱者、凡人，获得了理性与"认识"又当如何？从生存角度说，人类的第一要务从来就不是苏格拉底式的"认识自己"，而是萨特式的"选择自己"、马克思式的"改造自己"。而选择或改造自己的任务一旦难以达成，认识的结果往往导致生命的痛苦与虚无，正如萨特从"主体性"、"自由选择"出发，构建起宏大的存在主义哲学，其结果不过导致主体虚无的命运。

今天的中国作家似乎能够认识到这些，他们经历了批判现实主义的道德与人性批判、革命文学的阶级反抗与社会改造，以及20世纪80年代的个人启蒙与主体哲学的洗礼，又沐浴在"人之死"、"主体终结"的后现代文化氛围当中。他们在消解人在历史中的主体位置的同时，又把一种与历史和时代共浮沉的生存智慧和黑色幽默与温情主义的小说诗学悄悄地赋予了人物，也赋予了文学和读者。归根到底，主人公的生存智慧缘自作者的叙事智慧。无论是《活着》（余华）里富贵的忍耐与逍遥，还是《后悔录》里曾广贤的后悔与解脱，历史、现实、个体、他者的诸多矛盾和复杂关系以智慧和温情的方式在文学里得到讲述，得到抚平与化解。

原载于《中国图书商报》2005年8月19日

命运之"戏"与反抗的"人"

——评方方长篇小说《水在时间之下》

拿到这本小说的时候,我觉得自己对它不会太有兴趣,因为就以往的阅读经验,这类讲述旧时代戏子伶人人生经历的作品,要么处理成高度的传奇化,以人物命运的悲欢离合之曲折、奇异来抓住读者,此为通俗小说的路数,如秦瘦鸥的《秋海棠》、张恨水的《啼笑因缘》;要么从现实批判的角度,借人物的遭遇来揭露社会之黑暗、统治者之腐朽,如曹禺的《日出》。总之,这是一个常常被类型化的题材,前者让你读"故事",后者让你读"思想",阅读在此意义上很难获得"未知"的、富有启迪的快感。

应该说《水在时间之下》就类型而言更靠近前者。这无足深究,一方面是"后革命"的话语环境,一方面是长篇小说大众化、产业化的写作环境,都让通俗性、可读性成为《水在时间之下》的自觉追求。但比之那一类市井通俗小说,《水在时间之下》在揭示人性的复杂、具体精微地描述生存经验上,还是多了一份个体性思考和文学化追求。

小说的主人公"水上灯",其一生的命运起于她生命之初的奇特遭遇——本为大家之女的她,甫一出生便被视为有"克父"之"罪"而被弃于贫家。这一遭遇成为锻造她命运和性格的基点。在"我是谁?"的生命之问中,作品勾画出人物的命运轨迹和情感道德指向:幼年时就在养父的挚爱、呵护与养母的冷漠、厌弃中,"水上灯"发现了自己出身的前半截秘密(即自己非杨二堂、慧如夫妇所生),并从中饱尝人情的冷暖、人性的善恶,从而确立起自强、执著和爱恨分明的性格倾向和处世态度。身世之谜、丧亲之痛以及对美好生活的追求成为她生命的动力线,小说围绕着这一动力线构织起她的人生历程,这当中既有造化弄人的戏剧性、传奇性的情节,又有时代风云际会的烙印，还有"性格即命运"的逻辑化展开，三者构成一幅三维坐标，而"水上灯"的人生便在这样一幅三维坐标上展开。

"水上灯"的一生处处体现出造化的播弄，这在文本叙事层面则为戏剧性情节和传奇化手法的大量运用。"水上灯"出生后即被抛弃，这是奠定她人生境遇的最初也是最大的戏剧性经历。此后，她不断遭遇生命的蹊跷之处：养父被活活打死，而凶手竟是自己的二哥，她因此与生身之家结下旷世仇怨；幼年时结识的男友、也是她一生最爱的人竟然又是水家的外甥、自己的表哥，这一层关系使得一对有情人终难成眷属；她卖身葬父，由此落入恶势力的魔爪，关键时刻却又巧遇汉剧大师搭救，并被收为义女，从此走上一代汉剧名伶的辉煌人生；当年主使抛弃她的长兄后来居然成为她的追求者，而正是假长兄之手，"水上灯"实现了报复水家，除掉水文的夙愿……这些环环相扣的戏剧性情节使得小说跌宕起伏，峰回路转，充分实现了作者让作品"好看"的志向。但过度的戏剧化、传奇化又有将作品降格为通俗小说的危险，将作品处理成一出"命运悲剧"而削弱它表现现实和揭示人性的深度。它把读者吸进故事，沉迷于"戏"的同时，却也远离了历史现实的真相。诚然，在终极意义上，我们都是时间的产物、"命运"的受动者，但时间或"命运"作用我们的方式却常常不是、或者说并非总是通过"传奇"——奇遇或曰巧合，而更是借助于"关系"——一个人与自然、人与他者、人与自我构成的世界，这个世界万端复杂却往往平淡无奇，决定个体命运的与其说是时间，不如说是空间——你在世界这个网络关系中的身份、位置，或者准确地说，时间从来就是和空间不可分地作用于个体。试想，在那样一个时代、那样一个社会，被视为戏子伶人的"水上灯"，难道炫极而逝不是她生命最合理也是最充其量的存在方式吗？无论是"水上灯"还是她的前辈"玫瑰红"，都前赴后继地落入被包养、被欺骗、被玩弄的境地，难道不是她们命运的逻辑体现吗？在此意义上，传奇不过是让她的生命更多地上演一些悲欢离合的"戏"，无足以改变她的命运。而真正可堪为"水上灯"们提供新的存在方式的，是时代的变化，社会的改朝换代。

但笔者并不把《水在时间之下》看成纯粹的通俗小说，在笔者看来，小说在铺展造化或者说"传奇"对"水上灯"的左右的同时,也试图揭示"水上灯"与环境复杂、互动的关系,这种关系缘自主人公生命过程中形成的"性格"。某种程度上,"性格"是成就主人公成为"这一个"的内在要素。它包括两方面,一个是在演艺和爱情上的不懈追求;另一个是向施加给自己的不幸和屈辱的不妥协的报复。前者作为一种生存本能,是人所共有,只不过在主人公这里表现得更为自信和坚韧。"水上灯"从小就表露出对日后富贵的强烈的"欲望",并坚信自己能够实现,为此她忍受了难以忍受的人间苦难,这是她生命意志的体现。同样成为她生命意志的是她对不幸与屈辱的仇恨与报复,甚至比前者来得更根本,更执著。它贯穿了主人公的前半生,既缘自主人公自身,又成为塑造主人公个体生命的原动力,成为她反抗命运的独特方式。试想,一个人如果从一出生便被判为犯有生命"原罪",被剥夺了一切,并且不断地遭遇不幸和屈辱,那他/她除了仇恨和报复还有什么呢?但这又是一种否定性、毁灭性的力量——不仅毁灭对手,而且也将毁灭自身。在作品里,我们看到"水上灯"的仇恨对象一个个被她或者通过她被毁灭,但她自己也并不能从中得到满足和自我实现。"水上灯"自剖:"我或者是为了想看到他们比我活得更差,或者干脆让他们死去。现在我的目的已经达到,可是我的心却痛得更加厉害。因为这世上没有一个人能够懂我……"在这里,"水上灯"并没有找到"痛"的症结,并非是因为没人懂才痛,而是这样一种仇恨与报复并不能作为生命根基的自我确认的力量。仇恨也好,名利也罢,都是随时间逐流,也将随时间消失的东西,在完成或得到后,她依旧是痛、孤独和空虚。

所幸的是,"水上灯"最后从自身经历的反思和好友"林上花"的遭遇中参透了这些,一种经历了一切也能放下一切的豁然和被需要的责任感回到她的内心。这是人生以否定之否定的方式达到的自我肯定,也是从随时间逐流沉潜(上升)到"在时间之下"——一种战胜命运,超越生命有限性状态——的通途。

原载于《文艺报》2009 年 3 月 31 日

"荒地"上的世道人心

——评董陆明长篇小说《荒地村》

因手头这部《荒地村》的提醒,笔者意识到自己已是经年未曾阅读农村现实题材的长篇小说了。生活在一个信息社会、一个市场时代的都市空间,我们每天吞噬着大量的信息、知识、经验和理论——像我这样一个文学读者,自然不会放过到手的有关文学的信息、知识、经验和理论。市场社会是个多元化的社会,信息的生产和消费——文学的创作与阅读当然也是一个信息生产与消费的过程——都是民主的、个人自决的,然而这种信息生产与消费似乎又有一只"看不见的手"在分配和调节,它一边制造着"热门"的信息,一边又在制造"热门"信息的消费者,把(生产和传播的)资源向"热门"信息倾斜,同时又把那些非热门的信息推离出人们的视野。笔者想说的是,在今天这个以城市化进程为取向的现代社会,农村题材的文学正如它所表现的当代农村与农民一样,是一个处于边缘的文类——中国农民似乎只有在作为"问题"的时候才被人们关注。

在这样一种背景下,《荒地村》带给我大量充满新鲜感的阅读经验。就内容而言,这部小说的故事情节并不复杂。围绕着先富裕起来的外乡农民刘发林家的果园,荒地村人展开了一场旷日持久的争夺战,这场争夺战将全村人卷入其中,并由此形成互相对立的两派。一方为捍卫自己的正当权益,如刘发林和他的前后任妻子,以及支持这一正当权益的少数有正义感的村民;另一方则是策划、组织抢夺果园的村干部和大多数村民。

笔者承认,这样叙述这部小说是简单而粗暴的。事实上,激起我阅读兴致的是围绕果园抢夺/保卫战,作者娓娓道出的转型社会的乡村生活生态,以及凝结在这种生活生态之上的世道人心。作为一个外乡人,刘发林及其家人靠科技、智慧和汗水，在民风强悍、家族关系盘根错节的荒地村发家致富却无辜被抢，被分了经营多年的果园，就这一事件本身，其正义/非正义的性质是一目了然的。也因此，作者在展开叙述的进程中，饱含着复杂的情绪、多元的思考。一方面，作品通过这一事件的描写以及围绕事件的各色人等的态度和行为，平实却毫不含混地掀开了乡村社会阴暗丑陋的一面，展现了那源远流长的狭隘的小农意识，诸如不患贫患不均，诸如盲从、缺乏独立意识；但在理与法、情与义的复杂纠葛之外，作品也尖锐地揭示出事件背后深层的时代和历史根源。自古以来，中国农民是不乏仁厚、恭顺、沉默的，他们习惯了汗珠子摔八瓣的土里刨食的生活，向往"三十亩地一头牛"的"小康"和"老婆孩子热炕头"的安宁。只有当这种"小康之梦"得不到实现，安宁之态被打破之时，他们才会展示充满破坏性的一面，直至揭竿而起，斩木为兵。我们甚至不必去了解李昌平给总理的上书里"农民真苦！农村真穷！农业真危险"的喟叹与忧虑，不必去读《中国农民报告》里那催人泪下的案例，读一读《荒地村》里关于乡政府征收统筹提留款、"夜袭队"抬家家、扒房子的骇人行径、上访群众的悲惨遭遇的描述，你就能理解这一场非正义事件背后的"合理性"，理解为什么大多数村民会卷入其中。正如作品写道：

> 城里人月工资过了八百元才交税，农民一年种粮种果，不管收成好坏，不管赔挣，却都得交税。城里建学校、修马路、架电线、通水管都不叫市民拿钱，为什么农村不管办啥事都叫农民拿钱？……

这种发问是振聋发聩的。然而耐人寻味的是，这一尖锐之问却并非出自农民之口，而是从支持和帮助刘发林收回果园的充满正义感和同情心的县报记者口中发出。至于那些组织和参与抢分果园的农民，他们没有这种认识，他们的非法行为往高里说也只是分了果园来充抵无法缴纳的统筹提留款。

贫穷与富裕、愚昧与开化、中国农民的善性与丑陋、乡村社会的促进与倒退……这样一组贯穿作品始终的二元对立式的主题，其实在当代农村题材的小说中从未间断地得到表现。从 20 世纪 50 年代的红色经典《红旗谱》，到

80年代贾平凹、张炜等人的农村改革小说,再到新世纪之初的《荒地村》,我们看到这一主题谱系意义上的延续。然而历史所展现出的令人猝不及防的大转型,使得作家在具体展开这一主题时又表现出思想观念、情感倾向乃至创作风格的差异。如果说《红旗谱》以其对革命年代中国农村的社会关系、阶级矛盾和农民革命动力的深刻理解和表现,赋予作品强大的政治正确性和宏阔的史诗气质,而80年代合乎民心、生机勃勃的农村体制改革,赋予贾、张等人的农村小说以鲜明的价值判断和乐观主义的未来意识,那么今天,当历史"终结"在市场化、全球化的进程当中时,乡土中国暴露出的重重困境,以及它在市场社会面临的被遗忘被甩脱的危险,都让作家在表现这一组主题时遭遇到前所未有的迷惘,丧失了展现历史趋势和农民命运的叙事信心。

于是我们在《荒地村》(也包括其他一些农村题材的作品)中看到作家的理性思考和叙事动力回到了文化与伦理——世道人心中。在作品结尾,叙事者诉诸人性的力量来解决果园争端,在刘发林向村民让利,而村民也认可了刘的承包权并获得优惠的再承包权的前提下,双方的利益趋向一致。

或许作品恰恰在此意义上无意识地掀开了历史叙事的一角——当制度、政治层面改革与调整的"创新动力"呈现出经济学上的边际递减之时,我们必须诉诸文化,诉诸世道人心来走"共同富裕"的道路?

原载于《中国图书商报》2004年6月18日

乡村中国:"变"与"不变"的诗学转换

——读长篇小说《黄河咒》有感

在一篇关于小说《太阳照在桑干河上》的创作谈里,作者丁玲曾经夫子自道地陈述自己的创作理想:"我想写一部关于中国变化的小说。要写中国的变化,写农民的变化与农村的变化,是很重要的一方面。在当时我就有这样一个明确的思想。"传统中国一直被视为是"不变"的中国——所谓的"超稳定结构",朝代的倾覆与建立不过是不同家姓的轮流坐庄,被砍头的阿Q即便"二十年后还是一条好汉",也不过是充当砍头的看客……在此意义上,丁玲所谓的"中国变化",具体说是中国农村、农民的变化,是晚清以后中国遭遇"三千年未有之大变局"之后发生的现代性事件。马克思主义的引进和传播,塑造出一种新型的历史唯物主义的"变化"观,乡村中国的阶级结构、阶级矛盾和由此产生的新型的农民革命成为推动进步、塑造历史的动力。而正是因为确立了这种进步主义的历史变化观,《太阳照在桑干河上》才成为以革命现实主义为创作方法的当代中国文学的奠基之作。此后,无论是同期的《暴风骤雨》,还是新中国建立之后的《红旗谱》、《创业史》,无不是沿着这条道路继续着"关于中国变化"的言说与建构。直至"文革",浩然的《艳阳天》、《金光大道》将这条创作道路推到登峰造极的高度。

自80年代以来,这样一种不乏单一的革命现实主义的阶级叙事遭到质疑和削弱。在《古船》、《白鹿原》等描写20世纪中国农村的"史诗性"作品里,我们看到在阶级矛盾和农民革命之外,作者在极力开掘和展现文化的形态和力量,比如民族性格、宗法性的家族伦理关系、道德或非道德的人性力量,以及其他具有地域特色的乡风民俗因素,它们与"阶级"、"革命"这些

20世纪主流的意识形态话语交织在一起，构成一幅多元的乡村中国的历史画面，有关历史之变的解析也变得更为复杂。

在笔者看来，王树理的长篇小说《黄河咒》也是一部着力展现乡村中国的文化形态和文化力量的作品。作者构建金家庄——一个位于黄河入海口平原的普通村庄的20世纪历史图景，重在开掘独特自然环境下的社会生态和以儒家文化为基石的"鲁文化"的民间形态。

在作者笔下，金家庄是个崭新而又古老的村落，它位于黄河口的冲积平原上，黄河泥沙的堆积赐给他们土地和衣食，并且随着堆积的延伸而不断向前推进，迁徙和拓殖是这个村庄特有的存在方式；而古老则表现为村落的"史前"与"史后"都处在相对单一的中原儒家文化背景下，并且是以家族的形式进行相对隔绝的迁徙繁衍的。因此，在20世纪疾风暴雨的历史之变下，这个小小的村落依然保持着甚为奇特的生态和文化不变性——一种老子式的自然、古朴、和谐的村社生活方式。

放在20世纪乡土文学的大背景下，我们能发现金家庄的存在方式体现出鲜明的独特性。长期以来，中国乡村生活的基本单位是家庭和村社，农民保持着自给自足的小生产，他们很少与村社之外的世界发生联系，相对狭小、封闭的生活使他们更为紧密地强化着家庭和村社成员之间的关系。金家庄的村民们也不例外，并且还因更为紧密的家族血缘纽带，这种关系显得尤为紧密。小说写道，全村家家姓金，是由先祖从山西洪洞县大槐树下迁徙而来，历经繁衍，开垦着上天赐予的处女地。密切的血缘关系使全村人融洽得像一个大家庭，无远近亲疏。在出现自然灾害（如水灾和蝗灾）和农忙的时候，全村人总是在"有话份儿"的金六爷带领下异常团结，齐心协力抗灾和忙活，甚至都能表现出先人后己的高尚品德；在年成不好，出现粮荒的时令，村民们也都能互相接济，共渡难关。费孝通先生所讨论的中国社会结构最基本的"差序格局"在金家庄似乎有些不太成立。更为重要的是，中国乡村普遍的阶级差异和阶级矛盾——这曾是中国革命发生和取得胜利的前提，也是革命现实主义切入文学叙事的入口，在金家庄却毫无展现。摒弃阶级叙事，当然有新时期以来文学文化新思潮在乡土文学领域带来的"范式转移"的缘故,但在这部作品里阶级叙事的缺位却是由金家庄的特殊性所决定。密切的血缘宗族关系,与外界联系的缺乏使得金家庄成为一个相对独立的自治世界;更为主要的,阶级赖以产生的根本原因——土地的兼并、集中以及凝结在土地上的人与人之间的雇佣、剥削关系,在金家庄似乎是不存在的。小说写"金家庄是个地土宽满的地方","哪家没有百十亩地?就是小家小户,也不下三五十亩","一眼望不到头的退海地,全都平展展的,稍微打磨打磨,整整畦子培培垄,就是上好的土地"。土地的宽满甚至还引得邻县的大户人家嫁女迁居。中国农村最为稀缺的土地资源在金家庄似乎并不起眼,也起不到重构社会关系的功能。在金家庄,似乎每家每户都是土地殷实的自耕农,而无地主与佃户之分。

阶级关系的缺位还可以从小说着力描写的主人公金六爷身上表现出来。金六爷的"话份"——在村子里的话语权,是因为他在全村辈分最高,为人又好,思谋周全,他的"话份"只是表现为处理村子的公共事务。在金家庄的自治世界,他既不是凭借"话份"获得赫赫威势的钱文贵(《太阳照在桑干河上》)、白嘉轩(《白鹿原》),也不是带领庄户人起来造反、革命的朱老忠(《红旗谱》),而只是一个凭借道德心、公信力为村民谋划的忠厚长者形象。而小说后半段开始出现的重要人物小俊,某种意义上倒像是领着村民们干社会主义的女"梁生宝"(《创业史》)、女"萧长春"(《艳阳天》)。这个昔日村子里的小寡妇如今是"上级"派来建立政权、闹土改的。金家庄村民通过对小俊的接纳体现出对新政权的认同。但无论是土改也好,互助组也好,让中国农村发生翻天覆地之大变的一系列革命在金家庄却如蜻蜓点水一般只留下淡淡的痕迹,而小俊在此情形下不过是另一个"金六爷"——凭借"话份儿"调节村民关系,处理公共事务,只是多了一层充当与外界(新政权)之中介的角色,标志着金家庄进入了新中国一体化的社会网络。

淡化历史之变的叙述脉络,小说便将笔力灌注在金家庄的日常起居、稼穑劳作和风俗人情等文化层面的描写上,大量生动细腻、具有民俗学内涵的情节的描写，让我们在金家庄的生活世界中流连忘返。此一面诚如编者为作品所写的按语，"草根阶层的创业史诗，原汁原味的民俗风情"，确实大有可观。只是限于篇幅，在此不做展开。

原载于《文艺报》2008 年 7 月 24 日

"现代"之外的世界

——读韩少功散文集《山南水北》

人们爱用"自由"、"多元"、"个人选择"之类的字眼来描述当下时代：生活呈现出越来越多的差异和可选择性，没有谁有资格来告诉你什么是好的，什么是应该做的。你只需递上一纸辞职信，便可摆脱朝九晚六的上班族生活，成为待在家里自己鼓捣饭碗的自由职业者；你可以自行选择北上京城或南下广州去谋生，而不需要任何组织开具证明；你可以决定和不爱的伴侣分手，不用求得领导批准，也没有从单位到街道那么多不相干的人上赶着来做思想工作。但这只是现实的表象，乃至假象，现代生活的所谓多元、个体自决，不过是处于现代性框架内的生活叙事，它形成的一整套价值规范，早已内化到我们这些现代人身上。比方说，它认定城市是比乡村更现代、更高级的文明形态；对金钱、物质和他人的支配权的大小是衡量个体成功，生活幸福的准绳；快节奏、高效率是生活充实的表征；人与人之间拉开距离是个体独立的体现……现代化像一列永不靠站、速度越来越快的火车，我们是些忙忙碌碌奔赴（生命）终点的乘客，最多只是隔着玻璃，偶尔瞅瞅外面一掠而过的风景。

当然，总还是会有一些质疑这套叙事、愿意中途下车去体验"车外世界"的"另类"。几年前，当我听到韩少功先生离开海口或长沙，举家迁往湖南汨罗县一处偏僻山乡的新闻时，我把它理解为韩先生不堪文坛纷扰的逃离或"隐"，或猜测是想躲清静去构筑长篇大作。而现在，我读到他的这本散文集、也是返乡数年的"山居笔记"（借另一位繁忙的文化人余秋雨先生用过的书名）——《山南水北》，我意识到逃离或躲清静的背后有他命意更深的文化思考和生活选择，它起于对有关现代世界的生活叙事及其价值规范的质疑和摆脱,试图以一种亲历的方式,来体认我们久违的所谓"前现代"的耕作生活和乡村文明对现代人的价值与意义。

在书中,我们读到作者对自己乡村生活的方方面面的记叙与描绘。他像乡下人一样造屋、修路、栽禾、植树、种菜、养鸡……俨然一个回归土地的乡下人,但他毕竟不是一个生来如此的乡下人,农耕生活是他拒绝城市生活之后的主动选择,因此作者便时时会产生与原来作为城里人的生活状态的比较,在劳作过程中始终伴随着对劳作本身的体验、对劳作的愉悦,这种愉悦来自生命力量和潜能的激发和确认,来自亲近自然、拥抱自然过程中所产生的交融和踏实感。这对于一个生活在城市,远离自然,工作与生命需求无直接关系,生存基础在于市场交换,生存价值在于最大限度、最有效率地支配金钱和物质的现代人来说,是何等陌生而又本质的生命活动。

当然,我们也必须认识到,由于劳作不是作者为了满足生存的被迫行为,即马克思所说的"强制的、异化的劳动",而是如作者所说的过一种"最自由和最清洁的生活","恢复手足的强壮和灵巧","收回自己这一辈子该出力时就出力的权利"的过程,因此这种劳作才在某种意义上达到了马克思所定义的"自由地发挥自己的体力和智力","是人的本质的一种肯定和实现"。

呈现在书中的作者形象像一个现代了的陶渊明。这里所说的"现代",不仅在于他生活在现时代,时时刻刻会反省先前所过的现代城市生活,感受着后者对乡村生活的冲击和改造,还在于作者也认识到自身无法摆脱这种冲击和改造,他其实时时刻刻无法与现代、与城市分离,他使用的劳动与生活工具、汲取的知识和信息都来自城市。这使得作者无法成为陶渊明式的"重农主义者",或卢梭—梭罗式的非此即彼的"反现代性"的"隐修者"。他不得不以往来于城市与乡村、现代与前现代的双重视角和复杂情感来观察和思考乡民、乡村的生活形态和价值伦理体系。

一方面,作者毫无疑问是站在农耕生活和乡村世界的立场表达对城市和现代生活的单面性和异化的厌倦和批判。他用欣悦和深情的笔调来描绘自己的山居生活,描绘与之为邻的乡民。乡民们的生活虽然贫寒却不乏宽厚与大度,简单却也自得其乐,辛劳却依然有着城里人难得的自由与欢畅。他揭示出乡村文化与众不同的一面,这种文化在某些城里人看来也许是单调、粗鄙的,然而却有着城市文化、现代文化难以企及的丰富与绚丽。他展现了乡村生活世界与众不同的认识方式、行为方式和伦理规范,几千年的农耕生活,独特的地域条件形成的乡俗、乡情、乡理,甚至那些让外人看来匪夷所思的知识和禁忌、规则与潜规则,都是那么紧贴自然,紧贴日复一日的生活与劳作,充满合理性和令人温暖的一面。作者始终强调的是一种"置身其中"的态度,任何以一种不干己的观光、猎奇态度,都无法领会乡村生活、乡村文化和乡村伦理的价值和合理性。

另一方面,作者并不是在绘制一幅乡村生活的田园诗,他并不回避生活中负面的东西,那些不近情理的习俗、那些令人匪夷所思的禁忌,还有作者笔下的乡民,在刻画他们的淳朴、善良、天真、可爱的同时,也展现出他们的狭隘、保守,乃至愚昧的一面,给予善意而温婉的讽喻与批评。读这些文字,都让我们记忆起20世纪80年代那个富有反思意识和批判精神的作为"寻根文学"主将的韩少功。

原载于《中国图书商报》2006年12月14日

"天瓢"新雨洗旧雨

——读曹文轩长篇小说《天瓢》

对于社会生活来说,市场化常常能起到"解魅"的功效,比如对文学创作。市场化带来文学创作和出版的开放与民主,使得人们,尤其是那些文学青年、文学少年们,对创作,尤其是长篇小说这种大型文体的创作,正在失去应有的虔敬和难度意识。利益的巨大诱惑以及市场的推波助澜,使得文学新人把创作长篇小说当成王朔说的"码字",当成一项替代去公司上班或去学校听课的"营生",大量涌进长篇小说的创作领域,导致近年来长篇小说数量的猛增,导致其整体质量的下降,也败坏了我们的阅读胃口。

在这样一种文学环境下,笔者读到了曹文轩先生的《天瓢》,这是一本令人耳目一新的书;一本让文学阅读回到其应有位置——生命感悟与审美愉悦的书;一本会让文学新人们领悟文学的魅力、境界和创作姿态的书。

不是说作品的视野多么宏阔、思想多么深邃、结构多么繁复,恰恰相反,这部小说采取一种以拙胜巧的写法。其主题和结构是单纯的、省净的。小说的中心人物就那么三两个,由农村孩子成长而成的乡村干部杜元潮、邱子东,以及他们共同的朋友程采芹,作品内容也围绕着他们的爱恨交织而展开。在我们这个有着渊厚乡村传统的文学国度,这样一种立意和思想内容没有,也难有太多独特之处。我们甚至可以猜测作者在构思之初,就清醒地意识到作品的写作难度,但我依然要说这是一部在当代文坛有着独特价值的作品。

熟悉曹文轩创作的读者都知道,此前他是个功成名就的儿童文学作家,对少年成长与乡村世界的专注和出神入化的刻画,使得他的少年小说达到一个突破性的文学高度,在很大程度上改变了人们视儿童文学为"小儿科"、难入纯文学殿堂的陈见。因此，对少年记忆、成长经验等微妙、复杂的人生命题有着丰富而独到把握的作者，在转型创作成人小说的时候，自然会熟练地利用这笔取用不竭的文学财富。这就是说，他在构建作品的形象系统时，贯穿着从童年到成年的整体人生观。这并不仅仅表现为作品的时间跨度，从主人公的童年写到成年，而更是一种共时性、空间性的人性把握。我们读到杜元潮、邱子东，他们的童年经验、成长历程是如何丝丝缕缕地渗透进他们成年的性格与生活，他们从童年开始的爱恨情仇是如何隐秘而顽强地影响着两个人的关系以及他们的命运。当然，这绝非是说作者在塑造人物时是个人性观上的弗洛伊德主义者———一切还原到童年经验，作者同时是把人物放在环境当中来刻画。这里的环境是多层的，既有主人公生于斯长于斯的具体的生存环境，又有现代乡村中国血缘、家族、阶级、阶层的历史变迁，还有地理意义上独有的文化环境———一个不断出现在曹文轩小说世界的小型的"油麻地文化"。这样，作品便在历时与共时的立体空间塑造出性格独特、血肉丰满的人物形象。

以拙胜巧，意味着它的取胜不在"写什么"，而在"怎么写"。用批评家李敬泽一句很俏皮又很到位的话说，这是一部文学/文化的"当权派"写的小说。确实，《天瓢》展现了作者深厚的审美功力和独特的风格追求，从而树立了一个不容混同、无法模仿的艺术高标。

在塑造人物上，作品同样在写人的吃喝拉撒性，同样表现他们的欲望、激情、爱、恨。作品不乏表现人物的情与性、阴谋与暴力，以至女作家徐坤把它看成一部"情色小说"。文艺史上，柏拉图曾极力贬低诗（艺术）与诗人，认为诗会刺激狂热的情感、败坏世道人心，而他的学生亚里士多德则标举艺术，认为诗能使情感得到宣泄和净化，从而具有教化功能。或许我们可以说，师徒俩都只论及问题的一面，艺术从来都有好与坏之分，好艺术与坏艺术会产生截然不同的作用。当眼下大量小说为迎合某种低级趣味，大肆渲染鄙俗、肮脏的情欲与物欲时，《天瓢》却逆流而上，在表现这些声色情欲时，既细腻入微，又有一种化腐朽为神奇的力量，其实事在生命与性，其指归在人情与美——生命之美、生活之美、人情之美、自然之美。这种美首先是艺术的、精神性的，在对自然与生命之实的文学转化（通过情感与精神的投入、物象的描绘、想象的挥洒、语言的锤炼、意象与意境的营造）中喷薄而出，又因为与真（生活的真实、写实）的结合、融汇而不虚弱、虚无，获得涵纳人生与万物的力量。

记得诗人任洪渊先生曾以诗的方式慨叹历史与文化对语言和人类想象力的束缚与压榨：

在孔子的泰山下/我很难再成为山/在李白的黄河苏轼的长江旁/我很难再成为水/晋代的那丛菊花一开/我的花朵/都将凋谢（《女娲的语言》）

而《天瓢》则在以小说的方式"词语击落词语"，追逐着艺术与想象力的"自己的地平线"。于是我们读到作品对天、地、人、物的无边无际而又深邃精微的描写，读到那包裹住又清洗出杜元潮、邱子东和程采芹们以及"油麻地世界"的无数场雨。这雨在走进故事、走进形象、走进"油麻地"的同时，也走出了文本，唤起又击落杜甫的"春雨"、李贺的"红雨"、洪升的"梧桐雨"、戴望舒的"丁香雨"……它还走进了我们读者，在此意义上，阅读变成了对自然人间的饱览，对艺术这一"第二世界"的体察，对无数文学文本的记忆与刷新，对心灵的擦洗和情与美的孕育。

读这样的小说是要凝神定气，如品茗一样咀嚼滋味的，而它也一定会让你凝神定气，如林黛玉在读《西厢》时所说，让你"余香满口"。

原载于《经济观察报》2005年7月11日

个人记忆下的青春与"革命"

——读林白长篇小说《致一九七五》

如今的年轻人或许很难想象,二三十年前的中国经历了一个文学崇拜的时代,那时候,选择做一个文学青年就跟眼下做白领或做股民一样正当而时尚。究其原因,除了文学能给人们带来诸多世俗或精神的收益,还有一条在笔者看来非常重要——长达十年、触及每个人灵魂的"文革"刚刚过去,留给人们一份丰厚的精神蕴藏,人们以相同的方式记忆着"文革",讲述着"文革"。这种集体记忆又被"文革"后"拨乱反正"的时代精神、文化氛围和政治路线所栽培,自然要开出文学之花,所以我们看那时候的文学,遍布"伤痕"、"苦难"、"批判"、"肃清"之类的关键词。

但这种文学风尚并没有延续多久,有关"文革"的集体记忆在人们的共同开掘下,很快变成了一座似乎没有多少储藏的废矿,大伙儿有一种"食尽鸟投林"的索然。而时代的主旋律,则是从"拨乱反正"过渡到"结束过去,开创未来"。"结束"在此意义上是双重的,一是"文革"时代的过去,二是"文革"作为一种(集体)记忆的远去,以至于在今天年轻人的历史知识谱系里,"文革"十年是普遍缺位的。有这么一条让高校文科教师感慨不已的消息:上海某著名大学一名念中国现代文学的硕士研究生,居然不知道张春桥何许人也。其实也不能责怪莘莘学子们对"文革"历史缺乏了解,意大利的史学大家克罗齐有个著名的观点:一切历史都是当代史。这话也可以倒过来理解:没有进入当代(当下生活、当下视野)的历史就不成其为历史,而"文革"显然是一段难以进入改革开放后的当下生活的历史。

如果说"文革"作为一种民族的集体记忆已渐行渐远,那么对于当事者、经历者来说,还存在一种挥之不去的个人记忆,这种个人记忆既应和着相对凝固的集体记忆（民族历史），又因其个体经历、经验的独特性、鲜活性而每每逸出集体记忆形成的历史意识、历史话语，并且这种个人记忆并不因岁月的流逝、世事的转变而消失、淡化，只是因当代生活、当下意识的进入而修缮、生长，植入新的内容。在笔者看来，《致一九七五》就是这样一部以个体方式记忆"文革"、重回往昔青春岁月的长篇小说。

这种记忆的个人性在于它是对个体青春和日常生活的记取。对个体生命来说，青春是一种必然，每个人都有自己的青春岁月，都会留下自己的青春记忆；而"革命"则是一个偶然，个人的青春期，乃至整个生命历程中可以遭遇，也可以不遭遇"革命"。一般而言，青春期是鲜花开放的年龄，单纯、激情而满怀希望，人们在这一时期更多地看到和感受阳光，更愿意将生活和未来浪漫化。如果在这一时期遭遇革命，那么青春的激情、浪漫和懵懂与革命所富有的正义性、乌托邦前景和翻天覆地的改造力量相结合，就会迸发出耀眼的生命火花，写下人生辉煌的诗篇。只可惜我们的主人公所经历的"文革"，则是一场并不美好的革命。因此，我们在小说中看到青春的炽热生命、浪漫情结与"文革"的动荡岁月、虚假革命的奇怪纠合，这是一种相互的催化，更是一种相互的改写。"文革"期间在中国大地上发生的喜剧、闹剧、丑剧或悲剧——无论是假大空、形式化的宣传毛泽东思想的文艺演出、"开门办学"的支农生产，还是知识青年上山下乡、批斗"地富反坏右"，都在小说中主人公生活的偏隅之地"南流"或"六感"上演，也在主人公的青春岁月中上演。它为主人公的日常生活增添了"革命"的内容，在主人公的思想情感中大量植入狂热而虚假的"革命"意识，从而改变了青春本有的自然面貌。但另一方面，青春不可抑制的单纯与活力又使得主人公全心投入的"文革"少了许多成人世界的残酷、伤痛、尔虞我诈，多了一份真诚的信念、浪漫的诗意，乃至快乐的游戏色彩。偏僻小镇里懵懂的中学生，他们只能以这样单纯而自由的方式参与"革命"，经历他们的"文革"。

比如说作品大量叙写了主人公与同学、同伴文艺演出和歌唱的场面，通篇穿插着"文革"时流行的样板戏和战斗歌曲。作为昔日的宣传队队员、文艺积极分子，这成为主人公投身"文革"的重要方式。今天看来，你会觉得这些戏曲和歌曲多么虚假、矫饰，其内容和风格都远离个体的日常生活、日常情感，但它在"文革"年代既是"革命"的表征，又为主人公们勃发的青春热情所强行征用，成为表达情感、呈现生活的强有力的"艺术形式"。作为"文革"时期的"革命"符码，它们自然潜移默化地造就了主人公们的"革命"意识，而一旦进入日常生活，又不免被稀释或移置，成为个人化的抒情方式，甚至娱乐方式。

个人记忆既是对个人经历、经验的记取，也成为作品的一种独特的叙述方式、结构方式。人们对一段岁月的记忆向来是零散的、片段性的，而这种片段性的回忆成为小说展开叙述的方式。一段歌曲、一位旧友的面貌、一个物件、一种食物的香味都可以引发一种情绪和思绪，成为叙述者进入往昔岁月的入口，从而记取当年的人与事。因为不追求事件的完整性、人物形象的立体多面性，而只是将记忆中最深刻、最鲜活、也最富有表现力的细节呈现出来，作品因而获得了极大的叙事自由和容量。仅在作品中出现的人物就有上百个，以至于作者不得不安排一个人物表来交代他们的身份和与叙事者的关系。无论是身处"革命"时代却依然放荡不羁、随心所欲生活的安凤美，还是浪漫大胆却能安然接受造化、不忧不惧的雷红，还是一切按"革命"要求打造自己、从不逾矩的丁服，以及风度翩翩、才气横溢、堪为女生偶像的化学老师孙向明，乃至日子过得孤单凄苦却也井井有条的独身女护士，刻板却充满人情味、同情心的生产队长……他们或近或远地围绕在主人公周边，哪怕是一次性出现的人物，也因其个性化的音容笑貌、行为做派而给我们留下很深的印象。

这些剪影般出现的人与事，像一架渐次打开的中国屏风，展现出那个特殊年代的世象与风物，共同编织起主人公如歌的青春岁月。而作品就在这种由情绪、细节和联想引发的记忆中展开散文化的叙述，成为一部风格独特、引人入胜的长篇小说。

原载于《经济观察报》2008 年 2 月 26 日

当"革命"已成"往事"

——读费克申长篇小说《青春三部曲之激情》

在新时期文学中,知青小说曾经是一大主力,揭开新时期文学序幕的伤痕文学,其命名就取自一篇同名的知青小说。正如"伤痕"这个词语的字面涵义,它奠定了那一时期知青小说的总体特征和面貌——红卫兵、造反、上山下乡……是"极左"路线导演下的一系列错误运动,它既对广大的青年来说是一场场灾难,又和国家、民族在史无前例的文化大革命中所遭受的集体创伤融为一体,因此作为伤痕文学的知青小说既是在这种创伤记忆下的控诉与批判,对逝去青春的凭吊,又汇入"文革"结束后举国上下肃清流毒、拨乱反正的政治环境、文化—文学语境,打上了鲜明的时代烙印,它暗合了美国马克思主义批评家F·杰姆逊对第三世界文学的总体断言:有关讲述个人情感和命运的故事,总是和国家、民族连在一起,成为一种投射政治的"民族寓言"。

今天,我们已经走出了"文革"时代,也走出了20世纪80年代的"后文革"时代,"文革"已变成一段"共和国往事",封存在当代中国的历史之中。因此,有关"文革",有关"知青"岁月的记忆和讲述都已告别了杰姆逊所谓的"民族寓言"的时代,变成一种私人记忆,完全进入个体生活层面。

在笔者看来,这部《青春三部曲之激情》便是一部褪去了新时期文学的"伤痕"色彩、还原到个人生活层面来展示"文革"中的知青命运的新"知青小说"。读这部小说,我们可以鲜明地感受到,一种试图钩沉、复现那个奇异年代青年的奇异生活的目标,成为小说叙事的动力,而制作者也别有意味地在封面醒目地写上两行宣传性文字——"五零后青春祭"、"中国版《红与黑》",作为对小说的一种导读,意在提醒读者,小说追求的不是要描写、反映"文革"、"知青运动"这样一些时代风云、社会历史场景,而是要在时代风云里描绘个人生活形态。青春、激情,以及"《红与黑》式"的个人奋斗,这是人生应有的内容,无论是"革命"年代,还是"告别革命"的世俗年代,都会遭遇,甚至成为人生孜孜以求的东西,因此,小说在主题意义上便呈现出更为贴近生命常态,从而也更靠近普通读者的现实本色。而"文革"作为一个"乱世",则是塑造这些青春激情和个人奋斗之具体形态的巨手。

在这样一个目标和架构下,小说展开了对一群下乡知青的"激情青春"的描绘。这其中黎一夫是个颇可讨论的形象。这部小说之所以被看作是中国版的《红与黑》,原因就在于黎一夫令人们想起司汤达笔下的于连:他出身清寒之家,却博览群书,志向远大,洋溢着一种超伦的领袖气质;在一个人人自危,只求安逸和眼前利益的乱世,他却是清醒和理性的,无论是在学校组织战斗队,还是下乡和当代农民打交道,他总能把具体的人事与自己的人生目标结合在一起;最让人印象深刻的是他对个人价值、对出人头地的执著,并以此作为自己生活、行动的唯一指针;而他的结局也是于连式的——他不仅异想天开地想去国外参加革命,以此来实现飞黄腾达,甚至不惜为此铤而走险,杀掉对他们造成障碍的人,最终为此付出生命代价。

但黎一夫毕竟不是游荡于19世纪法国贵族社会的下层浪子,如果说于连之路对他这样一个下层青年具有一种必然性——在那样一个以金钱、地位取人的时代,他除了利用自身的优势以获取贵妇、小姐的青睐,舍此又有何途呢?古今中外从不乏于连式的人物,远的不说,光是在19世纪西方的批判现实主义小说中就有一批这样的形象,比如莫泊桑笔下的"漂亮朋友"杜洛瓦、德莱塞笔下的嘉莉妹妹。而黎一夫则是生长在动荡的红色中国的青年,他的人生道路具有鲜明的时代性,又不乏传奇性与悲壮感。黎一夫的人生道路当然是实现个人野心、个人奋斗的路,但如此宏阔的胸怀、高远的目标、义无反顾的决心、不择手段的作派和敢做敢当的态度只能生成于一个革命具有无限感召力、革命的激进成为生存常态的时代,而20世纪六七十年代世界范围内的反帝反殖运动本身就是激动人心的、吸引着无数热血青年投身其中的正义事件，在黎一夫们的背后，耸立着菲德尔·卡斯特罗、切·格瓦拉以及毛泽东的巨大身影。因此，与其说是青春的激情促使黎一夫和他的同伴走上如此险峻而悲壮的人生之路，不如说是一种时代精神的力量在推动进行选择。当然，将时代精神化做人生选择，总是少数人的事，用现在的话说，黎一夫是那个时代的精英。

但革命总是一把双刃剑，它崇高、悲壮，却充满艰险与血腥；它既需要借他人的头来成就自己，也免不了让革命者献上自己的头颅；它既具有一种天然的合法性——你几乎可以在任何时代找到它的动因，又并非招之即来，来即成势。当它还只是一种意识形态、一种理念存在于精英的头脑中的时候，那么为此而实践、而献身的悲壮就不可避免地转化为悲剧。从这个意义上说，无论是被看作中国版的于连也好，还是格瓦拉式的革命者也好，生活在20世纪70年代的中国的黎一夫，一旦他为自己选定这样一条人生道路，便注定是走上一条死路。而我们也只好无限感慨地名之以"青春的激情"了。

原载于《中华读书报》2010年11月18日

第三辑

学术评论

第三篇

平衡状态

拓展十七年文学研究的力作

——评杜国景《合作化小说中的乡村故事与国家历史》

在我们的主流文学史叙事中，当代文学是一部断裂的历史，它以新时期之初为转折，分成两段。20世纪80年代盛极一时的所谓"重写文学史"、"重返五四"、"新文学整体观"的叙述，一个主要的目的以及由此形成的结果，就是截断当代文学前三十年的这个"头"，接续上新文学的"头"，当代文学由此成为一个上下分离的"活动变人形"。

这种断裂还体现在乡土文学的写作和研究中。我们知道，由鲁迅等开启的现代文学乡土写作，其基本面便是书写乡村的凋蔽、乡村的挽歌，通过国民性批判进行思想启蒙。新中国建立后，乃至从延安时期开始，乡土文学这种幽愤、批判的启蒙叙事，转折为争取民族独立、阶级解放和人民富强的革命叙事。在解放区和十七年的乡土文学中，农村不仅不是落后的、凋蔽的，而是革命的发源地、建设社会主义的主战场；农民不仅不是愚昧的、保守的，而是蕴涵着巨大的力量，是革命和建设的主力军。然而新时期之后，随着集体化、人民公社的结束和农村改革的展开，这种改朝换代、改天换地的革命叙事也告终结。经过了80年代"在希望的田野上"的短暂的改革叙事之后，90年代以来，伴随着"三农"问题的凸显，大量农村劳动力向城市转移，是鲁迅等人当年描写的"乡村挽歌"重又出现在当代乡土作家笔下，诸如莫言、贾平凹、张炜、刘庆邦，他们无不用满含忧虑、悲悯的笔调摹写一派空心化的、被现代文明遗忘和甩脱的乡村，所不同的是前者是封建与殖民压迫下的"挽歌"，而后者是现代化进程与城乡二元结构下的"挽歌"。总之，似乎"挽歌"才是现代以来中国乡村的命运，"挽歌文学"才是乡土文学的主航道。而解放区和"十七年"的那种革命的、充满乌托邦色彩的乡土文学，则是虚妄的、扭曲的，反现实主义的，是现当代文学史的一个拐弯，一段旁逸斜出的插曲。而今，对于十七年文学的两大部类，我们能见到革命历史题材文学在商业开发下的"复活"（诸如影视剧的大量翻拍），但另一大类——作为乡土文学基本形态的合作化小说，却始终处于沉睡状态。究其原因，乃是因为合作化小说所描写的那段历史已经远离了今天的乡村现实，它在基本的制度设计上与 80 年代以来的乡村政治背道而驰，这使得十七年的合作化小说既缺乏政治正确性，又不具备商业卖点。

在此语境里，杜国景所著的《合作化小说中的乡村故事与国家历史》（中国社会科学出版社 2011 年版）就是一部值得重视的研究十七年合作化小说的专著，这不仅是因为它重新拾起那段被人遗忘的历史，还因为它对现有的文学史叙述框架，乃至认识框架形成了某种突破。

首先，作者大量研读与合作化运动相关的社会学理论和史料，在进入论题时表现出良好的社会发展史意识和清醒的现实感，辩证地把握住现代中国农村革命与建设的内在逻辑与本质规律。作者并没有简单地把合作化运动与 80 年代以来的农村改革放在一个二元对立的位置中，以今日之"是"论昨日之"非"，也没有把合作化看做一个孤立的历史事件或政治运动，而是着眼于这个运动背后更深广的历史与政治、时代与社会、文化与哲学的关联，深入到历史的深处去寻找和勾画它的必然性与合理性。作者从人类的合作思想、20 世纪中国的合作化探索以及中国共产党所领导的合作运动等多层面梳理 50 年代合作化运动的理论与实践动因，从而论证，"无论从思想根源、理论背景，还是从制度资源着眼，合作化都不是一种简单的意识形态逻辑。……（它）仍是一种拥有广泛群众基础的社会潮流，甚至成为推动农业现代化的动力"（第 31 页），是中国革命的"一个深度模式"，"一场具有社会主义性质的农村经济社会的大改组、大变革"（第 3 页）。而且历史的变革与发展从来不是一蹴而就的，它并没有也无法终结在 80 年代以包产到户为基础的农村改革上，而是处在不断探索与推进当中，今天，我们可以从广大乡村蓬勃兴起的各种形式的农业合作组织，大力推进的集约化、专业化、产业化经营方式，反观出半个多世纪前那场合作化运动的梦想与追求。正如作者所言:"当我们批评合作化所表现的是一种'伪意识'时,那也并不是相对于有某种现成的'真意识'而言的,在全部否定了合作化小说的价值追求之后,谁又敢断言今天的农村小说所表达的价值观,就已经是终极真理了呢?"(第 26 页)

其次,作者充分认识到中国式合作化运动的特殊性。与苏联集体化"消灭富农",大规模"国有化"政策不同,中国的合作化运动,尤其是在前期,更表现出自下而上的自主性与和平渐进的阶段性,更为平和、顺利,没有像苏联那样出现剧烈的动荡和强制性,对经济与社会发展的促进作用也远比苏联的集体化大得多。在合作化小说中,这种自主性与阶段性也表现得甚为充分。

再次,作者认为这种研究不应该是切断现实关联性的重回历史,当然也不应该被封闭在文本中,披沙拣金地寻觅一些所谓的"文学性",更不是为了勾勒一段文学的"失败史",而是要认识到"(合作化运动)还是昨天的历史,与我们今天的现实处境有着太多的利益关联……合作化运动所建立的集体所有制今天并没有被废除,运动本身的功过还可以区别对待,并不能全盘否定,作为历史过程的农业合作化运动虽然失败了,但'合作'仍是有效整合农业资源的组织形式,今天仍然在为农村所利用。因此,在今天的现实语境中谈昨天的文学创作,只关心'写得怎样'而完全不顾及昨天的功过是非,这是无论如何说不过去的"(第 9 页)。

确立了这样的社会学与文学的理论认识,作者因而获得了一条阐释合作化小说文本与作家的有效路径,也形成了一整套关于合作化小说的新课题,从而突破了关于十七年文学所谓"题材研究"的框子,把问题引向更深广的文学史与社会史。总体上,作者把合作化小说定位为在"两个革命"转变(从新民主主义革命到社会主义革命)的大背景下关于农业合作化运动的激情叙事,这种激情叙事体现为作家是带着对建设社会主义农村的理解、信念与热情投入到写作当中,讲述一个通过合作化、集体化的道路实现共同富裕的"鸡毛上天"的故事,但作者没有把合作化小说简单地看作"那个时代政治危机的道德等同物",而是从中看到一种"新的政治美学的产生",秉承现实主义创作方法的作家在将这一主体信念投入到合作化运动的观察、思考与书写中时，还是能发现这一运动中所隐藏的诸多矛盾，能够写出中国农民在新的历史时期所出现的心态、性格、情感、命运的多姿多彩，看到即使在"一体化"叙述的框架内，合作化小说所具有的复杂性。

作者认为，这种复杂性较为典型地体现在农民形象的塑造上。合作化小说主要创造了三类农民形象：第一类反映了合作化的正面价值，即我们通常所说的社会主义农村新人；第二类是被称作"中间人物"的农民形象，体现着合作化小说的"动员—改造"主题；第三类则是与合作化正面价值背道而驰的反面人物。我们知道，合作化小说，乃至整个50—70年代的文学最为重视的是对社会主义新人、革命英雄人物的塑造，但从创作实绩来说，成就最高的却是像梁三老汉这类中间人物，而诸如梁生宝这样的新人形象，却在文学史上饱受争议，从五六十年代到新时期以来，不断有研究者质疑这类形象的真实性，认为是拔高了农民，甚至是为了取悦时代政治而放弃艺术的良知。本书没有简单地做文学或历史的取舍判断，而是深入到作家创作与文学批评层面透析形成这种错位的根源。自现代以来，作家与农民之间存在着两套不同的对话系统，一套是革命者与农民的对话系统，一套是知识分子与农民的对话系统。前者强调对农民作为历史主体地位的认识和期待，强调理想、未来和创造精神的感召，它意味着对现实的超越，对人物进行理想化的加工，赋予他们某些显然不具备的品质，更多地依赖理念，因此在方法和技巧上无形中受到较多的限制，其创造人物的空间就变得狭小了，人性内涵的丰富性被过滤掉了。而后一类形象所呈现的是传统文人、知识分子与农民的关系，他们有强大的现实基础，能有效地唤醒作家和读者的"集体记忆"，所谓真实感或真实性就由此而来，而且有着包括五四文学与西方文学在内的"原型"。从批评角度看，这种争议、质疑背后又隐含着对中国农民的一种本质主义的"前理解"或"前结构"，它来自五四以来的启蒙主义观念，认为农民本质上就是勤劳、简朴、狭隘、自私、保守……相反，当合作化小说所创造的农民新人形象超越了这些所谓的"农民本质"时，便会视为不真实，或者拔高。

同时，合作化小说的激情叙事又呈现出一种阶段性特征。从大背景而言，它来自合作化运动本身的阶段性。我们知道，中国的合作化运动走过了从互助组、初级社到高级社、人民公社的一条渐次递进的道路，不同阶段所面临的矛盾、要解决的任务有很大的不同。相较而言，在更初级的阶段，中国农民以及基层干部表现出更多的主动性和积极性，越到高级阶段，运动所遇到的阻力和困难就越大，面也越广，就更表现出自上而下的推进，如本书作者所言，"在乡土中国长期的历史发展中，互助合作的可理解性只能以较低级的形式来证明自己，一旦转向高级形式，它必须依靠意识形态话语权的推进"（第85页）。其界限是从初级社到高级社的跨越，因为后者意味着土地入股，标志着一种土地公有制的建立。在合作化小说中，如果说表现运动前期的作品更多是在运用一种"动员—改造"机制，讲述如何建社、闹生产，讲述合作化的优越性的话，那么在后期则更多地出现了为许多研究者所诟病的阶级斗争叙述，私有制、私有观念与集体主义的冲突日益被意识形态化，社会主义与资本主义两条道路的斗争日益被绝对化，最为典型的便是浩然的《艳阳天》。

我们说这是一部视野开阔、有创新性的专著，还可以从第五章"合作化小说之关联视野"中显见出来。该章讨论了两个论题，中苏合作化小说的比较与合作化小说的"城市想象"。苏联文学对中国十七年文学的影响自不待言，关于苏联合作化小说的影响的论述也有很多，而本书则是在更为宽广的社会和文学层面讨论这种影响的多样性和复杂性，既讨论作为前驱的苏联合作化运动与合作化小说成为中国合作化小说的一大催生剂，也分析苏联的"解冻文学"对合作化的反思和农村"干预生活"文学的影响，同时也比较两者的差异。这种差异既来自两国合作化运动本身，也有文化—文学传统的不同。

城市或城市文学似乎是一个与合作化小说不挨边的话题。但正如本书所言，如果把文学与城市的关系从本体论的"城市文学"转变成认识论意义上的"文学中的城市想象"，便产生出一个合作化小说如何表现/想象城市的命题。其着眼点当然不在于被表现/想象的城市，而在于揭示合作化小说如何从这一特殊角度塑造新型的城乡关系,展现合作化运动进程中农民的精神风貌。作者在大量研读那些涉及城乡关系的小说文本的基础上获得了一个有趣的发现,昔日在城市、城里人面前一派卑贱、弱势的农民形象,开始变得开朗而自信,言谈举止间有一副平起平坐的做派。这种精神面貌和行为举止的变化,在于他们从原本束缚在土地上的个体小农转变成"组织起来"了的新型农民,在于他们相信自己的明天会和城里人一样"楼上楼下,电灯电话"。他们以国家的主人翁自居,以城市工业化发展的支援者、国家建设者自居,传统的"乡下人"摇身成为了"社会主义农村新人"。从这个角度说,合作化不仅是变革中国农村生产关系和生产力的经济运动,它更是改造农民,将他们塑造成现代民族国家的主体化的公民的社会运动、启蒙运动。从鲁迅、茅盾笔下的阿Q、闰土、祥林嫂、老通宝,到新时期小说中诸如李铜钟、高加林、隋抱朴、陈奂生这样的农民形象,甚至于现实社会中的农民工或农民企业家,这中间关联着像梁生宝、李双双、萧长春,乃至梁三老汉、亭面糊、郭振山这一合作化小说所塑造的农民形象谱系。这种关联性在于他们的思想行为中加入了外面的世界,有了集体意识、国家意识和未来意识,无论他们是社会主义新人,还是中间人物,甚或反面形象。

在笔者看来,该作的创新性还体现在后面几章的作家个案研究,包括赵树理、周立波、柳青与浩然。这些当然是合作化小说的代表作家,向来也是学界研究的重点,围绕他们有太多的论述,但作者自出机杼,把知人论世的鉴别和理论观照统一起来。

比如赵树理,我们都知道他一个贴近民间,自觉运用民族和地域文化进行创作的作家,但民间与地域文化之于他是一种什么样的关系,他又如何将此与合作化这一时代命题结合起来,本书给予了系统而富于创见的论述。作者引入文化人类学中关于文化的"大传统"与"小传统"理论,认为作为民间或地域文化的小传统是赵树理写作的立身之本,他是站在小传统的立场,尽力向民间社会去阐释大传统,即五四新文化和革命政治、政策,同时又执意在大传统中保持和再现小传统。这种小传统赋予他一种实证式思维,客观、具体、琐屑,注重细节和事实,把自己看作是"助业作家",自己的作品看作是"问题小说",这成就了赵树理,但也造成了他的局限,同时也导致他在新中国成立后逐渐边缘化的境遇。他在坚守民间文化立场,坚守自我的人格操守和道德底线的同时,又被小传统的社群性和世俗性所淹没,也被政治意识形态的文化创制诉求所遮蔽和钳制,从而决定了赵树理文学的独特意义和价值。而对另一位合作化小说大家周立波,作者则以"还乡的革命者"来界定。相比现代文学中两种典型的还乡模式——鲁迅式批判性的"启蒙还乡"与沈从文式文化乡愁的"精神还乡",这种"还乡"建立在"超个体"的时代精神和政治导向对个体的统摄基础上,作为革命作家的周立波对此是无保留地拥抱的,对家乡合作化运动充满热切的期望和使命感,这是大前提。但同时这种还乡又保存了丰富的乡村经验世界,既没有因文化差异而产生的冲突与震撼,也摈弃了文化持有者的偏狭与保守;既不将国家意识形态强行植入地方,也不至于以地方去抗拒国家。它在一定程度上催生出无从遮蔽的对家乡与地方文化的认同与归属,从而在写作上形成一种与主流意识形态有所偏离的马尔库塞式的"艺术自律"。带来这种认同与归属感的与其说是革命,不如说是艺术;与其说是艺术风格,不如说是生命本体。笔者以为,这样的研究超出了以往对周立波所做的风格学意义上的文本解读,而进入到作家的写作心态与文化立场的纵深。还有本书的柳青研究,同样是深入到作家的成长背景、文化性格以及现代作家的代际差异当中,去探讨柳青的创作道路,以及他对合作化的执著。

  本书的结尾附有一篇声情并茂的后记,从作者自述的少年和知青时代五味杂陈的乡村记忆,及其乡土小说的写作与阅读经历当中,我们不难见出他长期钟情于合作化小说研究的缘由与动力。笔者想,这种内聚着个体生命历程、文学实践与文化感知的研究是难能可贵的,而作者以充满热忱、厚积薄发的研究向我们昭示出,无论是对于合作化小说还是合作化运动,我们既存的文学史,乃至当代史,都存在着大量可供反思和开拓的空间。

原载于《中国现代文学研究丛刊》2013 年第 8 期

襁褓中的社会主义文学

——评董之林《热风时节——当代中国"十七年"小说史论》

在 20 世纪中国文学当中,"十七年"是相对独立的一段,又是地位尴尬的一段。相对独立是因其处在新中国建立之初,一种"换了人间"的新时代的意识形成了它与现代文学、乃至与其脱胎而来的解放区文学的不同,而此后"文革"的爆发又是一次"天翻地覆"的否定;说它地位尴尬,也由于它鲜明的时代特色,被视为"左"的政治的附庸,在"告别革命"的年代成为"告别"的对象。"新时期"以来一度盛行的启蒙、主体性、"现代化"(西化)的叙事逻辑里,"十七年"似乎是 20 世纪中国文学河流中既小且清、一览无余的一段,如《热风时节》所概括的:"关于'十七年文学'比较普遍的两种看法是:一是'十七年'是一个政治运动频仍、完全没有思想自由和艺术民主的时代,因此那个时代的文学也只能是'伪文学',是艺术史上的耻辱。第二种看法与第一种有联系,所不同的是,承认这一时期文学有可资借鉴的历史教训,而这种承认是在特定意义上,即,以那些作家作品偏离当时意识形态的程度,来确定其文学价值。"[①] 在此逻辑中,十七年文学存在的价值不过是为文学社会学之类的外部研究提供"史料",不值得走入内部,十七年文学的研究也成了"说来惭愧"的"次等学科"[②]。

这样一种简单的、"总体化"的盖棺定论难免带来对问题的遮蔽:"十七年"作为共和国的发端,它所进行的改天换地的社会探索和实践,它对未来中

---

① 董之林:《热风时节——当代中国"十七年"小说史论·前言》(上),上海书店出版社 2008 年版,第 8 页。

② 洪子诚:《问题与方法——中国当代文学史研究讲稿》,生活·读书·新知三联书店 2002 年版,第 58、7 页。

国乃至世界产生的影响,在上述逻辑里是很难得到客观完整的理解的;相应的,这一时期的文学,以及文学所展现的历史的变革、社会的风貌、人们的心路……又岂是"附庸"一说所能概括得了的。相反,十七年文学必然是共和国发轫期文化的有机组成,从而纳入社会主义文化传统或遗产当中,有待于我们今天跳出"左"与"右"的认识论窠臼去整理、研究和择优汰劣。

在笔者看来,这正是本书讨论"十七年"小说的出发点,用作者自己的话说:"通过对研究对象的具体分析,探索它们得以生成的条件,包括以往赋予它们定义的那些文学概念,实际上是寻找'被组装起来的各种规则是什么'。"① 因此,本书特别重视,并且在笔者看来做得最为扎实,也较为成功的一条,就是贯彻着一种回到历史起点、直接面对文本的治学态度。当然,在经历了解构主义、新历史主义等后现代的思想冲击之后,作者深知一种实证意义上的回到历史起点在操作上的不可能,作者所做的是尽力揭示文学现象、文本生成的诸般因素,对文本的解读既考虑到文学成规(比如文体、创作手法等)的共时性约束,又把作品放到时代的多重社会文化语境当中,具体细致地讨论诸如时代变迁、政权更替、社会氛围、文学体制、文学政策、作家心态,直至阅读、接受环境的多方面影响。

对于十七年文学,学界历来注重它与解放区文学之间存在的连续性。比如早年致力于"中国新文学整体观"研究的陈思和,又在 90 年代提出将抗战到"文革"这一时期,作为 20 世纪中国文学相对独立阶段来处理,认为"战争文化心理"是这一时期文化的基本特征,也是文学的基本特征。② 王庆生主编的《中国当代文学史》则直接将当代文学追溯到延安文艺座谈会上的讲话。但"十七年文学"与"解放区文学"毕竟分属两个不同时代,1949年新中国的建立,使得十七年文学作为"和平建国时期的文学",上升到"国家文学"的高度,而不像"解放区文学"那样处在"区域的"、"在野

---

① 《热风时节——当代中国"十七年"小说史论·前言》(上),第 13 页。
② 陈思和:《当代文学观念中的战争文化心理》,见王晓明主编《二十世纪中国文学史论》(下卷),东方出版中心 2003 年 4 月版。

的"位置，无论是党对文学的组织、管理，还是作家对文学使命的理解、对文学的想象，抑或读者对象、文学写作和阅读的环境，都与"解放区文学"有了根本的不同，这种同中之异才是确立"十七年文学"之本体地位的决定性因素。《热风时节》很好地把握了这一同中之异，从而对"十七年文学"进行了准确的定位。比如在讨论当代小说的早期形态（1950—1955）时，作者敏锐地抓住了形势的变化、工作重心的转移给文学带来的变化。这一时期形成并贯穿"十七年"始终的都市生活、农业合作化和革命历史题材"三水分流"的格局，正是建立在时代转换、工作重心转移的基础上，而新中国成立伊始较为舒畅、宽松的政治局面，造就出文学相对活跃、多元的景象。因此，像《我们夫妇之间》这类小说在当时的出现，以及发表后广为关注、欢迎的局面，也是因为它触及到时代的敏感而又具普遍性的问题，并给予了朴素而温和的表现——这也为它后来遭受不公正的批判埋下了伏笔，这在"解放区文学"阶段是难以浮现的新问题、新状态。

读《热风时节》，我们能感受到作者始终抓住两条线索来论述十七年文学：一是文学与时代、与政治的关系。十七年文学与政治关系之密切是不言而喻的，这种密切联系不仅体现为意识形态上的高度一致，还体现在文学对具体政策、任务的呼应与表现；不仅要求作家将创作投入到这些政策、任务当中，也意味着文学领导、文学批评会随时根据政策的变动、按照与政策结合的密切程度来估量文学实践，形成十七年对文学评价的起伏不定的奇特现象。比如在讨论"百花时代"的文学时，作者以较为开阔的视野揭示出这一时期出现的文学现象、一些带有新异色彩的理论主张和创作实践与时代政治风云的密切联系，诸如社会主义改造的基本完成、苏联的变化（如苏共二十大、赫鲁晓夫的秘密报告以及"解冻文学"的盛行与传播）、中共中央与毛泽东突破苏联模式、加快探索中国式发展道路的努力、知识分子政策的调整，以及当时开展的以反教条主义、官僚主义主要内容的整风运动……①从中我们看到，这

---

① 洪子诚所著《百花时代》对此有更为完整的揭示，相关论述见《百花时代》（山东教育出版社 1998 年 5 月版）之一、之二。

些看似另类的理论探讨和"干预生活"的创作实践,始终呼应着时代的要求,而不是空穴来风的"主体意识的觉醒"或"意识形态的偏离"。

另一条线索表现为文学内部在文艺思想、思潮上的流变,作者论证十七年文学从新中国成立初期的"素朴纯真年代",中经短暂的"百花时代",此后开展了一系列关涉到文学发展方向的重大问题的讨论、论辩和原则确立,例如"真实性"、"典型化"、"社会主义现实主义"、"革命现实主义与革命浪漫主义相结合"以及"塑造无产阶级典型形象"……这一内一外的对文学的形塑、规划,形成了十七年文学独特的面貌,许多文学现象只有放在这两条线索之中,才能给予准确、完整的论述。

比如赵树理。作为一名跨现代与"十七年"两个时代的代表作家,赵树理在解放区和"十七年"时期有着不同的境遇。"讲话"发表前后,他以《小二黑结婚》《李家庄的变迁》等作品成名,迅速成为解放区文学的一面旗帜(虽然一开始也遭受冷遇),他的文学实践被树为"赵树理方向",但在新中国成立后却逐渐被淡化,直至"文革"遭受否定和批判。我们历来把这归因于五十至七十年代文学"极左"路线不断严苛的结果,但《热风时节》深入到时代内部,梳理赵树理在不同时代与主流的意识形态和文艺思潮之间既聚合又悖离的复杂关系。从解放区到新中国,农村题材小说在主题上经历了一个从农民的"解放"到"组织"的转变。如果说解放区时代,中国农民面临的首要问题是获得解放与自由,也即是五四以来的反帝反封建任务,那么新中国成立后,如何将农民迅速组织起来,尽快走上社会主义的发展道路,便是党的农村工作的首要任务。它要求作家围绕着这一中心任务,通过塑造农村社会主义新人、批判种种非社会主义的反动或落后的思想观念、表现社会主义的优越性和美好前景,来鼓舞和带动中国农民的集体化、社会主义的热情与行动。而赵树理的小说却常常不能集中表现这一主题,呈现出与时代政治的松散、多向的关系,游走于政治理念的边缘。读赵树理"十七年"时期的小说,我们可以看到他与此前作品的延续性,他说自己写的是"问题小说",却并不局限于这个社会主义时期的首要问题,"无法将作品中这一类大量的细节(即作品中的政治性内涵——引者注)条分缕析地归入某一个明确的政治或政策的范畴"①，而是追求农村题材的多样性，致力于对普通人的人生百态和性格情感的描写，表达出对农村日常生活的兴趣，甚至对中间人物、落后人物寄予一种理解的同情。在创作方法上，赵树理与要求表现生活"本质"、塑造"无产阶级的典型形象"的社会主义现实主义也显得格格不入，他更多地发掘和取径民间文艺和古典小说的艺术传统，多方位地表现中国农民在时代转轨中的生存样态与心灵图景，揭示农民作为小生产者在社会主义改造过程中的希望与困境。《热风时节》通过对"赵树理方向"的解放区和"十七年"时期境遇的梳理和探讨，揭示赵树理与"十七年"，乃至与整个新文学独立而非迎合、缓释而非对抗的关系，既以此阐明"十七年文学"对解放区文学的更新、超越的努力，以及这种努力的不成功，又标示出赵树理在"十七年"乃至整个新文学中的存在价值。正如作者所说："如果把五四新小说、左翼文学、大众化运动和社会主义现实主义分别看作现代文学史上不同的话语实践，赵树理小说'没有屈从于'其中任何一个'限制的过程'，他以传统形式为基础，使小说变成一个'煽动不断增大的机制'，因此'服从'的是另一种多元形式的经验的'撒播和移植的原则'。……不仅赵树理小说，在备受指责的那些'十七年'小说和小说家背后，都可以发现漫长而复杂的文学传统的背景，其中既有古典的，也有现代的；既有本土的，也有外来的；既有上层社会的文人情怀，也有世俗社会的浅近诙谐；既有革命者的义无反顾，也有普通人的平常岁月，而决非只是单纯的一种：要么是传统的，要么是反传统的；要么是'社会主义现实主义'，要么是反'社会主义现实主义'。"②

如何评价十七年文学，是中国现当代文学的一个重大问题，它不仅关涉到我们如何处理这份襁褓时期的社会主义文学的遗产，也关涉到当下文学的走向与发展。"十七年"走过一段艰难曲折的道路，留下太多的教训和痛苦的记忆，但"十七年"的探索与实践也留下了一份不应忽视的传统、一种在

---

① 《热风时节》（下），第146—147页。
② 《热风时节》（下），第147—148页。

今天更应认真对待的理念：文学不是纯个人的事，也不是纯技巧的演练，它总是与国家发展、民族命运相联系，呼应并参与构建每个时代的"时代精神"；与此相应，文学应该走入现实生活，在和大众最为深广的接触与融合中探求和表达他们的心灵、他们的苦乐与希冀；文学具有一种现实关怀，也不应丧失未来信念，它是与时俱进的，融入了国家、民族（当然也包括个体）的理想；文学应该在不拒绝传统与国外的文学遗产的基础上创造符合时代、符合民族文化心理的艺术形式、艺术风格……

然而 80 年代以来，在对待十七年文学问题上，我们普遍有一种历史虚无主义的倾向，文学界和学术界致力于批判和否定"左"的思潮和路线，打造"个人主体"的、回归"生活"的或"艺术至上"的文学，以至于完全走向"十七年"的反面。学界争相引述詹姆森（F. Jameson，又译作杰姆逊）的著名论断："所有第三世界的文本均带有寓言性和特殊性：我们应该把这些文本当作民族寓言来阅读……""第三世界的文本，甚至那些看起来好像是个人和利比多趋力的文本，总是以民族寓言的形式来投射一种政治：关于个人命运的故事包含着第三世界的大众文化和社会受到冲击的寓言"；而"第一世界"（西方世界）的文学则建立在"一贯具有的强烈的文化确信"基础上，即"认为个人生存的经验以某种方式同抽象经济科学和政治动态不相关"，政治在"第一世界"的文学里，如同一支"在音乐会中打响的手枪"①。以此来考量中国文学，无论是对"民族寓言"特征归纳的认同或否定，我们总摆脱不了"民族寓言"本身处于前现代的低劣、落伍状态的理解，或者是在世界文学中令人羞愧的失败性经验。

为此，我们无比迫切地期望文学摆脱政治和意识形态的操控和干预，让文学与政治"不相关"起来，在一种自由的、基于个体经验与想象的天地里"回到本身"。但 90 年代以来，这种"不相关"的、"回到本身"的文学又呈现一幅什么样的景观？确实，文学在今天变成纯个人的事，凭借个人的知识、

---

① ［美］弗·詹姆森：《处于跨国资本主义时代中的第三世界文学》，见张京媛主编《新历史主义与文学批评》，北京大学出版社 1993 年版，第 234—235 页。

聪明和技巧的技术操练，充斥着个人的喜怒哀乐、眼皮底下的琐屑无聊，甚至沦为所谓的"下半身写作"伴随着与"抽象经济科学和政治动态"的"不相关"的是与阅读的"不相关"——即便是注入强心针般的商业营销，今天任何一部小说也卖不到"十七年"小说的零头。如果说这也是文学从"民族寓言"到"个体经验"的进化的话，那不过是历史又一次施展出"播下龙种，收获跳蚤"的诡计。

原载于《中国现代文学研究丛刊》2009 年第 5 期

现代主义:"进化"与"被殖民化"的双重书写

——评史书美《现代的诱惑:书写半殖民地中国的现代主义(1917—1937)》

如何看待中国文学的现代主义运动?在文学的进化—现代化运动与近现代中国被殖民历史之间,存在着怎样的关系?我们过去存在着一种两分法:在政治经济上充分认识到西方政治/军事势力进入中国的帝国主义的殖民扩张性质。现代中国历史既是一部求民族进步、发展的历史,又是一部反帝反殖、寻求民族独立的历史,毛泽东对近现代中国社会的半封建半殖民地性质的界定,曾经是指导中国革命和建设的纲领性理论。但在文化艺术上,我们则认可西方的先发—先进性:现代文化是现代化发展过程中催生出来、并反作用于现代化的一种先进文化,而文学中的现代主义,则是"与政治历史毫不相关的自主性的文本实体"[①],是一种超越于政治经济之外的纯粹的文化潮流、美学思潮和文学实践。因此,文学中的现代主义和现代文化一样被视为我们应该从西方"拿来",以启蒙中国、摧毁封建文化、建设现代中国文学的新型文艺潮流。对大部分中国现代作家、思想家来说,政治经济上的民族主义和文化上的西方主义、世界主义可以相安无事地存于一身。

但作为一种伴随着帝国主义入侵中国一道而来文化话语,西方现代主义不可避免地要服务于帝国主义的意识形态进行合法化和传播之重要目的,那么中国的现代主义,又是如何在殖民化与进化—现代化这一互相关联又互相对抗、对立的复杂语境下产生和发展的?海外学者史书美的新著《现代的诱惑:书写半殖民地中国的现代主义(1917—1937)》是近年来海内外学界对

---

① 史书美:《现代的诱惑:书写半殖民地中国的现代主义(1917—1937)·导论》,江苏人民出版社 2007 年版,第 7 页。

这一课题研究得较为全面而深入的一书。作者重点考察了早期（20世纪10—30年代）现代经典作家和流派，对中国现代主义谱系进行了较为完整的追溯和分析。作者从历史、文本和理论三个层面，在多重殖民方式和文化相遇中细致梳理了现代主义文学的跨国路线图，从而深刻揭示出中国的现代主义的"地区化"运行方式，以及与启蒙主义、进化论和西方现代主义、殖民主义之间的多重复杂关系。

在书中，作者起用"半殖民主义"作为中国现代文学及现代主义潮流生长的历史背景，并以之来描述近现代相应的社会和文化形态。我们当然很容易想到毛泽东的"二半理论"对中国近现代社会性质的界定，但作者更是在现代中国的文化和政治状况层面来运用此术语，并在一定程度上赋予了它的特殊涵义。"半殖民主义"在作者笔下，突出了中国殖民结构的多元、分层、强烈、不完全和碎片化的特性，"半殖民"状态显示出西方列强对中国的支配虽然不太正式，其破坏性却并未减少，它更接近于新殖民主义而非正式的制度化了的殖民主义；而碎片化和多元化表明，多个帝国主义对中国的殖民加剧了国内不同政治区域的分裂和斗争，在文化上则促成了国人对外国势力的不同文化想象。更为重要的是，这种多元的、碎片化的殖民方式造成了中国知识分子在意识形态、政治和文化立场上的态度远比正式殖民地的知识分子更加多元、混杂的局面，并动摇了通常在民族主义者和卖国贼之间所作出的二元划分。它使得以反封建为重心的启蒙主义和以反帝反殖为内核的民族主义以复杂对立的方式在不同的阶段呈现出此消彼长的运行态势，并在民族矛盾较为舒缓的时期，对帝国主义的反抗更为主要地体现在政治经济上，而较少表现出对帝国主义意识形态的警醒和根除。①

形成于"半殖民主义"这一独特历史文化背景之上的中国现代主义，同样显示出其独特的本土性。文学中的现代主义汇同现代文化一道被看作与帝国主义、殖民主义截然不同的进化的、普世性的价值，被不遗余力地引进过

---

① 史书美：《现代的诱惑：书写半殖民地中国的现代主义（1917—1937）·导论》，江苏人民出版社2007年4月版，第40—45页。

来,作为反封建、实现国家独立与民族进步的启蒙工具,作为打倒旧文学、建设现代中国文学的先进的文学思潮和创作方法。因此,现代作家在对待现代主义时常常会造成对其复杂面目的遮蔽。其一,西方现代主义、现代派作为现代文化的重要内容,被视为"社会现代性在文化上的对等物"①,是推动现代化和社会进步的文化动力,而忽视了现代文化作为"更高地悬浮于空中的思想领域"(恩格斯语)与现代社会经济的分化与独立。文化或美学的现代性打一开始就是模棱两可的,是对社会的现代化与工业革命等作出的否定性反应,它否定资产阶级,谴责艺术家在庸俗、充满低级趣味的日常世界中被异化,倡导一种自主、纯粹的艺术。② 其二,当现代文化被视为一种普世性价值、一种通往现代化的文化路径而被现代作家、思想家大力鼓吹、引进的时候,其西方的地区化语境被简单地剥离、省略了,一种想象性的超国家的世界主义(它是文化上的"欧洲中心主义"的另一种表达)视角将空间化的地方性差异置换成线性时间观的先发与后发,在此意义上,"东西文化的差异,其实不过是时间上的……是时间上的迟速,而非性质的差异"③,乃至于"中国文学实际属于西方文学的血统,而非属于本土的脉络"④。而同样被遮蔽的是西方现代文化蕴涵的帝国主义意识形态属性,不可避免地具有"西方统治阶级对(他国)人民的文化生活的系统渗透和控制,以达到重塑被压迫人民的价值观、行为方式、社会制度和身份,使之服从于帝国主义阶级的利益的目的"⑤。在本书中,作者从"自我/他者"的认识模式出发,讨论了西方现代思潮中的"东方主义"和中国的现代主义者的"西方主义"在处理

---

① 史书美:《现代的诱惑:书写半殖民地中国的现代主义(1917—1937)》,第66页。
② 关于现代文化与现代经济、社会体系的分化与对立,以及现代主义的特性,可参见丹尼尔·贝尔的《资本主义文化矛盾》(生活·读书·新知三联书店1989年版)、安托瓦纳·贡巴尼翁的《现代性的五个悖论》(商务印书馆2005年版)及马泰·卡林奈斯库的《现代性的五副面孔》(商务印书馆2002年版)。
③ 瞿秋白:《东方文化与世界革命》,转引自史书美《现代的诱惑:书写半殖民地中国的现代主义(1917—1937)》,第57页。
④ 郁达夫:《小说论》,转引自《现代的诱惑》第66页。
⑤ [美]詹姆士·佩查斯:《二十世纪后半叶的文化帝国主义》,转引自霍俊国《经济全球化时代的民族文化与民族文学》,《文艺理论与批评》2007年第6期。

东、西方"他者"存在的"误读"与"挪用"问题，分析其表面相似的误读与挪用背后的本质差异，从而揭示出西方现代主义与中国的现代主义者之间客观存在的霸权/臣服，乃至霸权/共谋的权力关系。

《现代的诱惑：书写半殖民地中国的现代主义（1917—1937）》在廓清现代主义的半殖民语境的理论基础上，具体分析了早期现代文学的重要作家和流派，集中展现为对五四作家、京派作家和新感觉主义的细致阐述。

五四一代作为中国现代文学和思想的开拓者，他们鲜明地表现出反传统的激进主义和尽快融入世界"先进"文化体系的焦灼心态，这使得他们在对西方现代文化的理解和把握上显出时代独有的宏大、疏阔和理想化。本书在理论层面着重剖析了五四一代在看待西方现代文化时表现出的线性时间史观，以及超国家的世界主义视角。在此线性史观和世界主义视角的支配下，文化的差异仅仅被视为时间上的差异，中国被视为西方的过去状态，西方成为中国赶超、融入的对象。当胡适等人通过尼采喊出"重估一切价值"的时代强音的时候，此一"价值重估"的标准并不为重估者个体或民族国家本体所把握，其背后始终隐藏着西方现代文化的价值标准。这一认识论具体投射在文艺思想上，便是将现代主义哲学和文学（后者在当时常被称为"新浪漫主义"）视为最先进和最现代的潮流，现代主义是文学"进步过程的最后一阶"，是"自身文学现代性的完成标志"。① 在五四作家那里，现代主义既是一种文学思潮或思想武器，又是确立先驱者、启蒙者文化身份的"象征资本"，掌握现代主义的作家、知识分子由此拥有了言说与启蒙的文化权利。

书中以鲁迅、郭沫若、郁达夫以及陶晶孙、滕固等为个案，分析他们对现代主义的引介和运用。在分析鲁迅创作的现代主义成分时，作者指出进化论、人道主义和个人主义的混合成为其现代主义创作实践的认识论，而早年对近现代科学的学习和对以尼采为代表的德国唯心主义哲学的研读，使鲁迅在小说、散文创作中能熟稔地融汇尼采的个人主义、弗洛伊德精神分析和象征主义、超现实主义，将文学实验主义与社会意义上的具有象征意味的反传

---

① 史书美：《现代的诱惑：书写半殖民地中国的现代主义（1917—1937）》，第65页。

统主义结合起来，既体现出"形式—内容"的连贯性，又能将叙述技巧的实验主义直接地服务于社会进步的目的。在讨论郭沫若时，则从其早期的心理分析小说和批评散文入手，探究其对精神分析学说的引介和运用的内在理路和文学命义，以及这种引介和运用背后的世界主义倾向。作者指出，在郭沫若等人对精神分析学说在中国语境中的应用带有明显的人为痕迹。心理分析反映了五四对于封建道德的反抗，它为记录和命名压迫和性焦虑观念提供了一整套词汇表，由性心理和心理分析构成的"现代"新视角，成为五四知识分子个性和"现代性"的标志，把精神分析学说从一种难以证伪的"理论话语"变成实证性的科学话语。而在分析郁达夫等人的颓废主义时，作者则注意到，颓废主义作为西方现代性的组成部分，其应有之义是对资本主义的一种病态反抗，而郁达夫等人在运用颓废主义时，则摒去了这一意涵，变成反抗封建旧道德的思想武器和文学形式，将个人化的利比多与民族国家和社会意义扭结成充满张力的隐喻关系。

五四时期反传统和全盘西化的主张在进入二三十年代后遭遇一批被作者称为"新传统主义者"的质疑和批判。本书以京派作家为重点，讨论了"新传统主义者"的现代观。在目睹了一战带来的巨大的灾难性破坏之后，无论是晚清激进的改革派（以严复、梁启超为代表）、"新儒家"（如梁漱溟、张君劢），还是后起的学衡派和京派，产生了对西方文化的批判性重思。在与五四派的论战中，进化论的线性历史观和全盘西化是他们共同批判的对象，认为正是线性的进化主义导致了西方文化的物质主义、军国精神、唯科学主义和极端个人主义的"文化糟粕"，而中国传统文化在此意义上可以起到"纠偏"的作用。另一方面，作者论述，这些新传统主义者并非一般意义上的排外主义，他们与五四派的相似之处在于都认识到从西方角度出发重新思考中国传统的必要性，为此他们试图在西方主义和民族主义之外找到一条整合中西文化的道路。而这一中西文化的反思其实也有其西方现代文化的母本（譬如学衡派便从欧美的新人文主义者那里获得了知识资源），共同汇入20世纪反现代的现代性反思的洪流中，乃至从属于致力于吸收东方文化以治愈自身疾病的欧洲中心主义的文明话语，因此，本书认为新传统主义者比起五四西化派反而更有全球化和世界主义色彩。作者通过将这一知识群体与处于全面殖民化的印度比较，阐述正是非正式、多元而混杂的半殖民化为新传统主义提供了跨国家和跨文化的反思语境。

在对京派作家和理论家的讨论中，作者揭示出他们与新传统主义者相一致的是同样希望能消除中国和西方、传统与现代之间的二元对立，无论是作为理论家的周作人、朱光潜，还是小说家的废名、林徽因和凌叔华，文学传统和西方现代主义、地方特色和时代特征的融合而非取代性关系都是他们理论探讨和创作实践的核心问题。因此，京派作家也许不能称为完全意义上的现代主义，但他们的文学实践则包含了现代主义的基本内容。例如二三十年代的周作人，已经抛弃了五四时期的人文主义进化论观念，试图借助于晚明思潮来定义中国文学的现代性，倡导一种将传统与现代、个性与共性、地区性与世界性融为一体的"真实的"现代文学。同样，通过对废名小说的细读和美学分析，作者得出结论：废名小说"既包含了中西协商和相应现代主义文学技巧的跨文化维度，又包含了一种表述理论的哲学美学维度。这种表述理论拒绝承认现实主义，否认真实的和被表述的、客观的和心灵的、实质的和被反映的之间的差别"①，废名的写作体现出一种传统中的现代性和现代性中的传统"互动影响的美学"②。

新感觉主义是本书讨论最为着力的部分，作者从对上海的文化地理学分析切入新感觉主义，描绘出 30 年代上海复杂的政治和文化景观：急剧的半殖民地现代都市化以及左、中、右对抗而又对话的政治文化语境，使得上海所代表的海派文化呈现出摇摆不定、主体分裂的现代性情感。而新感觉派同样表现出对混合着殖民主义的现代文化的暧昧态度，既在一定程度上保持着对左翼文化的接纳和对资本主义的批评，又享受着资本主义都市所带来的感官愉悦，并通过对现代工业文明、都市生活和文化工业（如电影和其他大众艺术）的充满美学试验性的"厚描"，以躲避和隔断各种政治意识形态的侵扰。

---

① 史书美：《现代的诱惑：书写半殖民地中国的现代主义（1917—1937）》，第 228 页。
② 同上，第 216 页。

在此意义上，上海殖民地的耻辱身份、下层民众的日益贫困化、日趋激烈的阶级矛盾和意识形态纷争，被风格化的现代主义实验所疏离，新感觉主义者在另一层面上又回到了五四一代想象化的世界主义：通过对物质文化的迷醉性表达和对西方都市文化的占有性认同使自身获得了文化现代性的合法化。

书中还通过与日本的新感觉派比较，来突显现代主义的风格实验对上海的新感觉主义的特殊意义。我们知道，上海的新感觉主义移植于日本，而新感觉主义在日本却是一个短命的文学运动，在进入 30 年代后，日本的新感觉主义者纷纷转向军国化的民族主义。新感觉主义的主将穆时英在一次对话中曾将日本新感觉派的失败归结为民族主义和抛弃唯美理想之转向的结果，却没有意识到日本新感觉派本有的与帝国主义深层的共谋关系。① 相较之下，上海的新感觉派却试图抓住这个梦幻的"唯美理想"来疏离被殖民化处境和各种政治意识形态，他们对半殖民化都市畸形的物质文明和日常生活的认同性、炫耀性描写，同样隐含着与经过精心包装的殖民主义相共谋的"政治无意识"②。而伴随着日本全面侵华战争的爆发，新感觉派随即解体，其主要成员各自皈依（施蛰存回归现实主义，而刘呐鸥与穆时英则因为投靠日本而被国民党暗杀），反向地引证出新感觉派只是栖身于半殖民地都市语境里的现代主义文化舶来品。

现代主义作为一系列面目各异而又有着内在统一性的美学思潮，它在现代中国的搬演曾经更多地被视为现代文学生程中与现代世界相遇时的一种内在主体化的风格探求，是为挑战传统、获得生长点从而缔造现代中国的民族文学而主动"拿来"与整合的结果。如果像 20 世纪 80 年代那样取一种形式批评的内部研究方法，是很容易得出上述结论的。但正如马克思主义理论家 F. 詹姆逊所说，"甚至个人幻想的乌托邦变形也依据集体和人类的命运而得到重写"③，本书在讨论现代主义时，始终贯穿着整体性的历史主义视角，将

---

① ［日］横光利一：《穆时英之死》，转引自《现代的诱惑：书写半殖民地中国的现代主义（1917—1937）》第 292 页。

② ［美］F. 詹姆逊：《政治无意识》，中国社会科学出版社 1999 年版。

③ 同上，第 273 页。

"外部"的文化批评与"内部"的文本研究有机结合,富有说服力地揭示出一种地区化的半殖民文化语境是如何有力地塑造出现代主义潮流的特殊形态和各自命运的。不过出于对研究对象的限定,本书未能将新诗与现代主义的关系进行讨论。我们知道,如果说现代小说从源流上脱胎于古典白话小说,在语言与美学风格上始终受着传统小说强有力的影响与制约,因而在对现代主义的引进与运用上呈现出传统与现代、民族化与半殖民化、地区性与全球性的鲜明的此消彼长的紧张关系,那么新诗自诞生便是一个现代白话的、自由体的"宁馨儿",即便是在抗战的民族主义、民族风格高涨时期,新诗也未改其现代面貌,反而出现了如"七月派"和"九叶派"这样更为现代主义的群体。因此,如果将新诗进行讨论,那么笔者不知道本书所提供的现代主义与半殖民地的动态关系的理论框架是否能更为完整,更富有辩证性的阐释张力?

原载于《中国现代文学研究丛刊》2008 年第 4 期

作为"现代性工程"的中国现代文学
——评罗岗《危机时刻的文化想像——文学·文学史·文学教育》

列宁曾经说过:"没有革命的理论,就不会有革命的运动。"① 以此断言来参证中国现代文学甚为恰切。不唯现代文学在其发展过程中,始终受到各种理论的引导、干预,甚至左右,乃至于它的产生,本身就是一个理论为因、理论前行的结果,如王晓明教授所感慨的,"(现代文学)是一种理智的预先设计的产物",是"由一群轻视文学自身价值的思想启蒙者所造成"。② 当然,这群"轻视文学自身价值的思想启蒙者"既非心血来潮,又非凌空蹈虚地"造成"了中国现代文学。如果说启蒙者的核心目标在于新文化运动,在于开出中国的现代思想、现代文化,则现代文学既是新文化运动的直接产物,又是它的主战场,如刘禾所说:"现代文学一方面不能不是民族国家的产物,另一方面,又不能不是民族国家生产主导意识形态的重要基地。"③ 中国现代文学也因此成为一项关联广阔的"现代性工程",而非独立自明的纯文学活动。换言之,进入"现代"的中国文学遭遇的是一次全面的、结构性的转换——不仅是文学的类型、形态、美学风格等内部要素的转变,而且也是文学的生产、传播、教育,以及文学参与社会生活的方式等等一整套方案的"再建制"。

华东师大罗岗教授的新著《危机时刻的文化想像——文学·文学史·文

---

① 《列宁选集》第1卷,人民出版社1972年版,第241页。
② 王晓明:《一份杂志和一个"社团"——重评五四文学传统》,见王晓明主编《二十世纪中国文学史论》(上卷),东方出版中心2003年4月版,第202页。
③ 刘禾:《语际书写——现代思想史写作批判纲要》,转引自罗岗《危机时刻的文化想像——文学·文学史·文学教育·导论》,江西教育出版社2005年版,第7页。

学教育》,讨论的便是现代文学这一结构性转换的形成过程。该书"通过对'现代文学在中国的确立'这一过程的'历史化',特别是对以'文学教育'为核心的知识与学科的制度化生产和运作的分析","力求破除'现代文学'是'自然之物'的迷思,揭示'知识与学科'背后的诸多权力关系",从而回答了"(现代)文学是如何被历史地建构起来的"①。因此,通过对"现代文学之发生"这一历史现象的回溯,对缔造现代文学的那一批"启蒙者"的文学观念、文学活动的探究,进而通过对围绕现代文学所展开的制度建构做知识考古学式的考察,作者便将一个文学史、思想史问题,转换为"文学社会学"或者"知识社会学"的综合课题。而中国现代文学与中国现代性问题的复杂关联,既是作者思考的出发点,又是考察的重点。因为在作者看来,现代文学之所以具备作为一门学科的合法性,能够划分出来做专门研究,"是因为'现代性'问题深刻地介入其中的缘故",因此,"中国'现代文学'与中国现代化历史、中国现代性问题的内在关联,既是这一学科应该研究的核心问题,也是它赖以成立的基础"②。

  围绕此一目标,作者细致剖析了胡适、周作人、陈独秀等现代文学"创制者"对"文学"、"新文学"、"白话文学"诸如此类的核心概念的"文化想像"和话语建构。作者认为,由于从西方近现代文学那里获得了与中国传统文学观念完全不同的理解,"创制者"以"重新估定一切价值"的气度与自信进行着"打倒旧文学"、"创建新文学"的"文学革命",归结起来,便是在思想内容上拥护和传播陈独秀所谓的"德先生"与"赛先生",在形式上表现为胡适所倡导的"国语的文学、文学的国语"。二者都可纳入到建构"民族国家文学"的视野下,成为现代性工程之一翼。前者自不用说,因为民主与科学本身就是西方现代性启蒙所开出;即便是为了实现"言文一致"和"国语统一"的白话文运动,亦表现为在语言认同的基础上建立民族国家的"想像的共同体",本书作者所言,"一方面把传统的书面语言——其特征

---

① 《危机时刻的文化想像——文学·文学史·文学教育·导论》,第9—10页。
② 同上,第5—6页。

是言文分离——视为必须变革的对象；另一方面则以'文言一致'……作为语言变革的方向，创造新的与'现代民族国家'核心价值相契合的书面语——也即'国语'"①。白话文运动既是一场文学运动，又是一场现代性的社会文化运动。它蕴涵着这样一条思想逻辑：要开启民智，普及知识，强化新型的国家认同，必须提高全体国民的教育程度，而当时承载文化知识的书面语言，却是上层知识者通过经年学习才能掌握的艰深晦涩、表意不清的文言，因此创造一种言文一致、统一的白话国语，便成为这场语言运动不容置疑的方向和目标。

作为一种知识与学科的"现代建制"，现代文学不仅包括文学的创作和批评活动，也包括文学出版与传播、社团组织与建设、文学史写作，以及围绕着文学教育而展开的经典的确立、学科与课程的设置、教材的规定等，而这也是本书追索和分析的着力点。

作者分析道，由于现代文学（或曰新文学）与中国传统的文学观念存在一个根本性的断裂，横空出世的新文学"无法依靠自身证明自己的合法性，它必须成为历史不可分割的一部分，才能获得普遍的认同"②，因此，随着"文学革命"的展开并逐渐取得领导地位，将新文学的历史过程"自然化"便成为现代文学发展必须要解决的问题。为新文学"修史"与其说是出自修史者个人研究和写作兴趣，更是现代文学建制的内在要求。修史包括两方面，一方面是将新文学写入千年文学传统，即所谓为新文学"续家谱"；另一方面是为新文学自身写史。前者有胡适、周作人的《五十年来中国之文学》、《白话文学史》、《中国新文学的源流》等"再造历史神话"之作；后者中规模最大、影响最为深远的则要数三四十年代陆续推出的十卷本《中国新文学大系（1917—1927）》。

通过对胡、周等人的文学史著作的细致解读，作者揭示出他们为新文学立史的目的与策略。在讨论胡适相关的白话文学史论时，作者指明胡适对文

---

① 《危机时刻的文化想像——文学·文学史·文学教育》，第84页。
② 同上，第65页。

学的历史运用了某种"分解式阅读"、"破坏性重述",树立起"古文/白话"的二元体系,并通过勾连和强化文学历史固有的游移、差异、非规范和对抗性成分,来建构和扩展"白话文学"的意涵和阵营,伸展白话文学的源头,实现对文学历史的"评判"和"重估","让'白话'的表意方式对'古文'的表意方式提出压倒一切的要求,从而使得文学历史在新的阅读策略的运作下重新构成"①,最终得出"古文死了"、"白话乃是创造中国文学的惟一工具"的惊骇结论。同样的叙述策略在周作人的《中国新文学的源流》中也体现得极为充分——尽管周作人对文学取一种"循环论"来区别于胡适的"进化论",表现为周作人"主题先行"地建立"言志/载道"的二元论述模式,将文学史分疏为"活传统/死传统"、"好传统/坏传统",从而为他所认定的"言志"的新文学接续家谱,达到"将'传统'渡到'现代'"的立史目的。

自然,这些"主题先行"、不无漏洞的史论并不能一帆风顺地大行其是,作者细致地考辨了反对派对胡、周等人的非难,从学衡派征引西洋文学变革的史实来撼动胡适的白话替代文言的理论基础,到钱钟书拆解周作人"言志/载道"模式与新文学兴起的逻辑联系。但作者同样认识到,反对派的挑战并不能从根本上动摇新文学史观的确立:"文学史写作既非纯粹的理论研究,又非单纯的现象罗列,作为一种新的文学想像方式的体现,它的核心问题不是客观地陈述文学发生、发展和变化的历史,而是通过历史叙述确定新文学起源的合理性,进而提供建构新的'文学'观念的资源。"②

无论是阐发观念,还是接续家谱,都是在理论上不遗余力的鼓吹,造就起新文学压倒、替代旧文学的局面。但文学的面貌终究要通过创作实绩来展现,因此,《新文学大系》的编纂和出版便成为新文学"伟大成绩"的自我检阅式。作者细致地分析了"大系"的组织、编纂策略,让我们看到现代文学的建制者如何借助现代出版工业的强大的塑造力量,通过"把选家之学转

---

① 《危机时刻的文化想像——文学·文学史·文学教育》,第208页。
② 同上,第60页。

变为文学史家之学"①，从编辑人员的选定，到文类和编辑体例的确定，从历史分期的裁定，到文献史料的选取和安排，等等，"呈现出一幅影响至今的'现代中国文学'发生的图景"②，因而"大系"的推出也成为在理论上建构新文学自身历史、终结"保守派"质疑和动摇新文学的一项文化工程。

现代知识最为重要的传布和自我确认方式是通过"有教无类"的现代学校教育加以实施。进入20世纪，正是新式的大中学校教育——它几乎与现代文学同步发生——的兴起，引发了国文教育的改制。而现代文学的创制者正是借助国文的改制之机，将现代文学推入大中学校，从而将它从单纯的文学活动同时也转变成一门现代学科知识。本书具体分析了蔡元培、胡适等人在改造大学国文系和拟定中小学国文教材方面的活动与言述，让我们看到现代文学如何借助于制度权力获得在社会中的主导地位，同时又反过来利用这种主导地位来影响"国文教育"的改革："一方面，'国语文'必须依靠'新文学'的实绩而被'创造'出来；另一方面'新文学'则需要借助'国文教育'获得制度性的保护。所以，中学（同样包括大学——引者注）国文教育具有某种确认'文学经典'的机制，正是通过这种机制——具体的做法是选择什么样的文学作品进入教材，以及如何在课堂上讲授这些作品——可以判定什么是'文学'，什么是'非文学'；什么是'好文学'，什么是'坏文学'，从而为社会提供一整套认识、接受和欣赏文学的方法与眼光，进而规范了人们怎样来理解和想像文学及其相关语言现实的基本途径。"③

运用文学社会学或知识社会学的方法能建立起一套关于现代文学发生、发展的叙述逻辑，但如果把现代文学发生、发展的一切原因都放到"制度"、"权力—知识"的阐释框架中去找，认为制度的创立就能决定现代文学形态各异的面貌，则有可能只见"制"而不见"人"或"文"，从以往单纯考察"思想史"或"风格史"，跳到以"制度史"来驾驭"思想史"或"观念史"

---

①② 杨义：《新文学开创史的自我证明》，转引自《危机时刻的文化想像——文学·文学史·文学教育》，第266页。

③ 同上，第44页。

的另一极。在现代文学诞生之初，无论是蔡元培，还是胡适或周作人，他们的"文学建制"基本上是取法欧美或日本，但中国现代文学既经诞生之后，却表现出与上述国家或地区大为迥异的情状，仅从"建制"的角度是很难解释这种差异的。再者，倘若把新文学压倒、取代旧文学纯然视为一种"建制"的结果的话，就会忽略以鲁迅为代表的新文学作家通过面貌各异的写作呈现出来的与中国社会的现代转换更为契合的新质，而这往往是决定新旧文学彼长此消的根本性的因家。从这个意义上说，我们在抓住"制度"的同时，也应该重回文学文本，解读出旧文学不曾具有、也不可能具有的现代性成分，才能完整地阐释发生在 20 世纪的中国文学的现代性转换。

原载于《中国现代文学研究丛刊》2008 年第 2 期

新的问题　史的意识

——评刘进才《语言运动与中国现代文学》

新文化运动起于白话文运动,这是中国现代文学,乃至中国现代史一开篇就要讲到的,然而迄今为止,学界对这场运动的研究绝大多数放在"文"上,就是说关注的是新文学的内容革命,而对其"体"——语言的历史变革的研究,则像解志熙先生所言,是一个尚未被意识到的学术课题,① 文学史对这场语言变革的讨论,更多地集中到新旧观念之争上,而少有去探讨这场变革的具体过程,以及它牵涉到的方方面面的问题,似乎只要解决了观念问题,从文言到白话的变革便水到渠成,只需像鲁迅写作《狂人日记》那样,从文言的楔子到白话的正文那样摇身一变。

从这个意义上,我们可以理解到刘进才的《语言运动与中国现代文学》一书所具有的开拓价值。作者从"语言运动"的角度来理解"白话文运动",这就突破了传统的文学革命的认识框架,而凸显其作为一场文化运动、社会运动的广泛性、整体性,因此,作者便把对白话文运动的考察,从文学研究的内部移出,摆脱了以往要么侧重于文学语言的观念史,要么侧重于单个作家的语言贡献及文体意识,或某一时段、某一具体论争,而在现代语言运动的背景中整体观照现代文学的语言问题,探询现代汉语书面语言的建立过程。作者的思考与研究涵盖了三个层面:一是考察在 20 世纪创生的白话文作为一种语言运动,其自身的发展演变的思想文化逻辑;二是探询现代中国文学在造就现代汉语书面语中所承担的功能;三是考察中小学语文教学所呈现出的文言与白话问题。

---

① 解志熙:《语言运动与中国现代文学·序》,中华书局 2007 年版,第 1 页。

白话文运动反对文言，倡导白话，是为了建设中国新文学的书写语言，如周作人在《思想革命》一文中所说："我们反对古文，大半原为他晦涩难解，养成国民笼统的心思，使得表现力与理解力都不发达，但另一方面，实又因为他内中的思想荒谬，于人有害的缘故。"① 但五四前后的那些怀抱济世救国理想的文化先驱，他们掀起白话文运动，又不仅在于创造一种便于理解和易于表达的文学语言，而始终试图将这场运动推到民族国家的文化革命高度，如本书所指出，这场语言运动是与融入现代世界体系的中国人关于民族国家的想象与建构相统一的。所以，当年胡适才会将新文化运动比附为"中国的文艺复兴"，而胡适本人也曾得到过"中国的文艺复兴之父"的美誉。此处这个"中国的"，并非仅仅是一个所有格限定词，它更揭示了这场"文艺复兴"的中国性，即必须以中国思维、中国方法来处理中国问题。具体到语言运动上，便如本书在比较中国与欧洲国家语言运动的差异时所言："欧洲现代民族语言的诞生是以地域方言替代神秘拉丁语的'祛魅'过程，……中国在现代印刷语言产生之前，已经有了自己公共的书面语言——只不过这一语言的表述体系是以占据知识垄断地位的士大夫阶层的古典文言为主体。"② "对于中国的现代语言运动而言，语言统一并不存在用一种汉语书面语系统取代另一种汉语书面语系统的问题，因为中国早已存在一套'书同文'的汉字书写系统……"③ 这就决定了新文化运动作为催发中国现代民族国家观念形成的"文艺复兴运动"，更多要处理国民的思想意识问题，即新文化的内容层面，而语言——现代民族国家形成的基本要素——运动本身不是像欧洲国家那样创造一种民族新语言，而是一种语体革命——像黄遵宪所说"我手写我口"，即抛弃僵硬的、仅为上层士大夫使用的文言，推行和发展已为全体国民所使用的充满生机的口语体白话。这一任务也就决定了这场现代语言运动的基本逻辑和路径："一是推倒艰深晦涩的古典书面语言、建立言文一致的现代白

---

① 周作人：《谈虎集》，河北教育出版社 2002 年版，第 7 页。
② 刘进才：《语言运动与中国现代文学》，第 13—14 页。
③ 同上，第 31 页。

话书面语言的书写体系;二是追求'国语统一',使方言分歧的区域语言向共同的民族统一语靠拢。"①

"言文一致"与"国语统一"作为这场语言运动的基本目标、基本内核,成为本书以一贯之、层层讨论的主题,围绕这两大目标,书中阐发这场语言运动或语言变革与文化和社会革命之间的关系,讨论了几代学者、作家为实现两大目标所提出的各种理念和主张所进行的错综复杂的实践。

近代以来所发生的波澜起伏的政治、社会和文化运动,其总任务都是如何挽救国家民族日益沉沦的命运,即李泽厚所说的"救亡与启蒙的双重变奏",肇始于晚清的以白话文改革的语言运动也不例外,正如本书所说:"晚清以来的国语统一运动对于汉语语言的现代性想象与建构并非只是语言学内部的问题,实质上关系到民族复兴与民族国家构建的'宏大叙事',不可轻视。"② 它蕴涵着这样一条思想逻辑:为了救亡与强国,必须开启民智,普及知识,强化国家认同,因此必须提高全体国民的教育程度,而当时承载文化知识的书面语言,却是上层知识者通过经年学习才能掌握的艰深晦涩、表意不清的文言,因此创造一种言文一致、统一的白话国语,便成为这场语言运动不容置疑的方向和目标,也就是说,"求言文一致"、"谋国语统一"在当时的语言改革家来说,是实现国家富强的必备条件。作者用大量的史实,清晰地为我们描绘出这条语言改革的思想逻辑,从晚清的汉字注音方案,到民国"废除汉字"、"径用万国新语"的主张,再到共和国之初文字改革、推广普通话运动,支配着具体而微的语言学实践的始终是这样一种铿锵有力的"宏大叙事"。

反过来,也正是在这种"政治正确"的实用化的文化逻辑支配下,晚清以来的语言学者、文学家们才会不拘一格、大胆抛出那么多在今天看来显得极为极端、偏颇的改革方案,使得这场语言运动呈现出激荡起伏、充满跃进与洄流的复杂状态。以民初的"废除汉字"、"径用万国新语"思潮为例,如

---

① 刘进才:《语言运动与中国现代文学》,第14页。
② 同上,第29页。

果说"国语统一"是谋求国家认同,建立"大同"国家的"必备条件"的话,那么"废除汉字"、"径用万国新语(即世界语)"则是激进人士谋求融入世界(西方)体系、从国家认同到文化的西方认同、由"大同国家"而"大同世界"的逻辑必然,是盛行一时的"全盘西化"在语言学领域的体现。晚清以来国门大开、目睹欧美国家的强大,使得一批激进人士在文化上也建立起文明/野蛮、先进/落后的线性进化论的思维模式。在本书中,作者深刻地分析了这些语言改革的激进派的进化论观念与其语言革命主张之间的关系,也分析了反对"废汉论"者(如章太炎、梁启超)与他们的论辩,既剖析了其中的语言学理论之争,又揭示出语言学背后的文化之争,从而全面地呈现出喧嚣一时的"废汉"思潮的起伏消长。

在讨论这场语言运动时,本书将"语言运动与中国现代文化、现代文学、语文教学结合起来考察",是一个"带有跨学科性质"的研究课题,[①] 又是一部对这一问题"从头进行梳理和实事求是分析"[②] 的史论。史的意识体现为作者紧紧抓住中国现代汉语书面语的建立这一中心议题,在纷繁复杂的中国现代文化史、现代文学史和语文教学史中清理出一部现代汉语运动史、发展史,用翔实的、第一手的史料去构建它、充实它。许多史料的发掘、整理与运用令广大的现代文学学习者、研究者都耳目一新,见所未见。正如解志熙先生所言,作者"穷就史料,让史实说话的功夫,不仅让人印象深刻,而且令人肃然起敬"[③],正是这种穿透现象的史识和"穷究史料"的立史功夫,使得本书得以全面而透彻地回答了中国现代汉语书面语如何建立这一历史议题。

原载于《中国现代文学研究丛刊》2008年第1期

[①②] 杨义、张中良先生对本书的评语,见解志熙《语言运动与中国现代文学·序》,中华书局2007年版,第2页。

[③] 同上,第3页。

谈论中国的方式

——评《我们的时代——社会、经济、文化三人谈》

这些年来，每次读到一些讨论中国现实问题的书籍或文章的时候——无论是像《中国可以说不》这样的"民间宣言"，还是像《中国农民调查》这样的"盛世危言"，笔者都会萌生出一个想法：能不能有人——精研过大量材料、做过深入的理论与现实思考的专家学者，为我们解读现实及其所托生的历史背景、脉络？它远比老百姓的街谈巷议来得公允、透彻，但又要对老百姓的所感所惑、所思所想的话题有回应和引导。对于那些贯穿在社会生活、萦绕在我们脑子里的关键问题，应该尽量挖出历史与时代、社会与文化的关联，给我们以庖丁解牛般的解答，因此这种解读就有必要超出个人的立场、学科的分立，甚至是学术话语的阈限，成为一种开放式的探讨和对话。

眼前这本《我们的时代——社会、经济、文化三人谈》正是我企盼的一本书。三位学者——社会学家黄平，经济学家姚洋和文学批评家韩毓海，以对话的方式来讨论现实中国，带来学界对中国问题的最新思考。

关心民瘼、积极入世一直是中国知识分子的精神传统，即便是在所谓知识分子普遍"失语"的20世纪90年代，也曾有过关于人文精神、儒家传统与东亚模式、新左派与自由主义等等直面现实而又影响深远的讨论与论战。而这本"三人谈"给我们最鲜明、最有启发的，是对话者以一种跨学科、跨领域的视野和治学方式来谈论中国问题。

20世纪80年代曾经号称是中国"文化复兴"的时代，处于主流的人文知识分子接受和传播着一整套人文知识话语：民主、自由、启蒙、西方、现代化……并以这套话语来讨论和诊断中国问题。我们当然不能低估这套话语在中国社会演进以及思想史上的积极作用，但它在90年代中国社会走上全面市场化时却遭遇了前所未有的难题，人文知识分子赖以观察和言说现实的有关文化、价值、道德的话语体系既无法涵盖或切中现实，更无力回答我们所面临的"从哪里来，往哪里去"的根本问题。90年代初期人文学界发起的声势浩大的"人文精神大讨论"，最后落入凌空蹈虚、各说各话和不了了之的结果，正暴露了"复兴人文传统"的文化或道德诉求的高蹈和不切题，人文知识分子的边缘化首先是人文知识的边缘化。

在人文话语的虚弱和不切题的文化语境下，更是在中国经济从计划向市场全面转轨的社会环境下，90年代中期以后经济学话语乘虚而入，经济发展、市场、效率、制度、功利、产权、国家干预、私有化……成为学界谈论的热点话题，形成了所谓"经济学帝国主义"的思想局面。

但无论是看似务虚的文化精神、人文价值，还是作为实学的经济学理论，要想深入讨论现实，尤其是讨论中国"从哪里来，往哪里去"的宏观话题，都不足以单独给出有说服力的解答。从学术自身而言，90年代后期"新左派"与"自由主义"的论战，可以看作是一部分人文学者，包括社会学者（狭义的社会学和法学、伦理学等）对经济学话语"家天下"的质疑和挑战，揭示出主流经济学在发展、效率等宏大叙述下对社会公正和协调发展等问题的忽视或掩盖，用本书作者之一姚洋教授的话说，"以前，经济学家是关起门来自己讨论经济问题……从90年代后期，我们不得不面对其他学者乃至民众的质疑……经济学家开始倾听来自不同学科的批评意见"。

而《我们的时代》带给我们的，是一种系统、全面、跨学科地讨论中国问题的思考和言说方式，它体现出"重建知识与现实的联系"的气魄和探索。在这样一种整体视野之下，作者们重新清理和考辨"漫长的20世纪"，从踯躅于现代化门口的晚清，到试图自强却终不能摆脱"二半"社会的民国，再到共和国的革命建国，我们会看到中国是如何走上一条从民主共和到社会主义革命的崎岖之路，会重新思考20世纪七八十年代的大转折，90年代以来波诡云谲的改革之路。

几位学者都是能放出眼光"拿来"的，从欧美的福利国家、"第三条道路"，到前苏联的社会主义革命、计划经济的探索和衰败；从东亚"四小龙"

的经济崛起,到印度、拉美等第三世界国家的经济、社会发展与民族自决,都能纳入他们的视野。

当然,本书更多是在讨论现实中国面临着的诸多问题:可持续发展、效率与公平、三农、城市改革、下岗失业、城乡分治、东西均衡、社会保障、体制改革、环境保护、文化建设、道德重建……问题如此之多,头绪如此纷繁,任何声称能给出"正解"的言论免不了会遭受"江湖骗术"之讥,而学术讨论的意义在于揭示这些问题生成的背景,清理和归纳它们包含和联系的方方面面,从而开启更为切近现实、多元和开放中的建设性共识。

过去的二十多年里,我们国家最大的关键词就是发展,今天,我们在这个依然最大的关键词之外又加了几个关键词,我们在"发展"的前面加上了"可持续"和"科学",加上了"和谐"。社会理念的变化,不仅体现在国家的方针大计、发展战略上,也深入到个人生活领域。这意味着持续了二十多年的探索与转变仍然在持续,意味着我们依旧承担着坚硬而沉重的社会重建任务。从这个意义上说,本书的出现可谓躬逢其时,因为它不仅在理解历史与现实中国问题上打开多个知识和思想窗口,让我们看到诸多的思想"风景",而且也通过对这些问题的不同解释,提供了对未来中国的新构想。

原载于《南风窗》2006 年第 22 期

在生命这块黑暗的陆地

——读倪湛舸《在黑暗中相逢》

让我们从书的开篇《七宗罪——神学人类学随笔》说起吧。

笔者吃惊于"七宗罪"的叙说方式,《圣经》规定的不可抗拒的道德戒律,同名电影血淋淋的杀戮、恐怖和侦破,被作者改写成现代社会,乃至日常生活的逸闻故事,读来让人心生疑惑:这是罪吗?如此则吾侪于滚滚红尘中岂不是每每触犯,今生今世必遭永劫不归的审判?又让人脊背顿生冷汗:这不是罪吗?文章里讲述的那些逸闻故事,追究起来,哪一桩不缘于人性深处的昏昧或恶毒,足以毁灭关于幸福人生、美丽世界的真诚信念?!

是的,借用尼采的说法,这些充满罪感、罪孽的逸闻故事是"人性的,太人性了"!

在笔者看来,这样一种关于人性、关于自我的思考和体验角度,构成倪湛舸的写作出发点,因而这"七宗罪"也成为解读本书的路径。这当然与她的治学相关——芝加哥大学宗教与文学系的博士生,但笔者更愿意把之看成是一种生命感受,乃至生活方式的结果、结晶——在今天,做一名知识分子,既是一种职业选择,更是一种生活方式的选择。

这是一本博杂又有分量的书,内容包括作者的阅读笔记(笔记只是从文体意义上说,并不意味着内容的轻浅)、对专业(神学与文学)的理论思考、对作者喜爱的艺术作品——电影与音乐的文本解读,以及对自我的散文式但又充满形而上思考的生命记忆。读这本书,你会与一串串东西方文学、艺术和理论的大师与非大师、经典与非经典的文本相遇,但这绝不是说这是炫知性的掉书袋,更不是一本引介性的普及读本,毫无疑问,它是"小众"的,写给那些具备了相应的文艺和理论素养,愿意跟随作者去探究文艺与理论的底蕴，与人物及其创造者的灵魂进行对话的读者。

　　作者的阅读、思考之宽广让自称也是读书人的我们咋舌、汗颜，而且这些文本和问题，被作者上穷碧落下黄泉般地思考、质疑、追问和解答或尝试解答。最根本的是，这种思考、质疑、追问或解答并非仅仅出于专业性的工作，或是从知识到知识的自我离场式的"理论旅行"（萨伊德），而是被作者虽然年轻却因天性的敏感、敏锐，和后天的博读、善思充分扩张了的心灵涵纳了，融通过了。它是一个从知识之泉到生命之酒的酿制过程，既是关于书本或他者的写作，又是关于生存和自我的写作。因此，我们才会明了那"七宗罪"的阐释，它们仿佛是七束人性的黑暗之光，被作者从神谕或电影传奇中借来，照见现代社会生存世相的本身，照见你我（当然也包括作者自己）被日常生活夯实了的生命陆地；才会明了作者何以立场鲜明地喜爱和选择那些讲述日常生活和小人物的悲苦而又轻贱命运的文本，解剖形象及其创造者痛苦挣扎的灵魂；才会明了为什么在通篇的读解、讲述中，作者每每会引火烧身地进行自我反观，使行文充满了质感、"体感"，洋溢着生命的疑惑、焦灼、痛楚和悲怆，当然也不乏体与悟的灵性与喜悦；才会明了作者一边在勇敢而强力地感悟、叙说、阐释和批判，一边又真切地表达关于自我的稚拙、脆弱和卑微的人生感喟。

　　于是这样一种写作，便到达了卡夫卡的界定，"出于对我的身体和有关这个身体的未来的绝望"。于是写作之于作者便成为一种摆脱和反叛，一种独白式的呐喊和不可为而为之的拯救。写作以及写作的话题与作者，构成加缪所说的石头与西西弗斯的关系：一方面宿命般"被抛"进那样一种生活方式，她必须去读那些文本，思考那些问题，去与文学和宗教讲述的人生之苦、之悲、之痛相伴相守，去进行伴随生命始终的劳作——那也是一种异化或戕害，直令人发出"文学误我"、"知识误我"的悲叹；另一方面正像石头"荒谬"地确定了西西弗斯此生的命运和"事业"，文学或写作这块"巨石"也赋予她生命的重量与方向——生命不过是块黑暗的陆地，它漂浮在浩瀚无边的黑色海洋，如果失去重量与方向，我们何以把握自己的人生，何以抬眼仰望未来之路，何以测定自己的位置?！"在黑暗中相逢"，"黑暗"是对人生的荒谬与宿命的形象揭示，而"相逢"则是希望，是机遇，因为它会擦出火花，照亮黑暗。

笔者说过，这是一本写给小众读的书，在写作这篇小文的过程中，笔者陷入了矛盾。一方面，笔者忍不住想把它推荐更多的人，在"知"知识的同时去思考一些生命的真义，但同时又惶惑乃至惶恐，它像一贴"解毒剂"，而本身也是"有毒"的——知道了又怎么样？人们为什么要睁开眼，直愣愣地瞪着那存在的荒谬真相？！

但起码，它能给那些同路人一些温暖，他们也许既不知道路在哪里，也不知道天国何时降临，但由此会知道一位也在人间泥泞中艰行的陌生同伴，看到她跋涉的脚印。

"他们在苦熬。"（威廉·福格纳度语）

原载于《北京青年报》2004年9月16日

第四辑

杂读杂写

长篇小说还是文学吗?

还在好多年前,就有人正确地宣布现今的文坛是长篇小说"一枝独秀"的局面:其一,长篇小说的出版种类逐年在大规模增长,据说 2009 年更是令人咋舌地比前一年翻了一倍,超过了 3000 部(白烨,《光明日报》2010 年 1 月 18 日);其二,伴随长篇小说数量增加的是写作队伍以更令人恐怖的速度增加,不仅是业已成名的专业作家、签约作家纷纷把主要精力投入到长篇创作上,更有那些初出茅庐的新手,一上来就成为"专业户"级的长篇写手,长篇小说的作者队伍正在急速地走向新人化、低龄化;其三,当大多数文学期刊的发行量普遍萎缩,每期只能卖出几千本甚至更少,靠财政拨款捉襟见肘地维持生计的时候,那些但凡有些卖点的长篇小说,起印量动辄几万,甚至更多。

同样令人匪夷所思的是,面对长篇小说事业如此的兴旺发达,许多人依然在慨叹、抱怨着文学的萎缩与凋零,像一伙儿"白头宫女"追忆着"开元盛世"般的"80 年代"——那个长篇小说出版品种曾不及今天十分之一的"文学春天"、"文艺复兴年代"。

这样一种实绩与评价的巨大落差,只能推导出一个大家都有所感知却不愿明言的结论:长篇小说已很难作为一项指标来论衡当下的文学状况,照直说,在今天,长篇小说已不是文学。

说长篇小说不是文学,不是说今天没有文学意义上的长篇小说作家和作品,而是说长篇小说作为一个部类已跳脱出传统的由文类组成的文学序列,变成文化工业的一种产品,我们无法再以文学的方式来谈论、把握"长篇小说"这个事物,无法以之来检视文学创作的态势,分析文学对时代的影响或贡献。

长篇小说之所以能跳脱文学序列，成为文化工业的产品，是因为相对于其他文类，诸如短篇小说或散文，一部长篇小说就可成为一件使用价值（供阅读）独立、清晰、完整的商品，同时它又像一个容量足够大的筐子，在物化成书之际具有足以吸引资本运作的利润空间，因此围绕长篇小说，便可形成一个由资本和产供销系统构成的产业链。而短篇小说或散文，它们要么只能结集出版，要么只能汇聚在文学期刊，无法提供独立、清晰、完整的使用价值，难以形成产业化。

　　长篇小说的产业化特性，已深刻地改变了自身的文学属性，这意味着决定长篇小说的整体态势乃至具体一部作品的生产、传播甚至评价的，已不像原来那样天经地义地被认为是作品本身的思想价值或艺术价值，而更是资本运作、市场开发的结果。记得 2004 年《狼图腾》刚刚面市，笔者曾经写过一篇评论，认为这是一部包裹在历史与文化人类学反思的"皇帝新衣"下，宣扬社会达尔文主义式的大众生存哲学的主题错位、艺术粗糙的作品，充其量只会成为喧嚣一时的时尚小说，跟制作者雄心勃勃宣称的要成为文学经典的目标压根扯不上①，而数年过去，这部"让中国丢脸的小说"（顾彬语）也让笔者"丢脸"，无论是销量和传播的深广度，它都是近年来首屈一指的小说，从此角度它确实成了"经典"。

　　但《狼图腾》或长篇小说的"成功"是文学的成功吗？恰恰相反，它是资本及其所操控的文化工业的成功，它揭示出资本和文化工业如何大举占领传统的文学版图。由出版人、发行与营销商、大众传媒组成的商业力量在全面接管长篇小说从出版、传播，到阅读、阐释的权力。作为消费者的读者，他们看似是文学市场的主导者，但面对一个品种越来越丰富、层次越来越繁复的文学市场，他们已被拖入无所选择的盲目困境。在出版高度市场化的今天，长篇小说的出版与其说是为了满足阅读需求，不如说是在开发、制造阅读需求，因此，文学市场的读者导向最终变成出版人导向。至于传统的文学要素，诸如文学期刊、文学批评乃至作者自身，更是退居边缘，或者充当合

---

① 《中关村》2004 年第 11 期。

作者的角色。《狼图腾》的出版便是一个制造需求的绝佳案例。出版人精心选择一位跟文学毫不沾边的张瑞敏作为打头阵的推荐人，让他来阐释所谓"狼的精神"对商战、对生存的启迪，看中的正是这位当年的商业领袖、市场竞争（同样也是生存竞争）的成功人士诱人形象。这么一个角色看似不着边际却又直奔主题的阐释，无异于是在为这本小说的真正内涵背书，它产生的市场号召力是难以估量的，连小说策划人也津津乐道此举带来了不计其数的企业团购。至于几位执当代文学批评之牛耳的批评家辞藻华丽却语义含混的评语，则成为可有可无的所谓"文学性"的装点。一本号称讲述历史与文化的长篇小说被买去当作员工培训和 MBA 授课的教材，它昭示的与其说是文学的成功，不如说是商业的胜利。

　　长篇小说的产业化创造出了一个开放的写作—出版市场，使得出版长篇小说变得比以前"容易"了。以往的作品常常要先经过文学杂志残酷的筛选，才得以发表、出版，如今，期刊发表远不是一个先决条件。所谓"80后"、"90后"的生猛表现让文学界的先生们大跌眼镜，他们是专写长篇小说的"文学"队伍，他们轻易摧毁了长篇小说的写作规律，他们不屑于进行长期而艰苦的阅读和方法训练，径直去炮制长篇巨制。在他们眼里，写作和出版长篇与其说是从事文学事业，不如说是一门不坏的营生、个人职场上的"风险投资"：只需拿起纸笔，花上数月甚至更短的时间，写就一部有卖点的小说，等待或积极迎取经纪人、书商的青睐，远比普通上班族朝九晚五地在写字楼里打拼、挣薪水来得实惠、洒脱，甚至一炮走红也未可知。

　　出版的高度市场化，又导致长篇小说的类型化，随意设定的小说类型，比如惊悚、玄幻、悬疑、盗墓、网游……颠覆了原有的文学分类标准，它们本来就是为消费而设，瞄准的是被引导、刺激、制造出来的区格化的阅读口味，并不涉及划分文学题材或主题的内在标准。日益细分的极端类型化，反过来又导致写作的模式化，从而为作者提供写作的路径和框架，甚至产生出流水线式的、批量化的小说生产，例如大举进入中国的"禾林小说"。

　　从产业链的角度说，为了促成长篇小说消费的形成，经营者必须创造出便捷而规模化的市场，因此我们可以看到每一本畅销小说的上市，都有大量分销和零售商的配合,同时间、大规模的铺货。经营者还必须在最短时间、最大范围地将小说的出版信息传播出去,因此,花样繁多的营销手段、与大众媒体全方位的深度合作都是必不可少的。这些复杂的经营环节和营销手段既考验着经营者的资本实力、市场运作能力和传播资源,也造成长篇小说出版市场的巨大风险。风险源自竞争,但也意味着由竞争带来的丰厚利润,最终意味着资本的大举进入,中国当下长篇小说出版市场所蕴藏的巨大商机、巨额利润,不是让出版资本规避水涨船高的竞争和风险,而是促使他们孜孜以求地去做更大更深的市场开发,在竞争中获得丰厚的出版利润。

长篇小说的产业化既改变了长篇小说的生产和传播机制,也改变了它的评价和影响机制。不是说原有的评价机制和言说方式全盘失效,我们无法再用诸如文学积累、思想主题、创作方法、作品风格、艺术得失等文学语汇来进行艺术分析或文本解读,而是说这样一种解读和评价变成了可有可无的装点,甚至变成不与普通读者发生作用的文学圈内部的自言自语。面对长篇小说的产业化局面,批评界苦心孤诣地起用诸如"文学经典"、"严肃写作"、"传统型小说"、"名家作品"这样一些捉襟见肘的标准,一厢情愿地想与被他们指责的"商业化写作"划清界限。但是,当《狼图腾》宣布要成为长销的"文学经典"并且确实在市场领域达到目的的时候,它在多大程度上改写了所谓"经典"的定义?同样,当大名鼎鼎的《兄弟》在专家评选的2006年"《当代》长篇小说年度最佳奖"中一票未得,名列倒数第一,而余华本人则坚称《兄弟》是一部严肃的、让自己满意的作品的时候,这样一些名家"严肃"的说辞是否还能作为区分商业与非商业写作的标准?

原载于《中国社会科学报》2010年5月4日

莫言获奖，我们如何接受？

很让一些人揪心的 2012 终于要走了，而莫言获诺贝尔文学奖的消息来了，很好很好。

相信 10 月 11 日的那个晚间会有不少人在问："天哪，怎么是他……"

如果说这发问中包含着疑惑乃至于质疑的语调的话，那么它起码隐藏着三种潜台词，可以分解为三个问题：他是最出色的中国作家吗？或者换一种角度：他是最靠近或符合诺奖潮流的中国作家吗？甚至还有可能是，他与马悦然的关系最铁，最被他看好吗？

第一个问题是无解的。常言道，文无第一，武无第二。我们不知道或者说无法给出服人的答案，谁是最出色的。如果让不同的中国人、中国机构来提名，那肯定是千差万别的，会弄出一份很搞笑、让彼此很愤怒的名单。这里面除了艺术口味的差别，更有意识形态的抑扬。而第二个问题也有不同的回答。如果说诺奖真的存在某种导向或潮流的话，那又是一种什么样的导向或潮流？如果非要把这种导向往政治、意识形态上靠的话，那么坊间传说可能获奖的中国作家中，分列莫言左右的都大有人在。至于第三个问题，相信无所不能的媒体也会或真或假地索隐出种种的说法。

而在一些人那里，舌头底下压着的其实是另一个问题：这奖是授予了中国还是中国的某个作家？

此问一出，相信第一个出来辩诬的会是诺奖的评选委员会：这是个别有用心的伪问题，当然是授给作家。因为他们坚称诺奖仅仅是为了表彰文学成就，摒弃文学乃至具体作品之外的东西。但鉴于诺奖授奖史上有那么多难以理解、说不清道不明的前例，人们还是会对此持一种姑妄言之的态度。比如《环球时报》这家国内权威的国际时政媒体就评论说："莫言获奖会对中国人看诺贝尔奖的态度做一次修正,给我们带来快乐。但中国主流社会对诺贝尔奖的信任不会就此彻底建立起来。它给中国人的印象会复杂多样起来,……它是想……再制造一次相反的轰动吗?不少中国人都闪过这样的问题。"① 很多人认定诺贝尔文学奖的评选从来就不是一个仅仅关乎文学自身的事件,评选委员会不会纯粹到只从文学/作品内部来考虑这个迷人又恼人的奖项。因此文坛流传着一种最为出格,也最具杀伤力的猜测:这是深陷主权债务危机的欧洲伸向中国的一根橄榄枝。有趣的是,次日揭晓的诺贝尔和平奖得主就是正在致力于解决债务危机的欧盟,而新华网评论称这是"给危机中的欧盟打一剂强心针",这种巧合似乎在暗示人们去找寻伏隐其间的草灰蛇线。在这里,我们起码可以认定的是,在中国的莫言与尼日利亚的索因卡(1986年诺贝尔文学奖得主)、圣卢西亚的沃尔科特(1992年诺贝尔文学奖得主)、土耳其的帕慕克(2006年诺贝尔文学奖得主)之间,作为定语的国名是有着不同权重的。

　　权重的不同是一种客观存在,谁让中国是一个"崛起"呢。但遗憾的是,以笔者连日来所见闻的种种针对"中国作家莫言"获奖的反应——它们来自各个层面,从宣传口的谈话,作家、批评家的职业化评论,到普通的读者、网民的留言来看,这个权重在中国人自己心目中似乎也在放大到超出其应有分量的地步,以至于让人感到有一种主副颠倒的倾向:作为定语的中国、中国文学成了主词,而本该是主语的莫言被置于多少有些奇怪的位置,他被压成薄片儿,成了一个象征、一个代表,乃至于一个受益于中国(文学)强大后的幸运儿,他的获奖被解读为中国(文学)崛起,走向世界的标志性事件。多少年了,中国作家、中国文学就像20世纪热播的电视剧《北京人在纽约》里唱的那样"千万次我追寻着你",而今天它终于落到作为个体的作家莫言身上时,一种什么样的情感弥散期间?作为整体的中国作家,作为整体的文学中国又该如何看待这一结果?是作为一种同侪、同胞的欣喜、坦然,还是总想越俎代庖,却总是难掩心虚、五味杂陈地去集体性地接纳?

---

① 《环球时报》2012年10月12日。

记得马悦然先生多次告诫中国作家（当然也是说给中国读者乃至国家听的）：你们已经走向世界了，你们有过鲁迅、沈从文，你们应该更自信，挖掘更多自己的内在力量。笔者以为，这种自信除了相信自己已有获奖的实力，恐怕还包括自信地去接受这根橄榄枝，无论它是伸向个体的作家，还是整体的国家，我们要限定它带来的效应，还原出它的真实面目，而不要患上一种集体迷狂的诺贝尔眩晕症。

同时，这种自信也意味着一种清醒，毕竟中国（文学）还只是在"崛起"，像诺奖这种真假难辨的文化游戏，我们还只是个跟着玩儿的"他者"，远不是规则制定者，甚至还做不到让人耐下性子倾听的阐释者。正如世人不会因为索因卡、沃尔科特、帕慕克的获奖而从此认定尼日利亚、圣卢西亚、土耳其文学就"走向了世界"，就成了文学大国，我们同样也应该清醒而自信地认识到，中国是文学大国（强国）还是文学小国（弱国），并不因莫言的获奖发生了多少改变。如果这样，那么哪怕这真是欧洲（假诺奖之手）伸来的一根橄榄枝，我们也就能恰当而自如地接受，不至于一厢情愿地来个什么投桃报李。

原载财经网 2012 年 10 月 19 日

立场的表达抑或象征资本的挪用？

——全球化涌流下的中国"左岸"

社会时尚的迁演常常以让人瞠目结舌的方式展开。在 20 世纪 80 年代，"左"曾经是个令人避之唯恐不及的字眼，通过国家意识形态与知识分子的协同作战，"左"遭到了不遗余力的批判，直至被推上历史的审判台。

但这本身已成历史了。伴随 20 世纪 80 年代——一个对改革、对西方充满企盼与想象的文化浪漫主义时代的逝去，人们对"左"不那么谈之色变了，思想界早已重新拾起这个字眼，分离出一些可供利用的资源。西方马克思主义一直是知识界长盛不衰的热门话题；"新左派"旗下聚集起一批当今中国有活力和影响力的知识分子。当社会的主要矛盾从改革初期的发展问题，变成 20 世纪 90 年代以来发展与公平问题并立的时候，"左"意味着一种立场、一种对主流的质疑和批判态度，甚至成为社会的边缘阶层和弱势群体的代言。

这种迁演还在持续，时至今日，它不再满足于充当一种学术资源、话语武器，当"左"变成"左岸"，从播音小姐/先生充满魅力的喉咙飘出，在互联网上频频出现，直至醒目地悬挂在某片新楼盘入口处的时候，似乎意味着它转变为文化地理学意义上的群落或社区，在当前中国的现实空间抢滩登岸。

"左岸"，它带给人们的联想是遥远的西方，是巴黎、塞纳河、拉丁区，这里的平民聚居地和古老大学曾经招纳了伏尔泰、萨特和他们光荣的 1789 年法国大革命、1968 年巴黎学生运动；这里自由的气息、麇集的艺术家甚至廉价咖啡的馥郁曾经滋养过波德莱尔、毕加索、新小说和左岸电影。几乎所有的"左岸"行为，无论是艺术的或是商业的，都在询唤这样一种关于塞纳河左岸的联想诉求。

但如果我们追问下去：为什么这个"左岸"不是黄浦江或嘉陵江的左岸——前者哺育了中国最早一批左派思想家、文艺家，以及最早的工人运动，后者则是许云峰、江竹筠等革命知识分子活动的天地？20世纪的中国并不匮乏左的思想遗产和实践传统，无论是为挽救民族危亡，实现国家独立的正义的义不容辞的左，还是为"跑步进入"人间天堂而实行激进的乌托邦式的"左"，甚或为肃清异己、夺取权力而乔装打扮的阴谋家的"左"。这些形形色色的"左"留下了丰厚的思想资源、经验教训、话语空间和对象。是什么使那些"左岸"行为的策划者在苦心孤诣地树起"左"的招牌的时候，会置这一大笔遗产于不顾，而要将"左"的潮流引向西方的"岸"？

其实这种追问是天真的、学究气的较真。因为这种"左"与马克思、社会主义、社会理想和弱势群体并不相干，它甚至与伏尔泰、萨特以及他们的1789年、1968年也没有多大关系。"左岸是一种情绪，一种感觉，一种诉说不尽的风情。"广州丽江花园左岸广告的创意者如是说。北京中关村"左岸工社"的老板则更直接："'左岸'只是个名称，并不重要……对谁说话很重要。我们要用读书人喜欢的方式和他们说话。"说到底，他们所询唤的只是一种关于异国风情，关于文化艺术，关于自由和格调的浪漫联想，并且止于这种联想。"左"在这里变成一种可以用来增值的文化象征资本，或者说是可以用来消费的文化产品、文化符号。也因此，曾经尖锐、对抗性的"左岸"柔化成赏心悦目的"杨柳岸"，或者说根本上就是一条精心构筑的"黄金海岸"。

但"杨柳岸"、"黄金海岸"能建筑在"社会江河"的左侧，这一"社会事实"本身就别有意味。其一，策划者说，"用读书人喜欢的方式和他们说话"，这说明他们把准了"左"是"读书人"喜欢的"说话"方式，尤其是在社会现实和文化思潮正在使许多读书人重新校正立场的今天。不过，我们心里清楚，策划者心目中的"读书人"定位在那些有实力进驻"左岸工社"、"丽江左岸花园"、"左岸春天"（长沙）之类的知识精英，而与原本意义上身无长物、心忧天下的读书人不可同日而语。其二，正如"右"有多种面目，"左"也是包容着多重主义、主张、诉求和形象的文化符号。既然我们早已心照不宣，如今的塞纳河左岸已经成为名牌皮包路易·威登和大型商场 Le Bon marché 的营盘，成为时尚、品味和游客炫耀金钱的场所，中国的"左岸"为什么就不能打造成业主既展示激进（时尚？）姿态，又满足其物欲与自由需求的形象加工厂呢？其三，地产广告商质疑道："人的内心是否真的存在这种壁垒分明、非此即彼的左右阵营？既然左岸的人可以时不时地向右岸眺望，谁又能说，来自右岸的商人就绝不能有某种左岸的情怀？"而笔者的回答是，这种"壁垒分明、非此即彼的左右阵营"曾经确实存在过，它存在于1789年或1848年的塞纳河畔，存在于《红岩》英雄们活动的嘉陵江边。然而今天这种壁垒已经不再分明，因为"河"面上已经架起了一座桥梁，金融和文化资本可以自由地在两岸来回调拨、征用。

笔者不否认左岸有太多的人"时不时在向右岸眺望"，也不怀疑许多"来自右岸的商人"总会有"某种左岸的情怀"，但问题是，只要丽江左岸花园的售价让广州的普通市民不可企及，那它就绝不会真正建造在"河"的左岸。因此，"左岸"也绝不是单靠商人们的"某种左岸的情怀"能够筑起的。也因此，若要真正回答"中国的左岸在哪里"？答曰，在社会的边缘，在社会发展与社会公正问题的平衡解决的努力中。

原载于《中关村》2003年第8期
2014年初改定

"杂交"是怎样形成的

——读《布波族：一个社会新阶层的崛起》

苏格拉底曾经说，一切知识都始于对自我的认识。尤其是在一个"一切都消散了，再也保不住中心"（叶芝）的时代，那些能够明了地揭示"我是谁"、"我们是谁"的知识，尤其能赢得人们的青睐，获得通行的权利。例如 2002 年在国内出版的《布波族：一个社会新阶层的崛起》，便因为对一个"正在崛起"的"权势集团"准确生动的描画、强有力的命名，在读书界十分流行；"布波族"（或"波波族"）这一命名也迅速在社会传播，得到广泛的认可。

其实作者所描述的这个集团，正是发达资本主义时代的知识精英。但相比知识精英或新权势集团简单的外部归类，"布波族"这一命名方式，有着丰富的文化学、社会学意义，它从社会地位、生活方式、价值观念、精神气质等诸多层面，高度凝炼地揭示了这个集团的独特内涵，划出了布波与非布波之间清晰的界线。它不仅为知识精英们解答了"我们是谁"这个身份认同问题，也为他们指明了"我们向何处去"的人生追求。

了解"布波族"这个命名的人都知道，它实际上是两类人——布尔乔亚与波希米亚的混合，如本书作者大卫·布鲁克斯所说："这些高学历的人一脚踏在创意的波希米亚世界，另一脚踩在野心勃勃和追求世俗成功的布尔乔亚领域当中。"这些商业社会的知识精英，堪称这个时代的两栖动物，熊掌与鱼兼得的骑墙者。他们一边在生存的竞技场——商业和市场上搏杀，去赢取财富、世俗权力和物质享受，同时又试图保持一种个性化的自由精神，随兴浪漫的生活方式，乃至波希米亚式的叛逆、拒绝约束与反物质主义。

首先在经济生活领域，他们熟谙这一领域的生存逻辑与游戏规则，并勇于投身其中。他们是商业竞技场上的成功人士，这是他们与所谓"小资"的本质区别。但经济领域是一个以精细的分工和严密的等级构成的自律世界，其全部活动都遵循效益原则，目的是为了最大限度地获取利润。这一领域需要的是如马克斯·韦伯所说的"视职业和工作为天职"的新教伦理，"以富有远见和小心谨慎来追求所欲达到的经济成功"的资本主义理性精神。

然而这又是一个使人异化、物化，个性消失在职业角色当中的单向度世界。仅仅满足于这样一个世界的成功者，那么知识精英们与他们信奉禁欲苦行主义（韦伯）的布尔乔亚祖先并无二致。事实上，这些跨世纪的知识精英们在价值观和精神气质上还有着另一种承传，这便是《布波族：一个社会新阶层的崛起》一书所说的"反叛的60年代"的"文化激进主义"，推而广之，是摇撼整个资本主义精神之树的20世纪现代主义罡风暴雨。

作为文化思潮和生存价值观的现代主义，本身正是资本主义生产方式与价值体系的嫡生子，但却是一个充满"叛父"乃至"弑父"精神的"逆臣二子"。正如美国社会学家丹尼尔·贝尔在其名著《资本主义文化矛盾》中指出："（在以现代主义为内核的）文化领域的特征是自我表达和自我满足。它是反体制的，独立无羁的，以个人兴趣为衡量尺度。在这里，个人的感觉、情绪和判断压倒了质量与价值的客观标准，决定着文艺作品的贵贱。……不难理解，文化的民主化倾向会促使每个人去实现自己的'潜力'，因此也会造成'自我'同技术—经济秩序所需的'角色要求'不断发生冲撞。"我们从《布波族：一个社会新阶层的崛起》对"波希米亚阶级"的界定，诸如"注重创意、叛逆、新奇、自我表达、反物质主义和生动活泼的生活体验"等等中不难看出，所谓的波希米亚精神不过是作者贴在现代主义文化思潮和价值观念上的另一标签。

其实早在19世纪下半叶，也就是被德国思想家瓦尔特·本雅明称为波希米亚诗人的波德莱尔饮誉巴黎，盛行西方的年代，就开始了现代主义对传统资本主义精神的反叛与颠覆。此后的一个多世纪，现代主义不仅表现为一种艺术或美学精神在文化领域所向披靡，打垮了古典主义和理性主义的文艺，在经济生活以及社会生活领域，它与韦伯所揭示的资本主义精神传统也构成一种此长彼消的关系，用丹尼尔·贝尔的话说，"社会行为的核准权已经从宗教那里移交到现代主义文化手中"。从这个角度说，所谓的"布波族现象"，正是资本主义观念体系、价值格局发生偏转、倾坍后的一次"圣杯"寻找运动，一次精神资源的重新嫁接。它试图回答一个"'后'韦伯问题"：当资本主义的精神源头——传统的新教伦理和工具理性——在其世俗化的进程中日趋瓦解，当视工作为"天职"，奉行严谨、节俭、禁欲的原始积累精神已在个性主义、享乐主义的现代罡风中消耗殆尽，工作的意义与价值越来越难以从"工作"——一种"非我的角色化行为"——本身中提取的时候，人的工作动力从何而来？该如何建构生活的意义和价值？

面对现代主义"逆子"的反叛与颠覆，资本主义"精神之父"采取的是一种加以驯服和收编的策略，将其作为一种"有益健康"的精神资源纳入自身的肌体，同时又将自有的原始动力——贪婪攫取和理性核算渗透进文化和社会生活本身：

一、在发达资本主义时代，文化从一种精神形态、知识体系、价值观念变成文化工业，变成可以实施生产的资本，可以变卖的商品。并且，在文化流通、传播，被大众化的过程中，现代主义原有的那种个人化、反叛性、富有形而上意蕴的内核也被有效地稀释，甚至消灭，变成一种被"解毒"后大规模复制的供消费的文化商品形式。

二、文化、智力被注入金融资本之后，和科学技术一道成为社会生产系统中最活跃、最有创新能力的文化资本、智力资本，反过来又扩展和强化了资本主义的生产—消费链。不仅如此，在智力资本、文化资本产生，运转，发展成"知识经济"、"文化工业"的过程中，也为一大批文化与智力资本拥有者提供了一个可以"大展才华"的世俗的经济活动疆场，让他们在充分体验世俗成功的同时，消解以往多少具有虚无主义的反抗与批判。正如《布波族：一个社会新阶层的崛起》所言，所谓的"布波族"就是接受过高学历教育后的智力资本或文化资本的拥有者，他们在知识经济、文化工业领域内的成功使他们获得了精英阶层的社会地位，而与他们另一位"父亲"——六七十年代文化激进主义知识分子——相比，他们就像书中所说，变得温和、开明、低调，信奉文化多元与文化调和。

三、当代消费主义观念正大规模侵越进社会生活当中，也有力地支撑着布波族自我意识和身份的建构。作为一种生活方式的消费主义，它不是简单的为满足生存需要而对商品或物质的获取与消费，而是为满足被商业集团和大众媒体不断刺激、诱导、制造出来的占有欲望。处在消费主义观念下的人们，它所占有和消费的也不仅是商品本身的使用价值，而更是凝结在商品上的符号象征价值。例如当消费者购买、穿着某种品牌的时装，同时也是在消费这种时装所被赋予的风格、品味、形象、文化色彩……因此，通过对凝结在对象上的风格、品味、形象、文化色彩等符号象征价值的消费，消费成为对自我的个性、身份、社会等级、社会关系直至生活方式、生活价值的建构，而当代消费主义价值观正是通过对这样一种象征价值、象征意义的编织、生产，向人们提供一些想象性的、虚幻的"意义承诺"：在对消费欲望的追逐与满足过程中，人们建构了自我的身份，获得了成功的人生，实现着对"自由"的渴望，体验着生活的"美好与幸福"。无庸赘言，《布波族：一个社会新阶层的崛起》一书正是通过连篇累牍地描写布波族建立在财富基础上的随心所欲且引领时尚的消费方式，来昭示其身份、个性上的独特和魅力，彰显他们人生意义上的成功与自由。

这样一种包裹着消费主义内里的布波式的生存观，对处于发展中的当代中国尤其具有冲击力。事实上，国内对布波族现象的传播多集中在对他们消费行为的介绍展示上。对广大的都市青年来说，那种有钱、有闲、有品位的布波式生活方式从来与之无缘，他们所能身体力行的，不过是花不菲的价格买一件现代"波希米亚流浪服"。在此意义上，所谓的布波现象在当下中国的引进与流行，不过是发达资本主义国家的消费主义文化意识形态入侵第三世界的一个成功战例。

原载于《中关村》2003 年第 6 期

2014 年初改定

"身体作家"们的"脱衣舞文学"

——从木子美的《遗情书》说开去

20世纪90年代,曾经有一些文学的学院派人士忧心忡忡地宣布:伴随市场社会的建立和大众文化的冲击,是文学冬天的来到。

如今的文坛是正处在凋零的冬天,还是热闹的夏天,笔者不敢断言,但有一个不争的事实,便是这些年来,文坛长开不败着一朵"身体写作"之花。大规模的身体写作起于学院派的悲剧预言后不久,大概《上海宝贝》算得上这一派的先锋之作,其后,"身体写作"的作品之多,向身体/色情滑动之剧烈,作品销量之大,以及引发的阅读兴趣、讨论之广泛,也算得上是文坛的一朵奇葩。演变的结果,便是出现了像《遗情书》这样毫不遮掩地把随手写下的性爱日记冠以"身体写作"的名义堂皇入市。

批评家说,"身体写作"的兴盛是一种"'一夜暴富'的文化赌徒心理"、"名利上的博彩性质的冒险"驱动的结果,它标志着笑贫不笑娼的道德风尚在文化界的确立(张闳《文化赌徒的"淘金时代"》)。

笔者不想去讨论"身体写作"的外在动机。在凡事讲求"拿证据来"的法制时代,这是要冒"诽谤"甚至被告上法庭的风险的。笔者注意到,这些作者在接受采访或写前言后记时,都要强调自己的文学追求和情感表达需求。比如九丹,《乌鸦》的作者,宣称自己是个"以写作为美的女人",即便像《遗情书》这样彻头彻尾的性爱记录,它的主人公兼记录人木子美也希望它能被"当作文学作品去读"(尽管这种希望可能会把一些文学专家们气得七窍生烟)。

"当作文学作品去读",这便是在告诉人们,《遗情书》(包括其他的"身体写作")是一种文学活动,蕴涵着审美性的内容,至于里面的"身体"

或性事，不过是实现这种文学追求的材料，是与以革命、历史、爱国等为材料的无差别的文学行为。

那么，这样一种所谓的"文学活动"又是在怎样一种文学观的支配下得以实施？这种文学观的背后又是怎样一种道德立场在起作用？

笔者以为，木子美之类堪称我们时代的"情感主义者"。这里的"情感主义"是从伦理学意义上的道德立场而言。它表明在一个失去了为人们普遍遵奉的价值规范的时代，道德只能是一种个人化的信仰或立场，而情感主义者进而认为，在关乎个体生存选择的问题上，所有的道德判断、行为准则不过是基于个人的爱好、态度或感情的体现。在此情形下，不同事物之间、不同人的意识和行为活动之间，不存在孰轻孰重的级差关系，因而也是不可通约的。情感主义者对事物的经典态度是，"你说的那东西很好，可是我不喜欢"，或者"对我自己来说，我的黑夜比你们的白天好"。情感主义者都是自由主义者，他们牢牢抓住对自己身体的自决权，并像米兰·昆德拉评价的那样，拒绝接受鲜花比大便更有价值、贞洁比放荡更高贵的观念（《生命中不能承受之轻》）；情感主义者又是个人主义者，并且是把一切还原到身体感觉来评价、判断和取舍的个人主义者——在这个世界上，"我"能抓住的只有自己的身体感觉，身体感觉是"我"进行评价、判断和取舍的最后底线，当且仅当"我"表达自己的身体感觉的时候，"我"才真正到达了自我表达。因此，撇开性、色情内容的挑逗目的不论，"身体写作"是以情感主义伦理为基础的写作，并且只有在情感主义伦理摆脱了诸如神学伦理、革命伦理、国家或集体伦理的束缚，取得了合法权的时候，才获得了表达的权利。

从情感主义出发，"身体作家"们进而试图通过写作践行一种情感化的生活方式。情感化生活方式是相对于道德化生活方式而言。如果说道德化生活方式是一种承担责任和义务的生活状态，在道德律令的约束下，在生命的延续中希望实现道德完善和自我价值的话，那么情感化生活方式便是让个体沉溺于当下的、瞬间性的情绪体验或直接经验当中，它认为人生没有什么是必须要做的，是非如此不可的，除了激情或快感的满足、享乐的获得。情感化生活方式是非时间性的，因为它认定人无法把握时间，把握命运。因此它拒绝对生活未来作任何承诺与展望，随时准备从与任何人、任何事的关系中抽身而退，也因此它分外看重当下，看重瞬间性的高峰体验，希望生活是由一个个的"高潮"连缀而成，这正是"身体作家"选择性为写作对象的原因，因为性的过程就是捕获"高潮"的过程。

在这样一种伦理和生活观的支配下，生活在这样一种生存方式当中的"身体作家"，其表达与文学结成某种可能的近亲关系是顺理成章的，因为文学天然地关乎情感、激情，并诉诸读者的情感与激情。但问题是作者在生存中经历、体验到的激情与情感，能否有效地形诸表达，又能否有效地通过文字传达给读者，这才是判断表达是否是文学的基本标准。在这个意义上说，作者与读者之间就文学的判定始终存在一个不言自明的契约。"身体作家"们，如果他们还有一点在乎自己的写作是不是文学的话，就应该慎重地考虑如何履行这个契约。让人哭笑不得的是，那位希望人们把自己的文字当文学来读的日记作者，我们在她的表达过程中看不到一点履行契约的迹象。

迄今为止，对阅读而言，我们只能说"身体写作"的卖点是"身体"，写作（或曰文学）如果说在其中起作用的话，它也就像罗兰·巴特在分析脱衣舞表演时舞女身上的衣物：它以遮掩的方式展露"身体"，使"身体"神秘化和想象化，它仪式性又挑逗性地延宕"身体"的出场，使窥伺/阅读尽可能长时间地处于嗷嗷待哺的期待状态，从而尽可能地为脱衣舞表演增值（《脱衣舞的幻灭》）。这不由得我们不重新回到前面的引述，重复关于"博彩性质的""文化赌徒"的动机推断。

原载于《中关村》2003 年第 9 期
2014 年初改定

弗吉尼亚·伍尔夫：通向女性解放之路的前驱者

在那本当代女性主义思想的奠基作《第二性》里，西蒙·波伏娃一针见血地写道："女人不是天生的，而是后天形成的。"她要说的是，根本就不存在所谓纯粹的生物学意义上的"女人"，女人所拥有的心理乃至身体是被她们生存其中的社会和文化——那同样也是建构的产物建构出来的，这种建构的结果是把女人塑造成次于男人的社会性别意义上的"第二性"。

"女人是后天形成的"，一旦我们确立了这一性别社会化的原则，便意味着同时还存在着女人（同样也包括人的另一半——男人）性别确认的别一条道路。其实早在波伏娃的理论阐释之前数十年，弗吉尼亚·伍尔夫，这位英国女人便以自己曲折而充满创造性的一生实践着这条女性主义的真理：真正的女人是自我塑造的。

童年时期的弗吉尼亚有着不无优越的家庭环境。她的父亲是著名的作家兼编辑，一生著述甚丰，并因学术上的成就受封为爵士。母亲也来自体面的绅士阶层，具有引以自豪的法国贵族血统。但这个精英化的知识贵族之家却固执地保持着维多利亚式的男权化传统，这极为典型地体现在子女教育的不平等上。在她的兄弟们顺利地接受最好的教育，依次进入贵族化的伊顿公学、牛津或剑桥大学就读的时候，弗吉尼亚和她的姐姐们却从未受过一天正规的学校教育，而是由临时请来的家庭教师传授一些杂七杂八的文化知识。而每天钻进父亲书房里独自阅读，更是她积累知识的主要方式。或许正是这种无人指点、因而也不受约束的自读，成就了这位知识渊博的伟大作家。弗吉尼亚的阅读胃口大得惊人，也杂得惊人；她的鉴赏和批评的眼光也有别于同时代的男性作家。这是她从小养成的习惯，因为无论对那些旷世名著，还是风云一时的时尚之作，她必须凭借自己的心灵去挑拣、品评，去沙里淘金。

一般来说，人们把弗吉尼亚·伍尔夫界定为一位小说家。的确，弗吉尼亚一生都是在写作与阅读中度过，这是她的生活方式。用她的挚友和同道者、小说家 E. M. 福斯特的话说："她热爱写作，那种狂热的专注是很少有作家具备或期望的。……这种情况在未来许多年里是不会再出现在这个国家了。"这种生存方式的选定，既是她秉承了知识贵族的家族传统，更是人生的自我塑造的结果。在她晚期的女性主义论著《自己的房间》里，弗吉尼亚以莎士比亚时代为例，阐述了女性与写作的关系："莎士比亚时代的任何女人具有莎士比亚的天才，那简直不可想像。因为像莎士比亚那样的天才不会产生于辛苦劳作的、没有受过教育的奴仆阶级，那它又怎么会产生在那些女人当中呢？……在 16 世纪任何一个具有伟大天赋的女人，肯定会发疯、自杀，或者在村落外一所孤零零的小屋里终老一生，半像巫婆，半像魔女，被人害怕，遭人讥笑。"

正因为如此，她分外珍视争得的写作与表达的权利，直把它视为生命，视为武器，并赋予她一名文学传统的离经叛道者的勇气。在被看作现代主义文学的宣言书的《现代小说》一文中，弗吉尼亚猛烈地抨击当时日渐僵化的现实主义，指出他们的写作虽然细致到"外衣的最后一个纽扣都符合当时的流行款式"，关注的却"不是人的精神而是肉体"，是一群小说的"物质主义者"。相应地，弗吉尼亚提出了自己"精神主义"的文学主张：文学应该向内转，回到"生命真正的真实当中"，记录"心灵当中的原子簇射"，"揭示心灵最深处火焰的闪烁之光"，表现"心理的幽暗区域"、生命"重要的瞬间"。这一文学主张的提出来自她对时代变革和现代生活方式、感知方式的敏锐感受与把握：当自由资本主义的上升趋势、它的社会结构与秩序，以及它所仰赖的理性精神、创新冲动与幸福承诺被一次世界大战这场人类的空前浩劫所阻碍、摇撼和更改，"人性便发生了变化"，"人与人的关系都发生了变化。而人与人的关系一旦变化，信仰、行为、政治、文学也就随之改变"。而标识这种改变的关键词便是"宿命"、"迷惘"、"内宇宙"、"非理性"、"不确定性"、"瞬间感觉"……

弗吉尼亚敏感地捕捉到这一社会之变、人类心灵与关系之变,勇敢地探索这一现代生存、现代经验的文学表达,为此与她所熟悉的19世纪文学大师们,其中还有他的父亲和师友,诸如萨克雷、高尔斯华绥,分道扬镳,也是以小说的方式与她爱恨交加的少年和青春期——男权化的维多利亚时代的分道扬镳。于是在她笔下,一种新的小说形式——意识流诞生了。无论是早期的《墙上的斑点》《雅各的房间》,还是后来的《达罗卫夫人》《到灯塔去》《奥兰多》,都成为20世纪的小说经典,充分展示了现代主义强烈的变革意识和巨大的创作潜力,代表了一种新的审美意识和价值观念。她对人物的精神世界,那种现代人生的飘忽不定的意识流、孤独感乃至病态心理的烛幽阐微,她多样的手法、灵活的结构和生气勃发的艺术表现力,不仅在英国小说史上前所未有,也开拓了现代小说的未来之路,从而奠定了她作为现代派小说大师的地位。

弗吉尼亚是幸运的,她生逢其时地成长在19—20世纪的大转型时代,而不是她所揭露的扼杀女性天赋的伊丽莎白时代。在那个年代,现代主义的哲学与艺术思潮罡风正烈,成为思想和艺术精神再度解放的年代。尽管与伟大的文艺复兴和启蒙运动相比,这种解放脱胎于集体性的理想失落、社会和人生目标移位的悲怆和低徊之中。同时,一个女权主义运动的高潮也正在西方社会展开,而弗吉尼亚勇敢地投身其中,并成为女权主义的先驱者之一,尽管她本人并不认同当时主流的女权主义思潮,甚至拒绝承认自己所持的是女权主义立场。弗吉尼亚的幸运还在于她的知识精英的家族传统。她爱读书,而一生从未感到书的匮乏。她一生都与欧洲一流的思想家、文学家、艺术家为伍,真正是"谈笑有鸿儒,往来无白丁"。她参与组织了载入现代艺术史的著名的布卢姆斯伯里团体,其成员个个都是学有建树的硕硕大儒:小说家E. M. 福斯特、艺术批评家克莱夫·贝尔、经济学家梅纳德·凯恩斯、传记作家利顿·斯特雷奇,以及团体的座上客哲学家伯特兰·罗素、诗人T. S. 艾略特和小说家亨利·詹姆士……布卢姆斯伯里像一片肥沃的土壤,为弗吉尼亚的文学事业提供了高质量的精神养料,又像一座宁静的港湾,从这里,弗吉尼亚开始了她的文学处女航。

弗吉尼亚又是不幸的,这不幸缘自精神脆弱、狂暴的家族遗传,缘自她备受摧残的幼年和青春经历,并伴随她的一生。弗吉尼亚的父亲莱斯利·斯蒂芬爵士无疑具有极高的文化教养和正直善良的品德,但他仍然无法摆脱男权社会里男人对女性的普遍态度:他对女性,包括自己的妻子和女儿,既温柔,又严厉;既尊重,又轻视,而前者不过是表象,掩藏在背后的是男性潜意识里对女性的君主般的统治。他对妻女的全部目的,是要把她们塑造成"房子里的天使",而这是弗吉尼亚成年后一以贯之要口诛笔伐的。在晚年,由于丧偶、事业挫折和身染沉疴,斯蒂芬爵士愈加出现精神分裂征兆,成为一位性格乖戾、暴虐,毫无顾忌地将无名火喷射在女儿们身上的父亲。

更有甚者,在这座催生精神之花的"温室"里,竟然还豢养着摧残花朵的"毒虫",乃至"恶魔",这便是弗吉尼亚的两位同母异父兄长。在她年仅六岁的时候,便遭受两位恶魔兄长丧尽人伦的猥亵,并且这种性侵犯断断续续延续到她二十二岁。我们不难想象,这种不幸遭遇在弗吉尼亚幼小的心灵里产生多么大的打击,犹如刚刚化蛹为蝶的脆弱生命遭受毁灭性的损害。它甚至以负面的方式锻造了弗吉尼亚的性格与心理,酿成她一生的痛苦。她精神抑郁、分裂,以致一生都在间发性的精神崩溃中度过,并最终使她不堪灵魂的重压,决绝而宁静地走向死神。在漫长的人生岁月,弗吉尼亚深深隐藏起这一非人的耻辱体验,独自与之厮守、奋战。她变得对自己的身体羞耻和害怕,凡是有关身体的事情,都会引发内心的罪孽感。她拒绝男性,害怕婚姻,并因此染上同性恋倾向的病态心理。如果不是他后来的丈夫伦纳德·伍尔夫锲而不舍的追求、宽宏大度的理解和体贴入微的照料,恐怕她会终身不嫁,甚至英年早逝。

直到晚年在她的回忆录中,弗吉尼亚才披露出这深埋心中的耻辱,以及伴随终生的难以言说的愤怒与厌恶。而此时,一种深刻的女性主义立场和视角使她将自身的屈辱与痛苦上升到人类历史和两性关系的高度:

它表明,弗吉尼亚·斯蒂芬不是生于1882年1月25日,而是生在好几千年以前；她从一开始就不得不遭遇到往昔万千女性祖先们业已获得的本能。

她由此认识到承受与反抗来自男权社会的凌辱与压迫乃是每一位女性的历史命运。

原载于《中关村》2004 年第 7 期
2014 年初改定

唱尽新词欢不见,道是有情却无情

——张爱玲与胡兰成的欢与情

弗兰茨·卡夫卡在一篇日记里,曾经做过这样的表述:一个人的爱情必然会向世上的某个人敞开,当绝大多数人过之而难以入其门,遭遇铁壁铜墙的时候,总有一个人能够视若无物地闯入爱情禁囿,其顺畅甚至连他自己都浑然不觉。

这话似乎可以直接拿来点拨那些张爱玲的"粉丝"们。这是一支混合着文学青年、都市小资和(自诩的)女性主义者的队伍,多年来,他们被张爱玲一篇篇才华横溢的小说所折服,对她当年技压上海滩,甚至对她在生活上、两性观上表现出的敏锐与智慧倾慕不已,早已将她奉为文艺的缪斯、女性的先驱。而这样一个光辉形象,近来却被一个有着三分才子气、七分流氓性的污浊的老男人所沾染。人们从这个汉奸文人的自传《今生今世》里读出来的张爱玲,成了被他巧言眩惑,被他始乱而终弃的弱女子——一个现代版的崔莺莺。

胡兰成与张爱玲的相遇可谓是一段很美丽的文坛佳话,一篇文采盎然的小说《封锁》将张爱玲推入胡兰成的视野,让胡兰成产生了结识作者的强烈愿望。很难说这时的胡兰成就生出了"入园摘花"的念头,尽管这确实是个处处惹情,在男女上惯于逢场作戏的"唐璜",但那是风流才子对待市井女子的做派,否则以他时任汪伪政府大员的身份,自有另一种做法。而他却是只身登门拜访,在吃了闭门羹之后,留下名刺悻悻而回。

与当时一般的文化明星们不同,赢得大名的张爱玲性格中有一种沉静、冷漠甚至孤绝的气质,她深居简出,既不愿结交上海的名流权贵,甚至也不肯敷衍那些慕名拜访的读者。此前,她对这位汪精卫集团的文化干将也略知一二,读过他一些功力、才气均不输于人的政论或杂文。虽然依照惯例拒绝了对方的贸然求见,但处世稳重的张爱玲决定第二天作一次礼节性的回访,这才酿出一场"爱与恨的千古愁"。

现代爱情区别于古典爱情的一个重要因素,在于开放而复杂的社会结构、生活方式和人际交往加大了获得爱情的难度,延长了催生爱情的必要时间,并弱化了爱情感知的确切性。我们在民间戏曲里惯见的才子佳人相遇后花园,一见钟情,私订终身的"爱情模式",其实是古典社会男女授受不亲,造成爱情资源极度稀缺的条件下的浪漫想象,甚至是权宜之策,它掩盖了男女双方从相遇的激情到相处、相知的常态过程中应有的变数。从这个角度说,《莺莺传》里张生始乱而终弃的"无良行为"(不如说是"情感变化"),倒更显出情感发展的正常逻辑。有意思的是,才子佳人戏里常常会安排类似一段奉旨完婚的情节,从权力的角度确保这一爱情模式的合法化(或曰稳定性)。

让我们回到张胡之恋。张爱玲第二天的回访,俨然出现了才子佳人一见钟情的爱情模式。胡兰成在他的《今生今世》里,曾经用秾丽腻人的笔调描绘了他初见张爱玲时的感觉,混合着惊奇、怜惜、喜爱与征服欲……一句话,是对一个女人的激情状态。相对来说,张爱玲产生(或者应和)激情的难度无疑要大得多,一来她此前对对方谈不上什么了解;更为重要的是,张爱玲的沉静、冷漠,以及她一向对爱情的怀疑心态(读一读她的那些小说就知道了),都使她不会轻易让自己陷入激情。但张爱玲还是陷进去了,这一方面是胡兰成的博学多闻、风流倜傥和投其所好;另一方面,对爱情的怀疑心理并不意味着对被理解、被欣赏和被爱慕的拒绝,甚至也不意味着对两情相悦的欢娱的不期待。冷静、怀疑不过是因为懂得知音难觅、爱情易变而应持的谨慎,用现在的话说,进入张爱玲爱情世界的"门槛"比一般人来得要高。关于这个问题我们后面还会说到。

张爱玲虽然没有留下文字记录当时的感受,但我们不妨把她在沐浴爱河时期写的一篇散文《爱》,当作她的心声,其激情之浓烈并不弱于对方:

于千万人之中遇见你所要遇见的人，于千万年之中，时间的无涯的荒野里，没有早一步，也没有晚一步，刚巧赶上了，那也没有别的话可说，惟有轻轻地问一声："噢，你也在这里吗？"

更为重要的是，长达五个小时的交谈、胡对张的作品独到而精微的品评，以及他们相似的文学趣味，使得情感急速而充沛地进行着从相遇的激情到相知的深情的转换。而分别时，两人并肩走在黄昏的弄堂口，胡兰成一句率真而别致的冲动之语："你的身材这样高，这怎么可以？"捅破了他们之间薄薄的情感之膜，宛如神祇借助胡兰成之口，完美地结束了张胡恋曲的华丽的第一乐章。

接下来的"第二乐章"——从恋爱到结婚，似乎没有什么值得多说的了。他们频频相会，数小时数小时地交谈，仿佛共读西厢的宝黛，心心相映，惺惺相惜，并在相识半年后结为夫妻。

我们是否可以把张胡之恋归为才子佳人一见钟情的"古典爱情"，甚至是大团圆式的古典爱情呢（且不说他们后来的无奈分离）？

不是这么回事。在胡兰成与张爱玲琴瑟相和、共沐爱河的同时，他始终没放弃自己的"生活"。胡兰成的工作地点和家庭都在南京，家中还有他的结发妻子，他还时不时会去灯红酒绿的歌舞场狎妓玩赏，以至于他这种放浪滥情连妻子都受不了，愤而与之离婚。并且在与张爱玲结婚不久，胡兰成去武汉出差，还与当地一个十七岁的周姓小护士打得火热，竟然火速结了一场婚。有趣的是，这一切，胡兰成对张爱玲毫不隐瞒，每次见到都如实交代，并且半真半假地辩白说只是"厮混"、"逢场作戏"，而对张爱玲却是"仙境中的爱"，与那些"尘境中的爱"不可并提，否则就是亵渎。莫如这样说，他与张爱玲的相交是他情感乐章中的主部主题，而与其他女人只是随手拈来的音乐动机。

对这种自欺欺人的爱情逻辑，大凡女人是难于接受的，而深谙人情人性、聪明如张爱玲者竟然信了，接受了，这真是让人匪夷所思。

细察张胡二人的交往，可以看出他们的情感主调是一个"欢"字。与

"爱"要求奉献,也意味着排他性的独占,从而在相爱者心中激发忘我的投入、辗转反侧的思念、患得患失的猜怨和海枯石烂的盟誓不同,"欢"更讲究两情相悦,讲究相聚相处给双方带来的快乐舒畅。为了使相悦相欢能常存常新,欢不要求独占,也不要求无时无刻的厮守,甚至短暂的分离也会带来重聚的"新"欢。

在相悦的欢情上,两人确如张爱玲所说的"于千万人之中遇见你所要遇见的人"。这对对爱情、婚姻并不抱多大指望的张爱玲来说,已是万难万幸之事。作为一代才女、一个拥有独立意识的现代女性,她自然不会将自己依附于胡兰成之上,也就不指望能独占心中所欢之人,恰如胡兰成对她的评价:"是陌上游春赏花,亦不落情缘的一个人。"并且张爱玲内心深处一直有着身处乱世的悲凉。乱世并不因为她预感到世道要变了,而是缘于她的悲观,或者说乱世观早已通过她没落了的显赫世家打入她的童年记忆,融入她的血液。乱世观造成她的刻骨的冷静和冷漠,也造成她的两性观:拒绝爱而摘取欢,并且因为寂寞,因为悲观,分外珍视胡兰成给她带来的欢。

如果世道幸如胡兰成在他们的婚书上所提"岁月静好",想来他们会更长久地相安无事"欢"下去吧。然而世事终究是天违人愿,随着日寇的投降、汪伪的倒台,胡兰成也开始了漫漫逃亡路。笔者以为,造成张爱玲与胡兰成最终劳燕分飞,并非逃亡温州的胡兰成在当地又惹出情缘,也非他信誓旦旦要去自首,以拯救因为做了汉奸家属而被抓进监狱的周姓护士,实在是漫长的逃亡、长久的分离、随世事迁演的心态情态,使得相悦的欢情不再,恰如刘禹锡的《竹枝词》所写,"唱尽新词欢不见",那奇情便化作无情,化作如烟往事了。

原载于《明星时代》2004 年 4 月号

我只看电影

我不进影院很久了,但最近却频频光顾。我看了《十月围城》,看了《三枪拍案惊奇》,看了《刺陵》,近期还有去看《风云 II》、《扑克王》和《阿凡达》的计划。谈到收获,我觉得最大的是如今的票价便宜了,印象中几年以前要六十、七十,甚至上百,而现在三十四十就能打发。开始我还满心感激电影院的经理,或是我们的文化官员,他们为繁荣国家的电影事业、丰富人们的精神生活而忍痛让利,仔细一想,哪儿跟哪儿呀!这是市场的作用,是票价和上座率互相博弈的结果啊!想想看,如果一张票卖一百多,我们宁愿选择去泡吧,去 KTV……既然现在票价降了,那我们就去电影院。没办法,我们也要博弈的啊。我想不光我们这样,其他人也差不多,所以现在进电影院的人似乎比以前多了,一个证据是那天晚上我们本来想去看《十月围城》,但售票员满脸遗憾地告诉我们七点到九点档都已售罄,要看只能是十点以后。我们觉得为看《十月围城》等两三个小时,时间成本实在太大,只好退而求其次地选择传说中已快被唾沫星子淹死的《三枪拍案惊奇》。

熟人们听说我老看电影,吃惊之余老抓我聊观感,有个编报纸副刊的朋友还好心地邀我写点影评,说既可以参与讨论,发出声音,又能聊补老进电影院造成的亏空。我谢绝了,因为我只看电影。

我的那一位不理解,也不乐意,埋怨我说:"你号称以写字为生,整日里写东写西,批这评那的,怎么这回真正派上点用场,倒草鸡了,该不是你已经'江郎'了吧。"

是不是"江郎"了我不知道,可我确实认为现在看电影跟下饭馆没什么区别,一次消费而已,难道作为一名食客,我能吃一次饭就对着那些水煮鱼或辣子鸡丁评盘品碟,说三道四吗?

也许你要说，电影和饭菜不一样，它是文化（狭义），或者说是精神产品。可问题是，当一种精神产品已经变得不干己，不及物，与社会无关，所有的技术花样充其量只能刺激到视觉层的时候，你又能从哪个精神的维度去谈论它呢？你是能以《三枪拍案惊奇》或《十面埋伏》来讨论所谓"张艺谋电影"的镜头语言、审美风格呢，还是能透过《十月围城》去看孙中山的革命、清末民初的历史？

其实我并不认为电影变成这样是什么问题，它与电影人的艺术格调或道德水准无关，电影可以承载文化和精神，也可以不，就跟火车可以用来运人，也可以拉货一样。你不能因为上了一趟货运列车，就抱怨别人把你当物品对待。

麻烦的是一群小资产阶级知识分子（我仅从收入和受教育程度角度使用这个概念，与革命年代的阶级分析理论无关），他们在不忘娱乐与物质享受的同时，脑子里还残存着现代艺术或所谓人文精神的残羹剩炙，幻想着还能用这些来规约电影和"张艺谋们"，满足他们赖以区隔大众的欣赏口味。他们以为频频光顾网络上如恒河沙数的博客、论坛，肆无忌惮拍板砖，发破恶之声，就成了现时代的舆论风向标、文化主体。几年以前，我曾经误入过一次某论坛的骂仗。一位网络写手在某天晚上看了两部电影：《可可西里》和《十面埋伏》，对《可可西里》落泪的同时对后者感到不爽，批了一通张艺谋后，又把某文学教授分析《十面埋伏》的审美风尚的论文当作为张艺谋"捧臭脚"的行为拉来大骂一通。且不说这样的批评压根儿就是驴唇不对马嘴，同时他们没搞清楚自己压根就不是电影院的观众主体，一部投资动辄上亿的片子，怎么可能为"小资"们千奇百怪的欣赏口味而拍?！你可以去赞美《可可西里》让你"值了一回票价"，满足了内心的脉脉温情，让你以落泪的方式表达自己的现实关怀或环保意识，但改变不了它的票房不到《十面埋伏》的零头的现实。所以在小资们在网络上弹冠相庆骂仗的胜利的同时，一部又一部《十面埋伏》闪亮登场了。有一部大片干脆直截了当地冠名以"神话"，这个威风凛凛的名词几乎可以充作当代电影这个"斯芬克思之谜"的谜底：当你走进电影院，你来到的是一片与现实、与精神无关的神奇场地，你的喜怒哀乐都只应封锁在银幕前的九十分钟里,如果说你的生活跟电影发生了某种关联,那是因为你自觉不自觉地模仿了"艺术/神话"而已。

不过仔细想想,"神话"真的与现实无关吗?不仅作为娱乐英雄的成龙和美貌与时尚化身的金喜善是现实的,就说电影里的古堡探秘、幽坟盗宝……难道不是和股民们在股票市场这个超级大迷宫的经历异曲而同工吗?

2012 年 12 月 24 日夜

后 记

呈现在读者眼前的这本小书,是我从这些年来关于当代文学的写作中检选出来,编辑而成,其中有对当代文学的脉络、思潮、现象、作家、文本的专题性研究,又有对作家新作的即时性的品藻、批评,同时也收进了一些学术评论和杂感,大部分文章曾在刊物或报纸上发表过。

在我心目中,这是一本记录着自己学术研习和生命历程的小书。在 20 世纪 80 年代,我几乎是同步地阅读着那些风云一时的作品,以及那些如今已逐渐被人忘记的作品,这种阅读让我从一个浑璞少年变成文学青年,后来又顺理成章地成为中文系的学生,尽管 90 年代当真正踏入文学专业之时,当代文学正在失去往日雄踞精神活动之核心地带的荣光,正在削弱其关怀社会、启迪民众、承载时代精神的功能,变得日益切近一己之身,乃至于切近肉身。北大毕业后的很长一段时间,当代文学阅读和研究成为我生活中的一门"业余功课",但同时我也深深意识到它在生命中的分量并不因为这种"业余性"而稍有减轻。直至今天,我仍然希望自己的学术工作能多一点"业余性":一方面,它关乎自己对文学的志趣与日常性的需求,另一方面,则是使之成为一种对当代文学的观察视角,乃至观察方法——摆脱教科书式的思考和谈论方式,更多地融进自己的生命体验和形上思考,既把自己放进"他们的故事",又让文学批评和研究在经验、知识和理论层面"活"起来,"杂"起来。

感谢中国现代文学馆把这样一本小书汇入其研究项目,也感谢文化艺术出版社不避粗陋出版它。记得 20 世纪 80 年代中期,王蒙写过一篇很精彩的寓言体小说《冬天的童话》,讽刺性地描述了一场由洗澡问题引发的"沐浴学"论战。令人捧腹的"沐浴学"正象征着知识分子所从事的某些无聊学问,而在本书出版之际,惟愿它不要像王蒙笔下的"沐浴学"那样无聊。

2014 年 3 月于北京海淀清河

图书在版编目（CIP）数据

当代文学管窥/易晖著 . —北京：文化艺术出版社，2014.4
（中国现代文学馆研究丛书）
ISBN 978 – 7 – 5039 – 5208 – 1

Ⅰ.①当… Ⅱ.①易… Ⅲ.①中国文学—当代文学—文学研究—文集 Ⅳ.①I206.7 – 53

中国版本图书馆 CIP 数据核字（2014）第 057382 号

当代文学管窥

著　　者	易　晖
责任编辑	斯　日
装帧设计	姚雪媛
出版发行	文化艺术出版社
地　　址	北京市东城区东四八条 52 号　100700
网　　址	www.whyscbs.com
电子信箱	whysbooks@263.net
电　　话	（010）84057666（总编室）　84057667（办公室）
	（010）84057691—84057699（发行部）
传　　真	（010）84057660（总编室）　84057670（办公室）
	（010）84057690（发行部）
经　　销	新华书店
印　　刷	国英印务有限公司
版　　次	2014 年 6 月第 1 版
	2014 年 6 月第 1 次印刷
开　　本	700 毫米×1000 毫米　1/16
印　　张	20.25
字　　数	290 千字
书　　号	ISBN 978 – 7 – 5039 – 5208 – 1
定　　价	39.80 元

版权所有，侵权必究。印装错误，随时调换。